IL ÉTAIT UNE FOIS À HOLLYWOOD

Quentin Tarantino

Il était une fois à Hollywood

roman

Traduit de l'anglais (États-Unis)
par Nicolas Richard

Fayard

Ce livre est une œuvre de fiction. Bien que faisant référence à des événements ayant réellement eu lieu et à des personnes ayant réellement existé, certains personnages, certaines caractérisations, certains incidents, lieux, produits et dialogues ont été fictionnalisés, voire purement inventés, à des fins de divertissement. Eu égard à ces fictionnalisations ou adaptations, toute ressemblance avec des noms, des personnages réels ou à l'histoire de toute personne, vivante ou morte, ou à tout produit, entité ou incident réel serait entièrement fortuite et ne vise nullement à rendre compte des personnages, histoires, produits ou entités réels.

Maquette de couverture : Nuit de Chine

Cet ouvrage est la traduction intégrale, publiée pour la première fois en France, du livre de langue anglaise :
ONCE UPON A TIME IN HOLLYWOOD
édité par HarperCollins Publishers, 195 Broadway, New York, NY 10007.

ISBN : 978-2-213-72101-9

Dépôt légal : août 2021

Ce livre est dédié

à mon épouse
DANIELLA

et à mon fils
LEO

Merci d'avoir créé un foyer heureux
où il fait bon écrire.

ET AUSSI

à tous les acteurs
qui m'ont raconté des histoires formidables
sur Hollywood en ce temps-là.

C'est grâce à ces vieux de la vieille que vous tenez
ce livre entre vos mains.

Bruce Dern * David Carradine * Burt Reynolds
Robert Blake * Michael Parks * Robert Forster
et
tout particulièrement
Kurt Russell

Chapitre un

« Appelez-moi Marvin »

La sonnette retentit sur le bureau de Marvin Schwarz. L'agent de chez William Morris appuie sur le bouton de l'interphone. « C'est mon rendez-vous de dix heures et demie, mademoiselle Himmelsteen ?

– Oui, monsieur Schwarz, répond la voix flûtée de sa secrétaire dans le minuscule haut-parleur. M. Dalton attend à l'extérieur. »

Marvin enfonce à nouveau le bouton : « Je suis prêt. Quand vous voulez, mademoiselle Himmelsteen. »

Lorsque la porte du bureau de Marvin s'ouvre, sa jeune secrétaire, Mlle Himmelsteen, entre la première. C'est une femme de vingt et un ans, d'obédience hippie. Elle porte une minijupe blanche qui met en valeur ses longues jambes bronzées et a de longs cheveux bruns, coiffés à la Pocahontas, une natte de chaque côté du visage. Bel homme de quarante-deux ans, l'acteur Rick Dalton, avec sa banane châtain, luisante de gomina comme il se doit, lui emboîte le pas.

Marvin se lève de sa chaise, derrière son bureau, un grand sourire lui illumine le visage. Mlle Himmelsteen s'apprête à faire les présentations, mais Marvin l'interrompt.

« Mademoiselle Himmelsteen, étant donné que je viens de me farcir un festival Rick Dalton, inutile de me présenter cet homme. » Marvin s'approche du cow-boy, main tendue. « Allez, on se la serre, Rick ? »

Rick sourit et serre vigoureusement la main de l'agent. « Rick Dalton. Merci beaucoup, monsieur Schwartz, de prendre le temps de me recevoir. »

Marvin le corrige : « C'est *Schwarz*, pas Schwartz. »

Bon sang, je suis déjà en train de faire foirer tout le truc, se dit Rick.

« Nom d'un petit bonhomme… Je suis absolument désolé… *monsieur Sch-WARZ.* »

Avant de libérer sa main, M. Schwarz dit : « Appelez-moi Marvin.

– Marvin, appelez-moi Rick.

– Rick… »

Ils se lâchent la main.

« Mlle Himmelsteen peut-elle vous apporter une boisson savoureuse ? »

Rick décline l'offre d'un geste. « Non, ça va. »

Marvin insiste. « Vous êtes sûr, rien ? Café, Coca, Pepsi, Simba ?

– Bon, dit Rick. Pourquoi pas un café.

– Bien. » Tapotant l'épaule de l'acteur, Marvin se tourne vers sa jeune assistante : « Mademoiselle Himmelsteen, auriez-vous la gentillesse d'apporter à mon ami Rick un café, et un pour moi, aussi ? »

La jeune femme hoche la tête et retraverse le bureau. Elle est en train de refermer la porte quand Marvin lui crie : « Oh, et pas de cet infâme jus de chaussettes Maxwell de la salle commune. Allez donc dans le bureau de Rex. Il a toujours un café excellent – mais pas de cette saloperie turque, la prévient Marvin.

– Oui, monsieur », répond Mlle Himmelsteen, puis elle se tourne vers Rick : « Comment prenez-vous votre café, monsieur Dalton ? »

Rick se tourne vers elle et dit : « Vous n'êtes pas au courant ? Noir : *black is beautiful*, comme on dit. »

Marvin laisse échapper un gros éclat de rire tandis que Mlle Himmelsteen ramène la main devant sa bouche et glousse. Avant que sa secrétaire ne puisse refermer la porte derrière elle, Marvin s'écrie : « Oh, et mademoiselle Himmelsteen, sauf si ma femme et mes enfants meurent dans un accident de voiture, merci de ne me transmettre aucun appel. En fait, si ma femme et mes enfants sont morts dans un accident de voiture, ma foi, ils seront tout aussi morts une demi-heure plus tard, donc ne me transmettez aucun appel. »

D'un geste de la main, l'agent fait signe à l'acteur de s'asseoir sur un des deux sofas en cuir qui se font face, séparés par une table basse avec plateau en verre. Rick s'installe confortablement.

« Commençons par le commencement, dit l'agent. Je vous transmets les salutations de ma femme, Mary Alice Schwarz ! Nous avons visionné deux longs métrages avec Rick Dalton dans notre salle de projection, hier soir.

– Ouah. C'est à la fois flatteur et gênant, dit Rick. Qu'est-ce que vous avez regardé ?

– Des copies 35 mm de *Tanner* et des *Quatorze Gros Bras de McCluskey*.

– Eh bien, ces deux-là font partie des bons, dit Rick. *McCluskey* a été réalisé par Paul Wendkos. De tous les réalisateurs avec qui j'ai travaillé, c'est celui que je préfère. Il a fait *Gidget*. J'étais censé jouer dedans. C'est Tommy Laughlin qui a eu le rôle. » Il balaie tout cela d'un geste magnanime. « Mais ce n'est pas grave, je l'aime bien, Tommy. Il m'a fait jouer dans la première grande pièce que j'aie jamais faite.

– Ah oui ? demande Marvin. Vous avez beaucoup joué au théâtre ?

– Pas beaucoup, dit Rick. Je m'ennuie à constamment refaire les mêmes trucs.

– Alors, comme ça, Paul Wendkos est votre réalisateur préféré, hein ? s'enquiert Marvin.

– Ouais, j'ai fait mes débuts avec lui. Je suis dans son film avec Cliff Robertson, *La Bataille de la mer de Corail*. On me voit avec Tommy Laughlin traîner à l'arrière du sous-marin du début à la fin du film. »

Marvin se fend de l'une de ses grandes déclarations sur l'industrie du cinéma : « Paul Wendkos, putain. *Spécialiste des films d'action, réalisateur sous-estimé*.

– Tout juste, confirme Rick. Et quand j'ai été pris dans *Chasseur de primes*, il a réalisé sept ou huit épisodes. »

Partant à la pêche aux compliments, Rick demande alors : « J'espère que le visionnage des deux films avec Rick Dalton n'a pas été trop pénible pour vous et votre dame ? »

Marvin éclate de rire. « Pénible ? Arrêtez donc. Formidable, formidable, formidable. » Marvin poursuit : « Mary Alice et moi avons regardé *Tanner*. Mary Alice n'aime pas la violence dans les films modernes, alors je me suis regardé *McCluskey* tout seul, quand elle est allée se coucher. »

On frappe doucement à la porte du bureau et, quelques instants plus tard, Mlle Himmelsteen entre, vêtue d'une minijupe, apportant deux tasses de café fumant pour Rick et Marvin. Elle présente délicatement les boissons chaudes aux deux messieurs.

« Ça vient bien du bureau de Rex, hein ?

– Rex dit qu'il faut que vous lui gardiez un de vos cigares. »

L'agent s'étrangle de rire. « Il est mesquin, ce bâtard de juif ! La seule chose que je vais lui garder, c'est un chien de ma chienne, oui. »

Tout le monde rigole.

« Merci, mademoiselle Himmelsteen ; ce sera tout pour l'instant. »

Elle sort, laissant les deux hommes seuls discuter de l'industrie du divertissement, de la carrière de Rick Dalton et, plus important, de son avenir.

« Où en étais-je ? demande Marvin. Ah ouais – la violence dans les films modernes. Mary Alice n'aime pas ça. En revanche, elle adore les westerns. Elle a toujours adoré. On est allés voir des westerns pendant toute la période où on était de jeunes amoureux. Regarder des westerns ensemble est une de nos activités préférées, et on a beaucoup apprécié *Tanner*.

– Ooooh, c'est sympa, dit Rick.

– Ce qui se passe quand on regarde deux films à la suite, explique Marvin, c'est que, pour les trois dernières bobines du premier film, Mary Alice est endormie sur mes genoux. Mais, pour *Tanner*, elle a tenu jusqu'à la fin de l'avant-dernière bobine – il était neuf heures et demie –, ce qui est plutôt bien pour Mary Alice. »

Pendant que Marvin détaille à Rick les habitudes de visionnage de l'heureux couple, Rick boit une gorgée de café chaud.

Hé, c'est bon, se dit l'acteur. *Ce Rex a effectivement un excellent café.*

Marvin continue : « Le film se termine, elle va se coucher. J'ouvre une boîte de havanes, je me sers un cognac et regarde le deuxième film tout seul. »

Rick boit une deuxième gorgée du délicieux café de Rex.

Marvin montre du doigt la tasse. « C'est du bon, hein ?

– Quoi ? demande Rick. Le café ?

– Non, le pastrami. » Marvin marque un silence digne des meilleurs comiques des Catskills, et finit par ajouter : « Bien sûr, le café.

– Il est carrément sensationnel, confirme Rick. Où est-ce qu'il le trouve ?

– Dans une de ces épiceries fines de Beverly Hills, mais il ne veut pas dire laquelle », répond Marvin, avant de poursuivre au sujet des habitudes de visionnage de Mary Alice : « Le matin, après le petit déjeuner, une fois que je suis parti au bureau, le projectionniste, Greg, revient lui projeter la dernière bobine, pour qu'elle voie comment se termine le film. Voilà, c'est comme ça qu'on regarde les films. Ce qui nous convient parfaitement. Et elle avait vraiment hâte de savoir comment se termine *Tanner.* »

Puis Marvin ajoute : « En tout cas, elle a déjà deviné que vous allez devoir tuer votre père, Ralph Meeker, avant la fin.

– Bon, ouais, c'est le problème avec le film, dit Rick. La question n'est pas de savoir *si* je tue le patriarche autoritaire, mais *quand.* Et ce n'est pas de savoir *si* Michael Callan, le frère sensible, me tue – mais *quand.* »

Marvin acquiesce. « C'est vrai. On a tous les deux trouvé que vous et Ralph Meeker formiez plutôt une bonne équipe.

– Ouais, je trouve aussi, répond Rick. On faisait effectivement un bon duo père-fils. Ce connard de Michael Callan, on aurait dit qu'il était adopté. Mais, avec moi, on pouvait croire que Ralph était vraiment mon vieux.

– Eh bien, la raison pour laquelle vous faites une si bonne équipe, c'est que vous vous exprimez de la même façon. »

Rick éclate de rire. « Surtout comparé à ce connard de Michael Callan : quand il ouvre la bouche, on se dit qu'il devrait être en train de surfer à Malibu. »

Okay, songe Marvin, *c'est la deuxième fois que Rick débine Michael Callan, avec qui il partage la vedette dans* Tanner. *Ce n'est pas bon signe. Ça signale une étroitesse d'esprit. Ça signale quelqu'un qui rejette toujours la faute sur les autres.* Mais Marvin garde ses réflexions pour lui.

« J'ai trouvé que Ralph Meeker était sensationnel, dit Rick à l'agent. Bon sang, le meilleur acteur avec qui il m'ait été donné de travailler, et pourtant j'ai bossé avec Edward

G. Robinson ! Il était aussi dans deux des meilleurs épisodes de *Chasseur de primes*. »

Marvin reprend le récit de son visionnage de la veille : « Ce qui nous amène aux *Quatorze Gros Bras de McCluskey* ! Quel film ! Quel plaisir ! » Il mime le tir à la mitrailleuse. « Ça canarde sec ! Qu'est-ce que ça canarde ! Combien de salauds de nazis vous tuez dans ce film ? Une centaine ? Cent cinquante ? »

Rick éclate de rire. « J'ai jamais compté, mais sans doute dans les cent cinquante, oui. »

Marvin jure dans sa barbe. « Salopards de nazis… C'est bien vous qui manipulez le lance-flammes, hein ?

– Un peu, mon neveu, dit Rick. Avec ce genre de joujou à la con, vous avez pas envie de vous retrouver du mauvais côté, oh que non, j'aime autant vous le dire. Je me suis entraîné avec ce dragon trois heures par jour pendant deux semaines. Pas seulement pour que ça passe bien à l'écran, mais aussi, pour être honnête, parce que j'avais une trouille bleue de ce satané engin.

– Extraordinaire, dit l'agent impressionné.

– Vous savez, c'est un pur coup de chance que j'aie décroché le rôle, confie Rick à Marvin. Au départ, il était pour Fabian. Et puis, huit jours avant le tournage, il se luxe l'épaule en faisant un *Virginien*. M. Wendkos s'est souvenu de moi, en a parlé au big boss de Columbia pour convaincre Universal d'accepter que je joue dans *McCluskey*. » Rick conclut son histoire comme il le fait toujours : « Donc je fais les cinq films prévus au contrat avec Universal. Et lequel a le plus de succès ? Celui où Universal loue mes services à Columbia. »

Marvin sort un étui à cigarettes en or de la poche intérieure de sa veste, l'ouvre dans un *ding* sonore. En offre une à Rick. « Une Kent ? »

Rick en prend une.

« Il vous plaît, cet étui à cigarettes ?

– Il est très beau.

– C'est un cadeau. De Joseph Cotten. Un de mes clients qui m'est le plus cher. »

Rick fait la mine impressionnée que l'agent attend de lui.

« Je lui ai récemment décroché deux rôles, un dans un film de Sergio Corbucci, et un dans un film d'Ishirō Honda, et c'est comme ça qu'il m'a remercié. »

Ces noms n'évoquent rien à Rick.

Tandis que M. Schwarz remet l'étui en or dans la poche intérieure de sa veste, Rick sort promptement un briquet de sa poche de pantalon. Il relève d'un geste sec le couvercle du Zippo en argent et allume les deux clopes avec toute sa nonchalance de mec à la cool. Une fois les deux cigarettes allumées, il referme dans un claquement théâtral le couvercle du Zippo. Marvin émet un petit rire face à cet étalage de frime, puis inhale la nicotine.

« Qu'est-ce que vous fumez ? demande Marvin à Rick.

– Des Capitol W Lights, répond Rick. Mais aussi des Chesterfields, des Red Apples et, ne riez pas, des Virginia Slims. »

Marvin rit quand même.

« Hé, j'aime bien le goût, se défend Rick.

– Ce qui me fait rire, c'est que vous fumiez des Red Apples, explique Marvin. Cette cigarette est un péché contre la nicotine.

– La marque sponsorisait *Chasseur de primes*, alors je m'y suis habitué. Et puis je me suis dit qu'il était judicieux de les fumer en public.

– Très malin, dit Marvin. Bien, Rick, votre agent, normalement, c'est Sid, et il m'a demandé si j'accepterais de vous rencontrer. »

Rick hoche la tête.

« Savez-vous pourquoi il m'a demandé de vous recevoir ?

– Pour voir si vous voudriez travailler avec moi ? » répond Rick.

Marvin éclate de rire. « Certes, au bout du compte, oui. Mais là où je veux en venir, c'est : savez-vous ce que je fais, ici, chez William Morris ?

– Ouais, dit Rick. Vous êtes agent.

– Ouais, mais vous avez déjà Sid, comme agent. Si j'étais *juste* un agent, vous ne seriez pas ici, dit Marvin.

– Ouais, vous êtes un agent spécial, dit Rick.

– Tout à fait », répond Marvin. Puis, pointant sur Rick sa cigarette fumante, il ajoute : « Mais je voudrais que ce soit *vous* qui me disiez *à moi* ce que vous pensez que je fais.

– Eh bien, dit Rick, tel que ça m'a été expliqué, vous placez des acteurs américains célèbres dans des films étrangers.

– Pas mal », dit Marvin.

Maintenant que les deux messieurs se savent sur la même longueur d'onde, ils tirent d'énergiques bouffées de leurs Kent. Marvin exhale un long panache de fumée et se lance dans son numéro : « Bien, Rick, si nous sommes amenés à faire plus ample connaissance, une des premières choses que vous apprendrez me concernant, c'est que *rien*... je dis bien *rien*, n'importe plus à mes yeux que la liste de mes clients. Si j'ai les contacts que j'ai dans l'industrie cinématographique italienne, l'industrie cinématographique allemande, l'industrie cinématographique japonaise, l'industrie cinématographique philippine, c'est à la fois en raison des clients que je représente et de ce que représente la liste de mes clients. Contrairement à d'autres, je ne suis pas dans le *business des has-been*. Je suis dans le *business des princes de Hollywood*. Van Johnson, Joseph Cotten, Farley Granger, Russ Tamblyn, Mel Ferrer. »

L'agent énonce chaque nom comme s'il récitait ceux des visages sculptés sur le mont Rushmore de Hollywood.

« Les princes de Hollywood avec une filmographie saupoudrée de classiques éternels. »

L'agent évoque un exemple légendaire : « Quand un Lee Marvin, ivre mort, qui devait jouer le rôle du colonel Mortimer dans *Et pour quelques dollars de plus*, s'est désisté – trois semaines avant le début du tournage –, c'est moi qui ai dit à Sergio Leone d'amener son gros cul au Sportsmen's Lodge et de prendre un café avec un Lee Van Cleef désintoxiqué et sobre. »

L'agent laisse la puissance de cette histoire emplir toute la pièce. Puis, tirant nonchalamment sur sa Kent, il souffle la fumée et y va d'une autre grande déclaration sur l'industrie : « Quant à la suite, comme on dit, elle appartient à la mythologie du *nouveau western mondial*. »

Marvin focalise de nouveau toute son attention sur le cow-boy acteur assis de l'autre côté de la table en verre. « Bien, Rick, *Chasseur de primes* était un bon feuilleton, et vous y étiez bon. Plein de gens déboulent à Hollywood et deviennent célèbres en faisant des merdes. Demandez à Gardner McKay. »

Rick rit à la pique sur McKay. Marvin poursuit : « *Chasseur de primes*, en revanche, était une série de western tout à fait honorable. Vous avez ça à votre actif et pouvez en être fier. Maintenant, tournons-nous vers l'avenir... Mais, avant ça, je vous propose de procéder à un petit rappel. »

Tandis que les deux hommes fument des cigarettes, Marvin soumet Rick à un feu nourri de questions, comme s'il s'agissait d'un jeu télévisé ou d'un interrogatoire mené par le FBI.

« Donc, *Chasseur de primes* : c'était NBC, n'est-ce pas ?

– NBC, ouaip.

– Combien de temps ?

– Combien de temps quoi ?

– Combien de temps durait chaque épisode ?

– Eh bien, une demi-heure, donc vingt-trois minutes si on ne compte pas les pubs.

– Et combien de temps ça a duré ?

– On a démarré les diff télé à la rentrée 1959-1960, en automne.

– Et ça s'est arrêté quand ?

– Au milieu de la saison 1963-1964.

– Est-ce que vous êtes passés à la couleur ou pas ?

– Non, pas la couleur.

– Comment avez-vous décroché le rôle ? Vous débarquez les mains dans les poches ou bien la chaîne vous a mis en condition ?

– J'avais fait une apparition dans *Tales of Wells Fargo.* J'étais Jesse James.

– Et c'est ça qui a attiré leur attention ?

– Oui. Il a quand même fallu que je fasse un bout d'essai. Et j'avais intérêt à être sacrément bon. Mais oui.

– Dites-moi précisément la liste des films que vous avez faits pendant l'interruption ?

– Eh bien, le premier, dit Rick, ça a été *Sur la piste des Comanches*, avec dans le rôle principal un Robert Taylor très vieux, très moche, explique Rick. Un vieux en binôme avec un jeune. Moi et Robert Taylor. Moi et Stewart Granger. Moi et Glenn Ford. Ce n'était jamais *moi tout seul*, dit l'acteur sur le ton de la frustration. C'était toujours moi et un vieux croûton.

– Qui a réalisé *Sur la piste des Comanches* ? demande Marvin.

– Bud Springsteen.

– J'ai remarqué sur votre CV que vous aviez travaillé avec un paquet de ces réalisateurs cow-boys de Republic Pictures, fait observer Marvin – Springsteen, William Witney, Harmon Jones, John English… »

Rick rigole. « Les gars genre je-boucle-le-taf. » Puis il précise : « Mais Bud Springsteen n'était pas juste un gars genre je-boucle-le-taf. Bud ne se *contentait* pas de boucler le taf. Bud n'était pas comme les autres. »

Voilà qui intéresse Marvin. « En quoi était-il différent ?

– Hein ? fait Rick.

– Bud, en quoi était-il différent des autres gars genre je-boucle-le-taf ? demande Marvin. Quelle était la différence ? »

Rick n'a pas besoin de réfléchir à sa réponse, parce qu'il y a déjà réfléchi il y a des années, à l'époque où il faisait des apparitions avec Craig Hill dans *Whirlybirds*, avec Bud aux manettes.

« Bud disposait du même temps de tournage que les autres réalisateurs, dit Rick avec autorité. Rien de plus que les autres, pas un jour, pas une heure, pas un coucher de soleil en plus. Mais c'est la manière dont il mettait à profit ce temps qui faisait que Bud était bon. On était fier de bosser pour Bud », dit Rick en toute sincérité.

Marvin, ça lui plaît, ça.

« Et c'est ce sacré bon vieux Wild Bill Witney qui m'a mis le pied à l'étrier, dit Rick. C'est lui qui m'a donné mon premier vrai rôle. Vous savez, un personnage avec un nom. Et ensuite il m'a donné mon premier rôle principal.

– Quel film ? demande Marvin.

– Oh, un de ces films de bagnoles et de délinquants juvéniles pour Republic, dit Rick.

– Qui s'appelait comment ? demande Rick.

– *Bolides sens unique*, répond Rick. Et j'ai fait un satané *Tarzan* pour lui pas plus tard que l'an dernier, avec Ron Ely dans le rôle de Tarzan. »

Marvin rit et demande : « Du coup, vous vous connaissez depuis un bail, vous deux ?

– Bill et moi ? fait Rick. Ça, c'est sûr. »

Rick plonge dans ses souvenirs et, sentant que la discussion se passe bien, il entre dans les détails : « Que je vous dise, à propos de ce satané Bill Witney. C'est le réalisateur de films d'action le plus sous-estimé de tout ce putain de bled. Bill Witney ne se contentait pas de réaliser des films d'action, il a *inventé* la réalisation de films d'action. Vous avez dit que vous aimiez les westerns – vous savez, toute la cascade de Yakima Canutt, quand il saute d'un cheval à l'autre, puis tombe et se retrouve sous les sabots, dans la putain de *Chevauchée fantastique* de John Ford ? »

Marvin hoche la tête.

« C'est William Witney, bordel, qui a fait ça le premier, il l'a fait un an avant John Ford, avec Yakima Canutt !

– Je l'ignorais, dit Marvin. Dans quel film ?

– Il n'avait même pas encore tourné de long métrage, lui dit Rick. Il a fait ce numéro pour je ne sais quelle putain de série. Que je vous dise comment ça se passe quand c'est William Witney à la réalisation. Bill Witney part du principe qu'il n'existe pas de scène écrite qui ne puisse être améliorée par une bagarre à coups de poing. »

Marvin rigole.

Rick poursuit : « Donc je fais un épisode de *Riverboat*, réalisé par Bill. Moi et Burt Reynolds on a cette scène ensemble. Donc, moi et Burt, on fait la scène, on dit nos répliques. Et là, Bill intervient : "Coupez, coupez, coupez ! Les gars, je m'endors en vous regardant. Burt, quand il te dit ça, tu lui colles un pain. Et Rick, quand il te colle un pain, ça te met en rogne, alors tu lui en colles un. Pigé ? Okay, moteur !" Et donc on fait ce qu'il nous a dit de faire. Et, une fois que c'est terminé, il s'écrie : "Coupez ! C'est bon, les gars, là on a une scène ! »

Les deux hommes rient dans leur nuage de fumée de cigarettes qui emplit tout le bureau. Marvin commence à apprécier le feeling que dégage Rick, l'expérience de Hollywood acquise à la sueur de son front. « Parlez-moi de ce film avec Stewart Granger que vous avez évoqué, demande Marvin.

– *La Grande Chasse*, répond Rick. Une histoire de grand chasseur blanc en Afrique, une vraie bouse. Même en avion, les gens sortaient de la salle. »

Marvin s'esclaffe.

« Stewart Granger est le pire connard avec qui j'aie jamais travaillé, confie Rick à l'agent. Et pourtant, j'ai travaillé avec Jack Lord ! »

Les deux hommes rigolent du coup de griffe à Jack Lord, après quoi Marvin demande à l'acteur : « Et vous avez fait un film avec George Cukor ?

– Ouais, dit Rick. Un vrai navet intitulé *Les Liaisons coupables*. Super réalisateur, film exécrable.

– Ça s'est bien passé avec Cukor ?

– Vous plaisantez ? fait Rick. George m'a totalement adoré ! » Puis il se penche au-dessus de la table basse et chuchote d'une voix lourde de sous-entendus : « Je veux dire, il m'a *vraiment adoré*. »

L'agent sourit, signifiant à l'acteur qu'il a saisi l'allusion.

« Je crois que George a ce truc, conjecture Rick. Pour chaque film, il choisit un garçon et devient dingue de lui. Et sur ce film ça s'est joué entre moi et Efrem Zimbalist Jr, et, bah, je suppose que j'ai gagné. » Il illustre son propos en poursuivant : « Dans ce film, toutes mes scènes sont avec Glynis Johns. On est à la piscine. Glynis a un maillot de bain une pièce. On ne voit que ses jambes et ses bras, tout le reste est caché. Moi, en revanche, j'ai le slip de bain le plus mini-mini que la censure pouvait accepter. Un maillot de bain brun clair. Sur la pellicule en noir et blanc, on dirait que je suis à poil ! Et c'est pas juste un plan de moi plongeant dans la piscine. Avec ce maillot de bain mini-mini, j'ai de grandes scènes dialoguées, et je me trimbale le cul à moitié à l'air pendant dix minutes de ce putain de film. Je veux dire, merde – je suis pas non plus Betty Grable. »

De nouveau les deux hommes rigolent, tandis que Marvin sort un calepin en cuir de la poche de veste intérieure opposée à celle contenant l'étui à cigarettes en or de Joseph Cotten.

« J'ai demandé à plusieurs de mes satellites de jeter un œil à vos statistiques en Europe. Et, comme ils disent, jusqu'ici tout va bien. » Fouillant dans les notes de son calepin, il se demande à voix haute : « Est-ce que *Chasseur de primes* a été diffusé en Europe ? » Il trouve enfin la page qu'il cherchait : « Oui, ça a été diffusé. Bien. »

Rick sourit.

Marvin consulte à nouveau son carnet et trouve les informations qu'il cherchait. « Italie, bien. Angleterre, bien. Allemagne, bien. Pas la France. » Il relève la tête et dit à titre de consolation : « Mais la Belgique, oui. Donc ils savent qui vous êtes en Italie, en Angleterre, en Allemagne et en Belgique. » Marvin conclut : « Bon, ça, c'est votre feuilleton. Mais vous avez fait quelques films, qu'est-ce que ça a donné ? »

Marvin se replonge dans le calepin, tourne les pages, cherche. « En fait – il vient de trouver ce qu'il cherchait –, les trois westerns que vous avez faits, *Sur la piste des Comanches*, *Feu d'enfer au Texas* et *Tanner*, ont enregistré des scores relativement bons en Italie, en France et en Allemagne. » Il relève la tête et fixe Rick : « Et *Tanner* a été très bien accueilli en France. Vous lisez le français ? demande Marvin.

– Non, répond Rick.

– Dommage, dit Marvin en sortant du calepin une photocopie pliée, qu'il fait passer à Rick par-dessus la table basse. Voici une critique parue dans les *Cahiers du cinéma*. C'est une bonne critique, très bien écrite. Vous devriez vous la faire traduire. »

Rick prend la photocopie que lui tend Marvin, opine en entendant la suggestion de l'agent, sachant très bien qu'il ne le fera jamais.

Marvin relève ensuite la tête pour croiser le regard de Rick et dit, soudainement enthousiaste : « Mais la meilleure nouvelle, dans tout ce foutu carnet, c'est *Les Quatorze Gros Bras de McCluskey* ! »

Le visage de Rick s'éclaire et Marvin continue : « Bon, en Amérique, ça s'est passé correctement pour Columbia, à la sortie. Mais en Europe, *putain, la vache !* » Il baisse la tête pour lire les renseignements qu'il a sous les yeux. « Manifestement, *Les Quatorze Gros Bras de McCluskey* a cartonné dans toute l'Europe. Le film est sorti partout et, putain, il est resté super longtemps à l'affiche ! »

Marvin lève la tête, referme son calepin et conclut : « Donc, en Europe, ils savent qui vous êtes. Ils connaissent votre feuilleton. Mais plus que le type de *Chasseur de primes*, en Europe, vous êtes le mec cool avec le bandeau sur l'œil et le lance-flammes qui bute cent cinquante nazis dans *Les Quatorze Gros Bras de McCluskey*. »

Après avoir prononcé cette déclaration décisive, Marvin écrase sa cigarette dans le cendrier. « Et quel est votre dernier film sorti en salle ? »

C'est à présent au tour de Rick d'écraser sa cigarette dans le cendrier ; il répond dans un grognement : « Un horrible film pour enfants, pour jeune public en matinée, *Salty, la loutre qui parlait.* »

Marvin sourit. « J'imagine que vous n'y teniez pas le rôle-titre ? »

Rick accueille la plaisanterie de l'agent d'un sourire amer, mais il n'y a rien en rapport avec ce film qu'il trouve drôle.

« C'est le film dans lequel Universal m'a casé pour mettre fin à mon contrat de quatre films, explique Rick. Ce qui en dit long sur l'intérêt d'Universal pour moi. Je me rappelle ce connard, Jennings Lang, me vendant ses salades, faisant tout pour que je signe pour quatre films chez Universal. Alors qu'Avco Embassy me proposait un contrat. Que National

General Pictures me proposait un contrat. Qu'Irving Allen Productions me proposait un contrat. Je les ai tous refusés et j'ai signé avec Universal parce que c'était une major. Et parce que Jennings Lang m'avait dit : "Universal veut être dans le business Rick Dalton", j'ai signé et je n'ai plus jamais revu ce connard. » Faisant référence à la fois où Walter Wanger, le producteur de *L'Invasion des profanateurs de sépultures*, avait tiré dans l'entrejambe de Jennings Lang parce qu'il couchait avec sa femme, Joan Bennett, il dit : « Si quelqu'un mérite de se prendre une balle dans les roubignoles, c'est bien ce connard de Jennings Lang. » Ajoutant avec amertume : « Universal n'a *jamais* été dans le business Rick Dalton. »

Rick prend sa tasse et boit une gorgée de café, qui a refroidi. Il la repose sur la table en poussant un soupir.

Marvin reprend : « Donc, ces deux dernières années, vous avez fait des apparitions de temps en temps dans des feuilletons télé ? »

Rick hoche la tête. « Ouais, je suis actuellement en train de faire un pilote pour CBS, *Lancer*. Je suis la crapule. J'ai fait un *Frelon Vert*. Un *Au pays des géants*. Un *Tarzan* avec Ron Ely, celui dont j'ai parlé tout à l'heure, avec William Witney. J'ai fait aussi *Bingo Martin* avec le môme, là, Scott Brown. »

Rick n'aime pas Scott Brown et, en prononçant son nom, il prend inconsciemment un air dédaigneux. « Et je viens juste de terminer un *Sur la piste du crime*, pour Quinn Martin. »

Marvin boit une gorgée de café, bien qu'il ait un peu refroidi. « Donc vous vous en sortez plutôt bien ?

– Disons que je travaille, dit Rick comme s'il s'agissait de clarifier les choses.

– Vous avez toujours joué le rôle du méchant, dans tous ces feuilletons ? s'enquiert Marvin.

– Pas dans *Au pays des géants*, mais dans tous les autres, ouais.

– Ils se terminaient tous par des scènes de bagarres ?

– Là encore, pas *Au pays des géants* ni *Sur la piste du crime*, mais les autres, ouais.

– Maintenant, la question à soixante-quatre mille dollars. Est-ce que vous avez déjà perdu ces bagarres ?

– Bien sûr, dit Rick. Je suis la crapule. »

Marvin émet un grand « Aaaah » pour faire comprendre que c'est là qu'il voulait en venir. « C'est un vieux truc des chaînes de télé. Prenez *Bingo Martin*, par exemple. Vous avez un petit nouveau comme Scott Brown et vous voulez muscler son CV. Eh bien, vous engagez un gars d'une série qui a été annulée pour jouer la crapule. Et à la fin de l'épisode, quand ils se battent, c'est le *héros* qui gagne contre le *méchant*. »

Marvin poursuit : « Sauf que ce que le public voit, c'est que *Bingo Martin* colle une raclée au type de *Chasseur de primes*. »

Aïe, se dit Rick. *Ça, ça fait mal.*

Marvin n'en a pas terminé. « Ensuite, la semaine d'après, c'est Ron Ely en pagne. La semaine suivante, c'est Bob Conrad en pantalon moulant qui vous dérouille. » Pour illustrer son propos d'un geste, Marvin vient faire claquer son poing droit dans la paume de la main gauche. « Deux années de plus à jouer les punching-balls face aux petits nouveaux crâneurs des chaînes de télé, explique Marvin, auront un effet psychologique sur la façon dont le public vous perçoit. »

La virilité bafouée que suggère Marvin, même s'il ne parle que de son métier d'acteur, fait perler des gouttes de sueur sur le front de Rick. *Je suis un punching-ball ? Voilà ma carrière, maintenant ? Me faire dérouiller par le jeunot crâneur de cette saison ? Est-ce que c'est ce qu'a ressenti Tris Coffin, la star de* Vingt-six hommes, *quand je lui ai collé une raclée dans* Chasseur de primes *? Ou Kent Taylor ?*

Pendant que Rick gamberge, Marvin passe à autre chose.

« Bien, il y a au moins quatre personnes qui m'ont raconté une histoire à votre sujet, commence Schwarz, mais aucune n'en connaît le fin mot, alors je veux l'entendre de votre bouche. C'est quoi, cette légende selon laquelle vous avez *failli* avoir le rôle de McQueen dans *La Grande Évasion* ?

Eh merde, pas encore cette histoire à la con, se dit Rick. Toutefois, même si cela ne l'amuse pas du tout, il fait mine de prendre la chose à la plaisanterie. « C'est une bonne histoire uniquement pour les gens du Sportsmen's Lodge, glousse Rick. Vous savez, le rôle qu'on a failli décrocher. Le poisson qui s'est enfui.

– Ce sont mes histoires préférées, dit l'agent. Racontez-la-moi. »

Rick a dû raconter cette histoire sans queue ni tête tant de fois qu'il l'a réduite à ses éléments les plus basiques. Ravalant son ressentiment, il se lance dans un rôle qui n'est pas tout à fait dans son registre, celui de l'acteur modeste.

« Bon, commence Rick, apparemment, au moment où John Sturges offrait à McQueen le rôle-titre de Hilts, le Roi du Frigo, dans *La Grande Évasion*, Carl Foreman – le tout-puissant scénariste-producteur des *Canons de Navarone* et du *Pont de la rivière Kwaï* – faisait ses débuts à la réalisation avec un film intitulé *Les Vainqueurs*, et il proposait à McQueen un des rôles principaux, et *apparemment* McQueen hésitait tellement que Sturges a été obligé de dresser une liste d'acteurs possibles au cas où il faudrait le remplacer. Et *apparemment* j'étais sur cette liste. »

Marvin demande : « Qui d'autre y avait-il sur cette liste ?

– Quatre noms, dit Rick. Moi et les trois George : Peppard, Maharis et Chakiris.

– Dites, insiste Marvin enthousiaste, sur cette liste, je vous vois tout à fait obtenir le rôle. Bon, il y aurait eu Paul Newman sur la liste, je ne dis pas, mais les George à la con, là ?

– De toute façon, McQueen a accepté le rôle, dit Rick en haussant les épaules. Alors qu'est-ce que ça peut faire ?

– Non, mais c'est une bonne histoire, insiste Marvin. On vous imagine bien dans le rôle. Les Italiens vont l'adorer ! » Marvin Schwarz explique alors comment fonctionne l'industrie du cinéma de genre en Italie.

« Quoi qu'il arrive, McQueen ne travaillera pas avec les Italiens. *Qu'ils aillent se faire foutre, ces enfoirés de Ritals*, voilà ce qu'en dit Steve. *Dites-leur de prendre Bobby Darin*, voilà ce que dit ce foutu Steve. Il travaillera neuf mois en Indochine avec Robert Wise, mais il ne passera pas deux mois à Cinecittà avec Guido Gradubido, peu importe combien on le paie.

Si j'étais à la place de Steve, je n'irais pas non plus perdre mon temps dans un western rital de merde, songe Rick.

Marvin reprend : « Dino De Laurentiis proposait de lui acheter une villa à Florence. Des producteurs italiens lui offraient un demi-million de dollars et une Ferrari neuve pour dix jours de travail sur un film avec Gina Lollobrigida. » Et Marvin ajoute en aparté : « Sans parler de la chagatte de Lollobrigida qui faisait presque certainement partie du lot. »

Rick et Marvin partent d'un grand éclat de rire. *Alors là, c'est une autre histoire*, se dit Rick. *Je ferais n'importe quel film si je pensais pouvoir me taper Anita Ekberg*.

« Mais, dit Marvin, ça fait que les Italiens ont encore plus envie de lui. Donc, même si Steve dit toujours non, et Brando dit toujours non, et Warren Beatty dit toujours non, les Italiens continuent de les réclamer. Et quand ils n'arrivent pas à les avoir, ils se font une raison.

– Ils se *font une raison* ? » répète Rick.

Marvin s'explique : « Ils *veulent* Marlon Brando, ils *obtiennent* Burt Reynolds. Ils *veulent* Warren Beatty, ils *obtiennent* George Hamilton. »

Tandis que Marvin lui inflige l'autopsie de sa carrière, Rick éprouve une sensation cuisante de brûlure derrière ses globes oculaires, et les larmes lui montent aux yeux.

Marvin, peu soucieux de l'angoisse de Rick, termine : « Je ne dis pas que les Italiens ne *veulent* pas de vous. Je dis que les Italiens *vont vouloir* de vous. Mais ils vous *voudront* parce qu'ils *voudront* McQueen et ne pourront pas l'*avoir*. Et quand ils finiront par se rendre compte qu'ils n'*auront* pas McQueen, alors ils *voudront* un McQueen qu'ils pourront *avoir*. Et ce sera vous. »

L'honnêteté crue et brutale des paroles prononcées par l'agent choque autant Rick Dalton que si Marvin lui avait allongé une énorme torgnole.

Quoi qu'il en soit, du point de vue de Marvin, ce ne sont là que de bonnes nouvelles. Si Rick Dalton enchaînait les premiers rôles dans les films produits par les grands studios, il ne serait pas en train de discuter avec Marvin Schwarz.

En outre, c'est Rick qui a demandé à rencontrer Marvin. C'est Rick qui veut des premiers rôles dans des longs métrages plutôt que de jouer le méchant de service dans des feuilletons télévisés. Et c'est à Marvin qu'incombe la mission de lui expliquer les réalités et les éventuelles opportunités d'une industrie cinématographique à laquelle l'acteur connaît que dalle. Une industrie dont Marvin est un expert reconnu. Et, de l'avis de Marvin, le fait que Rick Dalton soit *comme* une des plus grandes vedettes de cinéma dans le monde entier est une opportunité formidable pour un agent qui place des acteurs américains de renom dans des longs métrages italiens. Aussi est-il bien compréhensible qu'il soit perplexe en remarquant des larmes couler le long des joues de Rick Dalton.

« Y se passe quoi, gamin ? demande l'agent étonné. Vous pleurez ? »

Vexé, gêné, Rick Dalton s'essuie les yeux du dos de la main et dit : « Je suis désolé, monsieur Schwarz, je vous présente mes excuses. »

Marvin prend une boîte de mouchoirs en papier sur son bureau et la tend à Rick, consolant le comédien en larmes.

« Désolé rien du tout. On a tous des coups de mou de temps à autre. La vie est dure. »

Rick arrache deux Kleenex de la boîte dans un bruit âpre de déchirure. Avec le peu de virilité qu'il arrive à retrouver au vu des circonstances, il s'essuie les yeux avec les mouchoirs en papier. « Ça va, maintenant, je suis gêné, c'est tout. Désolé de vous avoir infligé ce spectacle humiliant.

– Humiliant ? feint de s'étonner Marvin. Mais qu'est-ce que vous me racontez ? Nous sommes des êtres humains ; les humains pleurent. C'est une bonne chose. »

Rick finit de sécher ses larmes et affiche un sourire factice. « Voyez, tout va mieux. Encore désolé.

– Y a pas à être désolé, le tance Marvin. Vous êtes un acteur. Les acteurs doivent pouvoir accéder à leurs émotions. Nous avons besoin que nos acteurs pleurent. Parfois, une telle faculté a un coût. Maintenant, dites-moi, que se passe-t-il ? »

Rick se ressaisit, prend une grande inspiration et répond : « C'est juste que ça fait plus de dix ans que je fais ça, monsieur Schwarz. Et c'est un peu dur de me retrouver assis là après tout ce temps et de devoir reconnaître à quel point j'ai échoué. De devoir reconnaître que j'ai planté ma carrière. »

Marvin ne comprend pas. « Comment ça, échoué ? »

Rick lève la tête, regarde droit dans les yeux l'agent de l'autre côté de la table et lui dit en toute sincérité : « Vous savez, monsieur Schwarz, il fut un temps où *j'avais vraiment* du potentiel. Vraiment. On peut le voir dans certains de mes rôles. On peut le voir dans *Chasseur de primes*. Surtout quand j'avais des guest-stars solides. Quand c'est moi et Bronson, moi et Coburn, moi et Meeker, ou moi et Vic Morrow. J'avais un truc ! Mais les studios n'ont pas arrêté de me mettre dans des films avec de vieux croûtons sur le retour. Moi et Chuck Heston ? Ça aurait été autre chose. Moi et Richard Widmark, moi et Mitchum, moi et Hank Fonda, ça aurait été autre chose ! Et, dans certains des films, on le voit, ce potentiel. Moi et Meeker dans *Tanner*. Moi et Rod Taylor dans *McCluskey*. Merde, même moi et Glenn Ford dans *Feu d'enfer au Texas*. À cette époque, Ford en avait plus rien à foutre de rien, mais il donnait toujours une *impression* de force d'enfer, et on avait fière allure tous les deux. Donc ouais, *j'en avais*, du potentiel. Mais, quel que soit le potentiel que j'avais, ce connard de Jennings Lang d'Universal l'a gâché. »

L'acteur pousse alors un soupir théâtral de défaite et dit en regardant le sol. « Bon sang, même moi je l'ai foutu en l'air. »

Il relève la tête et son regard croise celui de l'agent. « J'ai complètement foutu en l'air une quatrième saison de *Chasseur de primes*. Parce que j'en avais marre de la télé. Je voulais être une star de cinéma. Je voulais rattraper Steve McQueen. Si lui y arrivait, alors moi aussi je pouvais y arriver. Si pendant toute la troisième saison j'y avais mis un peu du mien, on aurait pu faire une quatrième saison. On s'en serait bien tirés et on se serait tous séparés bons amis. Maintenant, Screen Gems me déteste. Ces satanés producteurs de *Chasseur de primes* vont m'en vouloir jusqu'à la fin de leur vie. Et je le mérite ! J'ai été un connard sur la troisième saison. J'ai bien fait savoir à tout le monde que j'avais mieux à faire que ce feuilleton à la noix. » Rick a de nouveau les larmes qui lui montent aux yeux. « Quand j'ai joué dans *Bingo Martin*, j'ai détesté ce connard de Scott Brown. Bon, je n'ai jamais été aussi mauvais que lui. Vous pouvez demander aux acteurs avec qui j'ai travaillé, vous pouvez demander aux réalisateurs avec qui j'ai travaillé, je n'ai jamais été aussi mauvais que lui. Et pourtant, j'ai travaillé avec des connards. Mais vous voulez savoir pourquoi *ce* connard-*là* m'a miné ? Parce que j'ai vu à quel point il était ingrat. Et quand j'ai vu ça, je me suis vu moi-même. »

Il fixe le sol à nouveau et dit en s'apitoyant sur lui-même avec sincérité : « Peut-être que ce qui m'attend, c'est de me faire péter la gueule par le nouveau petit crâneur qui a le vent en poupe en ce moment. »

Marvin écoute sans l'interrompre, bouche fermée et oreilles grandes ouvertes, l'explosion qui surgit de Rick Dalton. L'agent laisse passer un moment, puis dit : « Monsieur Dalton, vous n'êtes pas le premier acteur à avoir eu des rêves de grandeur après avoir décroché un rôle dans une série. En fait, c'est une maladie commune par ici. Et – regardez-moi. »

Rick relève un œil.

Marvin termine : « C'est pardonnable. »

Marvin sourit alors à l'acteur. L'acteur lui sourit en retour.

« Mais, ajoute l'agent, cela nécessite de se réinventer un peu.

– En quoi faut-il que je me réinvente ? demande Rick.

– En quelqu'un de modeste », répond Marvin.

Chapitre deux

« Je suis curieux » (Cliff)

Cliff Booth, quarante-six ans, la doublure cascade de Rick Dalton, est assis dans la salle d'attente du bureau de Marvin Schwarz, au deuxième étage de l'immeuble de l'agence William Morris. Il feuillette un numéro très grand format du magazine *Life* que l'agence met à disposition de ceux qui patientent pour un rendez-vous.

Cliff porte un blue-jean Levi's serré et une veste en jean Levi's assortie sur un tee-shirt noir. Cette tenue est un vestige d'un film de motards à petit budget dans lequel Cliff a travaillé, il y a trois ans. L'acteur-réalisateur Tom Laughlin, un vieux pote de Rick et ami de Cliff (ils ont fait *Les Quatorze Gros Bras de McCluskey* tous les trois), avait engagé Cliff pour qu'il soit la doublure cascade de deux personnages de bikers dans *Le Credo de la violence*, un film de motards dans lequel il avait le rôle principal, et qu'il réalisait pour American International Pictures (et qui deviendrait le plus gros succès d'AIP de l'année). Dans le film, Laughlin jouait, pour la première fois, un rôle qui ferait de lui un des personnages de cinéma les plus populaires de la culture pop des années soixante-dix, le rôle de Billy Jack. Billy Jack était un métis, moitié Indien d'Amérique, vétéran du Vietnam, expert en hapkido, un art martial coréen dont il ne se privait pas de faire usage contre le violent gang de motards des Born Losers (très inspiré des Hells Angels).

La mission de Cliff consistait à doubler un des membres du gang qui se faisait appeler Gangrène, interprété par Jeff Cooper, un vieux copain de David Carradine, à qui Cliff ressemblait un peu. Sauf que, au cours de la dernière semaine de tournage, le cascadeur qui assurait le doublage de Tom s'était disloqué le coude (non pas en effectuant une cascade, mais en faisant du skateboard pendant son jour de congé). Et donc Cliff avait remplacé Tom pendant toute la dernière semaine de tournage.

À la fin du tournage de ce film à petit budget, ayant le choix entre percevoir soixante-quinze dollars ou conserver la panoplie de Billy Jack – y compris les bottes en cuir –, Cliff avait opté pour la tenue.

Quatre ans plus tard, Tom Laughlin serait la star de *Billy Jack*, qu'il réaliserait pour Warner Bros. Par la suite, déçu par la manière dont le studio ferait la promo du film, Laughlin rachèterait les droits, puis se chargerait personnellement de le distribuer État par État, tel un promoteur de fête foraine. Laughlin placarderait d'affiches les salles de cinéma et inonderait les stations télé locales de spots publicitaires judicieusement montés à destination des gamins regardant la télévision l'après-midi après l'école. Les innovations atypiques de Laughlin en matière de distribution, outre le fait qu'il avait réalisé un film assez épatant, firent de *Billy Jack* un des plus grands succès de Hollywood sur le long terme. Et, une fois ce succès établi, la tenue Levi's de Cliff fut tellement identifiée au héros de la castagne qu'il dut cesser de la mettre.

Mlle Himmelsteen est assise à son bureau, à l'entrée de celui de M. Schwarz, occupée à répondre au téléphone (« Bureau de M. Schwarz – un silence – je suis désolée, il est en rendez-vous pour l'instant, puis-je prendre votre nom ? »), et Cliff est assis sur l'inconfortable canapé aux couleurs vives, à proximité de son bureau, à feuilleter l'énorme magazine *Life* étalé sur son giron. Il vient juste de finir de lire la critique signée Richard Schickel du nouveau film suédois qui affole tous les puritains d'Amérique et beaucoup de leurs leaders d'opinion s'exprimant dans les journaux. Nombreux sont ceux qui détournent le titre accrocheur du film pour y aller de leur calembour : à la fois Johnny Carson *et* Joey Bishop, ainsi que tous les comiques, de Jerry Lewis à Moms Mabley.

Du canapé, Cliff lance à Mlle Himmelsteen, installée à son bureau : « Vous avez entendu parler de ce film suédois, *Je suis curieuse (édition jaune)* ?

– Oui, je crois bien, répond Mlle Himmelsteen. C'est censé être cochon, non ?

– Non, pas si l'on en croit la Cour d'appel des États-Unis », fait remarquer Cliff, qui lit un extrait de l'article qu'il a sous les yeux : « "La pornographie est une œuvre dépourvue de valeur sociale rédemptrice." Or, d'après le juge Paul R. Hays, "que nous-mêmes considérions, ou pas, le film comme particulièrement intéressant ou la production réussie au plan artistique, il est indubitable que *Je suis curieuse* présente effectivement des idées et s'efforce de présenter ces idées d'une manière artistique". »

Il abaisse le magazine grand format et son regard croise celui de la beauté aux nattes à la Pocahontas assise derrière son bureau.

« Qu'est-ce que ça signifie, exactement ? demande Mlle Himmelsteen.

– *Exactement*, répète Cliff, ça signifie que le Suédois qui l'a réalisé n'a pas juste fait un film de cul. Il a *essayé* de faire de l'art. Et peu importe que vous pensiez que c'est la pire merde que vous ayez jamais vue de votre vie. Ce qui *compte*, c'est qu'il ait essayé de faire de l'art. Il n'a pas cherché à faire un film obscène. » Puis, tout sourire, il hausse les épaules et ajoute : « C'est en tout cas ce que je comprends de cette critique.

– Ça a l'air provocateur, fait remarquer la jeune femme aux nattes.

– Je suis d'accord, dit Cliff. Vous voulez venir le voir avec moi ? »

Un petit sourire sarcastique s'épanouit sur le visage de Mlle Himmelsteen, qui s'enquiert, après juste ce qu'il faut d'un silence digne d'un comique juif : « Vous voulez m'emmener voir un film cochon ?

– Non, s'insurge Cliff. D'après le juge Paul Machin Hays, je veux juste vous emmener voir un film suédois. Où habitez-vous ?

– Brentwood, répond-elle spontanément, avant d'avoir pu tenir sa langue.

– Bon, je connais pas mal les salles de la région de Los Angeles, l'informe Cliff. M'autoriserez-vous à choisir le cinéma ? »

Janet Himmelsteen est tout à fait consciente de ne pas avoir donné son accord pour aller au cinéma avec Cliff. Nonobstant, elle et Cliff savent tous deux pertinemment qu'elle va dire oui. Or, s'il y a bien chez William Morris une règle interdisant aux secrétaires en minijupe de fréquenter les clients, ce type n'est pas un client. Le client, c'est Rick Dalton. Lui, c'est juste un pote de Rick.

« Choisissez, dit la jeune femme.

– Sage décision », rétorque l'homme plus âgé.

Tous deux sont en train de rigoler au moment où s'ouvre la porte du bureau de Marvin. Rick Dalton apparaît en veste de cuir beige.

Cliff se relève promptement du canapé inconfortable de Marvin et jette un coup d'œil à son patron, pour savoir si le rendez-vous qui vient de s'achever s'est bien passé. Et, comme Rick a l'air un peu en sueur et affolé, Cliff se dit que le rendez-vous n'a pas dû si bien se passer.

« Ça va ? murmure Cliff.

– Ouais, ça va, répond vivement Rick. Allez, fichons le camp d'ici.

– Bien sûr », répond Cliff. Le cascadeur pivote alors sur ses talons jusqu'à se trouver face à Janet Himmelsteen, d'un mouvement si rapide qu'il la fait sursauter. Elle n'émet pas un son, mais recule instinctivement. Maintenant que Cliff se tient juste devant elle (au-dessus d'elle, à vrai dire), lui souriant comme un Huck Finn tout de blue-jean vêtu, elle se rend compte qu'il est vraiment bel homme. « Le film sort en salle ce mercredi, annonce Cliff à la jeune demoiselle. Quand voulez-vous y aller ? »

À présent que les choses se concrétisent, elle en a la chair de poule sur tout le gras des bras. Sous son bureau, son pied droit en sandale décolle du sol et vient se frotter le long de son mollet gauche dénudé.

« Que diriez-vous de samedi soir ? propose-t-elle.

– Ou plutôt dimanche après-midi ? négocie Cliff. Je vous emmènerai ensuite chez Baskin-Robbins. »

Ce qui provoque non pas le simple gloussement de Himmelsteen, mais un rire authentique. Cette femme a un rire authentique adorable, d'ailleurs. Il le lui dit et découvre que le fard authentique qu'elle pique est tout aussi adorable.

Il tend le bras, prend une des cartes de visite de la jeune femme placées sur ce qui ressemble à un abribus en plastique transparent pour cartes de visite et l'étudie ostensiblement.

« "Janet Himmelsteen", lit-il à haute voix.

– C'est moi », glousse-t-elle timidement.

Le cascadeur sort son portefeuille en cuir brun de la poche arrière de son blue-jean, l'ouvre et fait tout un numéro en y glissant de manière théâtrale la carte de visite William Morris blanche. Puis le beau blond marche à reculons vers le couloir pour rattraper son patron. Ce qui ne l'empêche pas de badiner de façon humoristique avec la jeune secrétaire. « Attention, n'oubliez pas, si votre maman vous demande, je ne vous emmène pas au cinéma voir un film cochon. Je vous emmène voir un film étranger. Avec des sous-titres. »

Il lui adresse un signe de la main juste avant de disparaître au coin et lui lance : « Je vous appelle vendredi. »

Cliff et Mlle Himmelsteen vont voir *Je suis curieuse (édition jaune)* au Royal Cinema de West L.A., ce dimanche après-midi, et le film leur plaît à tous les deux. En matière de cinéma, Cliff est bien plus aventureux que son patron. Pour Rick, les films, c'est ce qui se fait à Hollywood et, à l'exception de l'Angleterre, les industries cinématographiques des autres pays font de leur mieux, mais ce n'est tout de même pas Hollywood. Cliff, en revanche, après tout le sang et la violence qu'il a vus au cours de la Deuxième Guerre mondiale, une fois revenu au pays, s'est étonné de constater à quel point il trouvait juvéniles la plupart des films hollywoodiens. Il y avait quelques exceptions – *L'Étrange Incident*, *Body and Soul*, *L'Enfer est à lui*, *Le Troisième Homme*, *Les Frères Rico*, *Les Révoltés de la cellule 11* –, mais ce n'étaient que des exceptions dans une production globale d'une normalité factice.

Après la dévastation que les pays d'Europe et d'Asie avaient subie au cours de la Deuxième Guerre mondiale, quand ces pays s'étaient lentement remis à faire des films, souvent au milieu des décombres des villes bombardées pendant la guerre (*Rome, ville ouverte* ; *Le Pigeon*), ils découvraient qu'ils les faisaient pour des publics bien plus adultes.

Tandis que, en Amérique – et quand je dis « Amérique », je parle de « Hollywood » –, un pays dont les civils n'avaient pas eu à craindre l'épouvantable réalité du conflit, *leurs* films demeuraient d'une inébranlable immaturité et, ce qui était terriblement frustrant, entièrement au service du concept de divertissement pour toute la famille.

Pour Cliff, qui avait été témoin des pires atrocités de l'humanité (les têtes des frères de la guérilla philippine plantées sur des pics par l'occupant japonais, par exemple), même les acteurs les plus divertissants de son époque – Brando, Paul Newman, Ralph Meeker, John Garfield, Robert Mitchum, George C. Scott – ne parvenaient pas à faire oublier qu'ils étaient des acteurs, qui réagissaient aux événements comme des personnages dans les films. Il y avait toujours chez le personnage une dose d'artificialité qui l'empêchait d'être convaincant. Après son retour aux États-Unis, l'acteur préféré de Cliff était Alan Ladd. Il aimait la façon dont ce minus nageait pratiquement dans les vêtements à la mode des années quarante et cinquante qu'il portait. Il ne lui plaisait pas particulièrement dans les westerns et les films de guerre. Il disparaissait dans ses tenues de cow-boy ou ses uniformes militaires. Il fallait que Ladd soit en costume cravate, de préférence coiffé d'un borsalino à bord étroit. Cliff aimait son allure. Il était beau sans avoir la beauté stéréotypée des acteurs de cinéma. Cliff étant lui-même bel homme, il appréciait les autres hommes qui n'étaient pas spécialement beaux, mais n'avaient pas besoin de l'être. Alan Ladd ressemblait à certains gars que Cliff avait côtoyés à l'armée. Il aimait également que Ladd ressemble à un Américain. Et il adorait que ce petit gars se batte à coups de poing dans ses films. Il adorait le voir casser la figure des acteurs de genre spécialisés dans les rôles de gangsters. Cliff adorait cette mèche qui lui pendait devant le visage quand il se bagarrait. Et il adorait la manière dont Ladd se roulait par terre avec les crapules. Mais le truc qu'il préférait par dessus tout chez Ladd ? Sa voix. Il avait une façon franche et directe de dire ses répliques. Quand Ladd jouait devant la caméra face à William Bendix,

Robert Preston, Brian Donlevy ou Ernest Borgnine, ils semblaient tous surjouer, comparés à lui. Quand Ladd était en colère dans un film, il ne jouait pas la colère. Il était furax, comme un type vraiment en rogne. Pour Cliff, Alan Ladd était le seul type de toute l'industrie du cinéma qui savait se peigner, porter un chapeau ou fumer une cigarette (bon, d'accord, Mitchum aussi savait fumer une cigarette).

Tout ça pour dire que Cliff trouvait les films hollywoodiens irréalistes. Quand il avait vu *Anatomie d'un meurtre* d'Otto Preminger, il avait ri des dialogues que les journaux qualifiaient de « langage adulte choquant ». Il en avait plaisanté avec Rick : « Il n'y a qu'à Hollywood qu'on considère "spermicide" comme du "langage adulte choquant". »

En revanche, quand il voyait des films étrangers, les acteurs avaient un niveau d'authenticité qu'on ne trouvait tout simplement pas dans les films hollywoodiens. L'acteur préféré de Cliff, sans conteste, et haut la main, c'était Toshiro Mifune. Il contemplait parfois le visage de Mifune avec une telle intensité qu'il en oubliait de lire les sous-titres. L'autre acteur étranger que Cliff aimait vraiment, c'était Jean-Paul Belmondo. Quand Cliff avait vu Belmondo dans *À bout de souffle*, il s'était dit : *Ce mec ressemble à un putain de singe. Mais un singe qui me plaît.*

Comme Paul Newman, que Cliff appréciait, Belmondo avait un charme de star de cinéma.

Mais quand Paul Newman jouait un salopard, comme dans *Le plus sauvage d'entre tous*, il était encore un salopard sympathique. Alors que le gars d'*À bout de souffle* n'était pas juste un connard de tombeur sexy. C'était un pauvre type, un voleur à la petite semaine, un sale con. Et, contrairement à un film hollywoodien, ils ne le rendaient pas attachant. Dans les films hollywoodiens, ils les rendaient toujours attachants, ces sales cons, et c'était le truc le plus bidon que faisait

Hollywood. Dans la vraie vie, ces fumiers n'avaient vraiment rien d'attachant.

Voilà pourquoi Cliff appréciait que Belmondo n'ait pas fait ça de son personnage de petite frappe dans *À bout de souffle*. Les films étrangers, estimait Cliff, étaient plus comme des romans. Ils se fichaient que vous aimiez ou pas les personnages principaux. Et Cliff trouvait cela intrigant.

Et donc, dès les années cinquante, Cliff avait pris l'habitude de monter dans sa voiture et de se rendre à Beverly Hills, Santa Monica, West Los Angeles ou Little Tokyo pour aller voir des films étrangers en noir et blanc avec sous-titres en anglais.

La Strada, *Le Garde du corps*, *Vivre*, *Le Pont*, *Du rififi chez les hommes*, *Le Voleur de bicyclette*, *Rocco et ses frères*, *Rome, ville ouverte*, *Les Sept Samouraïs*, *Le Doulos*, *Riz amer* (que Cliff trouvait sexy en diable).

« Je ne vais pas au cinéma pour lire », disait Rick à Cliff, se moquant de sa cinéphilie. Cliff se contentait de sourire des moqueries de son patron, mais il éprouvait toujours une certaine fierté à lire les sous-titres. Il se sentait plus intelligent. Il aimait élargir ses horizons. Il aimait se frotter à des concepts ardus qui n'étaient pas évidents de prime abord. Passé les vingt premières minutes, il n'y avait rien à apprendre d'un nouveau film avec Rock Hudson ou Kirk Douglas. Ces films étrangers, en revanche, il fallait les regarder jusqu'au bout pour savoir ce qu'on avait vu. Mais il n'était pas non plus subjugué par tous les films étrangers. Il fallait tout de même que, d'une façon ou d'une autre, ils fonctionnent *en tant que film*, sinon quel était l'intérêt ? Cliff n'écrivait pas assez bien pour rédiger des critiques dans *Films in Review*, mais il en savait assez pour pouvoir dire que *Hiroshima mon amour* ne valait pas un clou. Il en savait assez pour savoir qu'Antonioni, c'était de l'arnaque.

Il aimait aussi considérer les événements sous une autre perspective. *La Ballade du soldat* lui avait inspiré pour ses alliés soviétiques un respect qu'il n'avait jusqu'alors jamais éprouvé. *Ils aimaient la vie* lui avait appris que son expérience de la guerre, comparée à d'autres, n'avait peut-être pas été si atroce. *Le Pont* de Bernhard Wicki lui avait fait faire une chose qu'il n'aurait jamais crue possible : pleurer pour des Allemands. Ses séances du dimanche après-midi, il y allait habituellement en solitaire (le dimanche après-midi, c'était son jour film étranger). Cela n'intéressait personne d'autre dans son cercle (il était presque comique de constater à quel point la communauté des cascadeurs se souciait peu de cinéma). Mais Cliff aimait bien ses séances en solitaire. C'était un temps d'intimité avec Mifune, Belmondo, Bob le Flambeur et Jean Gabin (à la fois le Gabin jeune et le Gabin à la crinière blanche) ; c'était son moment avec Akira Kurosawa.

Le Garde du corps n'était ni la première fois que Cliff voyait un film avec Mifune, ni la première fois qu'il voyait un film de Kurosawa. Il avait en effet visionné *Les Sept Samouraïs* quelques années plus tôt, avait trouvé que c'était un film splendide. Il s'était aussi dit que ce devait sans doute être un coup de génie unique qui ne se reproduirait pas. Mais les critiques dans les journaux avaient convaincu Cliff de s'intéresser davantage à Mifune et d'aller voir le nouveau film de Kurosawa. Après avoir vu *Le Garde du corps* dans une salle de la taille d'une boîte à chaussures du quartier Little Tokyo, dans le centre de Los Angeles, Cliff avait été conquis par Mifune, mais pas encore par Kurosawa. Il n'était pas dans la nature de Cliff de suivre l'œuvre d'un réalisateur de cinéma. Il n'avait pas non plus une si haute estime des films. Les réalisateurs étaient des types qui respectaient le calendrier. Il était bien placé pour le savoir – il travaillait avec nombre d'entre eux. L'idée selon laquelle ils étaient semblables à ces peintres torturés qui se rongeaient les sangs pour savoir quel type de bleu disposer sur leur toile était une vision très fantasmée de ce qu'était la fabrication d'un film. William Witney se crevait le cul pour avoir de bonnes images à la fin de sa journée. Mais il n'était pas non plus un sculpteur transformant un bloc de pierre en une paire de fesses de femme qu'on a envie de caresser.

Il y avait toutefois quelque chose dans *Le Garde du corps*, au-delà de Mifune, au-delà de l'histoire, qui parlait à Cliff. Et il se disait qu'il était *possible* que ce quelque chose soit Kurosawa. Le troisième film qu'il avait vu de Kurosawa prouva que les deux premiers n'étaient pas des coups de chance. *Le Château de l'araignée* le médusa. Il fut un peu inquiet en apprenant qu'il s'inspirait de *Macbeth* de Shakespeare. Cliff n'avait jamais été sensible à Shakespeare (et il le regrettait). Habituellement, Cliff s'ennuyait un peu quand il regardait un film. S'il cherchait de l'excitation, il allait faire de la course auto sur un circuit ou rouler à moto sur un terrain de motocross. Mais *Le Château de l'araignée* l'avait totalement fasciné. Dès l'instant où il avait vu apparaître Mifune, filmé dans un noir charbon et blanc, harnaché dans son armure militaire, couvert de centaines de flèches, ce fut officiel : Cliff Booth était devenu un fan d'Akira Kurosawa.

Après la violence à laquelle le monde avait été exposé dans les années quarante, les années cinquante n'en avaient eu que pour le mélodrame émouvant. Tennessee Williams, Marlon Brando, Elia Kazan, l'Actors Studio, *Playhouse 90*. Et, à tous égards, Kurosawa était un réalisateur idéal pour ces années cinquante ampoulées, l'époque à laquelle sortirent ses films les plus célèbres. Les critiques de cinéma américains ne tardèrent pas à tresser des lauriers à Kurosawa, élevant ses mélodrames au rang de grand art, en partie parce qu'ils ne les comprenaient pas. Cliff avait le sentiment que, après s'être battu aussi longtemps contre les Japonais et avoir été leur prisonnier en temps de guerre, il comprenait Kurosawa bien mieux que n'importe quel critique qu'il avait pu lire. Cliff estimait que Kurosawa avait un don inné pour mettre en scène le drame, le mélodrame, les romans de gare, ainsi qu'un talent d'illustrateur de bande dessinée (Cliff était grand fan de *comics* Marvel) pour ce qui était du cadrage et de la composition. Cliff n'avait jamais vu de réalisateur composer des plans avec un esprit aussi dynamique que « le Vieux » (c'est ainsi que Cliff surnommait le réalisateur). Mais Cliff avait le sentiment que, là où les critiques américains se trompaient, c'était quand ils qualifiaient le réalisateur d'« artiste avec un grand A ». Kurosawa n'était pas un artiste, à ses débuts. Initialement, il travaillait pour gagner sa vie. C'était un travailleur, qui faisait des films pour d'autres travailleurs. Ce n'était pas un « artiste avec un grand A », mais il avait un talent sensationnel pour mettre en scène le drame et les romans de gare « de manière artistique ».

Cependant, même le Vieux avait fini par croire aux articles écrits sur lui et par se fourvoyer. Au milieu des années soixante, avec *Barberousse*, Kurosawa-le-réalisateur s'était métamorphosé en Kurosawa-le-romancier-russe.

Cliff n'était pas sorti en pleine séance par respect pour celui qui avait été naguère son réalisateur préféré. Mais, plus tard, en apprenant que c'était la tournure pesante et solennelle prise par le Vieux dans *Barberousse* qui avait poussé Toshiro Mifune à se promettre de cesser de travailler avec Kurosawa, Cliff avait pris le parti de Mifune.

LE TOP 5 DE CLIFF DES FILMS DE KUROSAWA

1. (à égalité) *Les Sept Samouraïs* et *Vivre*
2. *Le Garde du corps*

3. *Le Château de l'araignée*
4. *Chien enragé*
5. *Les salauds dorment en paix* (uniquement pour la scène d'ouverture)

Le sentiment de proximité et de dévotion (même si *lui* n'aurait jamais dit ça comme ça) de Cliff à l'égard du cinéma japonais ne se limitait pas à Kurosawa et Mifune.

S'il ne connaissait pas le nom des autres réalisateurs, il avait néanmoins vraiment aimé *Les Trois Samouraïs hors-la-loi*, *Le Sabre du mal*, *Hara-kiri* et *Goyokin, l'or du Shogun*. Et plus tard, dans les années soixante-dix, il avait adoré Zatoichi, le personnage de Katsu dans la série *La Légende de Zatoichi*. À tel point que, pendant un certain temps, Katsu était devenu l'acteur préféré de Cliff, détrônant Mifune. Et Cliff était devenu dingue de la série de films du frère de Katsu, les *Baby Cart*, en particulier le deuxième, *Baby Cart, l'enfant massacre*. Dans les années soixante-dix, il avait également vu ce film japonais sexy dingue, où la nana coupe la bite du mec, *L'Empire des sens* (il avait emmené deux copines différentes voir ce film). Il avait aussi rudement aimé le premier des films avec Sonny Chiba, *Autant en emporte mon nunchaku* (celui où il arrache la bite du black). Mais quand il était allé au Vista voir la *Trilogie samouraï* de Mifune (les trois films le même dimanche après-midi), il s'était tellement ennuyé que, pendant deux ans, il n'était plus retourné voir un seul film japonais.

Mais il y avait eu beaucoup de pointures du cinéma étranger des années cinquante et soixante que Cliff n'avait pas particulièrement appréciées. Il avait essayé Bergman, mais ne s'y était pas intéressé (trop ennuyeux). Il avait essayé Fellini et avait tout d'abord vraiment aimé. Il aurait pu se passer de toutes les simagrées à la Chaplin de sa femme. En fait, il aurait tout simplement pu se passer de sa femme. Il avait quand même énormément apprécié ses premiers films en noir et blanc. Mais, à partir du moment où Fellini avait décidé que *la vie était un cirque*, Cliff s'était dit *arrivederci*.

Il avait essayé Truffaut deux fois, mais n'avait pas accroché. Non seulement parce que les films étaient ennuyeux (ils l'étaient), mais les deux films qu'il avait vus (à l'occasion d'une double séance Truffaut) ne l'avaient tout simplement pas emballé. Le premier, *Les Quatre Cents Coups*, l'avait laissé de marbre. Il ne comprenait vraiment pas les raisons qui motivaient la moitié des bêtises que faisait ce petit garçon. Bon, Cliff n'en parlait jamais à personne, mais s'il en avait parlé, sa première interrogation aurait porté sur la scène où le petit priait *Balzac*. Est-ce un truc que font les mômes français ? L'idée était-elle que c'était normal, ou le réalisateur voulait-il souligner que le môme était bizarre ? Bon, d'accord, on aurait pu dire que c'était comparable à un gamin américain accrochant à son mur une photo du joueur de baseball Willie Mays. Mais il ne pense pas que cela soit *censé* être aussi simple. Et puis, cela paraît absurde. Un garçon de dix ans aimant Balzac à ce point ? Non, ce n'est pas possible. Comme le petit garçon est censé être Truffaut, c'est Truffaut qui nous dit à quel point *il* est impressionnant, *lui*. Et, franchement, le gamin à l'écran n'était pas du tout impressionnant. Et il ne méritait certainement pas de faire l'objet d'un film.

Il trouvait les sinistres têtes à claques de *Jules et Jim* chiants comme la pluie. Cliff n'avait pas apprécié *Jules et Jim* parce qu'il n'accrochait pas avec la gonzesse. Et c'est le genre de film, si tu n'accroches pas avec la gonzesse, tu n'accrocheras pas au film. Cliff estimait que le film aurait été carrément meilleur s'ils avaient laissé cette garce se noyer.

Grand amateur de provocation, Cliff avait aimé *Je suis curieuse (édition jaune)*, et pas seulement les scènes de sexe.

Le temps de s'y habituer, il avait aussi aimé le discours politique. Il adorait le noir et blanc. *À bout de souffle* donnait l'impression d'un cinéma de guerre artistique. Mais le film suédois était tellement monochromatique et lumineux que Cliff avait envie de lécher l'écran, surtout quand Lena y était. L'histoire (si on pouvait parler d'histoire) de *Je suis curieuse (édition jaune)* est celle d'une étudiante de vingt-deux ans qui s'appelle Lena, interprétée par l'actrice de vingt-deux ans Lena Nyman, qui sort avec un réalisateur de cinéma de quarante-quatre ans qui s'appelle Vilgot, interprété par le réalisateur de quarante-quatre ans Vilgot Sjöman.

Les deux Lena (la vraie et le personnage à l'écran) jouent en vedette du nouveau film de Vilgot. Au début, le film fait des allers et retours entre Lena, Vilgot et le documentaire pseudo-politique provocateur qu'ils sont en train de faire ensemble. Cela a tout d'abord un peu dérouté Mlle Himmelsteen et Cliff. Mais, assez vite, il a pigé le truc et a trouvé cela excitant, il se sentait intelligent d'arriver à se mettre sur la longueur d'onde du film. Cliff supposait que le réalisateur utilisait à l'écran sa petite copine aguichante à la fois comme joli minois pour attirer le spectateur et comme marionnette pour exprimer ses idées. Cependant, d'emblée, Vilgot la plonge dans des discussions et débats politiques très stimulants. Les premières séquences du film de Vilgot mettent en scène Lena, armée d'un micro et d'une caméra portative, qui assaille quasiment des citoyens suédois bourgeois dans la rue de ses questions accusatrices (« Que faites-vous personnellement pour mettre fin au système de classes en Suède ? »). Cliff avait jugé certains passages monotones, et d'autres lui passaient par-dessus la tête, mais dans l'ensemble il avait trouvé le film prenant.

Il avait été tout particulièrement attentif lors d'une discussion sur le rôle et la *nécessité* du service militaire dans la Suède d'aujourd'hui. Le débat a lieu dans la rue, avec un groupe de jeunes élèves officiers suédois et d'autres jeunes gens, tous convaincus que les citoyens suédois devraient refuser le service militaire et accomplir un service obligatoire de quatre ans pour la paix. Cliff avait trouvé que les deux camps avaient des arguments convaincants et était content de constater qu'aucun des deux n'en voulait à l'autre.

Et puis, comme le débat se permettait d'évoluer, il abordait des questions plus pertinentes et pratiques. Comme, par exemple : que feraient *au juste* les militaires si la Suède était occupée par un ennemi étranger ? Et que *faudrait-il* qu'ils fassent ?

Cliff ne se demandait jamais ce que feraient les Américains si les Russes, ou les nazis, ou les Japonais, ou les Mexicains, ou les Vikings, ou Alexandre le Grand venaient un jour à occuper de force l'Amérique. Il savait ce que feraient les Américains. Ils chieraient dans leur froc et appelleraient les flics. Et quand ils se rendraient compte que non seulement la police ne pouvait pas les aider, mais qu'en plus elle travaillait pour l'occupant, au bout d'une brève période de désespoir, ils rentreraient dans le rang.

Mais plus le film avançait, plus il prêtait à confusion. Cliff voyait bien que c'était en grande partie délibéré, mais que pour certains aspects cela tenait simplement au fait que c'était un film bizarre.

Et plus il le regardait, plus il était intrigué par le dispositif du film. Qu'est-ce qui relève de l'histoire vraie de Lena et qu'est-ce qui participe du film de Vilgot ?

À un moment donné, il se demanda pourquoi le film sombrait dans le mélo. Puis il se rendit compte que c'était le film de Vilgot qui devenait mélo. Le *Vilgot du film* n'est pas aussi bon réalisateur que le *vrai Vilgot*.

Cliff s'intéressait aux implications de ce qui était réel et de ce qui relevait du cinéma. Surtout en y réfléchissant après coup, lorsque Cliff avait pris conscience de ce que supposait la participation du père de Lena au film. *Attends un peu, là, donc toute l'histoire du père de Lena n'est pas véridique ? Est-il son père ou juste un acteur qui joue le rôle de son père ?* Et tout cela suppose que dans la vraie vie c'*est effectivement* un acteur jouant le rôle de son père ? Mais est-il le père de la *Lena du film* ou est-il un acteur jouant le rôle de son père dans le *film de Vilgot* ?

Toutes ces questions cinématographiques intriguaient Cliff bien plus qu'elles n'intriguaient Mlle Himmelsteen. Il la sentait s'éloigner de l'écran tandis que lui se penchait en avant. À un moment donné, il l'avait entendue dire : « Je suis furieuse, édition jaune. »

Pas grave, s'était-il dit. *C'est un film bizarre.*

D'accord, c'est bien beau, cette histoire de cinéma vérité, mais *quid* de ce qui avait fait la gloire du film, la baise ? C'est pour ça que Cliff avait voulu voir le film (pas uniquement pour ça), il était *curieux*. Et c'était assurément la raison pour laquelle il était venu accompagné de Mlle Himmelsteen. L'homme qui se livre avec Lena aux scènes sexuelles qui ont initialement valu au film d'être saisi par les douanes quand il a été pour la première fois envoyé de Stockholm n'est pas Vilgot (Cliff était content de ne pas être obligé de voir ce connard en train de baiser). C'est un type marié louche (interprété par Börje Ahlstedt) que Lena rencontre par l'intermédiaire de son père.

Tout en regardant la première véritable scène de sexe jamais projetée dans des cinémas américains, entre Lena et Börje, dans l'appartement de la jeune femme, Cliff avait la sensation de regarder quelque chose de nouveau. Récemment, d'autres films grand public avaient timidement approché ce genre de scènes. Les seins suçotés entre Susannah York et Coral Browne dans *Faut-il tuer Sister George ?* La scène de masturbation d'Anne Heywood dans *Le Renard*. La scène de bagarre entre Oliver Reed et Alan Bates nus devant le feu de cheminée dans *Love* (Cliff n'avait jamais vu ce film, mais la bande-annonce l'avait estomaqué). Mais la scène sexuelle de Sjöman était novatrice pour un film grand public montré en salle. Le film avait initialement été saisi par les douanes américaines pour cause d'obscénité. Le distributeur américain du film, Grove Press, avait contesté cette décision au tribunal, et perdu la première bataille quand un tribunal d'instance avait confirmé l'interdiction des douanes. Mais cela entrait dans le cadre de la stratégie de Grove Press. Le distributeur voulait faire appel du jugement afin qu'il soit annulé. Ainsi, un jugement serait rendu qui ne s'appliquerait pas seulement à *ce film* en particulier, mais à *tous les films* présentant ce type de contenu sexuel provocateur. Et c'est exactement ce qui s'était passé quand la Cour d'appel des États-Unis avait cassé le verdict du tribunal d'instance, faisant de *Je suis curieuse (édition jaune)*, le film de Vilgot Sjöman, le sujet du moment, introduisant du même coup une nouvelle vague de sexualité dans le cinéma moderne grand public. Ce fut la première petite vague, et de loin la plus lucrative, de films érotiques artistiques qui prospéreraient pendant quelques années, tandis que l'industrie cinématographique comme le public réfléchissaient à la question de savoir jusqu'où ils voulaient s'engager sur cette voie – les pornographes, momentanément mis sur la touche, se demandant dans quelle mesure le grand public accepterait de céder du terrain.

En regardant la scène sexuelle dans l'appartement de Lena, Cliff et Mlle Himmelsteen avaient tous deux été saisis par la sensation excitante de voir quelque chose de nouveau pour la première fois et, dès que la scène avait commencé, ils avaient entrelacé leurs doigts.

Cliff avait repensé à ce que Richard Schickel avait écrit dans l'article du magazine *Life* lu dans le bureau de Marvin Schwarz :

Il y a dix ans – voire cinq –, cela eût été atrocement choquant esthétiquement, culturellement, et *a fortiori* moralement. Mais nous avons, dans chaque domaine de la pensée et de l'art, été amenés de manière provocatrice si près de ce niveau de l'explicitement sexuel que c'est un soulagement d'y arriver et d'en avoir enfin terminé avec cela.

La première scène sexuelle de *Je suis curieuse (édition jaune)*, et pour ainsi dire du cinéma moderne, n'était pas véritablement érotique (Cliff n'avait pas eu d'érection), mais la première apparition de nudité à connotation sexuelle était assurément émoustillante. Ce qui en faisait une scène mémorable était sa malice. Le réalisateur Vilgot Sjöman avait filmé la première véritable scène sexuelle débarquant sur ces rives comme la comédie des méprises que se révèlent être la plupart des coups tirés vite fait. Sjöman s'évertue à souligner le réalisme embarrassant de l'accouplement. Le couple veut se mettre à la besogne ; nous, le public, qui avons attendu ce moment pendant tout le film, voulons qu'ils se mettent à la besogne ; mais le réalisateur place une succession d'obstacles réalistes en travers de leur baise de milieu de journée. En dépit de tentatives répétées, Börje n'arrive pas à défaire le pantalon de Lena, et elle le chambre gentiment pour sa maladresse (« Tu n'y arrives pas ? ») jusqu'à être obligée d'interrompre leur baiser et de prendre personnellement les choses en main en retirant elle-même son pantalon. Il essaie de la baiser debout ; elle l'arrête (« Je ne peux pas faire ça », un constat fondé de toute évidence sur son expérience passée). Obligés d'aller dans une autre pièce chercher un matelas, ils se traînent comme des petits soldats, entravés à hauteur des chevilles par leurs pantalons. Ils saccagent pratiquement une pièce entière en ramenant le matelas, le trimbalant jusqu'à la salle de séjour, avant de se rendre compte que tout le matériel d'enregistrement de Lena est posé partout et n'importe comment (magnétophone à bandes, cassettes éparses, micros), si bien qu'ils sont obligés d'entasser tout ce bazar avant de pouvoir étaler le matelas et baiser.

Cliff estimait que c'était une des meilleures scènes de cinéma qu'il ait jamais vue. C'était en tout cas la plus réaliste. Il s'était retrouvé dans des appartements, comme ça, avait déjà baisé une nana, comme ça, sur un matelas, par terre, comme ça. Il est déjà arrivé à Cliff de devoir empiler vite fait des magazines, des bédés, des livres de poche et des disques vinyles pour baiser des nanas par terre, sur des canapés, des lits et des banquettes arrière de voitures. Cliff a également la réputation d'avoir parcouru de longues distances, le pantalon en accordéon sur les chevilles, avec pour toute boussole son sexe en érection.

Et Cliff trouvait que la scène de baise sur le pont était encore plus sexy. Cliff adorait baiser dans des lieux publics. Il aimait embrasser sa compagne en public, se faire sucer la bite en public, se faire branler en public. Après ces deux scènes, Cliff pense avoir vu les deux moments forts du film. Mais ni lui ni Mlle Himmelsteen ne s'attendaient à la scène des *poils pubiens*. C'est la scène où Lena et Börje sont étendus ensemble, nus, et discutent en se caressant, elle a le visage à côté de son pénis flasque, elle enfonce ses doigts dans la généreuse touffe de poils de Börje, elle pose de légers baisers sur sa bite. Assis dans la salle de Westwood, tenant la main de Mlle Himmelsteen, en train de regarder une scène comme ça dans un *vrai* film, avec une *vraie actrice*, Cliff avait l'impression de voir poindre l'aube d'un nouveau jour au cinéma.

Plus tard, Rick avait demandé à Cliff s'il s'était tapé Mlle Himmelsteen.

« Nan », avait répondu Cliff.

En revanche, avait-il confié à Rick, elle lui avait sucé la bite dans sa Karmann Ghia sur le chemin de retour, quand il l'avait raccompagnée chez elle à Brentwood, mais ç'avait été leur unique rendez-vous.

En 1972, Janet Himmelsteen deviendrait agent à part entière chez William Morris et, à partir de 1975, elle serait un des agents artistiques représentant les plus grandes vedettes de la maison.

Dès lors, elle cesserait de tailler des pipes au petit personnel.

Chapitre trois

Cielo Drive

La Cadillac coupé DeVille 1964 de Rick Dalton, avec son chauffeur Cliff Booth au volant, sort du parking souterrain du bâtiment William Morris pour se retrouver sur Charleville, puis prend la première à droite sur Wilshire Boulevard.

Alors que la Cadillac vintage et les deux types vintage roulent sur le boulevard encombré, la sous-culture hippie qui a envahi la ville comme une attaque de sauterelles se met à défiler sur le trottoir, affichant couvertures, robes, pieds nus sales. Rick Dalton, perturbé, n'ayant toujours pas fait part de la raison de son angoisse à son pote Cliff, jette un œil par la vitre et, dans une moue dégoûtée, fait une remarque à propos de la procession hippie : « Regarde-moi tous ces putains de cinglés. Quand je pense qu'avant c'était chouette de vivre dans cette ville, putain. Maintenant, regarde-moi ça. » Puis il ajoute avec un dédain fasciste : « Je te jure, moi, je te les alignerais contre un mur et je te les buterais. »

Ils quittent le boulevard Wilshire encombré et prennent le chemin pour rentrer chez Rick, sur Cielo Drive, en passant par des rues résidentielles plus calmes. Rick chope une cigarette de son paquet de Capitol W, se la fourre entre les lèvres et l'allume avec son Zippo, dont il referme ensuite le couvercle argenté à sa manière frime de dur à cuire. Il fume un quart de sa cigarette en une bouffée et dit à son chauffeur : « Bon, c'est officiel, mon vieux. » Il renifle bruyamment et ajoute : « Je suis un *has-been*. »

Cliff tente de consoler son patron : « Allons, camarade, qu'est-ce que tu racontes ? Il t'a dit quoi, ce gars ? »

Rick lâche le morceau : « Il m'a dit la vérité, bon sang, voilà ce qu'il m'a dit !

– Qu'est-ce qui t'a contrarié comme ça ? » s'enquiert Cliff.

Rick pivote la tête dans la direction de son pote. « Il m'a fait comprendre que j'avais foutu ma carrière en l'air, voilà, putain, ce qui m'a contrarié !

– Bon, il s'est passé quoi ? demande Cliff. Ce type, dans son burlingue, là, il t'a envoyé paître ? »

Rick tire une autre longue bouffée de sa cigarette. « Non, il veut m'aider à jouer dans des films italiens. »

Réaction immédiate de Cliff : « Et alors, où est le problème ?

– Faut que je fasse des putains de films italiens, bordel, voilà le putain de problème ! »

Cliff décide de continuer à rouler et de laisser Rick se défouler. L'acteur prend une autre longue taf, dépité. En recrachant la fumée, il explique : « Cinq années d'ascension. Dix ans à faire du sur-place. Et là, c'est le plongeon jusqu'au fond. »

Tout en continuant d'avancer dans la circulation de Los Angeles, Cliff tente de lui remonter le moral : « Écoute, moi, j'ai pour ainsi dire jamais vraiment fait carrière, donc je peux pas vraiment dire que je sais ce que tu ressens… »

Rick l'interrompt : « Comment ça ? Tu es ma doublure cascade. »

Cliff dit les choses telles qu'elles sont : « Rick, je suis ton chauffeur. Depuis *Le Frelon Vert*, et depuis que tu t'es fait retirer ton permis de conduire, *c'est ça* que je suis. Ton homme à tout faire. Je me plains pas. J'aime bien te conduire ici et là. T'accompagner sur les tournages, revenir te chercher. T'emmener aux auditions. Aux rendez-vous, tout ça. Ça me plaît de garder ta villa sur les hauteurs de Hollywood quand tu es pas là. Mais ça commence à faire un bail que j'ai plus été cascadeur à temps plein. Donc, de mon point de vue, aller à Rome pour être la vedette dans des films me paraît pas être un destin pire que la mort, comme tu sembles le penser. »

Rick réplique promptement : « Tu as déjà vu un western italien ? » Il n'attend pas et répond à la question : « Ils sont épouvantables ! C'est grotesque, putain.

– Ah ouais ? lance Cliff. Combien t'en as vu ? Un ? Deux ? »

Rick rétorque avec autorité : « J'en ai vu suffisamment ! Personne n'aime les westerns spaghetti. »

Cliff fait remarquer à voix basse : « Je suppose qu'il y a tout de même quelques Italiens qui aiment un peu ça.

– Écoute, dit Rick. Toute mon enfance, j'ai regardé les westerns avec Hopalong Cassidy et Hoot Gibson. Alors, mater un western rital réalisé par Guido Gradubido avec Mario Bananano dans le rôle principal, putain, ça va pas le faire. » Il termine sa diatribe italienne en jetant d'une pichenette sa cigarette par la fenêtre. « Comprends bien, j'en veux encore à ce bouffeur de spaghettis de Dean Martin d'avoir joué dans *Rio Bravo*. Je te parle même pas de Frankie Avalon clamsant à Fort Alamo, putain.

– Encore une fois, tente Cliff, je suis pas toi. Mais il me semble que ça pourrait être une expérience plutôt chouette à vivre.

– Comment ça ? réplique Rick, réellement curieux.

– Les photographes qui te courent après. Siroter des cocktails en terrasse en admirant le Colisée. Manger les meilleures pâtes et les meilleures pizzas au monde. Baiser des Italiennes. Si tu veux mon avis, c'est toujours mieux que glandouiller à Burbank et se faire casser la gueule par Bingo Martin. »

Rick s'esclaffe. « Certes, ça, c'est pas faux. »

Les deux hommes se mettent alors à ricaner et un sourire ne tarde pas à poindre sur le visage de Rick. Éteindre les incendies qui se déclarent chez Rick, telle est la mission essentielle de Cliff dans la dynamique qui les unit depuis qu'ils forment un binôme. Parfois, ces incendies sont à prendre au sens figuré, comme maintenant. Mais le premier feu qui a scellé leur union avait été un *feu au sens littéral*.

C'était pendant la troisième saison de *Chasseur de primes* (la saison 1961-1962). Cliff Booth avait été engagé pour doubler certaines scènes de la vedette de la série. Rick n'avait pas accroché d'emblée avec Cliff. Et ce pour une très bonne raison : Cliff était bien trop beau gosse pour un cascadeur. *Chasseur de primes* était pour Rick le plan parfait pour se taper des nanas. Et il n'avait vraiment pas besoin d'un acolyte catégorie Rick, mais en plus beau, pour venir s'incruster dans sa fiesta. Et puis il avait commencé à entendre parler des exploits de Cliff pendant la Deuxième Guerre mondiale. Il avait appris que Cliff n'était pas *seulement* un héros. Il était un des plus grands héros de la Deuxième Guerre mondiale. On lui avait décerné la médaille du Mérite, deux fois. La première fois, pour avoir tué des Italiens en Sicile. Les raisons pour lesquelles on lui avait décerné cette distinction une seconde fois ne manquaient pas. La principale était que, à l'exception des gars qui avaient lâché la bombe sur Hiroshima, aucun autre soldat américain n'avait à son actif la mort attestée d'autant de soldats japonais ennemis que le sergent Clifford Booth.

Rick, de son côté, aurait passé des mois à sauter de la chaise de sa cuisine pour s'aplatir les pieds s'il avait pensé que cela pouvait lui éviter l'armée (surtout en temps de guerre). Néanmoins, il admirait les hommes qui étaient allés se battre, et plus encore ceux qui s'étaient distingués au combat.

Mais le feu qui avait rapproché les deux hommes s'était déclaré alors que Cliff travaillait sur *Chasseur de primes* depuis à peu près un mois. Un des réalisateurs de la série, Virgil Vogel, avait eu l'idée de faire porter au personnage principal, Jake Cahill, une grosse doudoune hivernale ; la doudoune serait teinte avec du cirage blanc comme en utilisent les infirmières. Bon, dans la vraie vie, ç'aurait été ridicule. Mais, sur de la pellicule noir et blanc, ce serait assez chouette. Seulement, la costumière avait mis tellement de temps pour préparer cette doudoune qu'elle n'était pas prête au moment du tournage de l'épisode. Et donc les producteurs l'avaient reprogrammée pour l'épisode suivant. Et, à l'épisode suivant, à la fin, on enflammait Jake Cahill. Tout le monde pensait que ce serait une bonne façon d'employer ce gros manteau d'hiver qu'ils avaient mis tant de temps à préparer.

Cliff était prêt, motivé, tout à fait capable de faire la scène avec le feu. Mais, une fois qu'on avait expliqué à Rick de quoi il retournait et à quoi il fallait s'attendre, l'acteur avait décidé qu'il se sentait parfaitement de la faire lui-même. L'arrière de la grosse doudoune blanche de Jake avait été enduit d'allume-feu, loin de son visage et de ses cheveux.

Toutefois, ce que tout le monde ignorait sur le plateau – y compris l'équipe de costumiers, car ils n'avaient pas teint eux-mêmes la doudoune, mais avaient fait faire ça par quelqu'un d'autre – était que la teinture blanche qu'ils avaient utilisée était composée à soixante-cinq pour cent d'alcool. Ils n'en savaient rien, et personne ne le leur avait dit, puisqu'il n'y avait pas de scène avec du feu dans l'épisode pour lequel la doudoune était initialement prévue. Donc, une fois Rick emmitouflé dedans, une flamme avait été approchée de la doudoune, et le manteau avait pris feu comme une flamboyante chandelle romaine.

Quand Rick avait entendu le souffle des flammes, sa panique s'était embrasée avec la même intensité que le costume inflammable. Il avait tout de suite senti les flammes passer sur ses épaules et crépiter autour de sa tête. À cet instant, il était sur le point de faire la pire chose dans cette situation : partir en courant sous le coup d'une panique aveugle. Mais, juste avant de prendre ses jambes à son cou, Rick avait entendu Cliff Booth dire calmement : « Rick, tu es debout dans une flaque d'eau. Laisse-toi tomber. »

Rick avait obéi et peu après les flammes étaient éteintes, avant d'avoir eu le temps de causer de réels dégâts. Et c'est à ce moment-là que Rick et Cliff étaient devenus *la* team *Rick et Cliff*.

Autre truc vraiment cool que Cliff Booth apportait au binôme : outre le fait d'être un bon ami, un bon cascadeur et un héros de guerre en ce monde de faux-semblants, Cliff, lui, était un *vrai tueur*. Rien que dans ce feuilleton, Rick avait tué quelque chose comme deux cent quarante-deux individus. Sans compter les Indiens et autres bandits du Far West qu'il avait butés dans ses westerns et les cent cinquante nazis descendus dans *Les Quatorze Gros Bras de McCluskey*. Et quand il avait joué le tueur cinglé aux mains gantées de noir, dans *Jane à la scie sauteuse*, il avait zigouillé la plupart de ses victimes avec un stylet argenté rutilant.

Rick se souvient d'avoir picolé et discuté de son personnage dans *Jane à la scie sauteuse* avec sa doublure dans un bar situé à l'intérieur du Smoke House, à proximité de Riverside Drive. Tout en buvant et en discutant, Rick avait demandé à Cliff s'il avait déjà tué un soldat ennemi au couteau.

« Plein, avait répondu Cliff.

– *Plein* ? avait fait Rick, étonné. Ça fait combien, *plein* ?

– Quoi ? Tu veux que je fasse le décompte ?

– Ben ouais.

– Voyons voir... » Cliff avait réfléchi. Il s'était mis à compter tout seul en silence sur ses doigts, jusqu'à ne plus avoir assez de doigts, alors il avait dû refaire un tour, et s'était arrêté pour annoncer : « Seize. »

Si Rick avait pris une gorgée de whisky sour à cet instant, il n'aurait pas été loin de tout recracher, comme dans les films comiques. « Putain, tu as tué *seize* types au couteau ? avait-il demandé incrédule.

– Des Japs pendant la guerre, avait précisé Cliff. Ouais. »

Rick était soudain devenu silencieux, s'était penché en avant et avait lancé à son pote : « Comment t'as fait ?

– Tu veux savoir comment j'ai *pu* faire ça, mentalement et psychologiquement ? avait demandé Cliff. Ou tu veux savoir comment je m'y suis *pris*, physiquement et d'un point de vue pratique ? »

Ouah, bonne question, s'était dit Rick.

« Eh bien, d'abord, comment tu t'y es pris ?

– Bon, pas à chaque fois, mais la plupart des fois, je suis arrivé par-derrière, en prenant le mec par surprise. Un type a un caillou dans une chaussure. Il s'arrête, laisse sa compagnie avancer pour enlever sa chaussure et retirer le caillou. J'arrive par-derrière, je m'approche, je lui enfonce un couteau entre les côtes, lui colle ma main sur la bouche et tourne le couteau jusqu'à le sentir rendre l'âme. »

PUTAIN, s'était dit Rick.

« Mais, avait dit Cliff en brandissant l'index, bon, c'est sûr, je l'ai tué. Mais est-ce qu'il est mort à cause de *moi* ou est-ce qu'il est mort parce qu'il avait un caillou dans sa chaussure ? avait philosophé Cliff.

– Que les choses soient claires, avait dit Rick. Tu enfonces un schlass entre les côtes d'un Jap, ensuite tu lui colles ta main sur la bouche, pour l'empêcher de crier, et tu le tiens comme ça jusqu'à ce qu'il pousse son dernier râle et qu'il te clamse dans les bras ? »

Cliff avait pris une gorgée de Wild Turkey à température ambiante et confirmé : « Ouaip.

– Ouah ! » s'était exclamé Rick en sifflant un peu de son whisky sour frappé.

Cliff Booth avait souri en voyant son patron se triturer les méninges après ce qu'il venait de lui dire, puis il avait demandé sur un ton de provocation : « Tu veux savoir ce que ça fait comme sensation ? »

Le regard de Rick était remonté jusqu'au visage de Cliff. « Qu'est-ce tu veux dire ? »

Cliff avait répété à voix basse, lentement, sur un ton posé : « Je t'ai demandé si tu voulais savoir ce que ça fait, comme sensation ? » Puis il avait ajouté dans un haussement d'épaules : « Tu sais, pour ton personnage. »

Rick était resté silencieux pendant un certain temps. On aurait dit que le bar était soudain devenu très calme, et Rick avait alors lâché d'une voix vraiment douce : « Ouais. »

Cliff avait souri à son ami et néanmoins employeur, avait pris une copieuse gorgée d'alcool, posé bruyamment le verre sur le comptoir et dit dans un autre haussement d'épaules : « Tue un porc. »

Quoi ? s'était dit Rick.

« Quoi ? avait demandé Rick.

– TUE-UN-PORC », avait sinistrement répété Cliff. Après un silence au cours duquel les mots « Tue un porc » avaient flotté dans l'air, Cliff avait poursuivi son explication :

« Tu t'achètes une bonne grosse truie bien grasse. Tu la ramènes chez toi, dans ton jardin. Puis tu t'agenouilles à côté d'elle. Tu la serres dans tes bras, tu la sens, tu l'écoutes grogner et renifler. Et, ensuite, tu lèves un bras, tu lui plantes un couteau de boucher dans le flanc et tu tiens bon, mon frère. »

Rick, sur son tabouret de bar, écoutait Cliff, hypnotisé.

« Bon, elle va hurler comme une salope et pisser le sang. Et elle va se débattre. Mais tu tiens bon d'une main, et de l'autre tu continues à enfoncer le couteau. Et tu auras l'impression que ça dure une éternité ; à un moment donné, au bout d'une minute à peu près, tu la sentiras agoniser dans tes bras. Et c'est à cet instant que tu sentiras vraiment *la mort. La vie* est un goret qui saigne, hurle et se débat violemment dans tes bras. Et *la mort*, c'est toi tenant dans tes bras un lourd paquet de bidoche inerte. »

Au fur et à mesure que Cliff décrivait étape par étape le meurtre du porc imaginaire, Rick pâlissait de plus en plus, s'imaginant mettre à exécution ce scénario dans son jardin.

Cliff, conscient de tenir son public à la gorge, décida alors de porter l'estocade : « Donc, si tu veux faire l'*expérience* de ce à quoi ça ressemble, de tuer un *homme*, tuer un cochon, c'est, en restant dans la *légalité*, l'acte qui s'en rapproche le plus. »

Rick avait dégluti, se demandant s'il serait capable de faire ça.

Cliff avait ajouté : « Ensuite, tu amènes le cochon chez le boucher et tu lui demandes de te le découper comme il faut. Bacon… côtelettes… saucisses… épaule de porc… pieds de cochon. Tout est bon dans le cochon. Et ce sera ta manière à toi de respecter la mort de ce bestiau. »

Rick avait repris une gorgée de whisky sour. « Je ne sais pas si j'en serais capable.

– Mais si, lui avait assuré Cliff. Il est possible que tu ne *veuilles* pas le faire, mais tu en es *capable*. En fait, tiens, on pourrait même dire que si tu n'en es *pas capable*, tu ne mérites pas de manger du porc. »

Au bout d'un moment, Rick avait tapé du plat de la main sur le bar et dit : « D'accord, nom de Dieu, je vais le faire. Trouvons un cochon. »

Bon, bien sûr, il ne l'avait jamais fait. Il y avait suffisamment d'étapes intermédiaires dans cette opération pour que

Rick se débine. *Où est-ce que j'achète un cochon ? Comment je nettoie tout le sang sur le patio de ma piscine ? Comment je sors ce goret mort de mon jardin – ça doit bien peser une tonne, ces bestiaux ? Et si le bestiau me mord ?* Mais, même si Rick n'était finalement jamais passé à l'acte, il avait véritablement *envisagé* de le faire. Ce qui était déjà une façon d'envisager un meurtre de sang-froid d'une manière similaire au tueur ganté de noir de *Jane à la scie sauteuse*.

Cliff gare la Cadillac de Rick à sa place, dans l'allée de Rick, devant sa maison, sur Cielo Drive. De l'autre côté du pare-brise se déploie une immense peinture à l'huile représentant Rick en uniforme de cavalerie, grimaçant, le visage écrasé par un pied... C'est une portion d'un panneau composé de six sections pour la promotion de *Sur la piste des Comanches*, le premier film dans lequel il avait été en tête d'affiche, après que *Chasseur de primes* avait fait de lui une star de la télévision. Le panneau dans sa totalité montrait Rick Dalton dans le rôle du lieutenant Taylor Sullivan de la cavalerie américaine, au sol, entouré (apparemment) de Comanches, dont le chef plaçait un pied chaussé d'un mocassin sur le côté du visage de Sullivan, en une pose victorieuse, immobilisant au sol l'officier de cavalerie impuissant et furieux. Un vieil ami de Rick avait trouvé ce pan d'affiche chez un antiquaire à Dallas, au Texas. L'ami l'avait acheté et envoyé à Rick. Rick n'avait jamais apprécié cette affiche, hormis le fait que c'était lui qui figurait dessus et non pas Robert Taylor, la star. Il ne se faisait pas non plus d'illusions quant à ce qu'était *Sur la piste des Comanches* – un film de plus, typique des années cinquante, où la cavalerie se bat contre les Indiens. Au nombre de ses vertus, il y avait le fait qu'il avait travaillé avec R. G. Springsteen, le réalisateur passé maître dans l'art du western, et le fait que Rick avait une sacrée dégaine dans son uniforme bleu d'officier de cavalerie.

Et donc, quand Rick avait reçu le pan d'affiche sur lequel il figurait, il s'était tout d'abord dit : *Nan mais qu'est-ce que je vais foutre de ce truc ?* La réponse à cette question avait consisté à le laisser dehors, dans l'allée du garage.

Cela s'était passé cinq ans plus tôt.

Cliff coupe le contact tandis que Rick pique une de ses crises sur un mode agressif larvé. Quelque chose le contrarie, alors il se focalise sur autre chose. Dans le cas présent, l'affiche dans l'allée du garage.

« Est-ce qu'on pourrait *une fois pour toutes* – d'un grand geste, il désigne l'affiche – se débarrasser de cette saloperie ?

– Où veux-tu que je la mette ?

– Balance-la, qu'est-ce que j'en ai à foutre ! »

Cliff fait une tête d'enfant déçu. « Oh, Felix a déniché ça pour toi. » Il insiste : « Ne joue pas les blasés, c'est un super cadeau.

– C'est pas parce que j'ai pas envie de me retrouver chaque matin et chaque soir en tête-à-tête avec ma trombine, comme c'est le cas depuis cinq ans, que je suis blasé. » Rick précise : « J'en ai juste ras-le-bol de l'avoir sous les yeux, d'accord ? Est-ce que tu pourrais juste me mettre ce bidule dans le garage ?

– Ton garage ? ricane Cliff. C'est un bordel pas possible, là-dedans.

– Eh bien, est-ce que tu peux le ranger un minimum, histoire d'y caser l'affiche ? »

Cliff retire ses lunettes de soleil et dit : « Oui, je peux faire ça », avant d'ajouter : « Mais pas cet après-midi ; c'est plus un truc du week-end. »

Exaspéré, Rick évacue sa frustration sur un mode moins autoritaire : « C'est juste que je n'ai pas besoin d'une énorme image de ma pomme devant ma maison. On dirait que je fais de la pub pour le musée Rick Dalton. »

Puis, tout à coup, le chuintement d'un moteur et les harmonies des Beatles envahissent leur oreille côté conducteur. Les deux hommes pivotent à gauche et voient, pour la toute première fois, les nouveaux voisins de Rick, *Roman et Sharon Polanski*, dans leur roadster anglais vintage des années vingt. La chanson des Beatles *A Day in the Life* émane de l'autoradio réglé sur 93 KHJ. La voiture occupée par le splendide couple de Hollywood est en bas de la pente, attendant que s'ouvre leur portail électronique donnant sur l'allée du garage. Roman est au volant, sa femme Sharon sur le siège passager, une imposante télécommande en plastique à la main. Les deux tourtereaux sont en pleine discussion animée, mais ni Rick ni Cliff ne peuvent entendre ce qu'ils se disent à cause du grondement du moteur du roadster et de l'habillage sonore emphatique des Beatles. Cliff ne voit que la blonde sublime sur le siège passager, tandis que Rick n'a d'yeux que pour l'auteur polonais de petite taille au volant.

À l'exception de Mike Nichols, aucun autre réalisateur de l'époque ne connaissait un tel succès ni n'était aussi célèbre que Roman Polanski. Mais le Polonais au porte-voix avait un niveau de notoriété qui surpassait celle de Nichols, son collègue à la scène et à l'écran. En 1969, Roman Polanski était une rock star !

Il s'était fait un nom en réalisant *Le Couteau dans l'eau*, son premier long métrage en langue polonaise, qui avait été un succès sur le circuit des films étrangers et avait même été nominé aux Oscars dans la catégorie meilleur film étranger. Après ce premier succès, Polanski s'était installé à Londres et s'était mis à faire des films en anglais.

Cul-de-sac et *Le Bal des vampires* (où il avait rencontré sa femme, Sharon) avaient été admirés sans être des succès financiers. En revanche, son thriller psychologique, *Répulsion*, avait marché sur le long terme, parvenant à sortir du ghetto du circuit art et essai pour devenir un succès grand public. Après une tripotée de mauvaises imitations de *Psychose* sorties des studios Hammer et de films à suspense dépourvus de suspense venus de France, comme les *romans de gare* sans intensité de Claude Chabrol ou les tâtonnements façon soirée-amateur-à-Paris des films de Truffaut d'inspiration soi-disant hitchcockienne, était arrivé *Répulsion*, le thriller à la *Psychose*, situé à Londres, de Polanski. S'agissant de thriller hitchcockien moderne pour un public dans le vent, vibrant au rythme du *swinging London*, Roman, avec *Répulsion*, avait trouvé la recette magique.

L'étude d'un personnage atteint de paranoïa tordue, interprété par Catherine Deneuve, magnifique mais maudite, *fonctionnait*. Mais là où un thriller de Hitchcock *fonctionnait* dans le but de divertir, le film de Polanski *fonctionnait* dans le but de déranger. Hitchcock était capable de déranger, et il y arrivait – *Soupçons*, *L'Inconnu du Nord-Express*, *L'Ombre d'un doute*, et bien sûr *Psychose*. Mais jusqu'à un certain point seulement. Avec Polanski, le propos était précisément de déranger le public.

Le thriller hitchcockien de Polanski, *via* Buñuel, faisait vibrer une corde sensible chez les spectateurs.

Polanski ayant montré avec *Répulsion* qu'il avait des dispositions pour vous coller à la peau, Robert Evans, le grand manitou de la Paramount, l'avait invité à venir faire un film à Hollywood. Il avait attiré Roman, qui était excellent skieur, dans son bureau en lui envoyant le scénario d'un film dont le tournage était programmé, une histoire dans le milieu du ski de compétition, *La Descente infernale*.

Et là, décision qui ferait par la suite grimper l'action Paramount de trois points, Evans lui avait offert *Un bébé pour Rosemary*, le roman d'Ira Levin, en lui disant : « Lisez donc ça. » La suite, comme aurait dit Marvin Schwarz, appartenait à *l'histoire du film d'horreur*.

Le court roman de Levin, une nouvelle pour ainsi dire, raconte les affres de Rosemary Woodhouse (Mia Farrow), une jeune mariée qui a épousé un acteur ambitieux, Guy Woodhouse (John Cassavetes). Ils emménagent dans un loft new-yorkais typique ; commence alors une relation avec un couple âgé excentrique habitant dans l'immeuble, Minnie et Roman Castevet (Ruth Gordon et Sidney Blackmer). La pauvre Rosemary est loin de se douter de ce qui l'attend : ses voisins sont en réalité un couple de satanistes cherchant un réceptacle pour la naissance de l'Antéchrist, dont la venue est depuis si longtemps annoncée. Le pressentiment qu'a eu Evans, persuadé que Polanski serait l'homme qui pourrait faire ce film, est à classer au rang des décisions les plus inspirées jamais prises par un producteur de grand studio.

Après avoir lu le roman, Polanski n'avait qu'un scrupule, mais il était de taille. Polanski était athée. Et si l'on ne croit pas en Dieu, on se doit aussi de rejeter l'idée du diable. Certes, bon nombre de réalisateurs auraient dit : *Et alors ? Ce n'est qu'un film. Pas besoin de croire aux singes géants pour faire King Kong*. Et ils n'auraient pas eu tort. Mais Roman n'était pas à l'aise avec l'idée de fabriquer un film qui renforcerait la croyance religieuse, une approche à laquelle il s'opposait résolument. Et pourtant, le réalisateur voyait combien cela pourrait faire un bon film. Alors, comment réconcilier ses convictions personnelles et l'histoire ? Il allait la mettre en scène en procédant toutefois à un imperceptible changement de perspective.

Rien, jusqu'au finale du film, ne confirme les sinistres soupçons de Rosemary. Polanski ne livre pas un seul instant le moindre élément que l'on pourrait qualifier de surnaturel. La seule « preuve » dont dispose Rosemary de cette sinistre conspiration qu'elle sent fomentée contre elle est anecdotique et peu tangible. Comme nous vibrons pour Rosemary et que nous regardons un film d'horreur, nous nous fions pour la plupart à son regard inquisiteur.

Mais au lieu de faire du couple qui habite sur le même palier les chefs de file d'une assemblée de sinistres satanistes, et au lieu de faire en sorte que son mari vende son âme et l'âme de son futur enfant au diable, *peut-être* serait-il tout aussi probable, voire à vrai dire plus probable, que Rosemary souffre d'une paranoïa aiguë déclenchée par une dépression *post partum* ?

Bon, certes, à l'apogée du film, il est révélé que les Castevet et leurs amis se sont bien ligués contre Rosemary. Mais l'existence même de Satan demeure ambiguë. Qui peut affirmer avec certitude que les Castevet et consorts ne sont pas qu'une bande d'illuminés ? Si, à la toute fin, ils avaient tous crié « Gloire à Pan ! » et non pas « Gloire à Satan ! », auriez-vous remis en question la validité de leur croyance ?

Parmi tous les autres réalisateurs qu'Evans aurait pu embaucher pour adapter ce livre, il est presque impossible d'en imaginer un seul qui n'en aurait pas fait un film de monstres. Polanski avait réussi le tour de force de *ne pas* faire un film de monstres et pourtant de coller une frousse terrible au public. Ensuite, Evans et son équipe avaient accompli leur part du boulot en concevant une des grandes campagnes promotionnelles de l'époque et en montant une bande-annonce qui, à certains égards, surpasse le film. Le résultat final fut un succès phénoménal qui fit de Roman Polanski non seulement un des réalisateurs les plus en vue de l'industrie cinématographique, mais aussi une icône de la culture pop (son nom est cité dans les paroles de la comédie musicale *Hair*), et le premier réalisateur de films au statut de vraie rock star.

Et il est là, en chair et en os, avec sa femme hyper craquante, c'est le voisin de Rick. *Voilà un type qui tient le monde entier par les couilles*, se dit Rick.

C'est alors que le portail automatique s'ouvre devant Roman et Sharon, et le roadster s'éloigne aussi vite qu'il est apparu.

Oh la vache, se dit Rick, *c'était Polanski.* » Puis, s'adressant à Cliff : « C'était Roman Polanski ! Ça fait un mois qu'il habite ici et c'est la première fois que je le vois. »

Rick ouvre sa portière et sort de la voiture en gloussant : encore un exemple des brusques sautes d'humeur dont il est coutumier.

Rick traverse sa pelouse en direction de la porte d'entrée de chez lui et son comportement change du tout au tout, maintenant qu'il a vu Polanski. Il lance par-dessus son épaule à son pote : « Qu'est-ce que j'ai toujours dit ? Le plus important dans cette ville, quand tu te fais du pognon : t'acheter une maison sur place. Ne pas louer. C'est Eddie O'Brien qui m'a appris ça », précise-t-il, faisant allusion à l'acteur Edmond O'Brien, que Rick a rencontré quand il avait été invité pour un épisode de la première saison de *Chasseur de primes*. Au fur et à mesure que Rick avance, sa démarche se fait plus primesautière. « Quand tu es proprio à Hollywood, ça signifie que tu habites ici. Tu n'es pas un simple visiteur. Tu ne fais pas que passer. T'habites ici, putain ! » Tout en gravissant les trois premières marches de son perron : « Moi, je suis là, peinard, et j'ai qui comme voisin direct ? »

Il introduit sa clé dans la serrure, la tourne, pivote vers son pote pour achever ce qu'il était en train de dire et répondre à sa propre question : « Le réalisateur de *Rosemary's Baby*, putain, voilà qui est mon voisin. Polanski est le réal le plus le plus en vue à Hollywood en ce moment – et sans doute dans le monde entier – et il habite juste à côté. » Rick entre chez lui et va au bout de sa pensée : « Si ça se trouve, je suis à une soirée au bord de la piscine de décrocher un premier rôle dans le prochain film de Polanski ! »

Cliff a envie de décaniller, alors il reste dans l'embrasure de la porte sans entrer dans la maison. « Donc tu te sens mieux ? lui demande Cliff non sans sarcasme.

– Ah ouais, mon pote, répond Rick. Désolé, hein, tu t'occuperas de l'affiche *Sur la piste des Comanches* quand tu auras le temps. »

Cliff hoche la tête pour signifier *message reçu*, puis lui demande : « Tu as encore besoin de moi pour autre chose ? »

Rick lui indique d'un signe de tête qu'il peut s'en aller. « Non, non, non. J'ai un max de texte à apprendre pour demain.

– Tu veux que je te donne la réplique ?

– Non, t'inquiète pas pour ça, lui dit Rick. Je vais répéter avec mon magnétophone.

– D'accord, dit Cliff. Si t'as pas besoin de moi, je vais rentrer ma vieille carcasse au bercail.

– Nan, j'ai pas besoin de toi », répond Rick.

Cliff s'éloigne en marchant à reculons, pour partir vite avant que Rick change d'avis. « Okay, départ demain matin à sept heures et quart. »

Rick répète : « Entendu. Sept heures et quart. »

Cliff précise : « À sept heures et quart, on est sortis de la maison et on est dans la voiture. »

Cliff répète : « Pigé, sept heures et quart, sortis de la maison, dans la voiture. À demain, *amigo*. »

Rick referme la porte d'entrée. Cliff retourne à sa voiture, garée à côté de la Cadillac de son patron, dans l'allée, un cabriolet Volkswagen Karmann Ghia bleu clair qui-a-bien-besoin-d'un-lavage. D'un saut, le cascadeur monte dedans, il introduit la clé de contact et la tourne. Le moteur de la petite Volkswagen se met en branle. En même temps que le moteur s'anime, surgit le son de la station de radio de Los

Angeles 93 KHJ. Billy Stewart livre une improvisation vocale façon scat à la fin de sa version de *Summertime* tandis que Cliff effectue sa marche arrière, donne un énergique coup de volant, pointant l'avant de la voiture dans le sens de la pente sur Cielo Drive. Le chauffeur blond donne trois coups d'accélérateur dans le vide, enfonçant la pédale de sa botte de Billy Jack, puis, synchro avec la gymnastique vocale de Billy Stewart, il enclenche le levier de vitesse, envoie les gaz et traverse à toute blinde le quartier résidentiel des hauteurs de Hollywood, prenant chaque virage à fond les ballons, direction chez lui, à trois échangeurs d'ici, sur la commune de Van Nuys.

Chapitre quatre

Brandy, tu es une bonne fifille

Une fois devenu veuf, Cliff n'avait plus jamais eu une seule relation sérieuse avec une femme. Il se tapait des nanas. Il profitait de l'ambiance *amour libre/chattes à volonté* qui flottait dans l'air à la fin des années soixante. Mais pas de petite copine attitrée et certainement pas de femme. Cependant, Cliff avait une femelle dans sa vie qu'il aimait et qui l'aimait, Brandy, sa pitbull à la tête plate, aux oreilles pliées, au poil brun-roux.

La chienne attend avec impatience à la porte de la caravane de Cliff, guettant le son de la Karmann Ghia de son maître se garant à l'extérieur. À l'instant où elle l'entend, son petit bout de queue commence à gigoter de droite à gauche et elle se met instinctivement à chouiner et à gratter la porte avec sa patte. Quand Cliff s'absente pour la journée, il laisse allumée sa petite télé noir et blanc avec antenne en V pour que Brandy ne s'ennuie pas. À la télé, en ce 7 février 1969, est alors diffusée l'émission *The Hollywood Palace*. Chaque semaine, un artiste vedette présente de nouveaux invités. La semaine dernière, c'était le comédien et pianiste Victor Borge. Cette semaine, c'est Robert Goulet, le crooner dans *Camelot*, donné sur Broadway. Goulet se lance dans une interprétation théâtrale de *MacArthur Park*, le classique métaphysique de Jimmy Webb.

MacArthur Park is melting
in the dark
All the sweet green icing
flowing down[1].

La porte d'entrée s'ouvre brutalement et Cliff Booth se tient là, dans toute sa splendeur blue-jean à la Billy Jack. Comme chaque soir quand Cliff rentre, Brandy devient complètement fofolle. Cliff, qui traite Brandy d'une main ferme (« Elle aime qu'on la mène à la baguette », a-t-il confié à Rick), accepte qu'elle lui fasse la fête en lui sautant dessus, le temps qu'elle évacue toute cette énergie. Mais, ce soir, Cliff a une belle surprise pour sa petite dame. Cliff et Rick ont mangé au Musso & Frank, le cascadeur a commandé une entrecôte et s'est trimbalé l'os toute la journée dans la poche de sa veste Levi's, enveloppé dans une des serviettes en tissu blanc du restaurant. Après avoir accordé quelques instants à la chienne pour qu'elle se défoule un peu en lui faisant sa danse fofolle du retour à la maison, il aboie : « Okay, assise, maintenant, assise. » Elle s'assoit sur ses pattes arrière, le museau dressé vers lui. Maintenant qu'il a toute son attention, il sort la serviette de table blanche avec l'os en T de la veste bleue cool.

« Regarde ce que je t'ai apporté », la titille-t-il.

Quelque chose pour moi ? songe Brandy.

Tout en déballant l'os, il dit : « Tu vas être complètement soufflée. » Et là, de la serviette de table, émerge l'os.

1. « Le parc MacArthur fond / dans le noir / Tout le doux glaçage vert / s'écoule. » (*Toutes les notes sont du traducteur.*)

Brandy, tout excitée, prend appui sur ses pattes arrière et pose ses pattes de devant contre la taille de Cliff. Cliff pouffe en voyant à quel point Brandy est contente. On pourrait inviter une femme chez Musso & Frank, commander la même entrecôte, y ajouter une bouteille de vin rouge, une part de cheesecake pour faire bonne mesure, jamais elle ne se montrerait aussi heureuse. Ce qui ne fait qu'illustrer la théorie de Cliff concernant l'état d'esprit mercenaire des nanas. La théorie de Cliff est que ce que les autres appellent faire la cour n'est qu'une satanée transaction. Les nanas préféreront sortir avec un riche connard, pour qui la note de restaurant ne signifie rien du tout, qu'avec un gars amoureux transi qui a économisé et dépense jusqu'à son dernier dollar pour elles.

Mais pas sa fifille *à lui*. Il tend son présent à bout de bras et la chienne saute en l'air, attrapant l'os entre ses puissantes mâchoires. Cliff le lâche et Brandy se retire dans son coin, où l'attend son petit coussin, pour ronger dans l'intimité son os bovin.

La rencontre entre Cliff et Brandy est une histoire assez intéressante. C'était il y a un peu plus de deux ans. Cliff était assis dans sa caravane, derrière le drive-in de Van Nuys, quand le téléphone avait sonné. Au bout du fil, c'était Buster Cooley le bon à rien, l'ami cascadeur de Cliff. Cooley devait trois mille deux cents dollars à Cliff, une somme qui n'avait fait que s'accroître au cours des cinq, six dernières années. Quatre cents ici, cinq cent cinquante là. Cliff avait tout d'abord prêté de l'argent à son copain pendant une période faste, à l'époque où son association avec Rick lui avait permis d'être embauché comme doublure de la vedette dans une série de films d'action produits par les grands studios. Rick peste et se plaint quand on évoque cette période, mais pour Cliff, c'était la grande époque. Avoir de l'argent pour la première fois de sa vie était en fait assez déstabilisant pour Booth, habitué à vivre au jour le jour. Il avait investi une grosse somme d'argent dans un joli petit bateau sur lequel il avait vécu et qu'il conservait à quai à la Marina del Rey. C'est au cours de ces années fastes qu'il avait prêté à Cooley une bonne partie du cash. Bon, Cliff n'était pas un imbécile : Cooley profitait peut-être de lui, mais il ne l'arnaquait pas. Chaque fois que Buster lui empruntait de l'argent, il en avait vraiment besoin. On allait lui saisir sa voiture, sa télé, l'expulser de son appartement, puis c'était de nouveau sa voiture ; il y avait ses frais d'essence, son premier mois de loyer et son dernier pour avoir un nouvel appartement. Bon, Buster Cooley vous tapait peut-être du fric, mais ce n'était pas un escroc. Il aurait eu l'argent, il aurait remboursé Cliff, et Cliff le savait. Il était inutile que Cliff décroche son téléphone pour appeler Buster et l'humilier. Primo, ce n'était pas comme ça qu'il récupérerait son argent plus vite ; secundo, Buster ne ferait dès lors que l'éviter ; et, tertio, les deux hommes finiraient bien par tomber l'un sur l'autre (L.A. est une petite ville). Et si Cliff mettait la pression à Cooley, Cooley tâcherait de l'éviter et, la fois où ils se retrouveraient face à face, Cliff serait obligé de lui demander des comptes. Et c'est là que la situation entre les deux hommes pouvait dégénérer très vite. Cliff savait que si Buster trouvait du cash, il lui en filerait au moins une partie. Mais il savait aussi que Buster n'en trouverait jamais. Donc, dans son esprit, deux ans plus tôt, il avait fait une croix sur ce pognon. Certes, il en aurait besoin maintenant. Il n'empêche, il était content d'avoir pu aider un vieux copain. Peut-être pas à hauteur de trois mille dollars, mais, hé, à l'époque, s'il n'avait pas eu les moyens, il ne les aurait pas prêtés.

Aussi Cliff avait-il été agréablement surpris en entendant la voix de Cooley à l'autre bout du fil. Et plus surpris encore quand Buster avait demandé à Cliff s'il pouvait venir le voir à Van Nuys le jour même. Une heure et quelques plus tard, le pick-up Datsun rouge de 1961 se garait devant la caravane de

Cliff. Cliff offrit une bière à son ami et, une fois qu'ils eurent tous deux ouvert leurs canettes d'Old Chattanooga, Cooley aborda le sujet de la dette qu'il avait contractée envers son pote. « Bien… concernant les trois mille dollars que je te dois…

– Trois mille deux cents dollars, rectifia Cliff.

– Trois mille deux cents, tu es sûr ? s'enquit Cooley.

– Absolument certain.

– Bon, tu sais mieux que moi. Trois mille deux cents dollars, répéta Cooley. Alors, euh, je les ai pas. »

Cliff ne releva pas, il se contenta de boire une gorgée de sa bière.

Cooley poursuivit : « Mais désespère pas. J'ai un truc encore mieux.

– Quelque chose de mieux que trois mille deux cents dollars en billets américains verts ? demanda Cliff, sceptique.

– Un peu, mon neveu », répondit Cooley, confiant.

Cliff savait que le seul truc qui surpassait l'argent, c'étaient les calmants, et donc, à moins que Cooley n'ait apporté une pleine valise d'ibuprofène, il ne voyait pas tout ça d'un très bon œil.

« Vas-y, dis-moi, Buster, qu'est-ce que tu as de mieux que de l'argent ? »

Indiquant d'un geste du pouce la porte d'entrée, Cooley dit : « Viens dehors jeter un œil. »

Les deux hommes étaient sortis de la caravane, leurs canettes d'Old Chattanooga à la main, et Buster avait conduit Cliff à l'arrière de son pick-up. Sur le plateau du Datsun, à l'intérieur d'une cage grillagée, dressée sur ses quatre pattes, se tenait Brandy.

Si Cliff avait un faible pour les chiens, les chiennes en particulier, et il fallait bien avouer que Brandy était *effectivement* une jolie fifille, il n'avait de prime abord pas été très impressionné.

Circonspect, Cliff avait demandé : « Tu as l'intention de me faire croire que cette chienne vaut trois mille deux cents dollars ?

– Non, répondit Cooley dans un sourire. Elle ne vaut pas trois mille deux cents dollars. » Puis, se fendant d'un sourire plus large encore, il ajouta : « Elle pèse entre dix-sept mille et vingt mille dollars.

– Vraiment, fit Cliff manifestement pas convaincu. En quel honneur ? »

Cooley déclara avec conviction : « Ce cabot est le meilleur chien de combat de tout le putain d'hémisphère occidental. »

Ce qui eut pour effet de faire froncer les sourcils de Cliff.

Buster reprit : « Cette chienne peut coller une dérouillée à n'importe quel toutou. Pitbulls, dobermans, bergers allemands, deux clebs en même temps, peu importe. Cette chienne leur fout la raclée. »

Cliff observa l'animal dans sa cage, le jaugeant en silence, tandis que Buster enchaînait : « Cette bête n'est pas juste un chien. C'est de l'argent à la banque. C'est un placement pour quand tu en auras besoin. C'est comme être proprio de cinq chevaux de cascade ! »

Un cheval de cascade était un cheval dressé pour tomber à terre sans se blesser ni prendre peur. Et dans un Hollywood où étaient tournés des centaines de westerns, pour le cinéma et les feuilletons, si vous possédiez un cheval capable de tomber sans se blesser, puis de se relever, alors vous possédiez une planche à billets. L'unique moyen d'empocher davantage de pognon, c'était d'avoir le coup de bol que votre môme devienne un enfant-acteur à succès.

« Tu te souviens de Ned Glass ? dit Buster. Il avait ce cheval de cascade, là, Blue Belle.

– Ouais, et alors ? fit Cliff.

– Tu te souviens du pognon qu'il s'est fait avec ce canasson ?

– Ouais. Une petite fortune.

– C'te chienne, déclara Cooley en montrant la bête dans la cage, c'est comme si tu étais proprio de quatre Blue Belle.

– Okay, Buster, dit Cliff. Tu as piqué ma curiosité. Alors, qu'est-ce que tu me proposes ?

– Écoute, j'ai pas de liquide à te filer, fit remarquer Cooley en toute honnêteté, en tout cas pas trois mille dollars. Mais ce que je peux te promettre, c'est la moitié des intérêts que rapportera c'te putain de chienne qui va gagner ses combats, putain, comme Sonny Liston sur le ring. »

Cliff écouta Buster préciser son plan : « J'ai douze cents dollars. On l'inscrit à un combat organisé à Lomita. On parie les douze cents dollars sur elle, on se contente de rester sur notre cul à la regarder faire son boulot. Quand tu l'auras vue en action, tu comprendras son potentiel. Et, ensuite, toi et moi, on la fait tourner sur le circuit des combats de chiens, on met en commun nos gains et, au sixième combat, on peut avoir empoché chacun quinze mille dollars. »

Cliff savait que Cooley n'essayait pas de l'arnaquer. Il le croyait sur parole. Sauf que Cooley lui présentait son plan comme une certitude, et Cliff s'était toujours méfié des certitudes. En outre, les combats de chiens étaient illégaux, et déplaisants. Bref, un paquet de trucs pouvaient se barrer en couille.

« Bon sang, Buster, se plaignit Cliff, j'ai pas envie de combats de cabots, je veux juste ma thune. Si tu as douze cents dollars à parier, pourquoi tu me les filerais pas, plutôt ? »

Buster répondit honnêtement : « Parce qu'on sait tous les deux, toi et moi, que si je te file les mille deux cents dollars, tu seras obligé de t'asseoir sur le solde. Je veux pas te rembourser un tiers de ce que je te dois. Tu as été un gentleman quand j'étais dans le besoin et je veux que tu fasses des bénefs ! » Buster négocie : « Viens au moins avec moi au premier combat à Lomita. Regarde-la se battre. Fais-moi confiance, Cliff, c'est une des expériences les plus dingues que tu auras jamais vécues. Si elle gagne, ça fait deux mille quatre cents dollars. Et, à ce moment-là, si tu veux pas continuer, les deux mille quatre cents dollars sont pour toi. »

Cliff but une autre gorgée de sa bière en observant le petit molosse dans sa cage grillagée.

Buster conclut son laïus : « Bon, tu me connais, tu sais que je t'arnaque pas. Si je te le dis, tu peux me croire. Alors fais-moi confiance, au moins pour ce premier combat : cette chienne c'est une gagneuse. »

Le regard de Cliff passa de la petite chienne dans sa cage au fils de pute qui se tenait devant lui, une binouse à la main. Puis il s'accroupit pour avoir le visage à hauteur de la chienne. Cliff et l'animal se défièrent alors intensément en attendant de voir lequel des deux détournerait les yeux. Quand la petite dame ne put plus supporter le regard perçant de l'homme, elle grogna et se jeta sur lui. Le grillage empêcha que les crocs canins ne ravagent la belle gueule de Cliff. Cliff Booth se retourna, leva la tête vers Buster Cooley et lui demanda : « Elle s'appelle comment ? »

Cliff, Buster et Brandy se rendirent au premier combat à Lomita. Et tout ce qu'avait annoncé Buster se concrétisa. Brandy était effectivement une bête d'exception, elle tua son adversaire en moins d'une minute. Les deux hommes empochèrent deux mille quatre cents dollars ce soir-là. Cliff était sidéré de constater combien l'expérience était grisante. *Le Kentucky Derby peut aller se rhabiller,* se dit-il, *voilà les quarante-cinq secondes de sport les plus excitantes.*

Cliff était accro.

Au cours des six mois qui suivirent, ils tournèrent sur le circuit des combats de chiens dans tout le comté de Los Angeles, le comté de Kern et l'Inland Empire. Ils inscrivirent Brandy à Compton, Alhambra, Taft et Chino. Brandy remporta tous ses combats, et *la plupart* facilement. Quelques fois seulement elle fut blessée, mais même dans ces cas-là, les blessures n'étaient pas *trop* graves. Et chaque fois qu'elle fut blessée, ils lui laissèrent un temps de convalescence suffisant. Mais, au terme des cinq premiers combats, où Brandy avait paru indestructible, les paris montèrent et la compétition devint plus farouche. Ils se rendirent à Montebello, Inglewood, Los Gatos et Bellflower. Brandy continua de gagner, mais les affrontements se firent atrocement plus longs, bien plus sanglants, ses blessures furent bien plus graves et il lui fallait bien plus de temps pour s'en remettre.

C'était l'inconvénient. L'avantage, c'était que les chiens plus coriaces ramenaient bien plus d'argent, quand elle gagnait.

Au bout de neuf combats, Cliff et Buster avaient empoché à peu près quatorze mille dollars chacun. Mais Buster, comptant tirer le profit maximum d'un bon plan pour une fois qu'un bon plan se présentait enfin, avait un chiffre en tête. Vingt mille dollars chacun pour lui et pour Cliff. Après quoi, Brandy pourrait prendre sa retraite. Mais, au cours de son dixième combat, à San Diego, où la jeune dame affrontait un pitbull appelé César, elle avait été blessée, et salement blessée. Le combat avait été interrompu et aucun vainqueur n'avait été déclaré. Et Cliff avait compris que Brandy avait eu de la chance que le combat soit arrêté. Vingt minutes de plus et César l'aurait achevée. Aussi bien en temps de guerre qu'en temps de paix, Cliff avait vu des êtres qui lui étaient chers se faire trucider. Mais la souffrance qu'il avait ressentie en regardant Brandy se faire amocher par le vicieux César dépassait ce qu'il pouvait supporter.

Aussi fut-il choqué quand Buster inscrivit Brandy à un autre concours, à Watts, contre un molosse mâle, un certain Augie Doggie, alors qu'elle ne s'était pas encore pleinement remise de la dernière dérouillée qu'elle avait prise.

Mais Buster était sûr de son coup. « Hé, mec, je t'ai promis vingt mille dollars, je me suis promis vingt mille dollars, et on y est presque, mec ! Ce combat, c'est le dernier, putain !

– Tu m'étonnes que c'est le dernier ! s'écria Cliff. Y a aucune putain de chance qu'elle gagne contre ce bestiau d'Augie Doggie, vu l'état dans lequel elle est.

– C'est toute la beauté du truc, dit Buster avec animation. Elle va pas gagner. On table à fond sur sa réputation. On l'inscrit au combat et on mise sur l'autre clébard. »

C'est alors que Cliff s'était jeté sur Buster. Ils s'étaient sauvagement battus dans la caravane de Cliff pendant environ quatre minutes, jusqu'à ce que Cliff brise la nuque de Buster Cooley.

Il l'avait tué.

Leur bagarre avait eu lieu vers cinq heures de l'après-midi. Cliff avait regardé la télé assis à côté du cadavre de Buster jusqu'à deux heures du matin. Puis, après la fermeture du drive-in, Cliff avait fourré le corps dans le coffre de la voiture de Cooley, une Impala coupé de 1965 qu'il avait achetée avec les gains que lui avait rapportés Brandy. Avec Brandy sur le siège passager, Cliff avait roulé jusqu'à Compton et y avait abandonné la voiture, laissant les clés dans le pare-soleil. Il avait fait marcher Brandy toute la nuit jusqu'au lever du jour. Et quand le soleil était apparu, il avait sauté avec son chien dans un bus pour rentrer à Van Nuys.

Ce n'était pas la première fois que Cliff commettait un meurtre sans se faire prendre. La première fois, ç'avait été à Cleveland, dans les années cinquante. La deuxième fois, c'était quand il avait tué sa femme, deux ans plus tôt. Là, c'était donc la troisième fois, et Cliff avait réussi à nouveau à passer entre les mailles du filet. Il n'avait jamais plus entendu parler de Buster Cooley et de sa voiture. De fait, personne de sa connaissance n'avait plus jamais reparlé de Buster. Cela remontait à l'année dernière. Et, depuis lors, Cliff n'avait inscrit Brandy qu'à deux combats, les fois où il était financièrement vraiment à sec. Mais, après le dernier, Cliff avait promis à Brandy, quand bien même Brandy ne comprenait pas, qu'il ne la ferait plus jamais combattre. Et c'était une promesse que Cliff avait l'intention de tenir.

Dans sa caravane, en ce soir du vendredi 7 février 1969, Cliff claque des doigts et montre une chaise. À côté de son fauteuil inclinable se trouve une chaise en bois sur laquelle repose un petit coussin pour chien. Brandy saute dessus et se positionne sur ses pattes arrière, en attendant que Cliff lui prépare à manger. Cliff prend son temps pour préparer le dîner de Brandy, même s'il sait que c'est une torture pour la chienne. Mais ce n'est pas grave – plus que quiconque, Cliff sait que la torture forge le caractère. Avant de s'y mettre, Cliff ouvre son réfrigérateur et retire d'un anneau en plastique pour pack de six bières une canette d'Old Chattanooga.

Son petit téléviseur noir et blanc avec antenne en V diffuse KABC Channel 7, l'antenne locale d'ABC. Une réclame pour la marque de cigarettes de Cliff, Red Apple, passe sur le petit écran monochrome. Un type ordinaire des années soixante, cheveux gominés, en costume et cravate noirs, regarde la caméra, cadré tête-épaules.

Un présentateur qu'on ne voit pas à l'écran demande au gars : « Vous croqueriez dans une Pomme Rouge ? »

L'homme ordinaire répond avec enthousiasme : « Absolument ! »

Sur ce, il porte une grosse pomme rouge à sa bouche et croque dedans de bon cœur.

Cliff boit une gorgée d'Old Chattanooga, puis pose la canette sur le plan de travail. Il ouvre le placard et en sort deux boîtes de nourriture pour chiens Dent de Loup (*Bonne pâtée pour méchants chiens*). Cliff ouvre les deux boîtes avec un ouvre-boîte bon marché, puis les retourne et fait tomber de haut la pâtée, qui conserve la forme de la boîte, dans l'écuelle de Brandy. Sachant que c'est l'heure du dîner, devoir regarder sa pâtée glisser de la boîte et tomber en faisant *floc* dans son écuelle, sans bouger de sa chaise, sans faire le moindre bruit, est une vraie torture pour Brandy. Mais Cliff l'a bien dressée. Elle ne sait peut-être pas grand-chose, mais elle sait ce qu'on attend d'elle pendant la préparation du dîner. Et elle sait *pertinemment* qu'elle doit rester sur cette chaise, assise, *sans chouiner*, jusqu'à ce que son maître lui donne le signal qu'elle a le droit de manger.

Sur le petit écran noir et blanc de la télé, une femme des années soixante du type Marlo Thomas, avec une coupe de cheveux bouffante, fixe la caméra, cadrée tête-épaules, tandis qu'un présentateur lui demande : « Vous croqueriez dans une Pomme Rouge ? »

Elle répond : « Absolument ! » Elle porte alors une énorme pomme rouge à sa bouche et croque de bon cœur.

Sur sa chaise, Brandy agite furieusement sa queue de gauche à droite tandis que tout son corps musclé frémit d'excitation, tout à son instinct, dans l'attente de l'instant qui vient. Cliff a désormais fini de verser le contenu des deux boîtes dans l'écuelle de Brandy. Il reporte son attention sur la gazinière et retire du feu la casserole d'eau qui bout. Cliff verse la casserole de nouilles bouillantes et fumantes dans une passoire, puis, après avoir secoué une ou deux fois la passoire, il remet les nouilles dans la casserole.

À la télé, une jolie jeune femme noire aux épaules dénudées, avec une imposante coiffure afro ronde, fixe la caméra tandis qu'un présentateur hors champ demande : « Vous croqueriez dans une Pomme Rouge ? » Elle regarde le présentateur hors champ et répond : « Absolument. » Puis la nana à la coupe afro porte à ses lèvres une cigarette qui se trouvait en dessous, hors cadre, et tire une copieuse bouffée, souffle un long panache de fumée en poussant un gémissement de plaisir, puis déclare : « On croque à pleines dents et on se bouge, on se sent bien là-dedans, croque la Pomme Rouge. »

Cliff prend le sachet de fromage en poudre dans la boîte de macaronis au fromage Kraft dont le carton est déchiré, il l'ouvre et le verse sur les nouilles dans la casserole. Il remue la poudre orange avec une grande cuiller en bois et beaucoup de muscle. Il est recommandé dans la recette d'ajouter du lait et du beurre, mais Cliff estime que si on peut se permettre d'ajouter du lait et du beurre, alors on a les moyens de manger autre chose. Pendant qu'il se prépare son dîner, Cliff entend un chouinement qui s'échappe de Brandy, toute frémissante et contractée. Cliff la regarde. Il pose la casserole avec les macaronis au fromage sur le plan de travail et accorde toute son attention à Brandy.

« Je viens d'entendre un chouinement, là ? » demande Cliff à l'animal. Brandy sait qu'elle n'est pas censée chouiner, mais elle n'a pas pu s'en empêcher, c'est un chien. Cliff s'adresse à la bête surexcitée sur un ton autoritaire. « Qu'est-ce que je t'ai dit à propos des chouinements ? Tu chouines, tu manges pas, lui rappelle Cliff, et je fous ta bouffe à la poubelle, dit-il en faisant allusion aux deux boîtes de pâtée canine Dent de Loup qui s'entassent dans son écuelle. Je ne veux pas le faire, mais je le ferai. Est-ce que tu comprends ? »

Brandy répond d'un « wouf ! » distinct.

« T'as intérêt », lui dit Cliff.

Il prend ensuite un paquet de Gravy Train, une marque de croquettes pour chiens très populaire à l'époque, et saupoudre de croquettes la pâtée. Si bien que le repas de Brandy prend des allures de montagne. Cliff se fout de savoir que des croquettes tombent par terre, en dehors de la gamelle, car, où qu'elles aillent, Brandy les trouvera et les mangera.

À la télévision, après que le présentateur a décrit l'assortiment des produits Red Apple, la réclame passe à un plan rapproché épaule de l'acteur célèbre Burt Reynolds, en train de fumer un cigare à bout plastique Red Apple.

Le présentateur hors champ attire son attention : « Hé, Burt Reynolds, ça vous dirait de croquer dans une Red Apple ? »

Burt regarde la caméra et répond : « Absolument. » Il tire sur son cigare, souffle la fumée, puis prononce le slogan Red Apple : « On croque à pleines dents et on se bouge, on se sent bien là-dedans, croque la Pomme Rouge. »

Cliff saisit la casserole par le manche et va dans le séjour s'installer dans son fauteuil inclinable devant la télé. Brandy est sur le qui-vive, tout ouïe, guettant le moindre signe. Après s'être installé dans son fauteuil et avoir mangé sa première bouchée de macaronis au fromage Kraft, il émet un petit claquement de bouche.

C'est le signal pour Brandy – elle bondit de sa chaise, se rue dans l'espace cuisine et dévore férocement la pâtée dans son écuelle. Cliff change de chaîne sur sa petite télé, passant du Channel 7 de KABC au Channel 2 de KCBS : c'est l'heure de *Mannix*, le feuilleton du vendredi soir, avec Mike Connors et Gail Fisher dans les rôles de Joe Mannix et de sa secrétaire noire, Peggy. À l'écran, Peggy semble inquiète en racontant les incidents de la veille au soir à son patron, Joe Mannix, installé derrière son bureau.

« Bien, Peggy, que se passe-t-il ? » demande Mannix. « On groovait hier soir au club, répond Peggy, et baaam, d'un coup, il a changé du tout au tout. » Joe essaie de trouver une explication rationnelle : « Tu sais comment sont ces musiciens ; ce sont des gus à l'humeur imprévisible. Qui sait ce qui lui est passé par la tête ? »

Cliff aime *Mannix*, à la fois le feuilleton et le mec, Joe Mannix, qui est exactement le genre de type qu'il apprécie. De fait, il y a chez Cliff une partie de lui qui *voudrait être* Mannix. Et, s'il *était* Mannix, la première chose qu'il ferait serait de *tringler* Peggy. Cliff est aussi super fan de l'agent secret Matt Helm. Non pas les films insipides avec Dean Martin, qui sont complètement crétins, mais les livres de Donald Hamilton. En tant que personnage, Matt Helm est inconsciemment raciste, consciemment misogyne, et Cliff l'adore. Cliff cite les héros de romans de gare tels que Matt Helm, Shell Scott et Nick Carter comme les Anglais citent Keats et les Français Camus.

Quand il est allé voir au cinéma le premier film de la série Matt Helm, *Matt Helm, agent très spécial*, il est retourné au guichet au bout d'un quart d'heure et, furieux, a réclamé de se faire rembourser. Si le film le mettait en colère, lui, alors il se demandait comment l'auteur, Donald Hamilton, avait pu réagir. Dean Martin faisait un Matt Helm pitoyable ! Alors que si les films avaient été tournés dans l'esprit des livres, Mike Connors aurait été génial. Même le dessin de Matt sur la couverture des livres ressemble à Connors.

Tandis que se poursuit la scène entre Mannix et Peggy, Cliff pose la casserole remplie de nouilles et prend le *TV Guide*, le programme télé de la semaine. Pendant que Brandy dévore sa montagne de nourriture, Cliff consulte la présentation de l'épisode de *Mannix*, qu'il lit à haute voix :

« Mort sur un mode mineur : Mannix recherche le petit ami de Peggy, un musicien noir qui a pris la fuite pour échapper à un gang de motards. Mettant le cap au sud, l'enquêteur a maille à partir avec un chef de police énigmatique, un témoin sectaire et un intrus omniprésent. »

Cliff balance le *TV Guide*, reprend la casserole dans laquelle se trouve la nourriture jaune et orange, et enfourne une fourchetée. Tout en mâchant, il se demande, et demande au passage à Brandy : « C'est quoi, un *intrus omniprésent* ? »

Une trentaine de kilomètres plus loin, à Chatsworth, en Californie, au ranch de Spahn aujourd'hui délabré, qui fut jadis un lieu de tournage de westerns, George Spahn, quatre-vingts ans, assis sur son canapé, en peignoir et pyjama, regarde lui aussi, au même moment, le même épisode de *Mannix*. Il le regarde en compagnie de « Squeaky », la jeune rouquine de vingt et un ans au visage parsemé de taches de rousseur qui s'occupe de lui. Ils regardent la télé comme ça, tous les soirs. Lui assis sur le canapé, en peignoir et pyjama, elle vautrée en travers du canapé, la tête posée sur les genoux de George. Comme il est aveugle, Squeaky lui décrit ce qui se passe à l'écran. « Donc la négresse qui bosse pour Mannix demande à Joe de l'aider à retrouver son petit copain, le trompettiste nègre de la première scène.

– Peggy est une négresse ? » s'étonne George.

Squeaky lève les yeux au ciel : « Je vous le redis toutes les semaines. »

Chapitre cinq

Le bizutage de Pussycat

Pasadena, Californie
Le 7 février 1969
2 h 20 du matin

Il est deux heures du matin sur Greenbriar Lane, dans un lotissement huppé de la banlieue résidentielle de Pasadena, en Californie.

De part et d'autre de l'impasse se succèdent des maisons de la banlieue chic aux gazons impeccables, peuplées de gens de la bourgeoisie blanche. À cette heure de la nuit, à l'exception d'un chat errant ou d'un coyote enhardi s'étant aventuré loin des collines pour se nourrir dans les poubelles, il n'y a pas un mouvement dans le quartier. Tous les habitants de la rue semblent dormir profondément, à l'abri derrière leurs portes fermées à clé, dans leurs lits confortables, avec la climatisation qui ronronne doucement.

Sur le trottoir, devant une des maisons sombres dont la boîte aux lettres de type familial annonce *Hirshberg*, se trouvent cinq membres de la « Famille » de Charles Manson. « Clem », qui a une dent de devant cassée ; « Sadie » ;

« Froggy » ; une des plus jeunes de la Famille, Debra Jo Hillhouse (surnommée « Pussycat ») ; et Charlie en personne.

Charlie se tient derrière Debra Jo ; les deux mains posées sur ses épaules, il lui chuchote doucement à l'oreille.

« Bien, Pussycat... ça va être à toi de jouer. Le moment est venu de franchir la ligne. De regarder la peur en face. De regarder la peur droit dans les yeux. Et maintenant, ma toute belle... ça va être à toi d'y aller en solo. »

Debra Jo lui rappelle que ce n'est pas sa première « mission de bizutage ». Son mentor le reconnaît volontiers, oui, c'est vrai, elle a déjà fait des expés de ce genre, mais jamais toute seule. Il lui rappelle la philosophie de la « Famille », à savoir que l'union fait la force.

Il poursuit son explication : « C'est pour ça qu'on fait ce qu'on fait, à notre façon, et c'est pour ça que ce qui compte avant tout, c'est la façon dont nous vivons. » Tout en lui massant délicatement les omoplates sous son tee-shirt noir sale, il ajoute : « Mais ce qui est important, aussi, c'est l'*accomplissement individuel*. Se mettre soi-même à l'épreuve. Affronter ses peurs. Et il faut être seul pour affronter ses peurs. C'est pour ça que je t'oblige à faire ça, Debra Jo. »

Hormis son père, Charlie est la seule personne sur cette bonne vieille terre à l'appeler par le prénom qui lui a été donné à la naissance, et non par son sobriquet.

« Je veux le faire, dit Debra Jo sur un ton moyennement convaincant.

– Pourquoi tu veux le faire ? s'enquiert Charlie.

– Parce que tu me le demandes, répond-elle.

– Oui, je veux que tu le fasses, confirme Charlie. Mais je ne veux pas que tu le fasses pour moi. Et je ne veux pas que tu le fasses pour eux, dit-il en indiquant d'un mouvement de tête le reste de la bande. Je veux que tu le fasses pour toi. »

Les extrémités des doigts de Charlie sur les omoplates de Debra Jo perçoivent le léger frisson qui parcourt son corps.

« Je te sens trembler, ma jolie.
– J'ai pas peur, proteste-t-elle.
– Chuuut, l'apaise-t-il. Ce n'est pas grave. Inutile de mentir. »

Il explique à la beauté brune : « Quatre-vingt-dix-sept pour cent de tous les gens que tu rencontreras dans ta vie auront passé quatre-vingt-dix sept pour cent de leur vie à fuir devant la peur. Mais pas toi, ma jolie, lui susurre-t-il. Toi, tu marches *au-devant* de la peur. Le but du jeu, c'est *la peur*. Sans *la peur*, rien n'a d'importance. »

Si les tremblements de Debra Jo ne s'estompent pas, son corps, au contact de Charlie, semble se détendre. Debout derrière elle, Charlie se penche en avant et lui demande doucement dans l'oreille droite : « Est-ce que tu me fais confiance ?
– Tu sais bien que oui, dit-elle. Je t'aime.
– Et moi aussi, je t'aime, Debra Jo, lui dit Charlie, et c'est cet amour qui te fait avancer pas à pas vers la grandeur. Je suis dans ton cœur, Pussycat, je suis entre tes pattes, je suis dans ta queue, je suis dans ton nez, et je suis dans ton crâne de minou. »

Les doigts de Charlie quittent ses omoplates et il enveloppe la jeune fille dans ses bras, l'étreignant par-derrière. Elle laisse tout son poids peser en arrière, appuyée contre lui. Et tous deux tanguent lentement d'un côté puis de l'autre, faisant passer leur poids du pied gauche au pied droit ; elle se laisse bercer comme un bébé dans les bras de Charlie.

« Accorde-moi le privilège de te guider dans cette aventure. Et la fille qui sortira de cette maison sera infiniment plus puissante que celle qui y sera entrée. »

Charlie détache alors les bras qui entouraient la taille de Debra Jo, fait un petit pas en arrière et donne une tape sur son cul moulé dans le short en blue-jean, la poussant en direction de la maison des Hirshberg.

En 1968, Terry Melcher, le producteur des Byrds, le génie derrière Paul Revere and the Raiders et jeune prodige de Columbia Records, passait beaucoup de temps en compagnie de Charlie Manson et de sa « Famille », à l'époque où ils avaient établi leur camp de base à Hollywood, chez Dennis Wilson, vivant aux crochets du Beach Boy. Terry Melcher ne fut jamais tout à fait aussi convaincu que Wilson du talent musical de Charlie. S'agissant des aspirations musicales de Manson, Terry considérait que Charlie n'était pas dénué de talent. L'avis honnête de Terry sur la musique de Manson était qu'il était très, très, très *pas mauvais*.

Mais si Charlie Manson avait quelque chose à offrir, c'était dans la catégorie songwriter folkeux. Or, dans cette catégorie où ça se bousculait plutôt au portillon, Charlie n'arrivait pas à la cheville des Neil Young, Phil Ochs, Dave Van Ronk, Ramblin' Jack Elliott, Mickey Newbury, Lee Dresser, et autres Sammy Walker ou, franchement, n'importe lequel des folkeux célèbres de l'époque. En outre, la scène folk telle qu'elle avait existé quelques brèves années auparavant était morte. En 1968, tous les musiciens folk qui s'étaient fait un nom branchaient leur guitare à un ampli et tâchaient de devenir des rock stars.

Et comme Terry Melcher représentait Columbia Records, qui avait déjà Bob Dylan à son catalogue, ils n'avaient pas besoin d'un Charlie Manson. D'autre part, Melcher n'était plus dans le business du folk acoustique (d'ailleurs, l'avait-il jamais été ?). Paul Revere and the Raiders avait fait de lui un des rois du Top 40 de la pop radio. Il ne débauchait pas les artistes du label Vanguard Records pour qu'ils viennent signer chez Columbia. Il cherchait le prochain groupe à la mode, des garçons aux cheveux hirsutes capables de concocter des succès, qui seraient bientôt les invités vedettes d'*American Bandstand* et de toutes les autres émissions rock des télés locales (*Groovy*, *Boss City*, *The Real Don Steele Show*, *Where the Action Is*, *It's Happening*), et trouveraient leur place dans les pages des magazines *Sixteen* et *Tiger Beat*. Ç'aurait pu être Bobby Beausoleil, mais une chose était sûre, ce ne serait pas Charlie Manson.

Ce n'était pas que Charlie n'avait pas de *talent* – il avait *un peu* de talent. Ce qui lui manquait, c'était la discipline pour nourrir ce talent qu'il *avait*. Si Charlie avait eu à son actif un catalogue plus étoffé, cela n'aurait pas convaincu Melcher d'enregistrer un album de Manson pour Columbia. Mais cela aurait pu donner envie à Melcher d'apporter à Linda Ronstadt une des chansons de Charlie pour qu'elle l'enregistre.

Terry reconnaissait que Charlie était un gus satellisé intéressant. Mais, même sous cet angle, Terry n'était pas aussi fasciné par lui que l'étaient ses autres amis (Dennis Wilson et Greg Jakobson). La véritable raison pour laquelle Terry Melcher avait passé tout ce temps avec Charlie et la « Famille », à l'époque où ils avaient élu domicile chez Dennis Wilson, n'était pas le potentiel commercial que le producteur de musique voyait en Manson. C'était plutôt le fait que Terry adorait se taper une beauté brune de quinze balais appelée Debra Jo Hillhouse, qui venait d'intégrer la « Famille ». La première fois que Terry l'avait rencontrée, elle se faisait encore appeler Debra Jo. Mais, peu après, elle ne répondait plus qu'au nom que lui avait donné la « Famille » : « Pussycat ».

Debra Jo était devenue membre de la Famille de Charlie à l'âge de quinze ans, elle était à l'époque la plus jeune de la bande, et c'était assurément la plus belle. Seule la sculpturale Leslie Van Houten pouvait éventuellement lui disputer ce statut. Et Terry Melcher n'était pas le seul – Dennis Wilson adorait lui aussi baiser Debra Jo. En fait, les seules connexions sérieuses que Manson avait jamais établies au sein de la scène musicale de Los Angeles, il les devait non pas à sa musique, mais plutôt à l'attrait de la chatte pubescente de Debra Jo Hillhouse. Debra Jo avait une place à part dans le cœur de Terry Melcher. (Si Debra Jo avait su chanter, c'est elle qui aurait décroché un contrat avec une maison de disque.)

Et il faut garder à l'esprit que tout cela se déroulait à l'époque où Terry Melcher habitait avec la blonde Candice Bergen, dont la beauté cristallisait l'esprit des années soixante.

Mais il avait beau vivre avec la sublime Candy Bergen, il ne pouvait pas renoncer à un rendez-vous avec Pussycat. C'en était arrivé au point où son affection était devenue tellement effrontée qu'il avait essayé de faire embaucher Debra Jo comme jeune fille de maison, et proposé de l'héberger chez eux, sur Cielo Drive, avec Candy et lui. (Candice Bergen voulait bien fermer les yeux sur certaines choses, mais là, elle avait dit *niet*.)

Debra Jo Hillhouse avait des airs de petit chaton (c'est pour cela que Charlie l'avait baptisée Pussycat) qui faisaient fondre les types plus âgés. Y compris quelques membres des Straight Satans, le gang de motards qui traînaient avec Charlie et la Famille à l'époque où ils habitaient au ranch Spahn.

Ce qui était unique chez Debra Jo, par rapport aux autres filles rameutées par Charlie, c'était qu'elle était encore en contact avec son père, et que son père était en contact avec Charlie. Toutes les autres filles, à un degré ou à un autre, avaient rejoint la Famille de Charlie en raison des très mauvais rapports qu'elles entretenaient avec leur propre famille. Couper les ponts avec vos parents, divorcer d'avec votre vraie famille, devenir membre d'une nouvelle Famille, avec Charlie dans le rôle du *papa*, tout cela faisait partie du baratin de Manson. Mais dans le cas de Debra Jo Hillhouse, c'était par le truchement de son père qu'elle avait rencontré Charlie, un an plus tôt.

Un après-midi, après avoir fait l'amour dans la salle de billard de Dennis Wilson, tout en partageant un joint et en buvant des bières mexicaines glacées, Terry Melcher avait demandé à Debra Jo comment elle avait fait la connaissance de Charles Manson.

« Mon père l'a pris en stop, lui avait raconté Debra Jo.

– Quoi ? Attends, l'avait interrompue Terry étonné, tu as rencontré Charlie par l'intermédiaire de ton père ? »

Elle avait fait oui en hochant sa tête de brunette. « Charlie faisait du stop. Papa s'est arrêté, l'a fait monter et ils se sont mis à discuter. Ils se sont vachement bien entendus, alors papa l'a ramené à la maison pour dîner. C'est comme ça qu'on s'est rencontrés. »

Terry avait copieusement tiré sur le joint avant de le passer à Debra Jo. Tout en retenant la fumée dans ses poumons, il lui avait demandé : « Combien de temps après as-tu fichu le camp avec Charlie ?

– Le soir même. Je me suis carapatée de la maison et on a niqué dans la voiture de papa. Et puis je suis allée chercher les clés de la voiture et on s'est tirés tous les deux. »

Nom de Dieu, s'était dit Terry. *Putain, comment est-ce qu'un avorton comme Charlie réussit des coups comme ça ? Je veux dire, des laiderons hippies du genre marie-couche-toi-là comme Mary Brunner ou Patty Krenwinkel, je veux bien. Mais une petite bombe comme Debra Jo ?*

C'est alors que Debra lui avait raconté toute l'incroyable histoire de Manson et de la famille Hillhouse. Qui se terminait par son père demandant à Charlie s'il pouvait intégrer la « Famille ».

Et là, Terry s'était exclamé : « Nan mais tu te fous de ma gueule, là ! »

Debra Joe avait souri en secouant la tête. Et avait ajouté : « Mais là, même Charlie a trouvé que *ça*, c'était *trop* bizarre. »

Putain de nom d'un chien, s'était dit Terry, il n'arrivait même pas à convaincre Candy Bergen de prendre une jeune fille de maison hippie, et Charlie, lui, parvenait sans difficulté à convaincre n'importe qui de lui obéir. Terry n'était vraiment pas sensible au charme que Charlie pouvait opérer, cependant il devait bien reconnaître que ce type avait *un truc*. En son temps, il avait vu des rock stars manipuler des nanas hippies pour leur faire faire des trucs assez dingues. Mais leurs pères ? Là, c'était un tout autre niveau d'influence. Terry doutait que même Mick Jagger arrive à réussir des coups comme ça.

Debra Jo, les genoux visiblement tremblants, s'approche lentement de la maison Hirshberg. Elle traverse la pelouse gorgée de rosée. Elle sent l'humidité de l'herbe au contact de ses plantes de pieds, et cette fraîcheur lui redonne des forces. Elle quitte la pelouse et arrive sur l'allée en béton qui conduit au portail de derrière, laissant derrière elle des traces de pas humides.

Elle passe la main sur la porte en bois et, aussi silencieusement que possible, soulève le loquet en métal rouillé de l'autre côté, pousse la porte et pénètre dans le jardin. Ses amis qui la regardent du trottoir disparaissent lentement jusqu'à n'être plus visibles.

À présent, Pussycat est livrée à elle-même, sur la propriété privée des Hirshberg. Elle scrute les alentours. Il y a une piscine en forme de haricot rouge. De l'herbe verte. Un grand arbre. Deux tables de pique-nique. Et deux tricycles pour enfants. Mais, hormis les tricycles, le jardin est aussi impeccablement entretenu que l'espace devant la maison donnant sur la rue.

Puis la voix de Charlie lui chuchote à l'oreille : *Ton cœur, comment ça va ?*

Elle répond doucement, mais à haute voix : « Ça cogne comme un marteau-piqueur. »

Du calme, Pussycat, ronronne-t-il. *Les tam-tams de la jungle vont réveiller tout le voisinage, bon sang. Contrôle-moi les battements de ce cœur et reprends-toi. Observe les alentours.*

Elle examine le jardin en faisant un peu plus attention, le rythme rapide de ses battements de cœur décroît lentement.

Qui habite ici ? lui demande-t-il.

« Je sais pas – les Hirshberg, j'imagine. »

Pas leur nom, souffle-t-il sèchement. *Qui sont-ils ? Ont-ils des enfants ? Vois-tu des jouets ?*

Elle regarde les tricycles pour tout-petits et fait oui de la tête.

Beaucoup de jouets ? demande-t-il. *Une balançoire ?*

« Non, répond-elle, juste deux tricycles. »

Qu'est-ce que tu en conclus ?

« Je sais pas, je devrais en conclure quoi ? »

Hé, ma belle, la réprimande-t-il gentiment. *C'est moi qui parle avec des points d'interrogation. Et c'est toi qui réponds avec des points en fin de phrase. Pigé ?*

Elle fait oui de la tête.

Donc, soit ils ont des enfants, soit ils connaissent des enfants, en déduit Charlie. *Peut-être sont-ils grand-mère et grand-père ? Nous répondrons à cette question plus tard. Sont-ils riches ?*

Elle fait oui de la tête.

Comment le sais-tu ? lui demande Charlie.

« Ils habitent dans ce quartier, non ? » répond-elle avec une dose de sarcasme.

Pas si vite, Pussycat, la prévient Charlie. *Ne pas se fier aux apparences, ma petite chérie. Ce pourraient être des locataires. Ce pourraient être quatre hôtesses de l'air ou des serveuses de cocktails qui habitent ensemble et se partagent le loyer.* Il demande soudain : *Ont-ils une piscine ?*

« Oui », dit-elle.

Va goûter l'eau, lui ordonne-t-il.

Pussycat s'avance avec précaution sur la pelouse qui occupe pratiquement tout le jardin derrière la maison, jusqu'à la piscine où elle trempe les doigts dans l'eau.

À ce moment-là, la voix intérieure demande : *Elle est chaude ?*

Elle fait oui de la tête.

Alors ils sont riches, explique Charlie. *Seuls les riches peuvent se permettre de chauffer leur piscine toute l'année.*

Ça se tient, songe Pussycat.

Es-tu prête à entrer dans la maison ? chuchote Charlie.

Elle fait oui de la tête.

Charlie la tance : *Ne te contente pas de hocher la tête, garce. Je t'ai posé une question ! Es-tu prête à entrer dans la maison ?*

« Oui », dit-elle.

Oui quoi ? demande-t-il.

« Oui, m'sieu ? » hasarde-t-elle.

Il hausse le ton, en colère. *Pas « Oui, m'sieu », nom de Dieu, et puis, putain, qu'est-ce que je viens de te dire à propos des points d'interrogation ?*

Elle répond alors plus fort qu'elle ne le devrait, compte tenu des circonstances : « Oui, je suis prête ! »

Charlie exulte dans le cerveau de Pussycat : *Eh ben voilà ! Ça, c'est ma jolie ! Quel genre de porte ont-ils pour passer du jardin à la maison ?*

Elle regarde la maison et répond : « Baie vitrée coulissante. »

Bien, tu as de la chance, gamine. C'est le genre de porte que les gens bien tranquilles chez eux ont tendance à oublier de fermer à clé. Maintenant, approche-toi sans bruit et regarde à quel point tu as de la chance.

Ses pieds nus avancent prudemment sur l'herbe humide vers le béton du patio de derrière et Debra Jo se dit : *Si j'ai vraiment de la chance, la baie vitrée sera fermée à clé et je pourrai rentrer à la maison*. Elle arrive à la vitre, s'accroupit. Elle jette un œil à l'intérieur. Tout est plongé dans l'obscurité. Pas de mouvement. Elle écoute attentivement. Hormis son cœur qui s'est remis à battre et tambourine comme les tam-tams de la jungle, elle n'entend pas un son. D'un bras, elle tente de faire glisser la baie vitrée. Qui ne s'ouvre pas.

Charlie surgit de nouveau dans sa tête. *Ces portes peuvent être un peu lourdes. Essaie encore, plus fort, avec les deux mains*.

Cette fois-ci, elle saisit la poignée des deux mains et y met plus de force. La baie vitrée s'entrouvre. Une fois qu'elle a constaté que la vitre avait effectivement bougé, Pussycat reprend sa respiration.

Oh merde, se dit-elle. *Il va falloir que j'entre*.

Elle entend dans son cerveau le sourire de Charlie. Il pénètre de nouveau dans son âme pour copiloter la phase suivante du bizutage. *Bien, maintenant, avant d'entrer dans la maison, oublie ton amour-propre. Cesse d'exister. Reste à quatre pattes comme le petit chat que tu es, Pussycat. Tu n'as pas plus d'énergie qu'un petit chat du quartier explorant une maison dont la porte est restée ouverte. Pigé ?*

Elle fait oui de la tête.

Laisse la baie vitrée entrouverte, lui dit-il, *au cas où tu serais obligée de déguerpir en vitesse*.

Pussycat déplace le rideau sur le côté et, à quatre pattes, s'introduit dans la maison. Elle s'avance sur le lino de la cuisine et atteint la moquette à longues mèches de la salle de séjour.

Une fois au milieu du séjour, elle s'assoit sur le sol, attend que ses yeux s'accoutument à l'obscurité, observe ce qu'il y a autour d'elle.

Charlie continue avec ses points d'interrogation.

Qui sont ces gens ? Sont-ils âgés ? Ont-ils la cinquantaine ? Est-ce que ce sont des parents ou des grands-parents ?

« Je ne sais pas », répond-elle.

Regarde les meubles, lui dit-il, *regarde les babioles.*

Pussycat scrute la pièce. Elle contemple les photos encadrées au mur, sur la télé, les petits bidules sur le manteau de la cheminée ; elle voit une chaîne stéréo avec plusieurs 33 tours posés contre le mur.

Elle s'approche des disques, les passe en revue.

Rudy Vallée.

Kate Smith.

Jackie Gleason.

Frankie Laine.

Jack Jones.

John Gary.

Des enregistrements de comédies musicales de Broadway : *South Pacific* ; *Un violon sur le toit* ; *No, No, Nanette*. La bande originale du film *Exodus*.

« Ils sont vieux, dit Pussycat à Charlie. Des grands-parents, je suppose. »

Eh bien, évitons de supposer, Debra Jo, tâchons de déduire. Il demande : *Est-ce que des enfants habitent ici ?*

Elle répond : « Je ne sais pas. »

Regarde autour de toi, dit-il.

C'est ce qu'elle fait – tout est bien rangé.

Pussycat répond : « Il y a quelques jouets dans le jardin, mais je ne pense pas que des enfants habitent ici. »

Ah bon ? Et pourquoi ? demande Charlie.

« Parce que les gens qui habitent ici sont vieux, a-t-elle décidé. Les vieux sont propres. C'est un luxe que les gens qui ont des enfants n'ont pas. »

Très bien, Pussycat. Elle sent le sourire de Charlie lui transpercer tout le corps. *Et ton cœur, qu'est-ce que ça donne ?*

« Calme. »

Je te crois. Est-ce que tu vois les escaliers ?

Elle fait oui de la tête.

Et l'amour-propre, ça va ?

« Inexistant. »

Alors tu es sans doute prête à te relever.

Pussycat se redresse, la voilà debout. La pièce paraît bien différente quand on se tient debout. Elle enlève son tee-shirt noir en le faisant passer par-dessus sa tête et ses cheveux en broussaille, le laisse tomber sur la moquette à mèches longues. Elle déboutonne ensuite son short Levi's, descend la fermeture Éclair et le fait glisser en silence le long de ses longues jambes nues. Elle finit par se débarrasser de sa petite culotte crasseuse, qu'elle dépose sur le tas de vêtements qu'elle vient d'enlever. Une fois entièrement nue, elle se penche en avant, reprend le short en jean, fouille dans la poche rebondie pour en sortir une ampoule rouge. Elle prend l'ampoule dans sa bouche, les lèvres refermées autour de la bobine en fer argenté.

Puis, nue, à quatre pattes, elle s'approche de l'escalier aux marches recouvertes de moquette qui permet d'accéder à l'étage. Son corps félin monte silencieusement et en souplesse vers les chambres.

Une fois arrivée en haut de l'escalier, elle tourne lentement la tête à droite, puis à gauche, et c'est vers la gauche qu'elle se dirige, direction la porte qui semble être celle de la chambre principale. Plus de Charlie dans la tête désormais, Debra Jo est entièrement livrée à elle-même. Toujours à quatre pattes, elle avance dans le couloir avec une grâce féline digne de son surnom vers la chambre dont la porte est entrouverte.

Avec son énergie dépourvue d'amour-propre, elle glisse la tête dans l'entrebâillement et regarde dans l'obscurité de la chambre. De là où elle se trouve, au sol, Pussycat constate que ses suppositions étaient justes, que c'est effectivement la chambre principale, et que l'homme et la femme endormis dans le grand lit marital Craftmatic ont l'âge d'être grands-parents.

Pussycat entre dans la pièce, contorsionnant son corps nu pour pouvoir passer dans l'entrebâillement, attentive à ne pas toucher la porte, de peur d'être trahie par un grincement intempestif. Toujours à quatre pattes, elle s'avance jusqu'à ce que ses pieds soient à l'intérieur de la chambre, les yeux fixés sur la surface du lit. Le vieil homme endormi, en pyjama bleu avec des bandes verticales blanches, est du côté du lit le plus près d'elle.

La chambre sent le baume Bengué, le désodorisant Pine-Sol fraîcheur verte, l'Old Spice et les pieds. Le climatiseur encastré dans la fenêtre, à l'extrême droite, ronronne, une bonne ligne de basse solide qui contribue à masquer ses mouvements discrets. Ça, c'est le côté positif. Le côté négatif, c'est qu'il fait bien plus froid dans cette pièce que dans le séjour et le couloir du haut. La chair de poule qui apparaît sur le derrière nu de la jeune fille que Charlie a baptisée Pussycat lui donne une idée de la sensation que ça doit être d'avoir une queue. Jouant à fond le rôle du félin, elle tortille un peu son cul osseux. La fraîcheur ambiante n'est pourtant pas un obstacle. Au lieu de cela, comme les eaux vivifiantes d'un torrent de montagne, une fois passée la sensation initiale de froid au contact de la peau chaude, elle trouve revigorant le frisson qui la parcourt.

Elle s'approche du lit. Debra Jo se redresse alors sur ses genoux. Elle a le visage tout près de celui de l'homme allongé dans son lit. L'ampoule rouge qui sort de sa bouche confère à la jeune fille une absence d'expression inhumaine, à mi-chemin entre le robot et la poupée gonflable.

Elle examine le visage du vieil homme endormi. Sa respiration laborieuse est à la limite du ronflement. Ses cheveux blancs clairsemés jaillissent de manière désordonnée sur son crâne bulbeux, chaque cheveu partant dans une direction différente. Les lèvres enfoncées dans une bouche sans dents. Elle regarde la table de chevet et, sans surprise, à côté de la paire de lunettes, de la lampe et du petit réveil, est posé un dentier trempant dans un verre d'eau trouble.

Son regard curieux va du dentier au vieux chnoque endormi, puis se pose sur sa compagne qui sommeille, elle aussi âgée. Elle est un peu grassouillette, comparée à son mari décharné qui ressemble à une goule. Contrairement au vieil homme dont chaque poil est blanc, la vieille a des cheveux teints en orange vif, frisés, qui de toute évidence lui valent des visites hebdomadaires au salon de beauté et des tonnes de gel Dippity-do.

Debra Jo avance sa main au-dessus de la figure du vieux et agite les doigts. Il ne bronche pas le moins du monde, continue simplement sa pesante respiration rythmée. Elle se sent en confiance, à présent ; alors, elle qui était à genoux se relève, la voilà debout. Après tout le temps passé en position de chat, le fait de se trouver debout lui donne l'impression d'être une géante à la *Gulliver*.

Sur la pointe des pieds, elle s'éloigne silencieusement du lit et de ses occupants, traverse la chambre jusqu'à la fenêtre qui donne sur la rue. Les rideaux de la fenêtre sont ouverts, elle regarde à travers la vitre et aperçoit Charlie et ses amis, tous réunis devant la maison, sur le trottoir. Froggy est la première à la remarquer et adresse à Debra Jo un vigoureux signe de la main. Le reste du groupe lui fait coucou également, comme s'ils rejouaient le générique de fin de la série *The Beverly Hillbillies*.

Debra Jo, l'ampoule rouge sortant de sa bouche, les regarde par la fenêtre de la chambre des Hirshberg et, à son tour, les salue de la main. Sans un bruit, elle s'approche d'une chaise en bois posée devant la coiffeuse de l'occupante de la maison, la soulève et la porte jusqu'à la fenêtre. Près de la fenêtre, il y a aussi une lampe de chevet. Elle jette un rapide coup d'œil au couple endormi, vérifiant qu'elle ne les a pas dérangés, et commence à dévisser lentement le dessus de la lampe qui fait tenir l'abat-jour. Une fois qu'elle a fini de dévisser, elle pose le couvercle à pas de vis sur la table, soulève en silence l'abat-jour qu'elle désolidarise de sa base et le pose délicatement par terre. Pendant tout ce temps, elle adresse des regards furtifs aux dormeurs pour s'assurer qu'ils ne sont pas en passe de se réveiller. Pour l'instant, tout va bien. Sans quitter des yeux les deux vieilles badernes, elle dévisse l'ampoule.

C'est de loin le son le plus bruyant qu'elle ait émis, et pourtant la respiration rythmée du couple, le climatiseur et son amour-propre mis en sourdine empêchent de rompre l'équilibre qui règne dans la chambre. Une fois la dernière rotation achevée, Debra Jo soulève l'ampoule et la détache de la lampe. Puis la dépose sans un bruit sur la moquette au sol de la chambre à coucher. L'intruse brune retire l'ampoule qu'elle avait dans la bouche et la visse dans la douille de la lampe. Une fois l'ampoule vissée jusqu'au bout, Debra Jo sait qu'elle a accompli sa mission.

Elle appuie sur le petit interrupteur de la lampe et la pièce baigne soudain dans une luminescence rouge. Elle regarde le couple au lit, s'attendant à une réaction provoquée par le changement d'atmosphère, prête à prendre ses jambes à son cou si la lumière rouge a perturbé leur sommeil paradoxal. Mais le faible voltage de l'ampoule rouge maintient une pénombre suffisante pour ne pas gêner leur sommeil.

Elle monte alors sur la chaise, près de la vitre ; son corps nu dans l'encadrement de la fenêtre, éclairé en rouge par-derrière, fait penser à un tableau, comme une vitrine du quartier rouge d'Amsterdam, en plein cœur de Pasadena. Elle sourit à ses amis, en bas sur le trottoir ; ils sautent sur place, excités par l'exploit de Debra Jo. La jeune fille de seize ans se déhanche de façon suggestive, se lançant dans une danse pour distraire ses amis dehors. Ils l'applaudissent et l'encouragent. Elle ondule sur place, monte et descend, dansant de manière de plus en plus frénétique tandis que ses amis sifflent et poussent des cris, jusqu'à ce qu'elle saute de la chaise, prenne quelques pas d'élan et bondisse sur le lit où dorment les deux vieux en gloussant : « Geronimo ! »

Ils se réveillent tous deux et voient une adolescente nue se roulant dans le lit avec eux, riant comme une démente. La vieille dame pousse un hurlement à vous glacer les sangs, tandis que le vieux bredouille : « Nan mais ? »

Debra Jo tend les bras vers le cou du vieillard et plante un gros poutou sur sa bouche édentée. Il essaie de crier, mais elle introduit sa langue dans la bouche du vioc. Puis elle le lâche, bondit hors du lit, sort de la chambre en courant, dévale les escaliers, traverse la salle de séjour (attrapant au passage ses vêtements entassés), sort par la baie vitrée coulissante, traverse le jardin, franchit le portail, détale sur la pelouse et retrouve sur Greenbriar Lane sa « Famille » hilare.

Chapitre six

« Hollywood, sinon rien »

Dans les environs de Dallas, Texas
Quatre ans plus tôt

Le cow-boy de rodéo dans la Cadillac coupé DeVille 1959 blanc sale qui tirait un fourgon à chevaux blanc sale dans lequel se trouvait un cheval à la robe d'un brun poussiéreux repéra la jeune femme qui tendait le pouce sur le bord de la route, à la sortie de Dallas, à peu près quatre cents mètres avant d'arriver à sa hauteur. Elle portait un tee-shirt rose moulant, une minijupe couleur banane sur de longues jambes nues, elle était pieds nus, coiffée d'un grand chapeau de soleil blanc, avec un sac de paquetage en toile. Une fois qu'il fut suffisamment près, le cow-boy vit que le tee-shirt épousait les formes de deux seins amples et rebondis, et que ses longues jambes étaient étonnamment blanches.

Quand il fit halte sur le bas-côté et qu'elle se pencha pour le regarder par la fenêtre de la portière passager, il remarqua que de longs cheveux blonds s'échappaient de sous son chapeau ; elle devait avoir dans les vingt-deux ans, et c'était une nana qui en jetait sacrément.

« On fait du stop ? demanda-t-il rhétoriquement.

– Oui, m'sieu », répondit la blonde, sans accent texan.

Le cow-boy baissa le son de Merle Haggard qui chantait en mode crooner « Tulare Dust » à la radio et dit : « On va où, comme ça ?

– En Californie », fut la réponse de la blonde à gros seins.

Le cow-boy cracha du jus de chique dans un gobelet Texaco dont un dixième était rempli de salive marron et gloussa : « La Californie ? Fichtre, c'est pas la porte à côté.

– Je sais, fit-elle en hochant la tête. Vous pouvez m'avancer ?

– Jusqu'en Californie, je sais pas, annonça le cow-boy, mais j'ai l'intention d'avoir fichu le camp du Texas ce soir à sept heures. Je pourrais te déposer au Nouveau-Mexique.

– C'est un bon début, cow-boy, lui sourit-elle.

– Alors monte, cow-girl », lui répondit-il en souriant lui aussi.

Avant de prendre la décision de monter dans la Caddy du type, elle scruta le cow-boy avec davantage d'attention. Il devait avoir dans les quarante-sept ans, beau mais cabossé (un peu comme sa Cadillac) ; il était coiffé d'un chapeau de cow-boy en paille blanc, portait une chemise couleur crème, de type country-et-western, avec boutons-pression, aux aisselles auréolées de transpiration, et il avait une grosse chique de tabac sous la lèvre. Elle regarda la banquette arrière sur laquelle se trouvait un sac de paquetage assez semblable au sien. Si ce n'est que celui du gars était d'un coloris vert olive militaire, alors que le sien était noir et décoré du logo 7 Up. Elle regarda au-delà des ailerons de la Cadillac le fourgon à chevaux attaché à l'arrière et demanda : « Vous avez un cheval là-dedans ?

– Bah, évidemment.

– Il s'appelle comment ? demanda-t-elle.

– *Elle* s'appelle Honeychilde, répondit-il d'une voix traînante.

– Ma foi, fit-elle en souriant, j'imagine qu'un gars qui appelle sa jument Honeychilde va pas me violer.

– Eh bien, ça, c'est votre première erreur. » Il lui sourit. « Un gus avec un grand étalon noir qui s'appelle l'Étrangleur de Boston, alors ça, oui, c'est un type à qui vous pouvez faire confiance. » Il lui adressa un clin d'œil.

« Ma foi, quand faut y aller, faut y aller », dit la blonde en lançant son sac sur la banquette arrière à côté du sien. Elle ouvrit la portière et monta dans la Cadillac.

« Cette portière est plus ou moins foutue, expliqua le cow-boy. Il faut la claquer fort. »

Elle rouvrit la portière et suivit les instructions qu'on venait de lui donner, claquant la portière très fort.

« C'est l'idée », dit-il en reprenant la route.

Le cow-boy au volant engagea la conversation : « Alors, tu vas où en Californie ? » Il remonta un peu le son de Merle Haggard jusqu'à un niveau décent. « L.A., San Francisco ou Pomona ? »

La blonde répondit en posant une question : « Qui est-ce qui quitterait le Texas en autostop pour aller à Pomona ?

– Bah, moi, c'est bien possible, reconnut le cow-boy. Mais je suis pas non plus une pin-up.

– Los Angeles, dit-elle.

– Vous allez devenir surfeuse ? demanda le cow-boy. Comme Annette Funicello ?

– Je ne crois pas que ce soit une vraie surfeuse, dit la blonde. En fait, aucun des deux, ni elle ni Frankie, n'est jamais bronzé. Vous êtes plus bronzé qu'ils l'ont jamais été.

– J'ai aussi cinq rides de plus qu'eux au front. » En regardant sa charmante passagère, il ajouta : « Et merci à toi, c'est gentil de parler de *bronzage* à propos de ma peau tannée. »

La jeune autostoppeuse se présenta au cow-boy plus âgé ; ils échangèrent leurs noms et se serrèrent la main.

« Alors, c'est où que tu vas ? redemanda le cow-boy.

– Los Angeles. Mon petit copain m'attend là-bas. »

La blonde n'avait pas de petit copain qui l'attendait à Los Angeles. C'était juste ce qu'elle avait prévu de dire aux hommes seuls qui la prendraient en stop. Et puis, pendant les trois quarts d'heure qui avaient suivi, elle avait parlé de son petit copain imaginaire, tout cela faisait partie de sa méthode en autostop. Elle l'avait baptisé Tony.

C'est au cours de son laïus sur Tony qu'elle avait commencé à faire un peu confiance au cow-boy à chapeau blanc, parce qu'il n'était ni indifférent ni déçu par la nouvelle vie qu'elle allait avoir à L.A. avec Anthony.

« Ben, si tu m'demandes, dit-il de sa voix traînante, ce Tony, l'a sacrément du bol !

– Et vous et Honeychilde, où est-ce que vous allez ? » demanda la blonde.

C'était à présent au cow-boy de jouer un peu les cachottiers. Lui et Honeychilde étaient en route pour Prescott, en Arizona. C'est que le cow-boy était un cavalier de rodéo ; il venait juste de terminer un rodéo qui s'était tenu à Dallas pendant le week-end, le Wild West Weekend, où il avait remporté que dalle de chez que dalle et avait cabossé tout ce qui ne l'était pas encore. Et là, il était en route pour sa ville natale de Prescott, où se tenait un autre rodéo, pas ce week-end-là mais le suivant. Les Prescott Frontier Days, c'était le premier rodéo jamais organisé, en 1888, et il était hors de question que le cow-boy reparte bredouille face aux spectateurs de sa propre ville. Tout cela, il s'était bien gardé de le dire à la blonde aux longues jambes assise à l'indienne sur le siège passager, parce que, franchement, il ne savait pas s'il voudrait de sa compagnie aussi longtemps. Il avait donc parlé en détail du rodéo qui venait de se terminer à Dallas et très vaguement de sa prochaine destination. Mais, au fur et à mesure de la discussion pendant le trajet, ils apprirent à mieux se connaître, et petit à petit chacun baissa sa garde.

Étant du Texas et fille de militaire, elle appréciait ce gars du Sud rural, brut de décoffrage et facétieux. Quant à lui, il appréciait la jeune femme, et pas seulement pour sa beauté. Elle était brillante – une simple conversation permettait de le constater. Au fil de la discussion, elle révéla même qu'elle parlait couramment italien, car son père, dans le cadre de sa carrière militaire, avait été un temps stationné en Italie. Ce qui suffisait au cow-boy pour la classer dans la catégorie des génies, d'autant plus que la plupart des gonzesses qui lui plaisaient parlaient à peine anglais (il avait un faible pour les Mexicaines).

Il aurait fallu que la blonde aux pieds nus soit bien bête pour ne pas être consciente de sa beauté. Mais sa personnalité ne se résumait pas à son physique. Ce qui caractérisait sa personnalité, c'était son tempérament agréable, sa curiosité vis-à-vis des autres, son authentique enthousiasme pour l'aventure, et si elle était consciente des dangers qui guettaient une jeune femme sur la route, néanmoins ce voyage l'électrisait. Et l'on pouvait dire que le cow-boy était sous le charme. En fait, on pouvait même affirmer sans risque de se tromper qu'il avait le béguin pour elle. Mais, comme cette minette n'avait sans doute pas plus de vingt-deux ans, elle ne répondait pas aux critères qu'il s'était fixés comme moralement acceptables. Il s'imposait en effet de ne jamais s'engager dans des opérations de touche-pipi avec quelqu'un de plus jeune que sa fille, qui avait vingt-cinq ans. Bon, certes, cette règle pouvait être mise en veilleuse pour n'être plus qu'une *consigne* si la passagère insistait. Mais il avait de la bouteille, suffisamment pour savoir que ce scénario était fort improbable. Leur relation était la relation normale entre une jolie passagère à demi vêtue et un conducteur sympa, et cela lui convenait très bien.

Une fois la frontière du Texas franchie, quand ils furent dans l'État du Nouveau-Mexique, ils s'arrêtèrent pour casser la croûte dans un restoroute bas de gamme. Elle aurait été sans le sou, il lui aurait payé un bol de chili ; mais, comme ce n'était pas le cas, il ne le lui proposa pas. Ils avaient roulé encore deux heures avant de faire halte dans un motel, sur le coup de neuf heures du soir.

Okay, se dit la blonde, *si le cow-boy veut tenter sa chance, ça va être maintenant.*

Mais elle ne lui en laissa pas l'occasion. Avant même qu'il lui propose de dormir sur la banquette arrière, elle avait sorti son sac de la voiture et lui donnait l'accolade en guise d'au revoir. Il regarda les pieds de la jeune femme l'emmener au loin dans l'obscurité.

Pendant le temps qu'ils avaient passé ensemble (environ six heures), une fois qu'elle s'était sentie à l'aise avec lui, elle lui avait révélé la véritable raison pour laquelle elle se rendait à Los Angeles. C'était pour devenir actrice et travailler dans le cinéma, ou au moins à la télévision. Elle avait admis ne pas avoir voulu le lui dire tout de suite parce que c'était un vrai cliché. Et puis, ça semblait un rêve tellement irréalisable pour un prix de beauté du Texas que cela la faisait même passer pour un peu sotte. Et *si* les gens pensaient cela, ils n'étaient pas les seuls. Car c'était exactement ce que pensait son père.

Le cow-boy avait craché un filet de jus de chique dans son petit gobelet et s'était inscrit en faux. Une nana comme elle à Los Angeles, aussi sacrément belle, serait au contraire bien sotte de *ne pas* tenter une carrière au cinéma. Et ce n'était pas tout, lui avait-il dit, en plus, il était persuadé qu'elle avait toutes ses chances. « Bon, si ma cousine Sherry voulait aller à Hollywood pour être la prochaine Sophia Loren, là, je dirais que c'est un rêve irréalisable. Mais une poulette comme toi, belle comme un cœur, je serais pas étonné de te voir d'ici peu donner la réplique à Tony Curtis. »

Tandis qu'elle disparaissait dans la nuit, juste avant qu'elle ne soit hors de portée de voix et qu'il ne se présente à la réception pour prendre une chambre, il lui avait lancé ses derniers mots d'encouragement : « Souviens-toi de ce que je t'ai dit – quand tu donneras la réplique à Tony Curtis, transmets-lui le bonjour de ma part. »

La blonde se retourna et répondit au cow-boy : « Promis, Ace, à la revoyure dans les films. » Elle lui fit un dernier coucou de la main et disparut.

Et quand Sharon Tate joua pour la première fois dans un film avec Tony Curtis, dans la comédie légère *Comment réussir en amour sans se fatiguer*, elle annonça à Tony Curtis : « Vous avez le bonjour d'Ace Woody. »

Chapitre sept

« Good Morgan, Boss Angeles ! »

Samedi 8 février 1969
6 h 30 du matin

La Karmann Ghia de Cliff roule dans la rue quasiment déserte connue dans le monde entier sous le nom de Sunset Strip. Pour Cliff, la journée de travail commence, il se rend en voiture chez son patron, avant de l'emmener aux studios de la Twentieth Century Fox où il est convoqué à huit heures. Tout en poussant le moteur de la petite Volkswagen sur Sunset Boulevard à six heures et demie du matin, Cliff se dit : *Si New York est la ville qui ne dort jamais, Los Angeles, du milieu de la nuit à l'aube, redevient le désert qu'elle était jadis, avant d'être recouverte de bitume et de béton.* Un coyote solitaire en train de fouiller dans une poubelle municipale illustre la pertinence de cette pensée. De l'autoradio sort la voix de Robert W. Morgan (le « Boss Tripper »), l'animateur de la matinale de la station AM 93 KHJ ; il hurle à l'attention de son auditoire de lève-tôt : « *Good Morgan, Boss Angeles !* »

Dans les années soixante et au début des années soixante-dix, tout Los Angeles vibrait au rythme de 93 KHJ.

On l'appelait la Boss Radio, et elle avait la réputation de faire écouter les Chansons Boss que passaient les Disc-jockeys Boss à Boss Angeles. Enfin, sauf si vous habitiez à Watts, Compton ou Inglewood. Dans ce cas, vous vibriez avec la rythmique soul de KJLH.

KHJ passait les sons sixties cool, les Beatles, les Rolling Stones, les Monkees, Paul Revere and the Raiders, The Mamas and the Papas, les Box Tops, Lovin' Spoonful, ainsi que des groupes de l'époque qui par la suite tomberaient dans l'oubli, les Royal Guardsmen, les Buchanan Brothers, Tompall and the Glaser Brothers, la 1910 Fruitgum Company, l'Ohio Express, les Mojo Men, la Love Generation et d'autres de cette trempe. Et puis la radio avait une ribambelle d'animateurs vedettes, parmi lesquels, aux côtés de Morgan, Sam Riddle, Bobby Tripp, Humble Harve (qui, comme Cliff, tuerait sa femme. Sauf que Harve, lui, n'échapperait pas à la justice), Johnny Williams, Charlie Tuna, et le *number one* des animateurs radio en Amérique, le Real Don Steele. En outre, Robert W. Morgan, Sam Riddle et Don Steele avaient tous trois des émissions musicales à la télé, sur KHJ-TV Channel 9. Morgan animait l'émission *Groovy* ; Riddle animait *Boss City* et Steele avait, bien évidemment, *The Real Don Steele Show*.

Les stations de radio et de télé KHJ dominaient le marché avec leurs sons qui captaient l'esprit de l'époque, les concours promotionnels fous, les concerts sponsorisés par la radio, et un véritable sens de l'humour émanait de toute leur équipe de rigolos à l'antenne.

Sam Riddle saluait ses auditeurs de neuf heures à midi avec la formule : « Salut, les amoureux de la musique ! » Et le Real Don Steele rappelait constamment à ses auditeurs que « Tina Delgado est en vie ! » (sa plaisanterie récurrente, la plus fameuse, et jamais comprise).

En gravissant une des côtes qui permet d'accéder aux hauteurs résidentielles de Hollywood, tandis que la pub en direct que fait Robert W. Morgan pour la crème ultra-bronzante Tanya se fond dans le *dou lou dou* mélodieux de *Mrs. Robinson*, le hit du Top 40 omniprésent de Simon et Garfunkel, Cliff s'arrête à un stop et voit quatre jeunes hippies, des filles entre seize et vingt ans, qui traversent la rue devant sa voiture. Elles ont l'air crado, pas juste sales comme des hippies qui ne se lavent pas, on dirait qu'elles viennent de se livrer à une orgie dans une poubelle.

Ces jeunes filles semblent trimbaler des paquets de nourriture. Il y en a une qui transporte un cageot de choux, une autre trois sachets de petits pains pour hot-dogs, une troisième tout un stock de carottes. Quant à la quatrième – look hippie, grande et mince, sexy, cheveux châtains en broussaille, petit haut en crochet, short en jean coupé court d'où émergent deux longues jambes blanches sales et des pieds nus crasseux –, elle se dandine en queue de cette caravane de nanas hippie, portant à bout de bras un bocal géant de cornichons, comme si c'était un porte-bébé.

La splendide brune crado jette un coup d'œil dans la direction de Cliff et l'aperçoit derrière le pare-brise de la Karmann Ghia à l'arrêt. Un sourire en direction du blond illumine son joli visage. Cliff lui répond par un sourire. La brune prend le bocal dans une main, à hauteur de son sein droit, libérant l'autre bras pour adresser le signe de la paix, l'index et le majeur en V, au conducteur de la Karmann Ghia.

Cliff accuse réception du geste en brandissant deux doigts en l'air en direction de la jeune fille.

Ils partagent tous deux cet instant, puis l'instant est passé, elle est de l'autre côté de la rue et la marche de bébés éléphants des femmes crasseuses se poursuit sur le trottoir du quartier résidentiel. Cliff regarde la brunette de dos s'éloigner avec ses cornichons, l'adjurant intérieurement de se retourner et de lui adresser un dernier regard. *Un... deux... trois*, compte-t-il dans sa tête, et c'est alors qu'elle se retourne pour le regarder une fois encore. *Victoire.* Il sourit à la fois pour elle et pour lui-même, son pied chaussé d'un mocassin enfonce la pédale d'accélérateur et il attaque plein pot la montée.

6 h 45 du matin

Quand le réveil retentit, avec la voix de Robert W. Morgan, l'animateur de la matinale sur 93 KHJ, Rick sent immédiatement que son oreiller est imbibé d'une froide transpiration alcoolisée. Aujourd'hui c'est son premier jour de boulot sur *Lancer*, le pilote d'une série western produite par CBS. Évidemment, il a le rôle de la crapule. Il est le chef d'une bande de voleurs de bétail, qui kidnappe et assassine de sang-froid ; le scénario les décrit comme des « pirates des terres ».

Le scénario est assez bon, et son rôle est vachement bien, même si Rick est persuadé qu'il aurait dû avoir le rôle principal, celui de Johnny Lancer. Rick s'est renseigné pour savoir qui avait décroché ce rôle – un certain James Stacy, qui avait été invité à jouer dans un bon *Police des plaines*, et, du coup, CBS avait décidé de monter un feuilleton pour lui. Les autres acteurs réguliers de la série sont Andrew Duggan et son austère face de cheval dans le rôle du père, Murdock Lancer, et Wayne Maunder, qui a dernièrement été la vedette dans une série ABC sur Custer, dans le rôle de l'autre frère, Scott Lancer.

Non seulement le scénario est bon, mais en plus Rick a de bonnes répliques, et notamment pas mal de texte dès le premier jour. Donc il s'est couché tard la veille pour apprendre ses lignes de dialogue avec son magnéto.

Il fait habituellement ça dans sa piscine, installé sur son fauteuil gonflable, tout en fumant et buvant des whisky sour. Il se prépare le whisky sour qu'il verse dans une des chopes à bière choisie dans sa collection de chopes allemandes. *J'en ai bu combien ?* se demande-t-il, étendu dans son lit, avec une gueule de bois qui lui donne l'impression d'avoir attrapé la polio, et un ventre plein de l'alcool de la veille.

La chope contient l'équivalent de deux whisky sour de la taille de ceux qu'on sert dans les bars.

Combien de chopes ?

Quatre.

Quatre ?

Quatre.

C'est là qu'il s'était vomi dessus dans son lit.

La plupart des acteurs et des actrices des années soixante buvaient un ou deux cocktails ou verres de vin une fois rentrés à la maison, pour se détendre. Mais Rick avait transformé ses deux verres de fin de journée en huit whisky sour, jusqu'à perdre connaissance. Rick n'avait pas souvenir d'être sorti de la piscine ni de s'être déshabillé et d'être monté se coucher. Il s'était juste réveillé dans son lit sans savoir comment il y était arrivé. Il se regarde, constate le sale état dans lequel il est, puis jette un œil au radio-réveil sur la table de chevet. Six heures cinquante-deux. Cliff sera là dans vingt minutes, alors il a intérêt à s'activer. L'inconvénient, quand on se gerbe dessus, c'est que le matin, au réveil, on se sent vraiment mal, dans la peau d'un pauvre porc répugnant. L'avantage, c'est qu'on se sent bien mieux de ne plus avoir tout ce poison liquide qui vous clapote dans le bide.

Ce que Rick ignorait, et il l'ignorerait pendant des années, c'est qu'il souffrait d'un mal peu connu à l'époque. Depuis le lycée, Rick subissait de violentes sautes d'humeur. Ses coups de blues étaient vraiment sombres et ses moments d'euphorie frôlaient la crise maniaque. Mais, depuis que son contrat de quatre films avec Universal était arrivé à échéance (surtout depuis *Salty, la loutre qui parlait*), ses coups de blues le plongeaient dans une déprime pire qu'auparavant. Tout particulièrement quand il était seul à la maison, le soir, lorsque la solitude, l'ennui et l'auto-apitoiement se combinaient pour créer un déferlement toxique de détestation de soi, le whisky sour étant le seul médicament susceptible de lui apporter un tant soit peu de répit.

Sept mois plus tard, une fois revenu du séjour en Italie organisé par Marvin Schwarz avec une toute nouvelle épouse, il recevrait un coup de fil de son ancien mentor, le réalisateur Paul Wendkos. Ils ne s'étaient pas parlé depuis trois ans et Rick était content d'avoir de ses nouvelles.

« Allô, dit Rick.

– Dalton, vieille canaille, c'est Wendkos.

– Hé, Paul, comment va ?

– Comment je vais ? Mais, bon sang, c'est à toi qu'il faut poser la question, répondit Wendkos. J'ai entendu dire que des putains de hippies étaient entrés chez toi par effraction et que tu les avais accueillis façon *Mike Lewis*. »

Rick se fendit d'un petit rire modeste, du genre : *Oh, ce n'est pas grand-chose*, et dit : « Tout ce que j'ai fait, c'est prendre conscience de la distance qui nous sépare, Mike Lewis et moi. Il trucide cent cinquante nazis en restant impassible. Moi, je crame une saloperie de hippie et je chie quasi dans mon froc.

– Eh bien, honnêtement, Rick, dit Paul, quand Lewis butait ces gars et qu'il restait impassible, c'est pas parce qu'il était courageux. C'est parce que tu es un mauvais acteur. »

Ils éclatèrent de rire, chacun à un bout du fil.

Ce à quoi Wendkos faisait référence : à peine Rick et sa nouvelle épouse étaient-ils revenus de Rome et s'étaient-ils installés dans sa maison, à Benedict Canyon, que trois hippies (deux filles et un gars) étaient entrés chez lui par effraction, brandissant un couteau de boucher et un pistolet, menaçant sa famille. Rick et Cliff n'avaient fait qu'une bouchée des cambrioleurs, les tuant tous les trois au cours d'un combat brutal. Cliff, dans le séjour, protégeant Francesca, la nouvelle femme de Rick, avait défoncé la face du gars et de l'une des filles. Rick, vautré dans son fauteuil gonflable au milieu de la piscine au moment de l'attaque, avait failli se faire descendre par la hippie au pistolet. Il avait confié aux autorités : « Cette saleté de hippie a failli me faire sauter la tronche ! »

Et, dans une scène digne du film de Wendkos, *Les Quatorze Gros Bras de McCluskey*, Rick avait brûlé l'assaillante avec le lance-flammes d'entraînement qui lui restait de *McCluskey*, conservé dans la cabane à outils. (« J'ai cramé cette saleté de hippie comme une chips », déclarerait-il plus tard à un voisin.)

Quant aux intentions des intrus, elles n'avaient jamais été tirées au clair. Des intentions qui dans tous les cas semblaient à la fois meurtrières et mauvaises. Lorsque Cliff avait demandé au type ce qu'il voulait, le jeune homme avait invoqué Satan en disant : « Je suis le diable, et je suis venu accomplir l'œuvre du diable. »

La théorie de la police de Los Angeles était que les hippies, cramés à l'acide, étaient venus accomplir un rituel satanique. Ce qui ne relevait pas de la théorie, c'est que les hippies s'étaient trompés de maison.

Le lendemain, les mésaventures de Rick faisaient les gros titres et, en ville, on ne parlait que de ça. Des infos locales pendant la journée, l'événement passa aux infos nationales du soir et, pour finir, fit les unes du monde entier. Quelque chose dans le fait que Jake Cahill ait tué de méchants hippies avec l'arme des *Quatorze Gros Bras de McCluskey* enflammait l'imagination. Et, bientôt, toute l'épouvantable nuit de violence se chargea d'un poids symbolique – faisant de Rick, l'ancien cow-boy de série télé, un héros folklorique de la « majorité silencieuse » de Nixon.

Ce regain d'attention n'échappa pas à l'industrie du cinéma. Peu après, Dalton était l'invité vedette de *Mission impossible* de Bruce Geller, l'un des plus gros feuilletons télé. À la suite de l'incident au lance-flammes, *TV Guide* brossa dans ses pages un portrait de lui (son troisième dans le magazine). Il fut invité pour la première fois au *Tonight Show* de Johnny Carson. Installé dans le fauteuil réservé aux invités de Johnny, Rick fit forte impression. Et, durant toutes les années soixante-dix, Carson le fit venir chaque fois que Dalton jouait dans un nouveau film, que ce soit au cinéma, dans un téléfilm ou quand il avait une nouvelle série à promouvoir. Dalton confierait plus tard à son pote Cliff : « L'un dans l'autre, ces hippies crados m'ont rendu service. »

Paul Wendkos n'appelait pas Rick uniquement pour tailler le bout de gras. Il lui passait le coup de fil que tout acteur attend. Il venait s'enquérir des disponibilités de Rick. Le réalisateur allait commencer le tournage d'un feuilleton se déroulant pendant la Deuxième Guerre mondiale, produit en Angleterre, et qui serait tourné à Malte. Et non seulement l'affaire du lance-flammes tueur de hippies avait accru le prestige de Dalton, mais il avait aussi boosté le film de Wendkos, *Les Quatorze Gros Bras de McCluskey*.

Wendkos préparait un film pour Oakmont Productions, une petite société de production anglaise qui avait signé un accord de distribution internationale *via* la MGM. Oakmont se spécialisait dans des projets à budget modeste, des films ou des séries d'action et d'aventure se déroulant pendant la Deuxième Guerre mondiale, avec des acteurs britanniques, à l'exception de l'acteur principal, qui était habituellement un acteur américain de série télé célèbre. Il y avait par exemple *The Thousand Plane Raid* de Boris Sagal, avec en vedette Christopher George (*Commando du désert*) ; *Opération V2* avec en vedette David McCallum (*Des agents très spéciaux*) ; *Le Raid suicide du sous-marin X-1* de Billy Graham, avec en vedette un James Caan pré-*Parrain*, post-*El Dorado* ; *La Dernière Évasion* de Walter Grauman, avec en vedette Stuart Whitman (*Cimarron*) ; et *Attaque sur le mur de l'Atlantique*, réalisé par Wendkos, avec en vedette Lloyd Bridges (*Remous*). Wendkos s'apprêtait à tourner un dernier film d'aventure centré sur un officier américain au service de la Royal Navy, avec un titre à sensation, *Hell Boats*. La vedette du film devait initialement être James Franciscus (*Mr. Novak*). Mais, comme Franciscus ne pouvait se libérer à cause de retards dans le tournage du *Secret de la planète des singes* produit par la Twentieth Century Fox, et dont il était l'acteur principal, Wendkos avait été contraint de chercher un autre acteur américain célèbre à la télévision. Et, comme cela avait été le cas pour *McCluskey* quand il n'avait pu faire jouer Fabian pour cause d'épaule luxée, Wendkos avait pensé à Rick Dalton. Bilan des courses, Rick et Cliff s'étaient retrouvés dans un avion à destination de Londres, puis de Malte, pour les cinq semaines de tournage de *Hell Boats*.

Tous les films d'Oakmont Productions se ressemblaient, *Opération V2* et *Attaque sur le mur de l'Atlantique* étant les plus réussis. Dans leur genre, ils n'étaient pas trop mal. Des films sans prétention artistique, mais néanmoins assez divertissants. À sa sortie en salle aux États-Unis en 1970, *Hell Boats* était au bas de l'affiche d'une double séance, sous *L'Assaut des jeunes loups*, le film de Phil Karlson (*Feu d'enfer au Texas*) avec Rock Hudson et Sylva Koscina. Avec un scénario quasiment identique à celui des *Quatorze Gros Bras de McCluskey*, si ce n'est que, au lieu de mettre en scène Rod Taylor en chef d'une bande de brutes s'apprêtant à faire sauter un barrage pour inonder un bastion nazi, il s'agissait de Rock Hudson en chef d'une bande d'orphelins de guerre s'apprêtant à faire sauter un barrage pour inonder un bastion nazi. L'un dans l'autre, une soirée ciné plutôt réjouissante en 1970.

En plus d'un autre rôle vedette dans une production studio, *Hell Boats* offrait à Dalton l'occasion de renouer avec son mentor, le réalisateur Paul Wendkos. Sans perdre de temps, Wendkos avait parachuté Dalton sur le tournage de son nouveau film. Quelques années plus tôt, alors que Wendkos tournait pour la Mirisch Company le troisième opus des *Sept Mercenaires*, il voulait Dalton pour ce qui dans le fond était le rôle de McQueen. Mais, comme Rick était coincé chez Universal, occupé à donner la réplique à un mammifère marin, il avait été contraint de refuser. Wendkos s'était tellement bien sorti de la mission qui lui avait été confiée que la Mirisch Company lui avait proposé de tourner le quatrième film de la série, intitulé à l'époque *Les Canons des sept mercenaires*. Le scénario était signé Stephen Kandel, qui était également le scénariste de *La Bataille de la mer de Corail*, que Wendkos avait réalisé ; c'est à cette occasion que Dalton et le réalisateur avaient travaillé ensemble pour la première fois. Le scénario met en scène le personnage de Chris (Yul Brynner dans les deux premiers films et George Kennedy dans le troisième film de Wendkos) et ses six autres *compadres* luttant contre Córdoba, un bandit mexicain. L'armée de Córdoba est composée de cent hommes et il possède six canons qu'il a subtilisés à l'armée américaine.

Chris et le reste des sept mercenaires, envoyés par nul autre que le général John J. Pershing, devaient se rendre au Mexique, infiltrer la forteresse impénétrable de Córdoba, et le ramener aux États-Unis pour qu'il soit dûment jugé. Comme le général Pershing le déclare à Chris, sur un mode similaire à la bande enregistrée qui s'autodétruira dans cinq secondes de Jim Phelps dans *Mission impossible* : « Si vous acceptez cette mission, vous ne serez plus sous l'autorité de quiconque, vous n'aurez plus ni ordre ni uniforme. Si vous êtes pris, vous serez exécuté. » Toute l'histoire est infusée d'une ambiance de western à la *Mission impossible*, ce qui ne devrait pas surprendre dans la mesure où Kandel était à l'époque le scénariste en chef de la série. En écrivant son scénario, Kandel était parti du principe que George Kennedy reprendrait le rôle de Chris, le chef de la bande. Tout au long du texte, il ne cessait de faire référence à la stature de mastodonte de Chris. Mais quand le scénariste avait rendu son texte aux frères Mirisch, ils l'avaient tellement apprécié qu'ils s'étaient dit qu'ils pourraient trouver mieux que George Kennedy. Et c'est ainsi qu'ils avaient proposé le film à George Peppard. Peppard avait apprécié le scénario, mais avait néanmoins posé une condition. Il refusait catégoriquement d'être le troisième gugusse dans le quatrième film des *Sept Mercenaires* à jouer le rôle de Chris. Aussi exigea-t-il de rompre avec les *Sept Mercenaires* et imposa-t-il que son personnage prenne n'importe quel nom à l'exception de Chris. Kandel réécrivit le scénario et le personnage de Peppard ne fut plus Chris, mais Rod. Par ailleurs, les effectifs de l'équipe diminuèrent, on passa de sept mercenaires à cinq mercenaires. Et le titre devint *Les Canons de Cordoba*. Wendkos offrit à Dalton le rôle du numéro deux de la bande, Jackson Harkness. Cependant, cette fois-ci, le rôle du second lieutenant n'était pas une pâle copie de McQueen. Rod et Jackson étaient dans une dynamique similaire à celle qui liait Gregory Peck et Anthony Quinn dans *Les Colts des sept mercenaires*. Le Jackson incarné par Dalton considère que son ancien ami Rod, incarné par Peppard, est responsable de la mort de son frère. Le personnage de Rick accepte d'aller en mission au Mexique pour détruire Cordoba et ses canons, mais, *s*'ils en sortent vivants, Jackson se promet qu'il butera Rod.

Si tout au long des années soixante Dalton avait pesté d'être dans l'ombre de McQueen, là, ça lui cassait vraiment les bonbons d'être dans celle de Peppard. Nonobstant, à ce stade de leur carrière, les deux ex-crâneurs avaient encaissé suffisamment de coups pour faire preuve d'une certaine humilité. Au Mexique, les deux hommes s'entendirent bien à l'écran et en dehors. Ils formèrent un beau duo, et la dynamique fondée sur l'antagonisme entre eux dégageait vraiment quelque chose. D'ailleurs, Peppard s'était arrangé pour que Dalton fasse une apparition en guest-star dans *Banacek*, la série dont il était la vedette.

Mais c'était avec un autre acteur des *Canons de Cordoba* que Rick Dalton allait vraiment bien s'entendre : Pete Duel, un acteur de trente et un ans, beau gosse, qui avait déjà joué dans deux séries télé. Il avait été le beau-frère de Gidget, donnant la réplique à Sally Field, dans *Gidget*. Et il avait été la vedette dans une sitcom intitulée *Love on a Rooftop* aux côtés de Judy Carne, la femme de Burt Reynolds. Il faisait partie de l'équipe des cinq mercenaires. Deux ans plus tard, il deviendrait une star de la télé grâce à *Opération danger*, une série western. (Une contrefaçon de *Butch Cassidy et le kid*, certes ; mais une contrefaçon très réussie.) Dalton et Duel, pendant le tournage au Mexique, prirent plaisir l'un et l'autre à boire de la téquila, à chasser la gueuse mexicaine, à dire du mal de Hollywood et à traîner ensemble. Mais ils avaient autre chose en commun, ce dont aucun des deux n'avait intellectuellement conscience, mais que l'un et l'autre ressentaient intérieurement. Dalton et Duel souffraient tous deux de troubles bipolaires non diagnostiqués. Et boire de l'alcool était la seule forme d'automédication dont ils disposaient. Mais, comme aucun des deux n'en était conscient, ils étaient persuadés que leur alcoolisme était juste un signe de faiblesse.

Pete Duel, cependant, était bien plus atteint que Rick, au point – alors qu'il était au faîte de son succès avec *Opération danger* – de se suicider d'une balle dans la tête en pleine nuit. Tout le monde s'était demandé quelle mouche l'avait piqué. Mais Rick, dans les tréfonds de son cœur, avait l'impression de connaître la réponse. Après la mort de Duel en 1971,

Dalton ferait tous les efforts qui s'imposaient pour ne pas trop picoler. En 1973, quand Dalton tournerait *Le shérif ne pardonne pas*, une histoire de vengeance à la sauce western, face à Richard Harris, à Durango, au Mexique, les deux hommes (tous deux de gros buveurs) trouveraient un équilibre pendant le tournage. Ils ne touchaient pas à la dive bouteille du lundi au jeudi. À partir du vendredi soir, en revanche, et jusqu'au dimanche après-midi, ils buvaient suffisamment de téquila, de sangria, de margarita et de bloody-mary pour ne plus être à marée basse.

Rick, face à la glace de sa salle de bains, met la touche finale à sa banane, quand il entend la Karmann Ghia de Cliff arriver à toute blinde. Il consulte la montre à son poignet : sept heures et quart pile. Si le fait d'avoir dégueulé au réveil l'a d'abord soulagé, cela ne lui a pas totalement dégagé la tuyauterie. Il a encore assez de vieille picole de la veille qui macère en lui pour avoir mal au bide, des suées au visage et un teint un peu verdâtre. Il va juste falloir qu'il enchaîne café et cigarettes jusqu'à une ou deux heures de l'après-midi. *Mais nom d'un chien,* se dit Rick, *c'est dans sept heures ! Je parie que ce connard de James Stacy, lui, n'attaque pas son premier jour du tournage d'un nouveau feuilleton avec une putain de casquette en plomb.*

Il se dévisage dans la glace de la salle de bains et dit à haute voix : « Putain, après ça, tu te demandes pourquoi c'est à lui, et pas à toi, que CBS file le rôle vedette de la nouvelle série ! Parce qu'ils estiment que ce gonze a du potentiel. Alors que le seul potentiel que tu as, toi, c'est celui de foutre ta vie en l'air ! »

Cliff frappe à la porte d'entrée. Rick lui lance de la salle de bains : « Ouais, j'arrive ! » Il adresse un dernier coup d'œil au triste sire qu'il voit dans sa glace : « T'en fais pas, Rick, confie-t-il à son reflet sur un ton d'intimité, c'est le premier jour. Il va falloir un certain temps pour que les choses se mettent en marche. Procède par étapes, un café après l'autre. » Puis, se composant une tête genre « Que le spectacle continue », il se requinque en se répétant la formule de Jackie Gleason en son temps : « Et hop, c'est parti ! » Avant de sortir de la salle de bains, il crache dans le lavabo, puis se rend compte qu'il y a un peu de sang mêlé à sa salive. Rick examine son crachat de plus près et se demande : « Et puis quoi encore ? »

7 h 10 du matin

Les pieds nus, menus et crasseux de Squeaky foulent le linoléum craquelé de la cuisine de George, puis le plancher poussiéreux de la salle de séjour, et la moquette du couloir qui conduit à la chambre à coucher de George. Elle frappe à la porte et lance, guillerette : « Bonjour. »

Elle entend les ressorts du lit couiner tandis que le vieil homme s'ébroue. Puis, au bout d'un moment, sa voix grincheuse s'élève de l'autre côté de la porte : « Ouais ? »

Elle demande : « Est-ce que je peux entrer, George ? »

Le vieux Spahn a son habituelle quinte de toux matinale, puis lance d'une voix enrouée : « Entre, mon petit cœur. »

Elle tourne le bouton de porte et pénètre dans la chambre sentant le renfermé de l'homme de quatre-vingts ans. George, allongé dans son lit, sous les couvertures, se tourne en direction de la jeune fille. Squeaky s'appuie sur l'encadrement de la porte, place son pied droit en équilibre sur son genou gauche et dit au vieil homme : « Bonjour, trésor, j'ai des œufs sur le feu. Vous voulez de la saucisse Jimmy Dean ou du bacon Farmer John ?

– Jimmy Dean », répond le vieillard.

Elle continue avec ses questions. « Est-ce que vous voulez prendre votre petit déjeuner à l'aise, confortable, ou est-ce que vous préférez que je vous aide à vous habiller et à vous faire tout beau ? »

George réfléchit un moment à la question, puis tranche : « Je crois que j'aimerais m'habiller. »

Un sourire éclaire le visage de lutin de la jeune fille. « Ah, on essaie de conquérir mon cœur en se mettant sur son trente et un.

– Arrête », grogne George.

Elle y va de ses instructions : « Allongez-vous une seconde, mon chou. Je vais couper le feu sous les œufs et je reviens m'occuper de vous pour que vous soyez bien chic. » Squeaky ajoute : « Vous allez faire fondre le cœur de toutes les filles, beau démon.

– Arrête de me taquiner, ma grande, pleurniche George.

– Oh, vous adorez ça », répond Squeaky sur un ton aguicheur, avant de s'engager dans le couloir pour aller dans la cuisine éteindre le feu sous la poêle où clapotent les œufs. Elle s'approche de la radio General Electric posée sur le plan de travail, branchée à une prise au mur, et la met en marche. La nouveauté country du moment, le hit poignant de Barbara Fairchild, *The Teddy Bear Song*, emplit la pièce.

I wish I had button eyes and a red felt nose
Shaggy cotton skin and just one set of clothes
Sittin' on a shelf in a local department store
With no dreams to dream and nothing to be sorry for[1].

Dès que George est réveillé, la radio est toujours allumée, calée sur KZLA, la station musicale du comté de Los Angeles.

I wish I was a teddy bear
Not living not lovin' or goin' nowhere

1. « Je voudrais avoir des boutons à la place des yeux et un nez en feutre rouge / Une peau plissée en coton et un seul vêtement / Assise sur une étagère dans un grand magasin / Sans rêves à rêver ni rien à regretter. »

I wish I was a teddy bear
And I'm wishin' that I hadn't fallen in love with you[1].

Ces derniers mois, la mission de Squeaky est de s'occuper de ce vieillard aveugle. Le chef de la communauté, Charlie, lui a fait comprendre l'importance de la mission qui lui était confiée. La Famille avait erré dans tout Los Angeles comme une tribu nomade pendant des mois, et le vieux ranch de cinéma de George Spahn, qui avait servi de lieu de tournage pour de nombreux westerns, leur offrait un domicile. Un domicile où ils pourraient s'établir et tester les théories sociétales de Charlie, croître en nombre et, qui sait, créer un nouvel ordre mondial.

Il fallait qu'elle soit la cuisinière du vieil homme, son infirmière, sa jeune fille de compagnie et, si ça ne l'ennuyait pas de le masturber de temps en temps, cela leur serait grandement utile pour pérenniser l'installation de la Famille au ranch. Ou, comme avait dit Charlie en annonçant la nouvelle à la demoiselle de vingt et un ans : « Parfois, ma grande, faut accepter de se dévouer pour l'équipe. »

Le soir où Charlie lui avait annoncé qu'elle allait devoir branler le vioc périodiquement, et peut-être faire un peu plus que ça, avait été la première fois, depuis qu'elle avait rejoint Charles Manson, qu'elle avait envisagé de mettre les bouts, de rentrer à San Francisco, voire de tenter de se rabibocher avec ses parents. Mais, ensuite, un truc rigolo s'était passé, que Squeaky n'aurait jamais pu prévoir. Elle était tombée amoureuse de ce croulant aveugle. Pas un amour à la *Roméo et Juliette*, mais néanmoins un amour *profond*. Ce vieux salaud grincheux n'était pas du tout un salaud, en fait. Il était juste seul et oublié de tous.

---

1. « J'aimerais être un nounours / Qui ne vit pas, n'aime pas et ne va nulle part / J'aimerais être un nounours / Et j'aurais voulu ne pas tomber amoureuse de toi. »

L'industrie du cinéma qui avait utilisé son ranch pour tourner des films de série B et des feuilletons pendant quatre décennies l'avait oublié, le laissant crever dans son trou à rats délabré au milieu du crottin de cheval et du foin. Squeaky avait offert au vieux la seule chose que le fric qu'il avait mis de côté ne pouvait pas lui acheter. Une caresse affectueuse, une voix douce et une oreille attentive. Quand Squeaky disait à George, ou à n'importe qui d'autre, qu'elle aimait le vieux, ce n'était pas juste du blabla de hippie. Squeaky exprimait sincèrement ses émotions intimes à propos de ce vieil homme dont elle avait plaisir à s'occuper.

De retour dans la chambre, elle aide le vieil aveugle à enfiler une chemise blanche façon western, tout amidonnée, puis elle la boutonne. Elle lui tend un pantalon beige qu'il enfile, une jambe après l'autre. La jeune fille noue sa cravate texane autour de son col de chemise rêche. Et peigne ses cheveux blancs à l'aide d'une brosse. Puis elle le guide en lui tenant le poignet et le coude, lui fait traverser la maison jusqu'à la table de la cuisine. Tandis qu'ils avancent au rythme lent de George, Squeaky lui dit : « Là, voyez comme vous êtes beau. J'ai vraiment de la chance que vous ayez toujours envie d'être séduisant pour moi.

– Arrête de m'aguicher, dit George en feignant de se plaindre.

– Qui aguiche qui ? demande Squeaky. Vous savez que le petit déjeuner est plus savoureux quand vous faites l'effort d'être tout beau. »

Elle aide le vieil homme à s'installer à la table de la cuisine. Elle pose les mains sur ses épaules voûtées et lui demande à l'oreille : « Sanka ou Postum ?

– Postum, répond George.

– Je vous jure, à force, vous allez finir par vous transformer en tasse de Postum, plaisante Squeaky. Bon, j'ai commencé à préparer des œufs brouillés, parce que c'est ce que je cuisine ces temps-ci. Mais vous en avez peut-être marre, vous voulez peut-être autre chose ?

– Tu veux dire, des œufs brouillés à la mexicaine ? demande George.

– Non, sourit Squeaky. C'était plus pour savoir si vous vouliez vos œufs brouillés ou au plat. »

Le vieux réfléchit un instant et répond : « Au plat. »

Elle l'embrasse sur le dessus du crâne et se remet à préparer le petit déjeuner.

Sur KZLA passe une pub pour les pharmacies Sav-on :

« Participez au hit-parade Sav-on / vous pouvez économiser sur tous ces articles / pharmacies Sav-on / pharmacies Sav-on / BOOM BOOM ! SAV-ON ! »

La rouquine attrape un bocal de Postum (un ersatz de café que les personnes âgées affectionnent) dans le placard de la cuisine. La poudre dans le bocal a séché, elle est solide comme du roc. Elle est obligée de poignarder la matière sèche à la cuiller pour arriver à en détacher un morceau.

Elle fait tomber le morceau dans la tasse de George et verse de l'eau chaude dessus. Elle fait glisser la tasse devant George et lui place la main sur l'anse en le prévenant : « Attention, c'est brûlant.

– Tu dis ça chaque matin, remarque George.

– C'est brûlant chaque matin », réplique Squeaky.

Elle casse deux œufs dans le poêlon ultra-chaud où rissole du beurre. Elle coupe trois tranches de saucisson de porc Jimmy Dean dans l'emballage en plastique qui ressemble à ceux dans lesquels on présente la pâte à cookies, qu'elle met dans une autre poêle à frire. Ça grésille. À l'aide d'une spatule, Squeaky prend les deux œufs au plat qu'elle dispose sur une assiette. Après avoir ajouté les tranches de saucisson, Squeaky place l'assiette devant George.

« Vous voulez que je vous coupe le saucisson et que je perce les jaunes ? » George pousse un grognement qui veut dire oui. Squeaky s'accroupit et, à l'aide d'une fourchette et d'un couteau, coupe les rondelles de saucisson en petits morceaux. Puis elle prend la fourchette de George et perce un premier jaune, puis le second.

« Okay, vous pouvez y aller », l'informe-t-elle. Puis Squeaky passe les bras par-derrière autour du cou du vieux et lui chuchote à l'oreille : « Régalez-vous, mon chéri. Ça a été préparé avec amour. » Elle l'embrasse sur la tempe et sort de la cuisine sur la pointe des pieds pour le laisser manger tranquillement son petit déjeuner.

Sur KZLA, Sonny James chante l'histoire d'amour folklorique de « Running Bear », l'Ours qui Court :

Running Bear loved Little White Dove with a love big as the sky
Running Bear loved Little White Dove with a love that couldn't die[1].

7 h 30 du matin

Jay Sebring, à l'origine d'une révolution dans le monde de la coiffure masculine, et dont la prééminence dans le domaine capillaire masculin à Hollywood est indiscutable, est au lit, allongé dans son pyjama en soie noire ; il regarde *Jonny Quest*, le dessin animé produit par Hanna-Barbera. À l'écran, l'acolyte enturbanné de Jonny, Hadji, jette un de ses sortilèges mystiques en prononçant sa célèbre formule magique : « Sim-Sim-Salabim ! »

On frappe discrètement à la porte de la chambre de Jay.

« Oui, Raymond », répond Jay.

1. « L'Ours qui Court aimait Petite Colombe Blanche d'un amour grand comme le ciel / L'Ours qui Court aimait Petite Colombe Blanche d'un amour qui ne pouvait mourir. »

Une voix à l'accent distinctement anglais répond de l'autre côté de la paroi du boudoir : « Êtes-vous prêt pour votre café du matin, monsieur ? »

Se redressant légèrement en position assise, Jay répond : « Oui, je suis prêt. Entrez. »

La porte de la chambre s'ouvre et Raymond, le valet anglais de Jay, arborant un accoutrement classique de majordome, portant des deux mains un plateau en argent, venu servir le petit déjeuner au lit, fait son entrée dans la pièce en lançant gaiement : « Bonjour, monsieur Sebring.

– Bonjour, Raymond », répond Jay.

Traversant la chambre en direction de l'homme au lit, Raymond demande : « Avez-vous passé une bonne soirée hier, monsieur ?

– Oui, tout à fait, répond Jay. Merci de poser la question. »

Le majordome dispose le plateau devant Jay, qui l'examine alors. Il y voit une cafetière argentée chic, une tasse et une soucoupe en porcelaine, un bol rempli de morceaux de sucre, un pot miniature en argent contenant de la crème, un croissant chaud dans une assiette, une mini-plaquette de beurre, un assortiment de plusieurs confitures et une rose à longue tige dans un vase en argent très fin.

« Tout a l'air succulent, dit le jeune homme. Qu'est-ce qu'il y a au petit déjeuner, ce matin ? »

Raymond s'approche de la grande fenêtre panoramique et tire le rideau occultant, inondant la pénombre de la pièce d'un soleil soudain, puis répond : « Je pensais à de délicieux œufs brouillés au saumon avec du cottage cheese et un demi-pamplemousse. »

Jay fait la grimace et dit : « Ça risque de faire trop pour moi, ce matin. On a mangé des chili burgers tard, hier soir, au Tommy's. »

C'est à présent au tour de Raymond de faire la grimace. Le majordome a le même regard pour Jay en apprenant qu'il a fini sa nuit en mangeant un chili burger que lorsque son maître commence sa journée par un bol de Cap'n Crunch, et il réagit à cette nouvelle avec un sarcasme cinglant : « Ma foi, dans ce cas, avec un *chili burger* que vous n'avez pas fini de digérer dans votre estomac, j'imagine que rien de *savoureux* ne vous fera envie. »

Raymond s'éloigne de la fenêtre panoramique, revient auprès du lit de son maître et demande : « Dois-je servir le café, monsieur ? »

Jay opine du chef et répond : « Ce serait gentil, Raymond. »

Raymond soulève la cafetière et verse le kawa dans la tasse en porcelaine, en disant : « Très bien, monsieur. Alors transformons ce demi-pamplemousse en un petit verre de jus de pamplemousse. » Le majordome saisit le petit pot de crème, en verse dans la tasse et demande : « Et continuerons-nous avec du café ou passerons-nous peut-être au chocolat chaud ? »

Pendant que Jay réfléchit à la décision qu'il va prendre, Raymond s'empare d'une minuscule cuiller sur le plateau et remue la crème dans le kawa jusqu'à ce qu'il acquière la couleur préférée de M. Sebring.

« Chocolat chaud, plutôt », répond Jay avec aplomb.

Puis, sans se départir de sa théâtralité, Raymond déclare : « Eh bien, du chocolat chaud ce sera. Souhaitez-vous rester au lit à regarder des dessins animés ou bien le chocolat chaud précipitera-t-il un changement de décor ? »

Jay affiche un air songeur et répond : « Ma foi, j'étais en train de regarder *Jonny Quest*. Mais bon, nous pourrions peut-être effectivement changer de décor. » Relevant la tête vers son majordome, il demande : « Qu'en pensez-vous, Raymond ?

– Ma foi, commence Raymond, esquissant un geste en direction de la belle lumière matinale à la fenêtre, comme vous pouvez le voir vous-même, une belle matinée californienne s'annonce, agréablement ensoleillée. Si l'on habitait à Londres et si l'on avait le bonheur de se réveiller par un temps aussi splendide, on ne resterait pas au lit à regarder des *dessins animés*. Par une si belle journée, on n'irait même pas au travail. Alors, puis-je suggérer un chocolat chaud servi dans votre jardin, afin que vous puissiez l'apprécier pleinement ? » Avant d'ajouter : « Vous savez combien vous aimez votre boisson du matin avec le fantôme de Jean Harlow dans le jardin. »

La maison que Jay a achetée trois ans plus tôt a en effet jadis appartenu à Jean Harlow et à son mari, le réalisateur Paul Bern, dans les années trente, et ils y avaient vécu jusqu'à leur mort. Pour Jay, cela ne fait pas l'ombre d'un doute, les fantômes de Jean et de Paul hantent la maison. Même son ex-fiancée, Sharon Tate, est persuadée d'avoir assisté à un phénomène mystérieux et glaçant, une nuit.

« Raymond, déclare Jay sur un ton solennel, vous m'avez convaincu. Je prendrai un chocolat chaud au soleil, dans le jardin. »

À quoi Raymond réplique : « Formidable. »

7 h 45 du matin

Roman Polanski sort dans le jardin de sa villa sur les hauteurs de Hollywood et contemple la vue sublime sur le centre-ville de L.A. qu'elle offre à ses résidents à qui le succès sourit. Revêtu d'un peignoir en soie, Polanski, qui n'est pas bien grand, a sa coiffure ébouriffée du matin ; d'une main, il tient une tasse vide, de l'autre une cafetière à piston. Tandis qu'il se balade sur la pelouse humide de son jardin, ses chaussons en plastique dur claquent au contact de ses talons nus.

Il est suivi avec empressement par Dr Sapirstein, le petit yorkshire terrier de sa femme, qui doit son nom au sinistre pédiatre de *Rosemary's Baby*, le film de Roman. Plus tard cette année-là, alors que Sharon sera en voyage à Montréal pour un tournage, un vieil ami de Roman, l'invité de la maison Voytek Frykowski, tuera accidentellement Dr Sapirstein, l'écrasant avec sa voiture en reculant dans l'allée. Roman est dans son bureau, il travaille au scénario de son prochain film, *Le Jour du dauphin*, quand Voytek apparaît dans l'encadrement de sa porte.

« Roman », dit Voytek penaud. Polanski se tourne dans son fauteuil pour faire face à son vieil ami. Voytek avoue : « Je viens de tuer accidentellement le chien de Sharon. » Le visage de Roman explose comme celui d'un mauvais acteur dans un film muet : « Tu as tué Dr Sapirstein ! »

Roman jaillit de son siège et s'approche de son ami, pris de panique. « Oh, mon Dieu, qu'est-ce que tu as fait ? » En arrivant à la porte d'entrée ouverte, il aperçoit le petit corps poilu gisant mort devant leur maison. Il prend sa tête dans ses mains et se met à faire les cent pas, disant à Voytek en polonais : « Oh, mon Dieu, qu'as-tu fait ? Qu'as-tu fait ? »

Voytek culpabilise un peu, mais il ne s'attendait pas à une telle réaction de la part de Roman. Il dit en polonais : « Je suis désolé, Roman, c'était un accident. »

Roman se retourne jusqu'à se trouver face à lui et hurle en polonais : « Tu sais ce que tu as fait ? Tu as foutu ma vie en l'air, putain ! Elle adore ce chien !

– T'en fais pas, le rassure Voytek. Je lui dirai que c'est ma faute. »

En réponse, Roman hurle : « Non, tu ne lui diras pas ! Elle ne te pardonnera jamais ! » Roman essaie d'expliquer les Américains à son ami polonais : « Tu ne comprends pas, elle est américaine ! Les Américains adorent leurs clébards plus que leurs propres enfants ! Putain, c'est comme si tu avais fait tomber son bébé du haut de l'escalier ! »

Sharon n'apprendra jamais ce qui est arrivé à Dr Sapirstein. Pour épargner à son ami le courroux et le mépris de la fille de militaire née au Texas, Roman dira à Sharon que Dr Sapirstein s'est échappé et a dû se perdre ou croiser un coyote. Seule dans sa chambre d'hôtel à Montréal, où elle est venue pour un tournage, Sharon pleurera toute la nuit.

Mais, pour l'heure, Dr Sapirstein est encore vivant, et quand le petit chien arrive en courant, une petite balle rouge dans la gueule, il veut que l'homme pas bien grand joue avec lui. Roman appuie sur le piston de sa cafetière, ignorant le chien.

Roman est un peu grognon ce matin ; comme son voisin Rick Dalton (dont il n'a pas fait connaissance), il a lui aussi un peu la gueule de bois. Mais, contrairement à Rick, ce n'est pas à la suite d'une nuit de picole en solitaire. La veille, Roman et Sharon, avec leurs amis Jay Sebring, Michelle Phillips et Cass Elliot, étaient invités à une fête dans le Playboy Mansion de Hugh Hefner. Après quoi, sur le coup de trois heures du matin, ils sont allés manger des chili burgers dégoûtants au milieu de gens louches typiques de la scène de L.A. (des Mexicains en habits de rue qui semblent tous identiques, aux voitures peintes avec extravagance, aux côtés de motards truands sur leurs bécanes bruyantes). En Europe, ils auraient terminé la nuit avec du bon cognac et des cigares cubains ou dans une cave à vin ouverte tard, pour siroter un bordeaux de vingt ans d'âge… Mais ces Américains infantiles trouvent ça *cool* de finir la soirée en s'empiffrant de chili burgers graisseux et de Coca-Cola. Pas seulement ça, mais en plus Roman est quasi sûr que personne n'apprécie réellement ces hamburgers graisseux. Il est certain que Sharon ne les aime pas, cependant elle ne l'avouera jamais. Évidemment, ils avaient tous fait comme s'ils passaient le meilleur moment de leur vie. Sharon avait même essayé de commander un hamburger sans chili con carne, mais Jay n'avait rien voulu entendre.

Alors Sharon avait cédé face à la pression de son entourage, en concédant : « D'accord, d'accord, d'accord », annonçant à l'homme derrière le comptoir, coiffé d'un chapeau en papier : « Je vais prendre un chili burger. » Lequel lui était resté sur l'estomac comme un boulet de canon, elle s'était sentie mal pendant tout le trajet du retour à Cielo Drive. Roman aimait ses amis américains, mais il était toujours un peu étonné des mets régressifs dont ils se délectaient ou, dans ce cas, *faisaient semblant* de se délecter.

Pas seulement ça, mais il a fallu qu'il fasse copain-copain avec Steve McQueen pratiquement toute la soirée. Roman et McQueen ne s'aiment pas, mais, comme Steve est un des plus vieux amis de Sharon à Los Angeles, ils se tolèrent.

Il est évident que Sharon et McQueen ont déjà couché ensemble. Il n'a jamais demandé confirmation à Sharon, mais il sait que McQueen est le genre de mec qui ne serait pas *encore* ami avec Sharon s'il ne l'avait pas baisée plusieurs fois par le passé. Normalement, cela ne devrait pas chagriner Roman. Jay a été fiancé à Sharon – ils baisaient tout le temps. Et Roman, de son côté, a sous une forme ou une autre un historique sexuel avec plus de la moitié des femmes qui gravitent autour de lui. Sauf que McQueen, avec son sourire narquois, met un point d'honneur à le rappeler constamment à Roman. Chaque reflet de ces yeux bleus, chaque rictus au coin de cette petite bouche semble dire : « J'ai baisé ta femme. »

Et puis, Roman n'aime pas la façon qu'a McQueen de la toucher en public ; par exemple, il soulève la grande blonde dans ses bras jusqu'à ce que ses pieds ne touchent plus le sol, puis la fait tourner jusqu'à ce qu'elle dise « Ouhaou ! » comme une gamine. Une opération que Roman est trop petit pour accomplir. McQueen sait cela, voilà pourquoi McQueen le fait.

Ce type n'est qu'un connard, songe Roman.

Après avoir été sciemment ignoré pendant les vingt dernières secondes, le petit chien aboie pour attirer l'attention du petit homme. *Ce putain de cabot,* songe Roman, *je ne peux même pas boire un café tranquille sans que ce petit tyran vienne me gâcher l'instant.* Il jette la balle et le petit chien court la chercher. Roman ne déteste pas Dr Sapirstein comme il déteste Steve McQueen. C'est juste que, ce matin, il est grincheux. D'une part, parce qu'il a la gueule de bois et, d'autre part, parce que Sharon l'a réveillé.

C'est que, voyez-vous, Sharon ronfle.

Chapitre huit

Lancer

Tirée par six chevaux, la diligence Wells Fargo de la ligne Butterfield tourna au coin devant la mission aux murs en pisé et déboucha à vive allure dans la grand-rue en terre battue de la ville californienne à l'architecture hispanique de Royo del Oro, à une centaine de kilomètres de la frontière mexicaine. Les sabots des bêtes en sueur, en s'enfonçant dans le sol de la grand-rue, soulevaient de la poussière et faisaient jaillir dans leur sillage un nuage de poudre brune.

Monty Armbruster, à la chevelure blanche, qui faisait la ligne Butterfield depuis quarante ans, tira de ses mains gantées sur les rênes en cuir, donnant un coup sec sur les mors, forçant les chevaux à réduire leur allure, et les six animaux s'arrêtèrent juste devant l'hôtel Lancaster. De son léger accent texan chantonnant, Monty annonça : « Royo del Oro, terminus ! » Les rayons du soleil filtraient par-derrière à travers la poussière brune volatile comme de la gaze dans un poudroiement que, cent ans plus tard, tous les directeurs de la photographie de westerns tenteraient en vain de reproduire.

Mirabella Lancer, huit ans, petite de taille mais en avance pour son âge, fille de Murdock Lancer, propriétaire et directeur du plus grand ranch de la région, sauta du tonneau en bois sur lequel elle était juchée. Excitée et impatiente, elle se tourna vers le vaquero mexicain, qui ne mesurait guère que quelques centimètres de plus qu'elle mais était coiffé d'un sombrero si grand que c'en était comique, et gazouilla : « Allons-y, Ernesto ! »

Prenant la main de l'enfant, le vaquero Ernesto conduisit la fillette dans la rue principale de la ville en direction de la diligence Butterfield. Comme son père était l'homme le plus riche de la région, Mirabella connaissait tous les commerçants depuis qu'elle était en âge de dire n'importe quoi de plus sensé que « areuh-areuh », ce qui lui valait sourires et saluts de la main quand elle passait dans la section commerçante de la ville. Un chariot tiré par un cheval où s'empilaient des tonneaux de bière passa devant elle et le petit vaquero. Ils s'arrêtèrent sur le passage en planches en attendant que le chariot à bière leur libère la voie. Traversant la rue en terre battue, s'approchant de la diligence par-derrière, Mirabella se préparait à voir pour la première fois l'un ou l'autre de ses deux frères qu'elle ne connaissait pas. Les deux fils de son père, perdus de vue depuis si longtemps, avaient tous deux envoyé un message pour annoncer qu'ils se rendraient bientôt au ranch Lancer. Néanmoins, impossible de savoir lequel des deux frères allait descendre de la diligence, aussi bien pour elle que pour Ernesto, l'employé du ranch. Le ranch avait en effet reçu un télégramme informant que le fils de Murdock Lancer était monté à bord d'une diligence Butterfield au départ de Tucson, Arizona, deux jours plus tôt et que, sauf imprévu, il arriverait à Royo del Oro vers midi. Ce qui n'était pas précisé dans le télégramme, c'était *lequel des deux fils* allait arriver.

Contrairement au train, on pouvait considérer qu'une diligence ayant trois heures de retard sur l'horaire annoncé était pratiquement à l'heure. Il était trois heures de l'après-midi quand la diligence Butterfield fit halte devant l'hôtel Lancaster. Mirabella et Ernesto se tenaient dans la rue, attendant que s'ouvre la portière de la diligence pour voir lequel des deux frères allait en sortir.

Les deux frères étaient nés au ranch Lancer, mais ils ne s'étaient jamais rencontrés. Et aucun des deux, depuis son enfance, n'avait jamais revu son père, l'éleveur de bétail. Comme Mirabella, ils étaient de mères différentes, toutes deux décédées.

Scott Foster Lancer, qui avait été élevé par la famille aisée de sa mère (Diane Foster Lancer Axelrod) à Boston, était un ancien élève de Harvard, ex-militaire, ayant combattu dans la cavalerie britannique en Inde (les lanciers du Bengale).

L'autre fils de Murdock, Johnny Lancer, avait été élevé au Mexique par sa mère, Marta Conchita Louisa Galvadon Lancer. Marta n'avait pas de famille au Mexique, ni aisée ni autre. Le seul argent que gagnait Marta, c'était en dansant, en baisant et en jouant des castagnettes dans les cantinas de la plupart des hameaux au sud de la frontière, qui étaient de véritables coupe-gorge. Pendant toute sa jeunesse, Johnny avait cru que le sexe était quelque chose que les femmes faisaient avec des hommes pour de l'argent, comme danser et chanter, préparer à manger ou laver leurs habits.

La mère de Scott, Diane, s'était retirée auprès de sa famille, dans l'Est, à Beacon Hill, quand elle avait compris que, de toute évidence, la vie dans un ranch à bétail, entourée de crottin de cheval, de bouses de vache, de cow-boys et de Mexicains, n'était pas pour elle ni pour son bébé. Scott avait trois ans quand il était monté dans la diligence pour quitter Royo del Oro.

Johnny était plus jeune que Scott, mais il était parti du ranch Lancer à un âge plus tardif que son frère aîné. Il avait vécu au ranch avec son père et sa mère jusqu'à l'âge de dix ans. Et puis, par une nuit noire et pluvieuse, emmenant avec elle son fils de dix ans, Marta était montée dans le boghei que Murdock lui avait acheté pour son anniversaire et avait parcouru les cent kilomètres qui les séparaient de la frontière mexicaine. Après cela, John n'avait plus jamais revu Murdock Lancer, ni le vaste ranch Lancer, ni l'opulente bâtisse du ranch Lancer, ni même la ville de Royo del Oro. Johnny était passé du statut du fils de l'homme le plus riche de la région, éduqué par un précepteur, mangeant le meilleur bœuf Black Angus, préparé par un chef français, dans de la porcelaine, dormant sur un lit en plume, au statut de fils d'une putain mexicaine qui survivait en se nourrissant de haricots et de biscuits de guerre servis dans des assiettes d'argile, qui buvait du jus de cactus comme il avait jadis bu du lait, qui mangeait de la viande séchée comme il avait jadis mangé des sucres d'orge, à qui des enfoirés racontaient des blagues salaces, qui dormait sur des sacs de café en grains au fond des cantinas et apprenait à se défendre, au milieu de la nuit, autant contre les attaques des rats que contre celles des racailles de prairie aux intentions plus que douteuses. Jusqu'au jour où, dans un de ces hameaux mal famés, un client aisé de Mexico, mécontent, avait égorgé Marta. Johnny avait douze ans quand il avait creusé dans la terre compacte le trou dans lequel il avait enterré sa mère. Le rupin était passé en jugement pour le meurtre de Marta et avait été acquitté par un jury corrompu. Deux ans plus tard, Johnny tuait l'homme qui avait assassiné sa mère. Et, même si cela lui avait pris une décennie, il avait fini par tuer chacun des membres de ce jury véreux.

Johnny n'avait jamais su pourquoi sa mère l'avait embarqué avec elle en cette nuit pluvieuse, mais il avait sa petite idée. Il supposait que Murdock Lancer en avait eu marre de jouer au papa et à la maman avec une bouffeuse de piments mexicaine et son fils à demi métèque. Alors, un soir, il avait dit à sa femme : *Vamos !*

Johnny savait que s'il retournait un jour au ranch Lancer, il collerait un pruneau dans le ciboulot de son père pour les avoir fichus à la porte sous la pluie, lui et sa mère. Mais il savait aussi que Murdock Lancer était un Américain blanc très important. Et, s'il butait son père, Johnny Lancer finirait pendu haut et court. Heureusement, Murdock ne risquait pas de disparaître. C'est un des quelques inconvénients quand on est un riche propriétaire terrien. Quiconque vous cherche peut vous trouver. Johnny avait enterré sa mère et, un beau jour, il ferait pareil pour son père. Et si pour la vengeance de sa mère, il devait payer de sa vie, eh bien, il en serait ainsi. Toutefois, Johnny n'était pas pressé de perdre la vie. Ce riche salaud attendrait. Entre-temps, il y avait de l'or à voler, de la gisquette à trousser et de la téquila à écluser. Alors, imaginez la surprise de Johnny quand un beau jour arriva un télégramme à l'hôtel Felix, là où les gens savaient pouvoir le contacter, là où il recevait des offres d'emploi, habituellement du genre équivoque.

À L'ATTENTION DE JOHN LANCER - STOP - OFFRE D'EMPLOI - STOP - VOYAGE AU RANCH LANCER NON LOIN ROYO DEL ORO CALIFORNIE - STOP - PAIE MILLE DOLLARS À L'ARRIVÉE - STOP - PAIE POUR RÉFLÉCHIR À OFFRE D'EMPLOI - STOP - SANS OBLIGATION - STOP - MURDOCK LANCER

Le télégramme était accompagné de cinquante dollars pour les frais du voyage à Royo del Oro. *Mazette*, se dit Johnny. Mais le véritable appât n'était pas l'offre de mille dollars. C'était l'occasion, après toutes ces années, de regarder Murdock Lancer droit dans les yeux – l'homme qui avait fait de sa mère une putain contrainte de vendre son cul – et de lui faire sauter la cervelle.

Mirabella reprit sa respiration quand la portière de la diligence de Butterfield s'ouvrit finalement et que des guêtres noir et blanc chic apparurent au-dessus du marchepied. Ses yeux s'écarquillèrent quand un homme blond très beau sortit de la diligence, vêtu des habits les plus bleus et les plus élégants qu'elle eût jamais vus sur un homme. Ayant grandi dans un ranch, elle était habituée aux tenues des hommes qui travaillaient pour gagner leur vie. Même quand les commerçants en ville s'habillaient pour aller à l'église ou quand les employés du ranch se lissaient les cheveux en arrière et enfilaient leurs plus belles nippes du dimanche pour se rendre au bal, leurs beaux habits à eux étaient noir charbon, gris terne ou marron morne. Le costume trois pièces du dandy de la côte Est aux cheveux blonds était bleu layette avec des fils d'or tissés dans le veston. Après être descendu de la diligence, il se coiffa d'un ample chapeau haut de forme de la même couleur dont la base était ceinte d'un ruban couleur crème. L'étranger d'une grande beauté boitait de la jambe gauche, prenant appui sur une canne à tête de chien en argent. Mais, en dépit de ce léger handicap, ou peut-être en raison de ce léger handicap, il se déplaçait en se tenant impeccablement droit, avec grâce. Le Bostonien en bleu sortit une brosse de sa poche de veston et, lentement et méticuleusement, se mit à enlever la poussière qui s'était déposée sur ses revers, ses poignets et ses épaules bleu layette.

Alors là, Mirabella était impressionnée. Elle adressa un bref coup d'œil à Ernesto, et son expression satisfaite disait : *C'est mon frère Scott.*

Au moment où la fillette déglutissait, ouvrant la bouche pour saluer ce frère qu'elle ne connaissait pas, un autre passager sortit de la diligence.

Celui-là était carrément impressionnant, mais d'une manière tout à fait différente. Si l'homme blond surgi en premier était d'une beauté classique, empreinte de dignité, celui qui venait d'apparaître était d'une beauté diabolique, du style cow-boy du sud de la frontière, beau comme un voyou, avec une épaisse tignasse couleur caramel qui lui encadrait le visage d'une façon dont Mirabella ne pouvait que décrire comme étant *de rêve*. Les habits de ce cow-boy au teint mat n'étaient pas aussi chics que ceux du passager blond, mais ils étaient tout aussi pittoresques et, à leur manière, forçaient tout autant le respect. Le passager aux cheveux bruns arborait une chemise à jabot de style latino rouge sangria avec une veste courte en cuir brun et un pantalon en toile de jean noire, orné de gros clous argentés le long de la jambe. En sortant de la diligence, il se coiffa d'un petit chapeau de cow-boy marron, qui avait pour effet de le protéger du soleil, mais ne faisait qu'ajouter à sa dégaine de tueur. Après avoir étiré ses longues jambes plantées de clous argentés, le cow-boy dur à cuire à la chemise rouge s'approcha nonchalamment de Monty, le conducteur de la diligence, et lui demanda en espagnol de lui jeter sa selle, qui était posée sur le toit de la diligence. Monty souleva la selle par sa corne ouvragée, la fit glisser jusqu'au rebord du toit de la diligence et la balança dans le vide. Elle retomba lourdement dans les bras tendus de l'étranger à la chemise à jabot.

Le dandy en haut de forme, tout de bleu layette vêtu, réclama à Ramon, le second conducteur assis à côté de Monty, à l'avant de la diligence, son sac de vêtements aux broderies à motifs cachemire. Haut-de-Forme reçut la valise envoyée par le second conducteur mexicain, et le remercia d'un *gracias* à l'accent gringo.

De la confusion se lisait à présent sur les visages perplexes de Mirabella et d'Ernesto. Aucun des deux ne savait avec certitude lequel approcher. La fillette de huit ans haussa les épaules et, l'air de dire : *Quand faut y aller, faut y aller*, se racla bruyamment la gorge afin d'attirer l'attention des deux voyageurs.

« Monsieur Lancer ? » s'enquit-elle avec un gros point d'interrogation.

Les deux hommes répondirent comme un seul. Haut-de-Forme fit : « Oui ? », et Jabot Rouge : « Ouais ? » Chacun, se tourna brusquement vers l'autre, le dévisageant d'un air contrarié.

Un nuage de confusion assombrit encore davantage le visage de la fillette, jusqu'à ce qu'elle comprenne soudain.

« Oh, ça alors, s'exclama-t-elle toute guillerette, c'est génial ! Vous êtes venus tous les deux ensemble ! »

Les deux hommes s'adressèrent de nouveau un regard troublé. Celui qui était coiffé d'un chapeau haut de forme demanda à la fillette, avec l'élocution typique d'un ancien élève de Harvard : « Comment ça, "ensemble" ?

– Ben, on savait que vous alliez arriver, expliqua-t-elle, mais on ne savait pas que vous feriez le voyage ensemble. »

Comme Scott ne savait rien de la vie de son père depuis que sa mère s'était enfuie pour Boston, hormis qu'il possédait un empire de bétail, il mit un certain temps à prendre conscience des implications de ce que venait de dire la petite. « Tu nous attendais tous les deux ? demanda-t-il en montrant du doigt l'homme à côté de lui, avec la chemise à froufrous.

– Ouais, dit-elle gaiement. Toi, tu es Johnny, lança-t-elle en indiquant le brun à la chemise rouge à jabot, et toi, tu es Scott, compléta-t-elle en montrant le blond aux habits bleus.

De fait, c'étaient leurs noms. Les deux hommes se dévisagèrent une fois encore, tandis que la teneur de la situation devenait évidente.

Johnny pointa le doigt sur la provocatrice haute comme trois pommes et demanda : « Et t'es qui, toi ?

– Je m'appelle Mirabella Lancer, et vous êtes mes frères ! » Cette déclaration faite, elle chargea comme un chariot en cavale sur Johnny, enveloppant sa taille de ses bras menus, le déséquilibrant, l'obligeant à mettre le poids de son corps sur les talons de ses bottes de cow-boy.

Une expression d'effroi passa sur le visage de Johnny Lancer. Il avait imaginé moult scénarios en songeant au moment où il retrouverait son père, mais une demi-sœur toute contente, aux joues comme des pommes, ne faisait pas partie de ceux envisagés. Avant que Scott n'ait le temps de demander ce que signifiait tout cela, Mirabella s'était détachée de Johnny et ceignait maintenant de ses bras la taille de Scott, lui serrant la zone pelvienne avec une force étonnante pour une si petite nature. Tâchant de conserver un semblant de respectabilité et de repousser, ne serait-ce que quelques secondes de plus, l'inévitable conclusion de la révélation qu'elle venait de faire, Scott dit : « Écoute, petite... »

Mirabella l'interrompit en prononçant son prénom pour la deuxième fois. « Mirabella.

– Mirabella, poursuivit-il, ma mère n'a jamais eu d'autre enfant.

– Non, intervint Johnny en se rendant à l'évidence, mais manifestement, ton père, si. »

Scott se tourna vers Johnny et dit : « Tu veux dire *notre* père ? »

Johnny répondit : « Ouais, *notre père*, Murdock Lancer. Écoute, je sais pas pourquoi tu as fait le voyage, Haut-de-Forme, mais le vieux a dit qu'il me donnerait mille dollars si je venais le voir.

– Il m'a fait la même offre, confirma Scott.

– Je veux ces mille dollars, dit Johnny, et, une fois que je les aurai empochés, je vais lui truffer le bide. » Truffer le bide de quoi, Johnny ne le précisa pas.

Apparemment, Scott avait eu la même idée. « Toi et moi, tous les deux, *frangin*. »

Johnny fit non de la tête. « M'appelle pas *frangin*.

– Vous êtes prêts à y aller ? » intervint Mirabella sur un ton avenant.

Ils se tournèrent tous deux vers elle et demandèrent d'une même voix : « Aller où ? » Ce qui les ennuya l'un et l'autre, et chacun lança à l'autre un regard mauvais.

Leur petite sœur, elle, trouva cela drôle et gloussa haut et fort. « Où ça, à votre avis ? Au ranch Lancer, gros bêtas. »

Mirabella pivota sur ses talons. Le vaquero et elle ouvrirent la marche en direction du chariot conduit par Ernesto qui avait parcouru les quinze kilomètres pour se rendre en ville.

Scott fit passer la partie arrondie de sa canne à tête de chien en argent dans la poignée en bois de sa valise, qu'il souleva jusqu'à la saisir de sa main libre, tandis que Johnny chargeait sa selle sur son épaule. Les deux frères suivirent leur sœur, qui entreprit de décrire ce à quoi ils pouvaient s'attendre quand ils verraient leur père. « Bon, papa ne sera pas très *expressif* au début, les prévint-elle, il peut être une vraie tête de mule, mais, quoi qu'il dise, il est content que vous soyez venus tous les deux. »

Johnny eut un petit rire sarcastique : « Ouais, on verra bien s'il est toujours content après notre petite *réunion de famille*. »

Traînant la patte à ses côtés, Scott ajouta : « Tu sais quoi, *frangin*, c'est la première chose que tu dis avec laquelle je suis d'accord. »

Là, c'est la goutte d'eau, songea Johnny, et il s'arrêta, pointa le doigt sur la poitrine bleu layette de Scott : « Je t'ai déjà dit, tu m'appelles pas *frangin*, *Haut-de-Forme*. »

Les yeux de Scott se posèrent sur le doigt hostile, puis se relevèrent jusqu'au visage hostile, et mirent Johnny en garde : « Tu ne pointes pas ton doigt sur moi, *Jabot*.

– Les garçons ? »

Les deux frères se détournèrent l'un de l'autre pour faire face à leur petite sœur qui, leur montrant le chariot, demanda sur un ton condescendant : « On peut y aller ? »

Les deux hommes échangèrent un regard qui voulait dire *À suivre*, mais, vis-à-vis de cette petite chérie, ils renoncèrent à leur attitude belliqueuse. Johnny indiqua le chariot et dit :

« On te suit, *frangine*. »

Chapitre neuf

« Pensez moins hippie et plus Hells Angels »

Cliff, au volant de la Cadillac de Rick, se présente à l'entrée de la Twentieth Century Fox. Le gardien au portail lui donne les instructions pour se rendre dans le secteur des décors de la ville de western où a lieu le tournage du pilote de *Lancer* : « Vous allez tout droit, deuxième à gauche, vous tournez sur Tyrone Power Boulevard ; vous passez devant l'étang artificiel du tournage de *Hello, Dolly !* Vous prenez à droite sur Linda Darnell Avenue, vous pouvez pas le louper. » Sur le siège passager à côté de lui, Rick a de grosses lunettes noires pour protéger ses yeux du soleil et fume une cigarette Capitol W pour masquer le goût qu'il a dans la bouche. Cliff immobilise la voiture dans une ultime secousse, et Rick sait alors qu'ils sont arrivés à bon port.

L'acteur jette un œil à la vitre côté passager et, au travers de ses lunettes noires, il voit une ville de western ; quelques chevaux et chariots ; une équipe de tournage ; un réalisateur à la con perché sur une grue Chapman ; un acteur déguisé en cow-boy qui de toute évidence se croit sexy, arborant une chemise rouge vif genre Las Vegas et un chapeau de cow-boy marron ; un larron en panoplie de dandy, costume trois pièces bleu pimpant avec un chapeau haut de forme qu'on dirait chipé sur le tournage du *Chant du Missouri* ; une gamine en costume d'époque ; et un avorton mexicain coiffé d'un immense sombrero. *Bienvenue à Lancer, putain*, se dit Rick. Il ouvre la portière et sort du véhicule, les jambes flageolantes. En se relevant, il est pris d'une quinte de toux qui lui provoque une remontée d'acide gastrique dans l'œsophage.

Il crache un mollard vert maculé de traces rouges et se retourne vers Cliff, toujours au volant. L'acteur se penche et confie à son assistant par la fenêtre ouverte, côté passager : « Je crois que le vent a flanqué par terre mon antenne télé, hier soir. Ça t'embêterait pas d'aller chez moi la réparer ?

– Je peux le faire, et je vais le faire », le rassure Cliff, puis, avec le plus de nonchalance possible, il demande à Rick : « Tu pourrais parler de moi au chef cascade, que je sache s'il va me faire bosser cette semaine ou pas ? »

Il fut un temps où l'implication de Cliff dans les projets de Rick était contractuellement négociée. Si Rick avait le rôle, Cliff était sa doublure. Pour les films chez Universal, c'était stipulé dans le contrat de Rick et, sur le tournage, il y avait une chaise avec le nom de Cliff. Mais ça fait un bail que ça ne se passe plus comme ça. Maintenant que Rick fait des apparitions dans des feuilletons dont il n'est pas la vedette, Cliff a la garantie de que dalle. La plupart des coordinateurs de séries télé avaient leur propre équipe, et leur priorité était de s'occuper de leurs propres gars. Si Cliff décrochait un ou deux jours de boulot sur *Tarzan* ou *Bingo Martin*, c'est que Rick était allé en toucher deux mots au coordinateur de la série.

Rick soupire. « Ouais, justement, je voulais t'en parler (*j'évitais de t'en parler* aurait été plus proche de la vérité).

Le coordinateur de la série est le meilleur pote de Randy. Tu sais, le chef cascade du *Frelon Vert* ? »

Sachant ce que ça implique, Cliff lâche : « Eh merde !

– Donc c'est vraiment pas la peine », dit Rick avec pragmatisme.

Cliff jure dans sa barbe. « Ce putain de petit Jap. » Puis il retourne son amertume contre lui-même : « Qu'est-ce que j'en avais à foutre que le putain de chauffeur du *Frelon Vert* soit persuadé de pouvoir coller une raclée à Ali ? Bordel de merde, comme si le champion du monde poids lourds avait besoin de moi pour prendre sa défense ?

– Surtout aux dépens de ta carrière et de ma putain de réputation, ajoute Rick, de nouveau agacé. Il a quasi fallu que je suce la bite de Randy pour te décrocher ce plan, se remémore Rick. Et toi, qu'est-ce que tu fous ? C'est tout juste si tu brises pas les reins de cette grande gueule. Résultat des courses, tu te fais blackbouler des trois quarts des tournages à Hollywood, et moi je passe pour un guignol. Ah, mais par contre, tu lui as donné une bonne leçon, conclut Rick avec sarcasme.

– Écoute, mec – le cascadeur tourne les paumes vers le ciel pour signifier qu'il ne conteste pas –, quand tu as raison, tu as raison, et là tu as raison. »

Rick raconte à Cliff une vieille histoire d'acteur, oubliant qu'il lui a déjà raconté *exactement la même* histoire trois fois.

Écouter Rick radoter et lui resservir les mêmes anecdotes tout en prétendant ne pas se rendre compte que c'est du radotage pur et simple fait quasiment partie de la description du poste de Cliff. Et, si l'on ne craint pas d'être un peu mesquin, c'est un signe de l'intelligence limitée de Rick.

« Mon premier rôle correct dans un long métrage, commence Rick, *La Bataille de la mer de Corail*, avec Cliff Robertson, et Paul Wendkos à la réalisation. Donc je fais un de mes premiers vrais rôles pour le type qui se révélera être mon réalisateur préféré. Un vrai film de studio, Columbia Pictures – une série B de la Columbia, mais quand même, c'est pas Republic, c'est pas AIP, c'est pour Columbia Pictures, putain. »

Cliff relève la tête pour regarder son patron, se préparant à entendre la même histoire pour la quatrième fois.

« Enfin bref, je suis excité, putain, je te dis pas. Sauf qu'il y a ce putain de deuxième assistant réal du film, un vrai crétin. Et cet enculé n'arrête pas de me prendre la tête. Il fait pas chier Tommy Laughlin, il fait certainement pas chier Cliff Robertson – c'est tout juste s'il lui suce pas la bite, à Cliff ! Il fait chier personne. Sauf moi ! »

Rick continue : « C'est naze, c'est injuste et je finis par en avoir ras-le-cul. Et donc je déjeune avec Gordon Jones, un type rondouillard du film, un gars qui joue régulièrement dans les films de William Witney. Ça fait un bout de temps qu'il est sur le circuit, il a dû tourner dans quatre-vingts films, un gonze au poil. Et donc je raconte que j'attends que ce connard dise un mot de plus, *juste un putain de mot de plus*, pour y mettre sur la gueule. »

Rick en arrive à la morale de l'histoire : « Et Jones me dit : Ouais, tu pourrais faire ça. Tu pourrais sans doute y foutre sur la gueule, ouais. Et ouais, il le mérite. Mais, avant de lui coller une rouste, tu peux sortir ta carte du syndicat des acteurs, craquer une allumette, et y foutre le feu. Vu que de toute façon ça reviendra au même, alors autant faire les choses jusqu'au bout. »

Cliff répète ce qu'il a déjà eu l'occasion de dire à ce stade du récit : « Je vois, je vois. Qu'est-ce qu'on en a à cirer de ce que raconte ce petit connard ?

– Nan mais c'est vrai, quoi, dit Rick. Si à chaque fois qu'une vedette de série frime en racontant des trucs qu'*à l'évidence* elle a pas pu faire elle se prenait une rouste, le boulot avancerait pas. Bob Conrad et Darren McGavin pourraient pas passer une semaine sans qu'un cow-boy venu de nulle part leur explose la tronche. » Rick illustre son propos : « Le nain qui jouait Kato, là, lui, c'est un putain d'*acteur* ! N'importe quel *acteur* qui prétend avoir fait *n'importe quoi* à part dire un texte que d'autres ont écrit est un pipoteur à la con. Et la plupart arrivent même pas à faire ça, putain ! »

Rick compte sur ses doigts les acteurs qui savent de quoi ils causent. « Tu veux parler à Audie Murphy de buter des mecs, il pourra t'en dire deux mots. Tu veux parler à Jim Brown de ce que c'est de marquer des points au foot américain, il pourra t'en dire deux mots. Tu veux parler à Sonja Henie de patin à glace, elle pourra t'en dire deux mots. Tu veux parler de natation avec Esther Williams, putain, vas-y. Mais tous les autres, c'est du bidon. Et putain, si quelqu'un doit savoir ça, c'est bien un cascadeur héros de guerre ! »

Cliff sourit à son patron et répète à sa manière zen : « Comme j'ai dit, quand tu as raison, tu as raison.

– Ben ouais, un peu que j'ai raison », dit Rick.

Changeant de sujet, Cliff demande : « Bon, si tu as plus besoin de moi pour autre chose, je reviendrai te chercher en fin de journée.

– Okay, dit Rick. Vois juste ce que tu peux faire pour cette saloperie d'antenne, et on se retrouve en fin de journée. » Rick demande alors : « Ça finit à quelle heure, aujourd'hui ?

– Sept heures et demie, répond Cliff.

– Alors, à tout à l'heure », et Rick s'approche du plateau de tournage de *Lancer*.

Un instant plus tard, Cliff l'appelle.

Rick se retourne et, derrière le volant de la Cadillac, son pote tend un doigt décidé dans sa direction et dit : « Souviens-toi, t'es *une bête, Rick Dalton* ! Oublie jamais ça ! »

Ça fait sourire l'acteur. Il adresse un petit salut à son pote, puis le coupé DeVille s'éloigne, et l'acteur se présente pour le boulot.

Assis dans un fauteuil devant une coiffeuse dans la loge maquillage de *Lancer*, Rick plonge la tête dans une bassine d'eau glacée. Paul Newman, dit-on, fait ça chaque matin. Mais, chez Newman, ça fait partie de sa routine beauté. Chez Rick, c'est pour sortir de l'espèce de torpeur nauséeuse après une soirée de picole. Quand son visage émerge de l'eau glacée, il prend deux glaçons dans la main et se les passe sur le visage et sur la nuque.

Sonya, la maquilleuse-coiffeuse sur ce pilote, qui a apporté à Rick la bassine et l'eau glacée, s'assoit dans une chaise, à trois places de lui ; elle fume une Chesterfield. Assise sur la chaise d'à côté, attendant que le réalisateur arrive pour discuter du costume de Rick, c'est la pulpeuse Rebekkah à la coiffure opulente, rudement mignonne, chargée des costumes pour la série. Elle arborerait des nattes, la tenue qu'elle a pourrait lui valoir un troisième prix dans un concours de sosies de Mercredi Addams. Par-dessus sa tenue de Mercredi Addams, elle porte un blouson noir du genre motard dans *L'Équipée sauvage*.

Si Sonya ne laisse rien paraître, elle sait clairement faire la différence entre un rituel beauté (au diable Paul Newman) et un bon vieux truc pour lutter contre la gueule de bois. Pour commencer, on geint moins, quand c'est un rituel beauté.

Au moment où la stimulation à base de glaçons commence à pénétrer le visage de Rick, la porte de la loge maquillage s'ouvre violemment et vient cogner contre le mur de derrière, et le réalisateur du pilote de *Lancer* s'introduit dans la loge avec une extravagance théâtrale outrée, sa façon à lui de faire son entrée dans une pièce. Saluant Rick comme s'il s'adressait aux derniers rangs du théâtre Old Vic, le réalisateur s'exclame : « Rick Dalton ? Sam Wanamaker ! »

Le réalisateur tend la main à l'acteur assis, au visage trempé, un tantinet déconcerté, qui instinctivement lui tend une patte toute dégoulinante.

Se raclant la gorge, Rick bafouille : « Ravi de vous rencontrer – euh – euh – euh – Sam. Désolé pour la main mouillée. »

Sam fait comprendre que la main mouillée ne l'offusque pas du tout : « Pas de souci, j'ai l'habitude, avec Yul », répond-il en faisant référence à l'exotique star de Hollywood avec qui Wanamaker est devenu ami quand ils ont joué ensemble dans le film historique d'action *Taras Bulba*. Dernièrement, Yul Brynner avait soutenu la décision de Sam de passer derrière la caméra en jouant le rôle principal du premier film de Sam, *Le Gang de l'oiseau d'or*.

Wanamaker annonce à Dalton : « Je veux que vous sachiez, Rick, que c'est moi qui vous ai choisi pour ce pilote, et que je suis on ne peut plus enchanté que vous soyez là. »

Le réalisateur aborde Rick avec le plein d'énergie alors que l'acteur est pratiquement en panne sèche, c'est tout juste s'il arrive à garder l'équilibre. Rick se sent soudain nerveux et son léger bégaiement fait sa première apparition de la journée.

« Bien-bien, merci, S-S-Sam, j'apprécie. » Puis, parvenant à reprendre le dessus : « C'est un bon rôle.

– Est-ce que vous avez fait la connaissance du premier rôle, Jim Stacy ? s'enquiert Wanamaker, faisant référence à l'acteur qui interprète Johnny Lancer.

– N-n-non, pas encore », bégaie Rick.

Est-ce que ce gugusse bégaie ? se demande Sam.

« Vous deux, ça va être de la dynamite, dit Sam.

– Bah... » Rick cherche le mot exact, puis renonce et se contente de dire : « C'est excitant. »

Wanamaker dit sur le ton de la confidence, alors même que Sonya et Rebekkah entendent tout ce qu'il dit : « Entre vous et moi, c'est la prod qui a choisi les deux acteurs principaux, Jim et Wayne. » Wayne est la co-vedette de la série, Wayne Maunder, qui interprète Scott, le frère Lancer qui a grandi à Boston.

« Et ils s'en sont bien sortis. Néanmoins, c'est la prod qui les a choisis. Mais *vous*, c'est moi qui vous ai choisi. Essentiellement parce que j'entrevois que ça risque de faire des étincelles entre deux gorilles comme vous et Stacy. Et je veux que *vous* exploitiez cela. »

Sam se penche sur Rick ; le gros médaillon en or frappé d'un signe du zodiaque (Gémeaux) que le réalisateur porte autour du cou se balance dans le vide au-dessus de Rick, qui est toujours assis dans sa chaise de maquillage. « Ce qui ne veut pas dire que je ne veux pas que vous soyez professionnel. Mais vous êtes un pro, vous avez de la bouteille. Je veux travailler avec *vous* – il pointe le doigt sur Rick – pour que vous m'aidiez à obtenir ce que je veux de *lui* – il indique d'un geste du pouce par-dessus son épaule Stacy, quelque part en dehors de la loge maquillage. Quand vous serez tous les deux en costume, je veux que ce soit *vous* – il pointe de nouveau le doigt sur Rick dans sa chaise – qui entreteniez de manière sous-jacente le concours de celui qui a la plus grosse. »

Il agite les mains devant lui pour figurer une image dans le vide, afin que Dalton se représente bien les choses : « Pensez à une confrontation entre un gorille dos argenté et un ours Kodiak. »

Rick glousse : « Dites… Sam… ça, c'est une image. »

Wanamaker hoche la tête : « Je sais.

– Je suis lequel ? demande Rick. Le gorille ou l'ours ?

– Lequel des deux a la plus grosse bite ? répond Wanamaker.

– Ma foi, réfléchit Dalton, ce serait probablement le gorille.

– Est-ce que vous avez déjà vu un ours Kodiak en pleine érection ? le titille Wanamaker.

– Je dirais pas ça, non, lui confie Dalton.

– Alors ne soyez pas trop sûr de vous, le prévient Wanamaker. Quand vous serez tous les deux en scène, je veux que vous le provoquiez. Vous pensez pouvoir faire ça, Rick ?

– Qu'est-ce que vous entendez par "le provoquer" ? demande Dalton.

– *Le provoquer*, répète Wanamaker. Asticoter l'ours, le mettre en rogne. Vous l'aiguillonnez comme si votre but était de convaincre la chaîne de virer Stacy et de tourner le pilote avec vous dans le rôle de Johnny Lancer. Vous le tarabustez comme s'il s'agissait de rendre service à tout le monde, à lui et au pilote. Sans parler de capturer l'éclair dans une bouteille. »

Wanamaker voit le reflet de Sonya dans la glace, derrière lui, en train de fumer sa Chesterfield. Il ne se retourne pas pour lui parler ; il s'adresse juste à son reflet.

« Sonya, lui dicte-t-il, premièrement, je veux que Caleb ait une moustache. Une belle, grande moustache tombante à la Zapata. »

Ah, super, se dit Rick. Il déteste les barbes et les moustaches postiches. Ça revient à essayer de jouer la comédie avec une chenille collée à la lèvre supérieure et un castor fixé à la figure. Et puis il déteste qu'on lui applique de la colle gomme sur la binette.

Après avoir évoqué la « moustache à la Zapata », le réalisateur éclate de rire et dit à Rick : « Et vous pouvez me faire confiance, quand Stacy va voir cette sacrée moustache, les cheveux de sa moumoute vont se dresser sur sa tête ! » Il explique : « On voulait tous les deux que Johnny Lancer ait une moustache. J'ai dit à la chaîne qu'on avait besoin de poils sur la figure pour moderniser le western. Comme ce que font les Italiens en Europe. »

Rick grimace.

Wanamaker poursuit, trop pris dans son histoire pour remarquer la réaction de Rick : « Eh ben, CBS a répondu : *niet*, pas question. Vous voulez affubler quelqu'un d'une moustache, ce sera la crapule. Et la crapule, c'est vous, Rick », dit Sam dans un grand sourire.

Ça ne lui plaît pas, à Rick, d'avoir de fausses moustaches, mais si le premier rôle en veut une et que ça lui est interdit et que lui *peut* en avoir une ? Alors là, c'est une tout autre histoire.

« Alors, comme ça, Stacy voulait avoir une moustache ? fait Rick.

– Oui, répond Wanamaker.

– Ça va embêter Stacy que j'en aie une ? demande Rick.

– Vous plaisantez ? Il va devenir dingue en l'apprenant ! Mais il sait ce qu'a dit la prod. Donc ça ne fera qu'ajouter une couche d'antagonisme entre vous deux. »

Puis il se retourne et s'adresse à Rebekkah : « Bien, Rebekkah, ma chérie, je veux un look différent pour Caleb, le personnage qu'interprète Rick. Je ne veux pas qu'il soit attifé comme sont attifées les crapules depuis dix ans dans *Bonanza* ou *La Grande Vallée*. Je veux que sa panoplie fleure bon l'air du temps – mais rien d'anachronique. Juste un point de rencontre entre 1969 et 1889. Je veux un costume avec lequel il pourrait aller aujourd'hui au London Fog et être le gars le plus hype de toute la boîte de nuit. »

La responsable des costumes, totalement au fait de la contre-culture, sert au réalisateur hype la réponse qu'il attend : « On a une veste à la Custer, avec des franges le long des manches. Pour l'instant, elle est beige, mais je la teindrai en marron foncé, il pourrait débouler ce soir sur le Strip avec ça sur le dos. »

Voilà ce que Wanamaker voulait entendre. Il passe un doigt le long de la joue de Rebekkah et lui dit : « Je vois qu'on se comprend. »

Elle lui rend son sourire et, à cet instant, Rick pige que Sam et Rebekkah couchent ensemble.

Wanamaker se retourne vers Rick : « Bon, Rick, concernant vos cheveux. »

Un brin sur la défensive, Rick demande : « Y a un problème, avec mes cheveux ? »

Wanamaker lui répond : « La génération du gars gominé est morte. C'est très Eisenhower. Je veux que Caleb ait une coupe différente.

– Comment ça, différente ? s'enquiert Rick.

– Quelque chose plus dans le genre hippie », lui répond Sam.

Vous voulez que je ressemble à un putain de hippie ? songe Rick.

« Vous voulez que je ressemble à un putain de hippie ? demande Rick d'un air sceptique.

– Pensez moins hippie et plus Hells Angels. »

Les yeux de Sam trouvent à nouveau le reflet de ceux de Sonya dans la glace. « Je veux qu'on dégote une perruque indienne, des cheveux longs, qu'on lui flanque sur le crâne et qu'on lui coupe façon hippie. »

Puis, se tournant promptement vers Rick : « Mais un hippie effrayant », précise-t-il pour rassurer l'acteur.

Rick interrompt le déchaînement créatif de Sam en lui posant une question : « Sam... euh... Sam ? »

Sam se tourne vers l'acteur et lui accorde toute son attention. « Oui, Rick ? »

Tâchant de ne pas monter sur ses grands chevaux, Rick s'efforce de ralentir la cavalcade de Sam en lui soumettant une question concrète : « Écoutez… euh… euh… Sam, si vous me recouvrez tout le visage avec tous ces… euh… (il cherche le mot juste) *machins*, personne saura que c'est moi. »

Sam Wanamaker prend une inspiration, puis répond à l'acteur : « Ma foi, *mon cher garçon*, c'est ce que certains appellent *jouer la comédie*. »

Chapitre dix

Un regrettable accident

À la seconde où Cliff avait tué sa femme avec le fusil à harpon pour requins, il avait su que c'était une mauvaise idée.

Elle avait été touchée juste sous le nombril, déchirée en deux, et les deux parties du corps étaient tombées sur le pont du bateau dans un grand *splash*. Cliff Booth détestait cette femme depuis ce qui semblait être des années, mais au moment où il l'avait vue fendue en deux, deux moitiés séparées gisant sur le pont de son bateau, les années de mauvaise volonté et de ressentiment s'étaient instantanément évaporées. Il s'était précipité auprès d'elle, l'avait bercée, maintenant ensemble les deux parties de son buste, proférant de sincères paroles de regret et de remords.

Il l'avait serrée ainsi, la maintenant en vie pendant sept heures. Il n'avait pas pris le risque de la laisser seule une minute pour appeler les garde-côtes, de peur que, sans la pression qu'il exerçait, elle ne se disjoigne. Et donc, sept heures durant, il l'avait serrée fort, contre lui, la berçant, l'apaisant, la maintenant en vie. Il n'aurait pas été celui qui lui avait tiré dessus, son effort eût été héroïque.

Sur le pont sanguinolent du bateau qu'il avait baptisé en son honneur (*Billie's Boat*), au milieu des tripes, du sang et des intestins qui s'écoulaient de Billie Booth, mari et femme, aux portes de la mort, avaient eu la discussion de sept heures qu'ils n'avaient jamais pu avoir dans la vie. Pour éviter qu'elle s'attarde sur la gravité de sa situation, il l'avait fait parler.

De quoi avaient-ils parlé ? De leur histoire d'amour.

Durant ces sept heures, ils avaient retracé toute leur vie ensemble.

Quand le bateau des garde-côtes s'était finalement approché, sur le coup de six heures, mari et femme communiquaient en langage bébé, comme deux adolescents de quatorze ans désespérément amoureux en colo de vacances. Chacun tâchant de l'emporter sur l'autre au jeu consistant à se souvenir du plus petit détail de leur première rencontre, de leur premier rendez-vous amoureux. Alors que les garde-côtes arraisonnaient le navire et le ramenaient au port, Cliff continua de faire tenir ensemble les deux moitiés séparées de Billie, sans cesser de la rassurer, de lui dire que tout allait bien se passer. « Hé, je vais pas te mentir, tu vas avoir la King Kong des cicatrices. Mais tu vas t'en sortir. »

Cliff fit de tels efforts pour convaincre Billie que, au bout de six heures à répéter la même chose, il en était lui-même également convaincu. Aussi Cliff Booth le pragmatique fut-il, étonnamment, étonné lorsque, au cours du transfert de Billie par les garde-côtes du bateau à l'ambulance qui attendait... elle s'ouvrit en deux.

Enfin bon.

Au sein de la communauté des cascadeurs à Hollywood dans les années soixante, Cliff Booth était extrêmement admiré pour sa carrière militaire exemplaire et son statut de grand héros de la Deuxième Guerre mondiale. Mais une rumeur très répandue voulait que Cliff Booth eût assassiné sa femme et réussi à éviter toute condamnation. Personne ne savait vraiment s'il avait délibérément tiré sur sa femme. Cela pourrait tout à fait avoir été une erreur de manip du matériel de plongée, le coup avait pu partir, ce que Cliff avait toujours affirmé. Mais quiconque avait déjà vu Billie Booth ivre admonester en public Cliff devant ses collègues ne croyait pas à cette version. Et comme beaucoup de gens au sein de la communauté des cascadeurs de Hollywood avaient, *de fait*, assisté à ce genre de scène, ils étaient convaincus qu'il l'avait tout simplement butée.

Cliff avait même reconnu que sa femme avait bu au moment de l'accident. Comme les autorités ne connaissaient pas Billie, ils ignoraient ce que cela signifiait. En revanche, les cascadeurs et leurs épouses, eux, savaient.

Cela signifiait que Billie avait *probablement* été agressive. Et cela signifiait qu'elle avait *probablement* dit un mot de trop. Ce qui signifiait que Cliff en avait *probablement* eu marre et que, dans un moment de faiblesse, il était passé à l'action de manière, disons, radicale. De manière irréversible.

Comment Cliff avait-il pu échapper à une condamnation ? Facile. Son histoire était plausible et il était impossible de prouver qu'elle était fausse. Cliff regrettait vraiment ce qu'il avait fait à Billie. Mais il avait eu beau éprouver des regrets et des remords, il ne lui serait jamais venu à l'esprit de *ne pas* tenter d'éviter d'être condamné pour meurtre.

Après tout, Cliff avait toujours été quelqu'un de pragmatique, partant du principe que ce qui était fait était fait. Tout en prenant l'affaire très au sérieux, il considérait également la situation sous un angle pratique. Il n'avait pas besoin de passer vingt ans en prison – Cliff était tout à fait capable de s'infliger une pénitence à la hauteur de sa conduite irréfléchie. Après tout, il n'était pas non plus un criminel. Il n'avait pas prémédité son acte. Il s'agissait *pratiquement* de l'accident qu'il avait décrit. Quand son doigt avait pressé la détente, avait-ce été une décision consciente ?

Pas exactement.

Primo, c'était une queue de détente hyper sensible. Secundo, ça relevait plus de l'*instinct* que de la *décision*. Tertio, avait-ce été un mouvement de *pression* sur la détente, ou plutôt un simple *effleurement* ? Quarto, personne ne regretterait Miss Billie Booth. C'était une sale connasse. Méritait-elle de se faire déchirer en deux ? Peut-être pas. Mais le moins qu'on pût dire était que, sans Billie Booth sur cette douce terre, la vie continuerait son petit bonhomme de chemin. Objectivement, il n'y avait guère que sa sœur Nathalie qui avait eu du chagrin, et c'était une sale connasse encore pire que Billie. Et son chagrin n'avait pas vraiment duré très longtemps. Donc Cliff avait éprouvé de la culpabilité, Cliff avait éprouvé du remords, et Cliff avait fait vœu de s'amender. Qu'est-ce que la société voulait de plus ? Le grand nombre de soldats américains qu'il avait sauvés en butant des Japs valait bien une Billie Booth.

Cela étant dit, les services chargés de faire respecter la loi ayant enquêté sur l'affaire n'étaient pas aussi informés des tendances violentes de Cliff Booth que la communauté des cascadeurs de Hollywood. Et l'histoire de Cliff selon laquelle il s'agissait d'une tragique fausse manip du matériel de plongée était tout à fait plausible.

En outre, il s'avérait que prouver *avec exactitude* ce qui s'était passé entre deux individus seuls sur un bateau au milieu de l'océan n'était pas si facile. Il appartenait aux autorités de prouver que cela *ne* s'était *pas* passé comme ce que Cliff avait dit. Et donc, sur la base d'une histoire dont on ne pouvait prouver la fausseté, le décès de Billie Booth avait été classé dans la catégorie *mort accidentelle*.

Et, de ce jour, Cliff devint l'homme à la réputation la plus sulfureuse à poser le pied sur un plateau de tournage de Hollywood. En effet, quel que soit le plateau sur lequel il posait le pied, il était invariablement le seul dont tout le monde savait qu'il avait commis un meurtre et réussi à *s'en tirer*.

Chapitre onze

La camionnette Twinkie

En négociant les virages de la route qui monte jusqu'à chez Terry Melcher, sur Cielo Drive, au volant de la camionnette déglinguée sur laquelle on peut lire l'inscription Hostess Twinkies Continental Bakery, Charles Manson sait qu'il prend un risque.

Quand Charlie a quitté San Francisco pour Los Angeles, c'était afin de trouver un producteur de musique, d'enregistrer ses chansons et de les chanter lui-même, de décrocher un contrat avec une maison de disques et de devenir enfin une rock star. Toute cette histoire de chef spirituel pour un ramassis de mômes azimutés et de gourou pour un harem de gamines fugitives n'était censé être qu'une activité intermédiaire. Et, au départ, cela avait marché. De fait, au départ, ça avait *vraiment bien* marché. Ses nanas lui avaient permis d'entrer en contact avec le batteur des Beach Boys, Dennis Wilson, une rock star, une vraie de vraie. Ce qui avait permis à Manson d'établir des liens avec les amis de Wilson, Gregg Jakobson et le fils de Doris Day, Terry Melcher.

Et cela avait abouti à des happenings, des bamboches, des soirées fumette et des jam-sessions avec d'autres musiciens à succès de la scène rock de L.A. De fil en aiguille, Charlie s'était retrouvé à tirer sur le même joint que le chanteur des Raiders, Mark Lindsay, à frayer avec Mike Nesmith des Monkees et Buffy Sainte-Marie, à taper le bœuf avec Neil Young. Neil Young, putain !

Charlie ne s'était pas contenté de taper le bœuf avec lui ; son art de l'improvisation musicale avait sérieusement impressionné Young. (Jamais Manson n'avait été aussi près de la consécration que lors de cette soirée où il avait jammé avec Neil Young.) Charlie espérait que cette séance avec Young déboucherait sur un rendez-vous avec Bob Dylan, mais Bobby était difficile à atteindre. Il n'avait jamais été aussi près d'une rencontre avec Dylan qu'au London Fog, la fois où il avait échangé quelques mots avec Bobby Neuwirth, l'acolyte de Bob à l'époque. Incontestablement, pendant la période où Charlie Manson et sa « Famille » traînaient chez Dennis Wilson, les choses avançaient pour lui au plan musical. Il y avait même eu une séance d'enregistrement au cours de laquelle certaines chansons de Charlie avaient été mises sur une bande trois quarts de pouce. Il est peu probable que Melcher ait sérieusement envisagé de signer Charlie chez Columbia. Mais il n'est pas totalement impossible qu'il ait eu en tête d'enregistrer certaines chansons de Charlie pour d'autres artistes. Charlie avait beau avoir cette sagesse acquise en prison et quelques connaissances philosophiques, sa naïveté concernant le business de la musique était presque charmante. Charlie savait que Terry Melcher était très moyennement convaincu par son potentiel en matière de vente de disques. Mais cela ne l'avait jamais découragé. Concernant son propre avenir, Charlie était d'un éternel optimisme, c'en était admirable. Mettre un pied dans la porte, c'est tout ce qu'il voulait, avait-il toujours dit. Or un pied dans la porte, c'était ce qu'il avait obtenu quand Terry Melcher lui avait promis qu'à un moment donné il prendrait le temps de l'écouter jouer certaines de ses chansons à la guitare.

Manson voyait-il dans sa relation avec Melcher autre chose que ce qu'elle était réellement ? Absolument.

Melcher était-il *quelque peu* intrigué par Charlie ? Peut-être bien.

Mais la meilleure chance qu'avait Charlie de décrocher un contrat avec une maison de disques, c'était sa proximité avec Dennis Wilson. Dennis était la seule *véritable* rock star des Beach Boys. Brian était gras et ne faisait que grossir ; Al Jardine ressemblait à un squelette et Mike Love était chauve depuis ses dix-huit ans. Dennis était un bel apollon sexy qui, dès le début des années soixante, dégageait déjà des ondes zen dignes de la fin des années soixante. Pendant un certain temps, Dennis avait vraiment cru au potentiel musical de Charlie. Il avait trippé avec Charlie, la philosophie et la vision du monde de Manson avaient honnêtement impressionné Dennis (Wilson, comme Manson, se méfiait des mâles noirs et les craignait). Au cours des jam-sessions chez lui, Dennis avait pu constater les indéniables qualités d'improvisation de Charlie à la guitare. Toutefois, il est peu probable que le je-m'en-foutiste Manson, qui ne répétait pas et ne s'imposait aucune discipline, eût réussi à trouver le truc pour faire vibrer sa musique dans l'environnement stérile, oppressant et angoissant d'un studio d'enregistrement professionnel. (Charlie ne serait pas le seul dans son cas ; de véritables génies musicaux se trouveraient dans cette situation : les enregistrements de Woody Guthrie et de Leadbelly étaient tout au plus des pièces d'archive, loin d'être représentatifs de leur talent musical.) On peut néanmoins imaginer Charles Manson, en des temps antérieurs, faire son bout de chemin, apprendre les ficelles du métier sur la scène des cafés de Greenwich Village de la fin des années cinquante et du début des années soixante et sur le circuit des rassemblements folk, où son talent pour l'improvisation musicale, son jeu de guitare et son passé carcéral auraient été des atouts. Pendant toute une période, Dennis Wilson avait encouragé les rêves musicaux de Charlie, allant même jusqu'à enregistrer une de ses chansons (*Cease to Exist*, titre fétiche au sein de la Famille), réécrite et rebaptisée *Never Learn Not to Love*, et à la faire figurer sur l'album *20/20* des Beach Boys.

Et si la perspective que Charlie soit signé par Terry Melcher pour enregistrer un album chez Columbia avait toujours paru peu réaliste, les Beach Boys, de leur côté, avaient monté leur propre label, Brother Records, et un album pour ce label *aurait pu* exister. S'il n'était pas advenu, c'est que Dennis Wilson avait fini par avoir de plus en plus peur de certaines personnes qu'il avait laissées s'installer chez lui. C'étaient les filles qui avaient tout d'abord attiré Dennis au sein de la « Famille ». Par la suite, l'authentique camaraderie entre les deux hommes avait maintenu Dennis dans l'orbite de la « Famille ». Mais Wilson avait fini par être exaspéré par les hippies imbéciles de la famille de Charlie, et c'est pour cela qu'il avait coupé la passerelle Beach Boys juste au moment où Charlie s'apprêtait à la franchir.

L'éthique anti-establishment du partage à parts égales en vigueur au sein de la classe du divertissement du Hollywood hippie de Topanga Canyon de la fin des années soixante, voilà ce que Dennis Wilson offrait à ces va-nu-pieds. Assez rapidement toutefois, ces fugitifs pilleurs-de-poubelles, trippant-à-l'acide, ravagés-par-la-chtouille, chantonnant-leur-éternelle-ritournelle, se révélèrent une bande d'ingrats vivant à ses crochets. Ils avaient détruit la villa de Wilson et lui avaient coûté des milliers de dollars en médicaments contre les maladies vénériennes et en biens perdus, volés et saccagés. Jusqu'à ce qu'enfin Wilson quitte sa villa et confie à son manager la tâche de virer tous ces ignobles squatteurs.

Si la « Famille » n'avait pas transformé en zoo la villa de Dennis au point que ses camarades Beach Boys s'inquiètent et cessent de le respecter, Charles Manson aurait été un candidat parfait pour leur nouveau label discographique. Il ne se serait sans doute pas passé grand-chose avec ce disque, et Manson, compte tenu de ses particularités, n'aurait même sans doute pas été capable de terminer un album. Mais si les autres membres du groupe n'avaient pas associé Manson à la bande de tarés qui profitaient de la générosité du doux Dennis, Manson aurait tout à fait pu tirer parti de son association pour en faire *quelque chose*.

Mais, à ce stade, la « Famille » avait coûté tellement cher à Dennis que, même quand les Beach Boys enregistrèrent une chanson de Charlie, ils s'arrangèrent pour que son nom ne figure pas dans les crédits, considérant que cela rembourserait tout juste les simagrées et les dégâts de ses acolytes. (Selon certaines rumeurs, plutôt que de faire figurer le nom de Charlie en tant qu'auteur-compositeur, Wilson lui avait offert une moto.)

Et donc, le 8 février 1969, tous les contacts musicaux, jadis prometteurs, de Charlie se sont taris. Il ne reste plus que cette vague promesse faite par Terry Melcher de prendre le temps, un jour, d'écouter Charlie lui jouer certaines de ses chansons. Si ce n'est qu'il a perdu Terry de vue. À une époque, Charlie voyait Terry non pas souvent, mais assez régulièrement pour prévoir un rendez-vous. Sauf que c'était avant qu'il devienne *persona non grata* chez Dennis Wilson. Et Charlie lui-même sait bien que c'est une raison suffisante pour mettre une croix sur tout espoir d'un contrat. Mais qui sait, après tout, peut-être pas ? Charlie a *bel et bien* une de ses chansons sur le nouvel album des Beach Boys. Bon, certes, son nom ne figure pas sur la pochette. Mais s'il y en a un qui sait que l'origine de cette chanson est son *Cease to Exist*, c'est bien Melcher. Terry peut donc désormais légitimement considérer Manson comme un compositeur digne de produire de la musique commerciale, plutôt que comme un maquereau loqueteux fournissant au producteur de disques des filles trop jeunes, ravagées par la syphilis.

Bon, Terry Melcher avait déjà donné son accord pour venir au ranch Spahn écouter les chansons de Charlie. Une date avait été retenue, on s'était entendu sur une heure, le rendez-vous avait été confirmé, et une grande fiesta organisée au ranch... sauf que Terry ne s'était pas pointé.

Pour Charles Manson, se faire poser un lapin comme ça avait été désastreux à plusieurs titres. Primo, Charlie avait passé toute la semaine à se préparer pour enfin interpréter sa musique devant Terry. La Famille avait organisé et décoré le ranch pour le grand événement, et cela incluait des répétitions avec des instruments d'accompagnement et des nanas à demi nues pour faire les chœurs et danser en arrière-plan... et puis Jerry ne s'était pas pointé.

Ce jour-là était le grand jour.

Charlie était remonté à bloc, *ce jour-là*.

Manson ne s'était jamais pardonné d'avoir laissé ses nerfs prendre le dessus durant son unique session professionnelle d'enregistrement.

Mais, *ce jour-là*, ce ne serait pas pareil.

Ce jour-là, Charlie était parfaitement prêt, il avait l'esprit calme, son cœur débordait de générosité et il maîtrisait sa musique sur le bout des doigts.

Ce jour-là, c'était le jour dont il avait rêvé depuis qu'il avait commencé à écouter les Beatles en prison.

Ce jour-là, les rêves de Charlie allaient devenir réalité et sa vie en serait changée à jamais.

Ce jour-là, la musique allait jaillir de lui comme d'une source. Il maîtrisait sa créativité. Il n'était pas possible qu'il fasse une seule fausse note.

Il était en phase avec son talent, en phase avec sa muse, en phase avec Dieu… et puis Terry n'était pas venu.

Non seulement le fait que Terry ne vienne pas avait contrarié la créativité de Manson et lui avait franchement fait de la peine, mais cela l'avait aussi discrédité vis-à-vis de ses gamins.

Les gamins au ranch ne savaient pas à quel point Charlie voulait devenir une rock star. À quel point il convoitait la célébrité, l'argent et la reconnaissance. Car, pour eux, Charlie prêchait contre ces désirs vulgaires.

Ils étaient persuadés que Charlie était engagé sur un chemin spirituel vers l'illumination.

Ils étaient persuadés que le véritable désir de Charlie était de transmettre cette illumination.

Ils étaient persuadés que l'objectif de Charlie était de créer un nouvel ordre mondial guidé par l'illumination et l'amour pour l'humanité tout entière.

Ils étaient persuadés que Charlie avait des objectifs plus nobles, car il le leur avait dit, et ils l'avaient cru. Jamais il ne leur serait venu à l'idée qu'il aurait renoncé sur-le-champ à toutes ces conneries s'il avait pu échanger sa place avec Mark Lindsay en enfilant la tenue de la guerre d'Indépendance.

Jamais il ne leur serait venu à l'idée qu'il leur dirait à tous au revoir, qu'il dirait au revoir à tout ce qu'il avait créé, à tout ce qu'il leur avait appris, pour échanger sa place avec Micky Dolenz et intégrer les Monkees.

Ils pensaient que s'il voulait décrocher un contrat avec une maison de disques, c'était uniquement pour élargir son influence. Pour apporter l'illumination à un public plus vaste, à un public mondial, sur une planète qui en avait désespérément besoin.

Comme les Beatles. Comme Jésus-Christ. Comme Charlie.

Il ne voulait pas la gloire pour lui ; il voulait la gloire pour ce que sa musique signifierait vis-à-vis des autres. Mais la musique ne serait simplement qu'un point d'entrée pour que la planète Terre apprenne à connaître Charlie. L'œuvre de Dieu s'effectuait à travers Charlie et c'est ainsi que Charlie composerait une des plus formidables musiques jamais créées, de même que Jésus avait créé une des plus formidables poésies jamais créées. Non pas pour afficher au mur des disques de platine, comme Dennis Wilson. Non pas pour avoir des voitures de sport, comme Dennis Wilson. Non pas pour être en couverture de *Crawdaddy*. Non pas pour avoir une chanson sur la bande originale d'*Easy Rider*. Non pas pour être invité par le Real Don Steele pour un concours promo dingue sur KHJ. Mais pour sauver toute l'humanité.

Ils se rendirent compte que les motivations et les désirs de Charlie étaient peut-être moins purs que les leurs lorsqu'il n'avait pu s'empêcher de leur révéler son angoisse concernant l'audition avec Terry Melcher.

Tout le monde avait envie que ça se passe bien, mais personne d'autre au ranch ne considérait que c'était la chose *la plus importante* au monde.

Ça arrive… ça arrive pas. Te mine pas, baby. *Ce qui doit arriver arrivera. Les hommes planifient, Dieu rit.* Voilà ce que leur avait appris Charlie.

Mais alors, pourquoi Charlie se mettait-il la rate au court-bouillon à propos de ce que Terry Melcher pensait de lui ?

Putain, mais pourquoi Charlie flippait-il tant que ça en se demandant ce que Terry Melcher pensait de sa musique, ou s'il allait passer un bon moment ?

Putain, pourquoi flippait-il en essayant de faire bonne impression à ce putain de Terry Melcher ?

Le rendez-vous était à trois heures et demie, mais plus l'heure tournait, quatre heures moins vingt, quatre heures moins dix, puis quatre heures, quatre heures dix, quatre heures vingt, plus il devenait évident aux yeux de tous que Melcher n'allait pas se pointer, et tout le monde constata à quel point Charlie le prenait mal. Le lapin posé par Terry trahissait la faiblesse de Manson devant ses gamins. Devant la « Famille », Charlie n'avait jamais laissé entrevoir le moindre signe de faiblesse. Ni non plus devant les parents en colère, parfois armés de fusils ; ni devant les anciens membres qui parfois revenaient au ranch accompagnés d'amis, réclamant de l'argent, des voitures ou des bébés. Ni devant les Black Panthers. Ni même devant les flics. Charlie les retournait tous d'un clin d'œil et d'un sourire. Assuré d'avoir Dieu à ses côtés. Mais pas cette fois-ci. Cette fois-ci, c'est Charlie qui avait passé pour un con. Il y a un autre truc qui, ce jour-là, avait paru évident, et que les gamins du ranch Spahn n'avaient jusqu'alors jamais envisagé, c'est qu'il n'était peut-être rien d'autre qu'un hippie à guitare et cheveux longs de plus, qui voulait passer à la radio. Ils n'y croyaient pas, ça leur paraissait impossible. Mais, pour la première fois, cette idée en effleura certains.

D'une façon ou d'une autre, Melcher avait fait savoir à Charlie qu'il ne l'avait pas planté délibérément, par manque d'égards. C'était un homme occupé, il avait eu une urgence. Mais cela remonte déjà à un certain temps. Depuis lors, aucun effort n'a été fait pour caler un autre rendez-vous. Et, désormais, Charlie et Terry n'évoluent plus dans les mêmes sphères. La perspective qu'ils se croisent par hasard et reprennent rendez-vous pour une autre audition paraît bien improbable.

En un sens, Charlie avait appris une bonne leçon sur ce qu'est le business du divertissement. Les gens entrent dans des cercles sociaux, puis en sortent. Quelqu'un que vous fréquentiez assidûment hier ne vaut plus aujourd'hui qu'un vague salut de la main. Des occasions prometteuses n'aboutissent tout simplement pas. Ou, comme l'a écrit Pauline Kael : « À Hollywood, on pouvait mourir d'encouragement. »

Bon, puisque Mahomet n'allait pas tomber par hasard sur la montagne au Whisky a Go Go, en train de boire du Cutty Sark, Mahomet allait devoir gravir la montagne ou, dans ce cas précis, aller sur les hauteurs de Hollywood.

C'est la dernière carte de Charlie.

Il est déjà venu chez Terry Melcher, donc il se souvient de là où il habite. Il s'est même rendu à des soirées ici. Donc se présenter au portail pour dire bonjour, quoique pas très poli, n'est pas non plus totalement déplacé.

C'est un ultime geste de désespoir, il sent bien qu'il y a là quelque chose de désespéré. Et Charlie est presque sûr, putain, que Terry y verra une tentative désespérée. Mais, compte tenu de la situation, il n'a pas d'autre choix. Terry *avait bien dit* qu'il écouterait la musique de Charlie un de ces jours. Et Terry lui *devait bien ça*, après lui avoir posé un lapin. Or Charlie ne le *croisera plus* par hasard chez Wilson. La seule occasion qu'a Charlie de se raccrocher aux branches, c'est de tenter sa chance en allant trouver Terry chez lui, et en lui mettant le grappin dessus. Oh, en lui mettant gentiment le grappin dessus. Juste assez pour qu'il culpabilise et ne puisse pas lui dire non en face. Mais si Charlie ne prend pas les devants, il ne reverra plus jamais Terry. Et si ça ne marche pas, ce qui est le plus probable, eh bien, au moins Charlie aura tenté le coup.

Quand Charlie se gare devant chez Terry, sur Cielo Drive, il constate que le portail est ouvert. Ces gens-là laissent souvent leur portail ouvert quand ils ont beaucoup de livraisons, histoire de ne pas être tout le temps à l'interphone pour faire entrer les livreurs. Charlie s'était dit qu'il se ferait envoyer balader au niveau de l'interphone sur le poteau métallique, à l'extérieur du portail.

Bonjour, est-ce que Terry est là ?
C'est de la part de qui ?
Son ami Charlie.
Charlie qui ?
Charlie Manson.
Il n'est pas là.

Voilà la conversation que Charlie avait imaginée ; même si ç'avait été Terry à l'interphone, il se serait fait passer pour un employé de la maison. Donc, le portail ouvert, c'est déjà un coup de bol. Certains disent que la chance, c'est la rencontre de la préparation et de l'occasion-qui-fait-le-larron. La préparation, c'est le fait d'avoir choisi le samedi en fin de matinée, début d'après-midi, pour lui rendre visite. S'il veut trouver Terry chez lui, l'idéal, c'est le samedi en fin de matinée, début d'après-midi. Qui sait, il peut encore se retrouver en tête-à-tête avec le gars.

Il envisage de remonter la longue allée qui fait un virage au volant de sa camionnette Twinkie, mais ce serait trop agressif. Mieux vaut la jouer profil bas. S'approcher de la maison à pied, montrer patte blanche, avec un grand sourire.

Ne pas débarquer avec ses gros sabots.

Charlie descend de sa camionnette. Terry habite au sommet d'une colline, au bout d'une voie sans issue. Le seul être humain en vue est un blondinet torse nu, en train de bricoler une antenne sur le toit de la maison d'à côté. Charlie ne s'occupe pas de lui, il monte l'allée à pied, s'approche de la porte d'entrée.

Sharon place le diamant de l'électrophone sur la première chanson de l'album *The Spirit of '67* de Paul Revere and the Raiders. Le créateur du groupe et producteur de l'album a été locataire avant eux de la maison sur Cielo Drive que Sharon et Roman louent ces temps-ci à son propriétaire, Rudi Altobelli, lequel habite derrière, dans la maison d'amis, près de la piscine. Quand l'ancien locataire, Terry Melcher, a déménagé, il vivait avec l'actrice Candice Bergen. Mais, avant que Candy emménage, Terry avait partagé la baraque avec Mark Lindsay, le chanteur des Raiders. Ce n'est donc pas un hasard que Sharon ait trouvé un stock d'albums *The Spirit of '67* encore sous cellophane, rangé dans le placard de la chambre d'amis. Quand elle avait parlé de ces disques à son mari, Roman avait fait la grimace et répondu : « Je déteste ces cochonneries bubble-gum. »

Sharon n'avait pas discuté, mais elle n'était pas d'accord. Elle aimait les tubes bubble-gum qu'elle entendait sur KHJ. Elle aimait la chanson *Yummy Yummy Yummy* et celle qui avait suivi, du même groupe, *Chewy Chewy*. Elle aimait Bobbie Sherman et cette chanson, là, *Julie*. Elle adorait aussi *Snoopy vs. the Red Baron*.

Elle ne l'aurait pas dit à Roman ni à aucun de ses amis dans le vent comme John et Michelle Phillips, Cass Elliot ou Warren Beatty, mais, pour être tout à fait honnête, elle préférait les Monkees aux Beatles.

Elle sait que ce n'est même pas un vrai groupe. Juste un truc à la télé, fabriqué pour capitaliser sur la popularité des Beatles. Et pourtant, intimement, c'est eux qu'elle préfère. Elle trouve que Davy Jones est plus mignon que Paul McCartney. (Comme en témoigne son attirance pour Roman et Jay, Sharon a un faible pour les beaux gosses de petite taille qui ressemblent à des garçons de douze ans.) Elle trouve Micky Dolenz plus rigolo que Ringo Starr. Et pour ce qui est du « silencieux » de la bande, elle préfère Mike Nesmith à George Harrison. Et Peter Tork lui paraît tout aussi hippie que John Lennon, mais moins prétentieux, et c'est sans doute un type plus sympa. Ouais, bon, d'accord, les Beatles écrivent eux-mêmes leurs chansons, mais qu'est-ce qu'elle en a foutre de ça, Sharon ?

Si elle préfère *Last Train to Clarksville* à *A Day in the Life*, c'est comme ça ; elle se fiche de savoir qui a composé la chanson. De toute façon, Paul Revere and the Raiders, c'est un peu comme les Monkees. Ils chantent des super chansons accrocheuses, ils sont drôles et ils passent tout le temps à la télé. Elle aime vraiment leurs chansons, *Kicks*, *Hungry* et surtout *Good Thing*. Rudi Altobelli lui a dit que Mark Lindsay et Terry Melcher avaient composé *Good Thing* sur le piano blanc du salon. Cool. Elle pense à ça en posant le diamant sur le vinyle, en écoutant le super riff de guitare du début de la chanson. Elle se met immédiatement à bouger les épaules et les hanches au rythme bubble-gum qui sort des enceintes. Puis elle reprend ce qu'elle était en train de faire. À savoir préparer la valise de Roman. Roman s'en va demain à Londres et, quand il part en voyage, elle lui prépare toujours sa valise. C'est juste un truc gentil qu'elle s'est mise à faire pour lui, et maintenant c'est juste un truc gentil qu'elle fait pour lui.

Son ex-fiancé, Jay Sebring, est dans la cuisine, il se concocte un sandwich avant d'emmener Sharon à son salon sur Fairfax, il va la coiffer avant le passage à la télé de Roman et Sharon, ce soir (Jay ne coiffe que les hommes. Sharon est la seule femme dont il s'occupe). Ils étaient tous invités au Mansion de Hugh Hefner, la veille. Et, au cours de la soirée, Hefner a demandé à Roman de venir le lendemain à son émission *Playboy After Dark*, tournée au sommet de l'immeuble sis au 9000, au bout de Sunset Strip. Sharon n'était pas contente que Roman se soit engagé deux soirs de suite sans lui demander son avis. Il y a ça, et en plus elle est en train de lire un très bon livre, *Myra Breckinridge*, de Gore Vidal, et Roman sait qu'elle préférerait passer la soirée au lit à côté de lui à lire. Au lieu de quoi, il va falloir qu'elle se pomponne pour la deuxième soirée de suite et fasse son petit numéro de « petit moi sexy » (« petit moi sexy » est le sobriquet dépréciateur dont s'affuble Sharon quand elle entre dans son rôle de starlette des années soixante).

Elle plie le pull à col roulé blanc qu'elle a acheté pour Roman quand ils étaient en Suisse, le pose à l'intérieur de la valise ouverte étalée sur le lit de la chambre d'amis, et ne voit pas le petit hippie brun, hirsute, avec sa longue chemise en jean qui flotte sur le haut de son pantalon, sa veste en cuir brun, ses nu-pieds et sa salopette crasseuse, qui émerge de ses feuillages et s'avance sur la dalle de béton réservée aux voitures devant sa maison. Mais Jay le repère par la fenêtre de la cuisine, en mordant dans son sandwich au pain de mie dinde-tomate. Suivant des yeux le petit hippie brun qui s'avance devant la maison, il se demande : *C'est qui, ce trou-du-cul dépenaillé qui se balade sur la propriété comme s'il était chez lui ?*

Sharon, occupée à faire la valise à l'autre bout de la maison, entend la voix de Jay près de la porte d'entrée lancer à quelqu'un sur un ton autoritaire : « Bonjour ? Je peux vous aider ? »

Alors, du jardin, elle distingue la réponse étouffée d'une voix qu'elle ne connaît pas. « Ouais, hé, mec, je cherche Terry. Je suis un ami de Terry et de Dennis Wilson. »

Nan mais c'est qui, ça ? se demande-t-elle, continuant de tendre l'oreille.

Elle entend alors Jay répondre à l'inconnu : « Eh bien, Terry et Candy n'habitent plus ici. C'est la résidence des Polanski, maintenant. »

Sharon pose la chemise à motifs cachemire qu'elle avait à la main et sort de la chambre d'amis pour voir à qui Jay s'adresse. En s'avançant sur la moquette du couloir qui donne sur le salon, pieds nus, en short de jean, elle entend l'inconnu, surpris et déçu, dire : « Ah bon ? Il a déménagé ? Zut alors ! Vous savez où ? »

Sharon débouche dans le vestibule, au mur duquel est encadrée une affiche format 70/100 du *Bal des vampires*. (Roman trouvait ça gênant et juvénile d'exposer chez eux les posters des films qu'ils avaient faits. Mais Sharon lui avait alors rappelé qu'il savait en l'épousant qu'elle était gênante et juvénile.)

La porte d'entrée est grande ouverte, Jay est sorti parler avec ce gonze à la dégaine épouvantable, entre sa tignasse ébouriffée et sa barbe de trois jours.

Une fois à la porte, elle demande à son ex-fiancé : « Qui est-ce, Jay ? »

Les yeux de l'inconnu en guenilles se lèvent et se posent sur la blonde magnifique dans l'encadrement de la porte ; elle a des yeux rayonnants qui regardent un instant au-delà de Jay et croisent ceux du petit homme brun.

Jay se tourne vers elle et dit : « Tout va bien, trésor. C'est un ami de Terry. » Puis il se retourne vers l'inconnu débraillé et lui montre la maison du propriétaire. « Je ne sais pas où habite Terry, mais le proprio, Rudi, saura peut-être. Il est dans la maison d'amis. » Jay indique la direction du doigt. « Prenez le sentier par-derrière. »

L'inconnu sourit et dit : « Merci, c'est bien aimable. »

En se tournant, il lève de nouveau les yeux vers la blonde dorée aux longues jambes, dans l'encadrement de la porte, arborant un tee-shirt rayé dont on dirait qu'il a été acheté au rayon enfant d'un grand magasin. Il la salue d'un geste de la main et dit : « Madame. »

Elle a beau trouver ce petit intrus brun flippant, elle lui adresse un hochement de tête accompagné d'un léger sourire. Le petit homme fait le tour de la propriété par-derrière, et les yeux de Sharon le suivent jusqu'à ce qu'il disparaisse de sa vue.

Rudi Altobelli vient juste de sortir de sa douche quand il entend son chien, Bandit, aboyer après quelqu'un. Il sait que c'est après une *personne* et non pas un *animal* car, lorsqu'une présence étrangère se manifeste sur la propriété, le chien a trois aboiements distincts. Les chats ont droit à leur aboiement ; les lézards, les ratons laveurs et autres nuisibles ont droit à un deuxième aboiement, et les humains que Bandit ne connaît pas déclenchent chez lui un troisième type d'aboiement. Rudi se noue une serviette sur la tête, enfile encore tout trempé un peignoir en tissu éponge, sort de sa salle de bains et se dirige vers la porte d'entrée pour voir ce qui se passe.

Altobelli est un manager d'artistes de Hollywood de troisième ordre qui – en son temps – a représenté (dans certaines limites) Katharine Hepburn et Henry Fonda. Mais, ces temps-ci, on trouve sur la liste de ses clients des gens comme Christopher Jones, Olivia Hussey, Sally Kellerman et deux membres du trio Dino, Desi & Billy (il représentait les Juniors, Desi Arnaz et Dean Martin). La propriété a été un assez bon investissement ; il habite dans la maison d'amis et loue la grande bâtisse à des gens qui cartonnent à Hollywood. Tandis qu'il s'approche de la porte d'entrée grande ouverte, une rediff noir et blanc de *Combat !* passe à la télé. Le générique du début défile à l'écran et le thème militaire jaillit des haut-parleurs. La voix grave du présentateur annonce :

« *Combat !* Avec Vic Morrow. Et Rick Jason. »

Son chien tout excité aboie après la silhouette fluette d'un type de petit gabarit, hirsute, de l'autre côté de la moustiquaire. En s'approchant du visiteur, Rudi crie à Bandit de se calmer, l'attrape par le collier et l'écarte. L'homme encore mouillé en peignoir regarde à travers la moustiquaire et se rend compte qu'il reconnaît le type sur le pas de sa porte.

« Rudi ?

– Ouais ? » répond-il d'un mot à une question d'un mot.

Charlie va droit au but : « Hé, Rudi, je sais pas si vous vous souvenez de moi, je suis un ami de Terry Melcher et de Dennis Wilson...

– Je sais qui tu es, Charlie, lui dit Rudi sur un ton peu chaleureux. Qu'est-ce que tu veux ? »

Pas super sympa, ce mec, se dit Charlie, *mais au moins il sait que je connais Terry.*

« Eh ben, je suis venu discuter avec Terry, et le type de la baraque m'a dit que Terry avait déménagé.

– Ouais, ils ont déménagé il y a à peu près un mois », confirme Rudi.

Charlie fait une petite moue de frustration, donne des coups de pied dans l'herbe, crache un chapelet de jurons : « Punaise, flûte, mince alors ! On dirait bien que je me suis tapé tout le trajet pour rien. » Puis il se retourne vers l'homme derrière la moustiquaire et lui demande en faisant une tête parfaitement candide : « Vous savez où il s'est installé ou vous auriez son numéro ? Il faut vraiment que je le contacte. C'est une sorte d'urgence. » Ce qui, du point de vue de Charlie, n'est pas un mensonge.

Rudi, en revanche, ment à Charlie quand il lui répond : « Bah, désolé, Charlie, je ne peux pas t'aider. Je ne sais pas.

– Bon, c'est embêtant », dit Charlie.

Changeant de ton, Charlie pose à l'homme derrière la moustiquaire une question dont il connaît déjà la réponse : « Qu'est-ce que vous faites dans la vie, Rudi ?

– Je suis manager, Charlie, tu le sais très bien. »

Alors que Vic Morrow, Rick Jason et Jack Hogan brûlent des nazis derrière eux, Charlie se lance immédiatement dans son laïus avant que Rudi Altobelli ne lui demande de décamper.

« Bien, la raison pour laquelle je dois contacter Terry, c'est que Terry m'avait prévu une audition chez Columbia Records. Mais le vrai problème, c'est que j'ai pas de manager. Donc, si tout se passe bien à cette audition et qu'ils me proposent un contrat, je suis tout seul. Et vous savez que c'est pas la meilleure situation pour un artiste. Surtout face à un géant comme Columbia Records.

« Alors je pourrais peut-être revenir vous faire écouter des enregistrements de mes chansons. Peut-être jouer un peu pour vous à la guitare.

« Si vous aimez ce que vous entendez, vous me signez et j'entame ma relation avec Columbia Records en partant du bon pied. »

Charlie voit que la proposition n'intéresse pas Rudi, il est temps de sortir sa botte secrète.

« Je traîne avec un tas de nanas. Je vais peut-être leur demander de venir chanter les chœurs. Tout le monde prend toujours son pied avec mes nanas. Demandez à Terry. Demandez à Terry – il a bien pris son pied avec mes nanas. »

Rudi ouvre la bouche, mais, avant que le moindre son en sorte, Charlie lui pose une question : « Vous avez écouté le nouvel album des Beach Boys, *20/20* ?

– Non.

– Eh ben, y a une chanson de moi sur cet album, lui annonce Charlie. J'ai écrit la chanson, précise-t-il, ensuite Dennis Wilson l'a charcutée, massacrée, et puis les Beach Boys l'ont vraiment bousillée.

– Écoute », essaie de l'interrompre Rudi, mais Charlie enchaîne :

« En fait, ils ont tellement massacré le morceau que j'aimerais mieux que vous l'écoutiez pas. Je préfère vous jouer ma version. Je peux peut-être revenir vous faire écouter mon enregistrement. Vous jouer un peu de guitare. Pondre quelques chansons. Je suis vachement bon à ça », dit Charlie en toute sincérité.

Rudi finit par dire : « Bon, j'aimerais pouvoir discuter avec toi plus longuement, Charlie, mais je pars demain en Europe et je dois faire mes valises. »

Un grand sourire s'épanouit sur le visage de Charlie et il dit dans un petit gloussement : « Bah, faut croire que c'est vraiment pas mon jour de chance, putain. »

C'est à présent au tour de Rudi de changer de sujet : « Comment t'as su me trouver ici ? »

Charlie exécute un mouvement du pouce par-dessus son épaule : « C'est le mec dans la grande baraque qui m'a envoyé.

– Écoute, dit Rudi Altobelli avec gravité. Je n'aime pas que mes locataires soient dérangés. Donc, à partir de maintenant, tu ne les importunes plus, c'est compris, Charlie ? »

Charlie fait un grand sourire et agite la main pour signifier *message reçu*. « C'est pigé, j'ai pigé, *no problemo*. Je veux importuner personne. » Tâchant de clore toute cette discussion avec un semblant de dignité, Charlie ajoute : « Bon, ben, je vais essayer de retrouver la piste de Terry – ou c'est lui qui retrouvera ma piste. Et peut-être qu'une autre fois je pourrai vous jouer une de mes chansons ? »

Enfin, il se tire ! songe Rudi.

« Ouais, fait Rudi, carrément, Charlie. »

Charlie adresse au type derrière la moustiquaire un grand signe de la main, un sourire encore plus grand, et dit : « Bon voyage ! »

Perché sur le toit de Rick, Cliff a remis l'antenne en place. Il enroule sa base de fil de fer en s'aidant de pinces, pour que ça tienne bien, lorsqu'il remarque l'espèce de petit hippie qu'il a vu arriver au volant de la camionnette Twinkie : il sort à pied de la résidence des Polanski et descend l'allée en direction de son véhicule. Tout en continuant sa réparation, les pinces à la main, Cliff suit des yeux cet individu louche.

Charlie est sur le point de monter dans sa camionnette Twinkie quand il sent le poids d'un regard sur ses épaules. Il s'arrête. Se retourne. Et voit qu'il est observé du toit de la maison d'en face par un blondinet torse nu, en train de bricoler l'antenne.

Les deux hommes sont trop éloignés l'un de l'autre pour se voir avec netteté.

Charlie se fend d'un grand sourire qui lui envahit le visage et adresse au blondinet torse nu un grand signe de la main.

Cliff ne sourit pas, ne lui adresse pas non plus le moindre signe de main en retour. Il se contente de transpercer du regard le petit hippie aux cheveux bruns tout en continuant de bricoler son antenne.

Le sourire disparaît du visage de Charlie.

Et puis, soudain, Charlie entame une de ses danses bizarres, accompagnée d'un charabia hurlé à la Manson. Il termine sa danse convulsive pour Cliff et adresse un doigt d'honneur à ce type sur son toit : « Va te faire foutre, Jack ! »

M. Manson remonte dans sa camionnette Twinkie, démarre, enclenche le levier de vitesse et attaque cahin-caha la descente de Cielo Drive.

Cliff le regarde s'éloigner.

Puis il se demande à voix haute : « Putain, c'était quoi, ce délire ? »

Chapitre douze

« Tu peux m'appeler Mirabella »

La porte de la loge maquillage sur le tournage de *Lancer* s'ouvre et Rick Dalton en sort. Sauf qu'il ne ressemble plus trop à Rick Dalton. Sonya lui a collé une perruque d'Indien châtain sur la tête, qu'elle lui a coupée à hauteur des épaules, et lui a fixé à la colle gomme une « grosse moustache tombante à la Zapata » autour de la bouche. Rebekkah, quant à elle, l'a affublé d'une veste sensass en cuir avec une frange à la Custer qui pend le long des bras, laquelle ne serait pas déplacée si Rick était sur scène à Woodstock avec Country Joe and the Fish. Voici donc Caleb DeCoteau vu par Sam Wanamaker.

Sam, Sonya et Rebekkah sont aux anges. Rick, lui, est moins convaincu.

Mais Sam est tellement enthousiasmé, à la fois par Rick en tant qu'acteur et par sa conception d'un Caleb chantre de la contre-culture, que l'acteur préfère ne pas faire de vagues. Il a décidé que la meilleure option était d'être aussi bon acteur que Sam l'attend de lui, aussi *joue-t-il la comédie* en faisant croire qu'il est aussi enthousiaste que les trois autres à propos de la dégaine de Caleb. En réalité, Rick se dit : *Je ressemble à un croisement entre un pédé hippie à la con et le Lion Peureux du* Magicien d'Oz. Il se demande d'ailleurs lequel des deux il déteste le plus.

Sonya passe la tête par la porte de la loge maquillage et le prévient : « Rick, je sais que c'est le déjeuner, mais il faut que vous attendiez au moins une heure avant de manger. Le temps que la colle de votre moustache puisse sécher. »

Rick la joue mec sympa et lui adresse un regard du style *te bile pas*, baby ; il sort un livre de poche, un western, qu'il agite pour lui montrer qu'il a de quoi faire. « Pas de souci, ma belle, j'ai mon livre. »

Manquait plus que ça, pense Rick. *Putain, j'ai la dalle et il va falloir que je saute le déjeuner.*

Une des choses que Rick aime quand il est sur un tournage, c'est qu'on vous nourrit. Rick estime que tout repas qu'il ne paie pas de sa poche ou qui n'est pas préparé par lui est un bon repas. Il croise souvent des acteurs, sur les tournages, qui se comportent comme des salauds ingrats. Alors que merde, c'est super, non ? On vous paie grassement pour faire semblant, on vous nourrit, on vous fait venir en avion, on vous héberge, on vous file de l'argent de poche et on se décarcasse pour que vous ayez une bonne dégaine ! Et, malgré tout, il y a encore des acteurs qui se plaignent. *Oh naaan ! Encore du poulet, aujourd'hui ?* C'est un truc que Rick n'a jamais compris.

Du coup, puisqu'il n'a pas le droit de manger, il pourrait profiter de la demi-heure de pause déjeuner pour visiter le saloon où traîne la bande de voyous dont son personnage est le chef. Rick, dans sa panoplie de Caleb DeCoteau, arpente le décor western de la Twentieth Century Fox qui, pour ce feuilleton, est baptisé Royo del Oro. Quand le déjeuner sera terminé, l'endroit grouillera de techniciens, de cow-boys, de matériel de tournage et de chevaux. Mais, pendant le repas, c'est une ville fantôme. Enfin, pas totalement déserte – quelques membres de l'équipe la traversent, c'est un raccourci pour se rendre ailleurs. Mais, dans l'ensemble, elle est quasiment déserte.

En s'avançant dans la rue principale en terre battue, avec son nouveau look et ses bottes, au milieu de commerces de type western (écuries de louage, épiceries générales, un fabricant de cercueils, un hôtel chic, un hôtel merdique), l'acteur commence à entrer dans la peau de Caleb DeCoteau.

Dans le pilote, Caleb était le chef d'une bande de voleurs de bétail assoiffés de sang – qui dans le feuilleton ont hérité du sobriquet de « pirates des terres » – qui s'était aventurée dans le territoire de Royo del Oro, volant allégrement les vaches du plus grand ranch de la région, propriété de Murdock Lancer. Et comme il n'y avait pour ainsi dire pas de forces de l'ordre – le premier marshal fédéral se trouvant à deux cent cinquante kilomètres, il n'y avait guère que le vieux Lancer et une poignée d'employés mexicains pour les repousser – la situation ne risquait pas de changer de sitôt. Toutefois, comme si le vol de bêtes ne suffisait pas, les événements avaient dernièrement pris pour Murdock Lancer une sale tournure, meurtrière, car Caleb envoyait depuis peu ses gars, la nuit, tirer sur la maison du ranch Lancer (où dormait Mirabella, la précieuse fillette de huit ans de Murdock) et sur le dortoir (où dormaient les employés du ranch), ce qui avait causé la mort de George Gomez, le pilier du ranch et plus vieil ami de Murdock, faisant décamper un quart de ses hommes.

Murdock était désespéré. Et les temps désespérés appelaient des mesures désespérées. Apparemment, la seule solution pour Murdock était d'engager une bande de mercenaires impitoyables et de se lancer dans une guerre sanguinaire au ranch, qui ferait beaucoup de morts (sans parler du fait que cela mettrait sa fille en péril). Or, non seulement Murdock estimait que l'argent n'avait pas vocation à financer le meurtre (même s'agissant d'ordures de la trempe de DeCoteau), mais, en définitive, le vieux Lancer était convaincu que, mort d'homme ou pas, ce qui importait, c'était le prix du bétail.

Et donc, au lieu de faire ce qui semblait être l'évidence, Murdock Lancer avait opté pour une solution unique en son genre.

Le vieil homme avait deux fils de deux mères différentes (un petit côté *Bonanza*) qu'il n'avait pas revus depuis qu'ils étaient petits. Et si l'on en croyait leur réputation, les deux hommes étaient plus qu'adroits dans le maniement des armes à feu.

Le plus âgé, Scott Lancer, était le plus impressionnant aux yeux du vieil homme, ayant fréquenté la vénérable université de Harvard et grandi dans l'opulence, la culture et l'honneur grâce aux Foster, la famille bostonienne de sa mère.

Ces temps-ci, de l'avis de Murdock, il gâchait ce pedigree en jouant dans des casinos flottants. Des rumeurs circulaient également sur son compte, selon lesquelles il aurait tué le fils d'un sénateur lors d'un duel pour sauver l'honneur compromis d'une superbe beauté du Sud.

Quoi qu'il en soit, le jeune homme avait fait une brillante carrière militaire, comme membre de la cavalerie britannique. En quittant Calcutta à bord du bateau qui le ramenait au pays, il avait rapporté deux médailles pour actes de bravoure face à l'ennemi et une claudication de la jambe droite.

Quant à John Lancer, le plus jeune garçon de Murdock, c'était une tout autre histoire. La dernière fois que Murdock l'avait vu, il avait dix ans. Après avoir couché avec un des employés du ranch de son mari, sa mère, Marta Conchita Louisa Galvadon Lancer, s'était enfuie en pleine nuit, emmenant son fils avec elle. Marta était une traînée comme d'autres sont ivrognes. Elle l'était sans vouloir nécessairement l'être. Mais, comme tout authentique ivrogne cessant momentanément de boire, elle pouvait mettre ses charmes en veilleuse pendant une semaine ou deux, voire un mois ou deux, voire un an ou deux, mais, à terme, la rechute était inévitable. Dans le cas de Marta, en tant que femme de Murdock Lancer et mère de John Lancer, elle s'était tenue à carreau pendant dix ans (après la naissance de son fils). Mais elle avait fini par revenir à sa nature véritable.

La première fois que Marta avait vu le beau Lazaro Lopez en selle attraper au lasso des bouvillons, elle avait su que sa chute n'était désormais qu'une question de temps, marquée par la disgrâce, la fin de l'opulence et le renoncement à son statut. Marta n'aimait certes peut-être pas son mari, mais, comme Tina Turner le chanterait plus tard, qu'est-ce que l'amour a à voir avec ça, *What's love got to do with it ?* Des filles de quinze ans tombent amoureuses de garçons d'écurie ne possédant même pas un pot de chambre ou une fenêtre à travers laquelle le balancer, tandis que de riches propriétaires terriens échangeraient allégrement douze bons chevaux pour les épouser. L'amour, c'est pour les jeunes filles qui ont la cervelle entre les cuisses. Ce que Marta éprouvait pour Murdock était bien plus significatif : du *respect*.

En l'humiliant sous son toit, aux yeux de ses gars, elle avait pulvérisé la fierté de cet homme, la raison qu'il avait de se tenir droit. Elle avait joué les bonnes épouses pendant dix années, mais, à présent, il découvrait qui elle était. Une sale putain à qui l'on ne pouvait pas faire confiance. Lorsqu'il lui avait reproché son infidélité, elle avait vu dans ses yeux que ce qu'ils avaient construit ensemble au ranch Lancer était détruit. Même s'il lui pardonnait un jour, jamais il n'oublierait. Mais, plus catastrophique encore, elle-même ne se respectait plus et plus jamais elle ne se respecterait. Murdock Lancer avait ses problèmes, mais c'était un type bien. Et il ne méritait pas une traînée renonçant à la vie qu'il lui avait offerte pour une partie de jambes en l'air avec un bellâtre dresseur de chevaux sauvages. Et donc, quand son mari était allé se coucher, elle avait pris leur fils de dix ans et s'était enfuie au Mexique dans le boghei dont Murdock lui avait fait cadeau pour son vingt-huitième anniversaire.

Dans les villes à la frontière mexicaine, elle avait pu cesser de faire semblant d'être autre chose que ce qu'elle avait toujours été. À l'insu de leur petit garçon, Murdock avait passé cinq ans à chercher sa femme et son jeune fils. En vain. Après qu'un client mécontent lui avait tranché la gorge dans l'arrière-salle d'une cantina d'Ensenada, au Mexique, Marta avait enfin trouvé la paix à laquelle elle aspirait depuis sa trahison. Son déclin allait enfin pouvoir s'arrêter, l'honneur de son mari serait enfin réparé et son fils pourrait enfin se libérer du poids accroché à sa cheville qui l'entraînait vers les zones les plus basses de l'humanité. Comme Jésus-Christ était le seul à savoir combien ses actes l'avaient fait culpabiliser, peut-être lui pardonnerait-il comme il avait toujours promis de le faire. Peut-être pourrait-elle enfin tourner la page et oublier les cahutes misérables, les arrière-salles de cantinas et les lupanars. Un paradis où elle serait lavée de ses péchés, voilà ce qui se présentait à elle (si tant est qu'on pût croire à toute cette histoire de Jésus).

D'une certaine manière, Marta Lancer avait été la plus chanceuse, car Murdock, lui, ayant perdu ses fils, n'avait jamais trouvé la paix. Le vieil homme éprouvait une amertume terrible vis-à-vis de sa première femme, Diane Foster Lancer, pour sa faiblesse et son manque de grandeur d'âme, elle qui avait prononcé devant Dieu, lors de leur cérémonie de mariage, des vœux qu'elle n'avait pas eu le courage d'honorer. Tenir une promesse était une épreuve individuelle. Une épreuve à laquelle les femmes qu'il avait fait entrer dans sa vie avaient échoué, atrocement échoué. Mais, au moins, dans le cas de Scott, le vieil homme savait qu'il était à l'abri, nourri, entre de bonnes mains. Certes, il deviendrait sans doute un dandy de la côte Est et non pas un éleveur de bétail, héritier de l'empire créé par son père, mais au moins sa famille du quartier de Beacon Hill qui mangeait dans de la porcelaine s'occuperait bien de lui.

Le pauvre John, en revanche, personne ne savait ce qu'il avait enduré. Après cinq années d'enquête, un des détectives de l'agence Pinkerton employée par Lancer avait enfin retrouvé la dernière demeure de Marta Galvadon Lancer, dans un misérable cimetière, à la périphérie d'Ensenada. Il était évident que le nom sur la croix en bois avait été taillé par son fils de douze ans qui lui avait survécu. Le vieil homme avait fait le voyage jusqu'à Ensenada. La dernière fois que son fils avait été vu, c'était au procès du meurtrier de sa mère, un citoyen aisé et prestigieux de Mexico. Le notaire mexicain avait été acquitté dans des circonstances douteuses par un jury nullement impartial qui semblait avoir une dent contre Marta. Le parasite coupeur de gorge aurait pu immoler Marta, ce jury l'aurait quand même déclaré innocent. Murdock avait eu beau continuer à tenter de retrouver le garçon, ses efforts étaient restés infructueux. En signant son dernier chèque à l'agence Pinkerton, Murdock avait eu le pressentiment amer que son fils était mort. Et, apparemment, il en était resté là.

Ce n'est qu'une quinzaine d'années plus tard que les Californiens entendirent parler d'un dangereux professionnel de la gâchette, un certain Johnny Madrid, mi-blanc, mi-mexicain. Précédé d'une réputation de scélérat, mais un scélérat qui dégainait sa *pistola* à la vitesse de l'éclair. D'après les récits des témoins oculaires et des auteurs d'histoires à deux sous, il tuait à la vitesse de Tom Horn, avait la précision d'Annie Oakley, le sale caractère de John Wesley Hardin et l'insensibilité de William H. Bonney. C'était un des tueurs les plus redoutés du côté mexicain de la frontière, connu par les *peons* des *pueblos* qu'il avait traversés sous le sobriquet d'El Asesino de Rojo (traduction : « Le meurtrier en rouge »), en raison de l'élégante chemise rouge à jabot qu'il portait toujours.

Mais ce n'était que trois ans plus tôt qu'un ancien enquêteur de chez Pinkerton avait envoyé au baron du bétail un télégramme l'informant que son fils perdu de vue depuis si longtemps était bien vivant et qu'il se faisait appeler *Johnny Madrid*.

Le vieil homme avait pleuré pendant trois jours, et personne au ranch n'avait compris pourquoi.

Quoi qu'il en soit, maintenant que la bataille opposant Murdock Lancer à Caleb DeCoteau et à ses pirates des terres avait dégénéré du simple vol de vaches à la perte tragique d'une vie humaine, ce n'était plus qu'une question de temps avant que le baron du bétail engage de son côté des tueurs. Mais, avant que vienne ce jour inévitable, Murdock avait eu une idée folle. Il allait retrouver la piste de ses deux fils, John et Scott, et leur faire passer un message. Il leur enverrait assez d'argent pour leur payer le voyage jusqu'au ranch Lancer, avec à la clé une offre de mille dollars uniquement pour écouter la proposition qu'il avait à leur faire.

Son offre était simple : qu'ils l'aident à défendre le ranch contre Caleb et ses tueurs, et, une fois qu'ils auraient repoussé ces pirates, Murdock partagerait la totalité de son empire à parts égales avec ses deux fils. C'était une offre généreuse, mais ce n'était pas un cadeau. Ils allaient devoir la mériter. Et il faudrait qu'ils parviennent à ne pas se faire tuer par Caleb et ses gars.

Mais, s'ils étaient d'accord pour aider Murdock à vaincre ces racailles, s'ils étaient d'accord pour y mettre le sang, la sueur et les larmes nécessaires pour gérer avec succès un ranch de cette taille, les trois hommes Lancer seraient associés à parts égales. Et si, miraculeusement, tout se passait bien, alors Murdock Lancer et ses deux fils perdus de vue depuis si longtemps formeraient enfin une famille.

L'un dans l'autre, plutôt un bon point de départ pour une série télé, se disait Rick. Une bonne histoire et de bons personnages.

Ça rappelle un peu *Bonanza* et *Le Grand Chaparral*, mais en plus sombre et plus violent, plus cynique.

Déjà, Murdock Lancer n'est pas du genre Ben Cartwright, le patriarche austère mais honnête et compréhensif. Non, c'est un vrai fils de pute qui ne fait pas de compromis. On comprenait très bien que ses deux femmes en aient eu vite ras-le-bol de ses conneries et qu'elles aient mis les bouts à la première occasion, fuyant ce salopard rempli d'amertume. Et l'acteur à tête de cheval, Andrew Duggan (avec qui Rick a joué une fois dans un feuilleton), qu'ils ont choisi pour jouer Murdock n'a vraiment rien d'affable. Il est dur comme une barre en fer et à peu près aussi aimable. Le personnage de Scott Lancer est plus le bon gars typique qu'on trouve dans les feuilletons western des années soixante. Mais sa tenue chic de dandy de la côte Est lui confère assurément un look différent. À côté de lui, les dandies qui l'ont précédé, comme Bat Masterson et Yancy Derringer, passent pour des bouseux. Et son profil d'ancien lancier du Bengale constitue chez lui un passé fascinant. Mais c'est Johnny Lancer/Johnny Madrid, le héros de série western vraiment unique. On ne pouvait pas faire plus anti-héros dans un feuilleton western que le Jake Cahill de Dalton. Mais Johnny Lancer/Johnny Madrid, du moins dans le scénario du pilote, va bien plus loin que ce qui a jamais été permis à Jake.

Johnny Lancer, le beau voyou mystérieux venu de la scène de Royo del Oro, est le genre de personnage que l'on trouve le plus souvent en invité vedette des séries western, mais d'habitude ce ne sont jamais les stars. Ce genre de personnage se pointe d'habitude au ranch Ponderosa de *Bonanza*, au ranch Barkley de *La Grande Vallée* ou au ranch de Shiloh du *Virginien* ; il est jeune, effronté et un peu douteux. Il devient pote avec Little Joe, Heath ou Trampas, mais à un moment donné, le plus souvent dans le premier acte, on apprend qu'il cache une sorte de lourd secret. Soit il est en cavale, fuyant quelqu'un ou quelque chose, soit il fuit celui qu'il a été ou quelque chose qu'il a fait ou n'a pas fait. Ou bien il est dans la région pour un motif équivoque (généralement la vengeance, ou parce qu'il prépare un braquage ou prévoit de rencontrer une ancienne connaissance). Nous (le public) savons qu'il est louche. Mais nous savons aussi que nous allons devoir attendre le troisième acte avant d'en savoir plus : le personnage est-il un méchant ou un gentil incompris ? Et, dans le troisième acte, Michael Landon, Lee Majors ou Doug McClure l'aide à trouver la rédemption ou le bute, au choix. Ces personnages sont toujours les meilleurs rôles de la série, et les gars qui se spécialisent dans ces rôles sont habituellement devenus des stars (Charles Bronson, James Coburn, Darren McGavin, Vic Morrow, Robert Culp, Brian Keith et David Carradine).

Mais le rôle de Johnny Lancer, bien qu'étant dans le script celui d'une star invitée, est incontestablement le rôle principal de la putain de série. Et il ne ressemble pas du tout aux autres cow-boys à cheval parcourant la plaine que l'on voit sur les trois grandes chaînes de télé.

Je sais pas qui est ce putain de mec, Jim Stacy, se dit Rick, *mais on peut dire qu'il a eu un sacré coup de veine en décrochant ce rôle.*

Mais Caleb DeCoteau n'est pas non plus la crapule standard. C'est un sacré bon rôle et il a certaines des meilleures répliques du scénario. En marchant dans la poussière des rues désertes de Royo del Oro, Rick se récite son texte, se dirigeant vers le saloon du plateau de tournage situé dans le fond. En passant devant les commerces de la grand-rue, il aperçoit son reflet dans une vitrine. Cette vision l'arrête un instant, il l'observe.

Ce qu'il avait découvert dans la glace de la loge maquillage, entouré de la fille des postiches et de la fille des costumes, ne l'avait pas emballé. *Si tu ne le lis pas dans le programme télé, putain, comment tu peux savoir que c'est moi ?* voilà ce que Rick s'était dit. Mais, à présent, il s'y est un peu plus habitué, en se baladant (*on est bien dans ces bottes*), en voyant son reflet dans la grande vitrine façon Far West, dans un environnement Far West, *hé, ça a une certaine gueule, quand même*. Le chapeau lui a tout de suite plu, mais c'est la veste hippie marron qu'il apprécie de plus en plus. La frange qui pend le long des manches est assez cool, en fait. Il se met à montrer du doigt et à esquisser des gestes des bras en regardant son reflet dans la vitrine. Les mouvements de la frange amplifient ses gestes de manière assez chouette. Il va pouvoir en tirer parti. *Pas trop naze, Rebekkah*, en fait, se dit Rick. Il se dit aussi :

Ça ne me ressemble pas. Mais peut-être que Sam a raison, ce n'est peut-être pas une si mauvaise chose. Ça ressemble à Caleb. Peut-être pas le Caleb que je m'étais imaginé au départ, en lisant le scénario. Ce Caleb-là me ressemblait. Je veux dire, si c'est moi qu'ils veulent, ils veulent que ça me ressemble, non ?

Mais Sam a peut-être vu juste. Au moins, quand Johnny Lancer me tuera, ce n'est pas Jake Cahill qu'il tuera.

Mais, en fixant Caleb qui le dévisage dans la vitrine, Rick voit autre chose. Il voit un peu de ce dont Marvin Schwarz lui parlait, la veille, dans son bureau. À un moment donné, il avait qualifié Rick d'« acteur de l'ère Eisenhower dans le Hollywood de Dennis Hopper ».

En observant son reflet avec le *total look* Caleb DeCoteau, il comprend un peu plus clairement, étant un peu moins sur la défensive, là où Marvin Schwarz voulait en venir. Les gars hirsutes, c'est le look du moment. Et ce gars dans la vitrine, avec sa veste à franges, ce pourrait être Michael Sarrazin. Sans sa banane, Rick donne l'impression d'être non seulement un personnage différent, mais aussi un acteur différent. Ça fait tellement longtemps qu'il a la même coupe de cheveux qu'à force la banane est devenue pour ainsi dire sa *marque de fabrique*. Mais maintenant ? En examinant son reflet sans banane ? Il ne ressemble plus à un acteur vieillissant des années cinquante, spécialisé dans les rôles de cow-boy. Il ressemble plutôt à un acteur d'aujourd'hui dans le vent. *Ce mec* n'est pas une relique de l'ère Eisenhower. *Ce mec* pourrait être dans un film de Sam Peckinpah.

Après s'être arraché à son propre reflet et à ses réflexions sur sa carrière, il repère le saloon réquisitionné par Caleb, le Lys Doré, le camp de base où se sont établis son personnage et sa bande de voleurs de bétail. En s'approchant du porche du saloon, il voit un fauteuil de metteur en scène avec son nom inscrit dessus. Sur les tournages de feuilletons, ce sont généralement les réguliers qui ont droit à un fauteuil attitré avec le nom de l'acteur. Les vedettes invitées n'y ont pas droit habituellement, car souvent elles ne sont choisies que quelques jours avant le début du tournage.

Assise à côté de son fauteuil de metteur en scène vide, sur le sol en planches juste devant les portes battantes du saloon, se trouve la petite fille en tenue d'époque qu'il a vue discuter avec Sam quand il est arrivé, tout à l'heure. Il ne connaît pas son vrai nom et ne se rappelle pas le nom de son personnage, mais elle interprète la fille âgée de huit ans de Murdock Lancer (d'une troisième femme, mais celle-ci n'a pas pris la poudre d'escampette à la première occasion. Au lieu de cela, elle s'est tragiquement brisé la nuque en se faisant éjecter d'un superbe étalon rouan fraise que Murdock lui avait offert pour son trente-troisième anniversaire. Le même étalon rouan fraise que Murdock avait descendu d'une balle dans la tête une fois rentré chez lui, après l'enterrement).

Plus tard dans le scénario, Caleb kidnappe la fillette et réclame une rançon de dix mille dollars.

Le kidnapping de l'enfant se révèle être le point de bascule émotionnel de l'histoire. Certes, Johnny Lancer a été attiré en ville par son père pour défendre le ranch contre Caleb et ses hommes, mais les auteurs de ce scénario standard avaient un coup de théâtre dans leur chapeau. Primo, Johnny déteste le père qu'il n'a pas vu depuis ses dix ans. Et, secundo, bien que personne au ranch ne le sache, le hasard a voulu que Johnny Madrid et Caleb DeCoteau se connaissent et s'apprécient. En tout cas, Johnny préfère nettement Caleb à son père, qu'il tient pour responsable de la mort de sa mère. Depuis qu'il a enterré sa mère dans la terre d'Ensenada, dix-huit ans plus tôt, ce fils rêve de la venger en tuant son père.

Une vengeance que Caleb DeCoteau exécute avec un succès certain. Ce qui finit par mettre Johnny dans la position difficile, mais formidablement gratifiante, d'avoir à décider non seulement de quel côté il est, mais qui il est : Lancer ou Madrid ? Le kidnapping de la gamine par Caleb étant le catalyseur affectif qui ultimement pousse Johnny du côté des anges et le met en orbite pour un feuilleton western hebdomadaire aux côtés de sa toute nouvelle famille.

Rick a une scène avec la jeune actrice plus tard dans la journée : il négocie la demande de rançon auprès de Scott Lancer, avec la petite assise sur ses genoux, le canon du flingue contre sa tempe. Mais c'est demain que lui et la petite auront leur grande scène. Il examine de loin la petite aux cheveux châtain clair, assise dans son fauteuil de metteur en scène, en train de lire un gros livre noir à couverture rigide ; on lui donnerait une douzaine d'années. Elle passe l'heure du déjeuner toute seule sur le plateau, sans trace de présence adulte ni de déjeuner. Elle ne lève même pas les yeux de son livre quand il s'approche des marches du porche du saloon. Ni même quand il se racle la gorge et dit : « Bonjour. »

Oh, putain, se dit-il, *cette petite garce, ça va être prise de tête.* Signalant sa présence de manière nettement plus audible, il répète : « Salut. »

Levant les yeux de son livre ouvert sur ses genoux, manifestement ennuyée, elle répond « Salut » au cow-boy à l'abondante pilosité faciale qui se trouve au pied des marches du porche.

Tenant son livre de poche à la main, il lui demande : « Est-ce que ça te dérange si je m'assois à côté de toi pour lire mon livre, moi aussi ? »

Elle le regarde, le visage impassible, observe un silence digne d'une Bette Davis haute comme trois pommes, avant de répondre : « Je ne sais pas. Tu comptes me déranger ? »

Assez maligne, sa réplique, se dit Rick. *Nan mais attends, là, cette petite morveuse se balade avec une équipe de gagmen qui l'approvisionnent en répliques aux questions rhétoriques, c'est ça ?*

« Je vais tâcher d'éviter », chuchote Rick en réponse.

Elle pose le gros livre noir sur ses genoux et le dévisage un moment, puis fixe le fauteuil de metteur en scène vide, et se tourne à nouveau vers Rick : « C'est ton fauteuil, non ?

– Ouaip, dit Rick.

– En quel honneur t'empêcherais-je, *moi*, de t'asseoir dans *ton* fauteuil ? »

Retirant son chapeau de cow-boy et exécutant une gracieuse courbette, il répond en redoublant de charme : « Il n'empêche, je te remercie, c'est bien aimable. »

Elle ne ricane pas ni ne sourit, se contente de baisser les yeux et de se replonger dans sa lecture.

Nan mais qu'est-ce que c'est que cette petite merdeuse ? se dit Rick. Alors, faisant plus de bruit que nécessaire, il monte les marches en bois du porche en tapant des bottes. Il se dirige vers le fauteuil de réalisateur, se juche dessus à reculons et pousse le léger grognement qu'il fait toujours quand il se juche à reculons sur son fauteuil de réalisateur.

Elle l'ignore.

Il sort alors un paquet de cigarettes amoché de la poche de son Levi's noir, en prend une dans l'emballage moite froissé, se la fourre dans le bec, sous la queue de cheval collée à sa lèvre supérieure. Il allume la clope avec son Zippo argent à la manière ostentatoire (et bruyante) d'un mec cool des années cinquante. Une fois l'opération d'allumage réussie, il referme le couvercle du Zippo d'un geste qui ressemble à un coup de karaté diagonal ; le métal claque sur le métal dans un bruit sec.

Elle l'ignore.

Il prend une grande bouffée, s'emplit les poumons de fumée, comme il voyait Michael Parks le faire quand il était jeune acteur, sauf que dans le cas de Rick, qui se traîne une bonne gueule de bois, ça déclenche une quinte de toux qui lui fait cracher un mollard, où le vert se mélange au cramoisi, qui vient s'étaler sur les planches.

Ça, elle ne l'ignore pas.

Une expression horrifiée traverse la petite bouille de la petite dame, comme si Rick venait de pisser dans son bol de céréales du matin ; elle regarde incrédule tour à tour Rick et le crachat gluant au sol.

Bon, d'accord, là, je suis allé un peu loin, se dit Rick ; aussi présente-t-il ses sincères excuses à la gamine avec qui il partage l'affiche. Elle essaie en clignant des yeux de faire disparaître cette image repoussante, et baisse la tête pour retrouver dans son gros livre noir l'endroit exact où elle s'était arrêtée.

Le fait est que, après lui avoir assuré qu'il ne la dérangerait pas alors qu'elle était en train de lire, il n'a objectivement rien fait d'autre que la déranger. Et ce n'est pas terminé. Faisant semblant de lire son livre de poche, essayant de dissimuler le fait qu'il est en train de se déloger une crotte de nez récalcitrante, il lui demande comme si de rien n'était : « Tu déjeunes pas ? »

Elle répond du tac au tac : « J'ai une scène après le déjeuner. »

Rick lui demande : « Ouais ? », comme pour dire : *Et alors ?*

Cette fois-ci, il a réussi à attirer l'attention de la petite, qui referme son livre, le laisse à plat sur ses genoux et se tourne vers lui pour expliquer sa méthodologie :

« Manger avant de jouer me ramollit. Or il me semble que c'est mon boulot en tant qu'acteur – et je dis bien *acteur* et non pas *actrice*, car le terme *actrice* n'a pas de sens –, c'est le boulot de l'acteur d'éviter toute entrave à sa prestation. La mission de l'acteur est de viser une efficacité à cent pour cent. Naturellement, nous n'y arrivons jamais, mais c'est la détermination qui importe. »

Rick la regarde fixement sans un mot pendant une ou deux secondes avant de demander : « Qui es-tu ?

– Tu peux m'appeler Mirabella, répond-elle.

– Mirabella quoi ?

– Mirabella Lancer », répond-elle comme si cela coulait de source.

Rick écarte cette réponse d'un mouvement de main et dit : « Non non non, je veux dire, c'est quoi, ton vrai nom ? »

Là encore, elle répond de manière didactique : « Quand on est sur le plateau, je préfère qu'on m'appelle uniquement par le nom de mon personnage. Ça m'aide à investir la réalité de l'histoire. J'ai essayé les deux, et je suis un tout petit peu meilleure quand je ne sors pas de mon personnage. Et si je peux être un tout petit peu meilleure, alors il n'y a pas à hésiter. »

Rick n'a pas vraiment grand-chose à répondre à cela. Alors il se contente de fumer.

La fillette qui veut qu'on l'appelle Mirabella Lancer toise de pied en cap le cow-boy à la veste à franges : « Tu es le méchant, Caleb DeCoteau », dit-elle – elle l'affirme, ce n'est pas une question –, et elle prononce le nom comme *Jean Cocteau*.

Rick souffle la fumée de sa cigarette et dit : « Je croyais que ça se prononçait Caleb *Da-kota*. »

Tout en revenant à son gros livre noir, Mirabella dit sur le ton de la tête à claques qui sait toujours tout mieux que tout le monde : « Je suis presque certaine qu'on prononce *day-coc-to*. »

Tout en l'observant lire son livre, il lui demande, sarcastique : « Qu'est-ce qu'il y a de si intéressant ? »

Elle relève la tête de son livre, sans percevoir la pointe de sarcasme. « Hein ?

– Qu'est-ce que tu lis ? » lui redemande-t-il, le sarcasme en moins cette fois-ci.

La fillette sérieuse fait alors montre d'un enthousiasme enfantin et répond tout excitée : « C'est une biographie de Walt Disney ! C'est fascinant », déclare-t-elle, puis elle confie à son partenaire : « C'est un génie, tu sais. Je veux dire, un génie comme on n'en a que tous les cinquante ou cent ans. »

Rick finit par poser la question qui lui brûle les lèvres : « Quel âge as-tu ? Douze ans ? »

Elle fait non de la tête. Elle est habituée à ce que les adultes commettent cette erreur, et elle aime bien quand ils la commettent. « J'ai huit ans. » Elle tend le gros livre noir sur Walt Disney à Rick pour qu'il l'examine. Il baisse la tête, y jette un œil, le feuillette distraitement et lui demande : « Tu comprends tous ces mots ?

– Non, pas tous, avoue-t-elle. Mais, la moitié du temps, le contexte de la phrase te donne une assez bonne idée du sens. Et les mots que vraiment je ne comprends pas, j'en fais une liste et je demande à ma mère. »

Impressionné, il dit en lui rendant le livre : « Pas trop mal, à huit ans, tu es déjà vedette d'une série télé. »

Tout en replaçant le livre sur ses genoux, elle pondère son compliment : « Je ne suis pas vraiment la vedette de *Lancer*. Les vedettes, ce sont Jim, Wayne et Andy. Moi, je suis juste la "*petite môme*" qu'on retrouve à tous les épisodes. » Puis, pointant du doigt l'acteur, elle lui dit : « Mais attends un peu, un de ces jours, j'aurai mon feuilleton à moi. Et alors là, le prévient-elle, fais attention. »

Putain, cette mioche est incroyable, se dit Rick. Dans sa carrière, il en a rencontré, des enfants-acteurs incroyables, et a travaillé avec nombre d'entre eux. Mais, avant elle, le plus incroyable qu'il ait jamais vu était un garçon de onze ans, dont le nom ne lui revient pas, ça c'est sûr, mais qu'il n'oubliera jamais. L'année qui avait précédé *Chasseur de primes*, il avait joué dans *Les Hors-la-loi du Montana*, un pilote qui n'avait finalement pas été accepté par la chaîne. L'acteur principal était une vedette ennuyeuse des années cinquante, Frank Lovejoy. C'était l'histoire du shérif veuf d'une ville (Frank Lovejoy) et de sa famille. Rick jouait le fils aîné, et il y avait un frère de onze ans et une sœur de neuf ans. La chaîne n'avait pas voulu se lancer dans la production de la série, mais la société de production Four Star avait organisé une projo du pilote pour tous ceux qui y avaient participé. Rick y était allé, et c'est là qu'il avait croisé par hasard le garçon de onze ans qui jouait le rôle de son petit frère, dans les toilettes hommes de Four Star. Rick se dirigeait vers l'urinoir tandis que le minot se lavait les mains au lavabo. Si la chaîne avait accepté de se lancer dans la série, ces deux-là auraient travaillé ensemble pendant les cinq années à venir, voire davantage. Rick l'aurait vu se métamorphoser en adolescent, peut-être en homme. Le jeune homme serait devenu pour lui soit comme un vrai frère, soit comme un jeune collègue pénible, peut-être les deux. Par cette association, ils auraient pu être unis l'un à l'autre le restant de leur vie. Ou bien, comme cela avait été le cas, la série finalement ne se ferait pas, et c'était la dernière fois de leur vie qu'ils se voyaient. En sortant sa quéquette de son pantalon et en l'orientant vers l'urinoir, il avait demandé par-dessus son épaule à son tout jeune collègue comment il allait. Celui-ci, tout en s'essuyant les mains à l'aide d'une serviette en papier, lui avait répondu : « Eh bien, en tout cas, je peux te dire un truc. Je vais me séparer de mon agent, ça fait pas un pli ! »

Tandis que Rick repense au petit garçon, la fillette à ses côtés lui demande : « Qu'est-ce que tu lis ? », en désignant le livre de poche qu'il tient dans sa main.

Il hausse les épaules et lui répond : « C'est juste un western.

– Qu'est-ce que ça veut dire ? demande-t-elle, désavouant cette façon de dénigrer le livre. C'est bien ? »

Il répond avec beaucoup moins d'enthousiasme qu'elle n'en a mis pour parler de la bio de Walt Disney : « Ouais, pas mal. »

Elle veut en savoir plus.

« C'est quoi, l'histoire ?

– Je l'ai pas encore terminé », répond-il.

Bon sang, se dit-elle, *ce mec prend tout au pied de la lettre.*

« Je n'ai pas demandé toute l'histoire », insiste-t-elle, puis, tentant une autre approche : « En deux mots, ça parle de quoi ? »

Le livre s'intitule *Les Chevaux sauvages*, Marvin H. Albert en est l'auteur ; il a aussi écrit un assez bon livre sur la guerre des Apaches que Rick aime bien, intitulé *Sur la piste des Apaches*, qui a été adapté au cinéma en un film assez médiocre avec James Garner et Sidney Poitier, intitulé *La Bataille de la vallée du Diable*. Rick réfléchit un moment à l'histoire de ce nouveau livre, met les faits dans le bon ordre et les raconte à la fillette.

« Eh ben, ça parle d'un gars qui était dresseur de chevaux sauvages. Et c'est l'histoire de sa vie. Le gars s'appelle Tom Breezy. Mais tout le monde l'appelle "Easy Breezy".

« Et donc, quand Easy Breezy avait la vingtaine, il était jeune et beau, on pouvait lui mettre n'importe quel cheval sauvage entre les pattes, il arrivait à le dresser. À l'époque... euh, il avait un don. Tu vois ce que je veux dire ?

– Ouais, répond-elle. Il avait un don pour dresser les chevaux.

– Ouais, c'est ça, lui dit-il. Il avait un don. Enfin bref, à l'approche de la quarantaine, il fait une mauvaise chute... Bon, il est pas estropié ni rien, mais tout le bas, c'est plus pareil. Maintenant, il a des problèmes de colonne vertébrale comme il en avait encore jamais eu. Il a souvent mal, ce qui lui était jamais arrivé...

– Diantre, s'exclame-t-elle, ça a l'air d'être un bon roman. »

Il confirme plus ou moins : « C'est pas mal.

– Et tu en es où ?

– À peu près à la moitié », répond-il.

Curieuse, elle demande : « Qu'est-ce qui arrive à Easy Breezy maintenant ? »

Rick lit des romans populaires, des westerns en particulier, depuis qu'il a douze ans. Et, depuis qu'il est devenu acteur, il lit entre deux prises et dans sa loge quand il attend que le deuxième assistant réal lui demande de venir sur le plateau. Il alterne un peu avec des romans policiers, des enquêtes ou des romans d'aventure qui se passent pendant la Deuxième Guerre mondiale, mais les romans à deux sous auxquels il revient tout le temps, ce sont les westerns. Il a beau les apprécier, il ne s'en souvient pas vraiment. Il se rappelle le nom des auteurs qu'il aime bien – l'Albert ci-dessus mentionné, Elmore Leonard, T.V. Olsen, Ralph Hayes –, mais pas les titres des livres. Vu le peu d'originalité des titres – *Le Texan*,

Gringo, *Le Hors-la-loi*, *Embuscade*, *Deux flingues au Texas* –, c'est parfaitement compréhensible. Mais, pendant toutes ces années à lire sur les plateaux, on a pu lui demander ce qu'il lisait, mais jamais personne ne lui a demandé de raconter l'histoire. Rick n'y avait encore jamais véritablement réfléchi, mais il se rend compte que la lecture de westerns en poche est l'une des activités les plus solitaires auxquelles il se consacre. Et donc raconter à quelqu'un ce qui se passe dans le livre qu'il est en train de lire n'est pas un exercice auquel il est habitué.

Mais, pour elle, il fait de son mieux.

« Ben, il est plus au top. » Il précise : « En fait, loin de là. Et il commence à comprendre ce que... » Rick réfléchit au mot juste pour décrire ce qui arrive à Easy Breezy : « ...ce que ça fait de devenir... euh... toujours un peu plus... euh... » Il ouvre la bouche pour prononcer le mot « inutile », mais seul un gros sanglot sort de sa bouche.

Le sanglot prend Rick par surprise, et Mirabella remarque tout de suite ce qui se passe. Il ouvre la bouche et essaie à nouveau de dire « inutile », mais le mot lui reste en travers de la gorge. À sa troisième tentative, il articule d'une voix enrouée : « Inutile – chaque jour », avant de fondre en larmes, des larmes qui jaillissent de ses yeux et dégoulinent parmi les poils qu'il a sur le visage, et il se plie en deux comme un couteau de poche.

Ah, super, se dit-il, *v'là que je chiale sur ma vie foutue devant les mômes ? Oh, putain, je suis devenu comme mon oncle Dave.*

Le plus vite possible, Mirabella s'extrait de son fauteuil et s'agenouille aux pieds de Rick, lui tapotant la rotule droite pour le consoler. Il essuie d'un geste brusque ses yeux humides, il est gêné et se dégoûte, puis ricane pour indiquer à la petite que c'est bon, il s'est repris. « Hé hé, ben dis donc, je dois commencer à me faire vieux. Je peux plus parler d'un sujet délicat sans avoir la gorge nouée, hé hé. »

La fillette *croit* comprendre et continue de consoler le cow-boy en larmes qui, à présent, à ses yeux, commence à ressembler au Lion Peureux.

« Ça va aller, Caleb. Ça va aller, le rassure-t-elle. Ça a l'air d'être un livre rudement triste. » Puis, secouant la tête avec compassion : « Pauvre Easy Breezy. » Elle hausse les épaules et dit : « Je suis pratiquement en train de pleurer et je n'ai même pas lu le livre. »

Il dit à voix basse : « Attends d'avoir quinze ans, tu sauras ce que c'est. »

Elle ne comprend pas et demande : « Quoi ? »

Il plaque un sourire sous sa moustache collée et dit : « Rien, ma puce, je te taquine, c'est tout. » Puis, brandissant le livre de poche, il déclare : « Et tu sais, tu as peut-être raison. Il se pourrait bien que ce livre tape plus fort que ce que je croyais. »

Les yeux de la fillette se plissent, elle se rétablit sur ses pieds et lui fait remarquer : « Je n'aime pas les petits noms comme "ma puce". Mais, comme tu es secoué, nous en reparlerons une autre fois. »

Il émet un petit rire léger pour lui-même face à la réaction de la gamine, tandis qu'elle retourne sur son fauteuil. Une fois qu'elle est de nouveau confortablement installée, elle toise Rick dans toute sa gloire, avec son visage poilu et sa veste marron en cuir à franges.

« Donc c'est ton look Caleb DeCoteau, hein ?

– Ouais. Qu'est-ce que tu en penses ? Ça te plaît pas ?

– Si si, ça te fait une dégaine sensass. »

Ouais, elle a raison. C'est pas si mal, se dit-il.

« C'est juste que… j'ignorais que Caleb était censé avoir l'air sensass. »

Oh merde, putain, je le savais, se dit Rick.

« Est-ce que je ressemble trop à un hippie ?

– Eh bien, dit la petite, je ne dirais pas *trop*, non.

– Mais je ressemble à un hippie, hein ?

– Bah, c'est l'idée, non ?

– Apparemment », répond Rick en reniflant avec dédain.

La petite précise sa première impression : « Écoute, ce n'est pas ce que j'avais en tête à la lecture du scénario, mais ce n'est pas une *mauvaise idée.* » Elle l'observe franchement, réfléchissant clairement à l'identité du personnage : « En fait, plus je regarde, plus ça me plaît.

– Vraiment ? » s'étonne Rick. Puis il la pousse dans ses retranchements : « Pourquoi ?

– Eh bien…, commence la fillette de huit ans. Ça n'engage que moi, hein, mais je trouve les hippies… assez sexy… assez louches… et assez effrayants. Et sexy, louche et effrayant, c'est un choix assez fort pour Caleb. »

Rick renifle à nouveau et se dit : *Qu'est-ce qu'elle en sait, de ce qui est sexy, cette petite idiote ?* Mais les mots qu'elle a prononcés apaisent l'angoisse de Rick quant à son look Caleb DeCoteau.

Maintenant que les questions de Rick ont eu droit à une réponse, c'est au tour de Mirabella d'en poser quelques unes. « Caleb, je peux te demander quelque chose de personnel ? »

Il répond : « Vas-y. »

Elle soumet à son collègue une question pour laquelle elle voudrait vraiment une réponse : « Ça fait quoi, de jouer le méchant ?

– En fait, c'est assez nouveau pour moi, lui dit-il. Avant, j'avais mon propre feuilleton. Et, dans ce feuilleton, j'étais le gentil.

– Qu'est-ce que tu préfères jouer ? demande-t-elle.

– Le gentil, répond-il sans ambiguïté.

– Mais, réplique-t-elle, Charles Laughton a dit que les rôles de méchants étaient les meilleurs. »

Évidemment qu'il dit ça, ce gros pédé, se dit Rick. Mais, au lieu de parler à la fillette de gros pédé, il s'efforce de lui expliquer pourquoi il préfère les rôles de gentils.

« Tu vois, quand j'étais petit et que je jouais aux cow-boys et aux Indiens, je faisais pas semblant d'être un Indien à la con. J'étais le cow-boy. En plus, le héros a le droit d'embrasser l'actrice principale ou, dans les feuilletons télé, l'actrice invitée cette semaine-là. Les héros ont les scènes d'amour. Alors que quand t'es un méchant, au mieux, on te laisse violer quelqu'un. Et puis, le méchant perd toujours le combat face au gentil.

– Et alors ? dit-elle. Ce n'est pas un vrai combat.

– Ouais, mais les gens regardent, explique-t-il, et maintenant ils pensent que ce gars peut me casser la gueule. »

Elle lève ses petits yeux au ciel et dit : « Bon, dans ce cas, très bien : ça signifie qu'ils croient à l'histoire.

– C'est gênant », insiste-t-il.

Oh, mon Dieu, se dit-elle, *ce type est incroyable*.

« Mais quel âge as-tu, *toi* ? lui demande-t-elle exaspérée. Une chose est sûre : moi, je suis trop âgée pour raisonner comme ça.

– Hé ho, on se calme, lui dit-il. Quand les gens me demandent ce que je préfère, je considère qu'il n'y a pas de bonne ou de mauvaise réponse. »

La jeune « acteur », qui a le sens du fair-play, estime qu'effectivement l'argument se tient.

« Tu sais quoi, Caleb, tu as cent pour cent raison. »

Il esquisse un petit hochement de tête qui fait office de merci.

Puis elle lui rappelle quelque chose : « Tu es au courant que, demain, c'est notre grande scène ?

– Ouais, c'est demain, effectivement, notre grande scène ensemble.

– Oui oui. Et, dans cette scène, tu me cries dessus, tu m'empoignes, tu me fais peur. »

Il la rassure : « N'aie pas peur. Je ne te ferai pas de mal. »

Elle nuance la déclaration qu'elle vient de faire : « Eh bien, je ne veux pas que tu me fasses vraiment mal », puis elle fixe Rick et braque son petit doigt sur lui. « Mais je *veux* que tu me fasses peur. » Elle poursuit avec ardeur : « Crie-moi dessus aussi fort que tu veux. Empoigne-moi, empoigne-moi fort. Secoue-moi – secoue-moi comme un putain de prunier. Fous-moi la trouille. Il ne s'agit pas que je *fasse semblant* d'avoir peur, fais en sorte que ma *réaction* soit une réaction apeurée. Si tu ne fais pas au moins ça, explique-t-elle, c'est comme si tu me prenais pour un bébé, et je n'aime pas que les adultes me prennent pour un bébé. » Après l'ardeur de cet avertissement, énoncé doigt braqué sur lui, elle repasse en mode pimbêche : « Notre scène de demain, je veux la faire figurer sur ma bande démo. Et la seule raison pour laquelle je ne peux pas mettre certaines scènes que j'aimerais mettre sur ma bande démo, c'est que les adultes dans ces scènes ne sont pas assez bons. N'utilise pas mon âge comme excuse, il faut que tu sois formidable, rien de moins. D'accord ?

– D'accord, dit-il.

– Promis ? insiste-t-elle.

– Je te le promets, lui assure-t-il.

– Tope là », propose-t-elle.

Étant parvenus à un accord, les deux acteurs se serrent la main.

Chapitre treize

« L'adorable corps de Deborah »

Si tout le monde dans la communauté des cascadeurs sait que Cliff Booth est la doublure cascade de Rick Dalton, ce n'est pas ce pour quoi il est *le plus* connu. C'est juste ce pour quoi on le connaît *officiellement* dans la communauté des cascadeurs. Sur la liste des choses qui font que Cliff Booth est connu, cela arrive en quatrième position. En première position de ce pour quoi il était connu *avant*, il y a ses incroyables faits d'armes. Détenir le record de soldats ennemis japonais tués officiellement recensés, dépassant tout autre militaire américain sur le théâtre du Pacifique, c'est un sacré exploit. Et on ne parle que des tués officiellement recensés. Demandez à n'importe quel camarade philippin ayant combattu à ses côtés dans la résistance combien de soldats ennemis japonais non confirmés Cliff Booth avait à son tableau de chasse, leur réponse serait : *Qui sait, putain ?*

Mais à partir du moment où se répandit largement la rumeur selon laquelle, en 1966, Cliff Booth avait tué sa femme, son statut de héros de guerre passa en deuxième position de ce pour quoi Cliff Booth était connu dans la communauté des cascadeurs.

En troisième position sur la liste de ce pour quoi Cliff Booth était connu dans la communauté des cascadeurs figuraient ses talents de *ringer*.

En tant que *ringer*, Cliff Booth était le meilleur de l'industrie du cinéma des années soixante.

Qu'est-ce qu'un *ringer* ? Ne cherchez pas dans le dictionnaire, vous ne trouverez pas, c'est du jargon.

Bon, supposons que vous soyez superviseur des cascades sur un tournage, vous travaillez avec un réalisateur qui est un véritable enfoiré, il passe son temps à hurler après vos gars. Ou avec un connard d'acteur qui n'arrête pas d'amocher vos gars et de les considérer, *eux*, comme responsables de ses conneries à lui. Bon, ce qui se passe, c'est que ni le superviseur des cascades ni aucun gars de son équipe ne peut menacer le réalisateur de lui péter la gueule ou coller un taquet à l'acteur qui l'a amoché.

En revanche, ce que peut faire le superviseur des cascades, c'est engager un cascadeur pour une journée (un gars de l'extérieur, pas quelqu'un de l'équipe). Et c'est ce gus qu'on appelle un *ringer*.

Et lui peut faire ce que les gars embauchés sur le tournage ne peuvent pas. À savoir, en gros, foutre une rouste au connard, idéalement en présence de toute l'équipe.

Disons par exemple que vous bossez sous le soleil de plomb du Mississippi pendant un an avec ce salopard de chauve nazi d'Otto Preminger sur *Que vienne la nuit*. Et ça fait un an que ce débile sadique humilie et engueule des membres de l'équipe devant toute la compagnie. Alors vous engagez Cliff Booth comme cascadeur pour la journée et vous lui demandez de foirer volontairement une scène devant Otto. Après quoi, vous et l'équipe n'avez plus qu'à prendre place pour assister au spectacle.

Booth a allongé une beigne à Preminger, en pleine mâchoire, interrompant une de ses diatribes, il l'a étalé dans la boue du Mississippi. L'excuse de Cliff était que, en tant que héros de la Deuxième Guerre mondiale, il avait eu une sorte de réminiscence éclair quand Preminger lui avait hurlé dessus avec son accent allemand de la Gestapo, et il avait perdu les pédales. Quand le directeur de production lui avait donné le lendemain son billet de car pour le retour, Cliff avait quitté le Mississippi avec un supplément de sept cents dollars (hors compta officielle, en liquide) dans sa poche arrière. Et, ce soir-là, en fêtant ça avec l'équipe au bar de l'hôtel, il n'avait pas eu à payer un seul verre.

Ou alors, imaginons que vous êtes dans l'équipe des cascadeurs sur le tournage du feuilleton *Les Mystères de l'Ouest*. La vedette de la série, Robert Conrad, se vante de faire lui-même (beaucoup de) ses cascades. Bon, c'est peut-être vrai, plus ou moins.

Mais, en réalisant lui-même ses cascades, il se fichait un peu de savoir combien de cascadeurs étaient blessés dans l'opération. Surtout lorsqu'il amochait les cascadeurs dans les combats à coups de poing. (Définition de « amocher » : pendant le tournage d'une scène de bagarre, frapper accidentellement quelqu'un.) Et jamais il ne reconnaissait être fautif. C'était toujours la faute *des autres*. *Ils* n'étaient pas là où ils auraient dû être. C'étaient *eux* qui n'étaient pas professionnels. C'était *leur* faute si *lui* s'était fait mal à la main. Il pratiquait cette approche de manière tellement systématique qu'au sein de la communauté des cascadeurs on l'appelait Robert Conrad, *alias* C'est-pas-ma-faute-c'est-la-faute-du-cascadeur.

Aussi considéra-t-on que c'était un grand jour de gloire, la fois où Cliff Booth – d'un uppercut magistral « accidentellement » mal synchronisé – envoya valdinguer Bob, dans son petit pantalon moulant, sur le cul.

Deux cascadeurs pleurèrent.

Là encore, Cliff Booth quitta le plateau de tournage avec un supplément de sept cents dollars en poche et une caisse de bière dans le coffre de sa voiture.

Et puis, sur le tournage des *Cent Fusils*, à Almérie, dans un bar, il devint le seul Blanc à remporter officiellement une bagarre aux poings contre Jim Brown. Bon, l'histoire avec Jim Brown a beau être cool, c'est la seule qui est peut-être apocryphe et relève sans doute du bobard mythique. Primo, il est peu probable que, au moment où Jim Brown et Burt Reynolds étaient en Espagne sur le tournage des *Cent Fusils*, Cliff y ait été également. Il était certainement aux côtés de Rick sur le tournage de son épisode de *Bingo Martin* (plus tard, en 1969, Rick et Cliff iraient à Almérie tourner *Sang rouge, Peau-Rouge* avec Telly Savalas). Il est fort possible que la légende d'un homme blanc remportant un combat aux poings contre Jim Brown ne soit rien d'autre que cela : une légende. Apparemment, il y a plusieurs options : *a/* Cliff dans un bar en Espagne sur *Les Cent Fusils* ; *b/* Rod Taylor au Kenya sur le tournage du *Dernier Train du Katanga* ; *c/* Rod Taylor encore, non pas sur le tournage du *Dernier Train du Katanga*, mais au Playboy Mansion devant la fontaine ; ou *d/* cela n'a jamais eu lieu.

Mais la bagarre sur un plateau de tournage à laquelle Cliff devait sa funeste notoriété était le « combat amical » entre lui et l'as des arts martiaux le plus célèbre de tous les temps, Bruce Lee.

À l'époque où se produisit ce qui serait ultérieurement baptisé dans la carrière de Cliff l'« incident Bruce Lee », Bruce n'était pas encore une star de cinéma ni une légende. Il n'était qu'un acteur jouant le rôle de Kato, l'acolyte du Frelon Vert, dans le feuilleton *Le Frelon Vert*, une piètre série surfant sur le succès télé de *Batman*. Mais, dans la communauté de Hollywood, plus encore que pour son rôle à la télé, Bruce Lee était surtout connu comme le « coach de karaté » des gens riches et célèbres. (« Coach de karaté » est l'expression qu'on aurait utilisée à Hollywood pour le désigner ; Bruce ne se serait pas présenté ainsi.) De même que les célébrités, par la suite, prendraient des cours d'une heure avec des coaches individuels dans leur jardin, Steve McQueen, James Coburn, Roman Polanski, Jay Sebring et Stirling Silliphant ont tous pris des cours chez eux avec Bruce Lee. Il est assez amusant de se dire que l'un des as les plus doués en arts martiaux de tous les temps choisissait de consacrer son temps à apprendre à Roman Polanski, Jay Sebring et Stirling Silliphant comment exécuter un coup de pied jambe tendue. C'est un peu comme si Mohamed Ali avait passé une bonne partie de son temps à donner des leçons de boxe à James Garner, Tom Smothers et Bill Cosby. Mais Bruce Lee avait de la suite dans les idées. Comme Charles Manson, son histoire de *sifu*, grand maître d'art martial, n'était qu'une étape intermédiaire. De même que Charles Manson voulait devenir une star du rock, Bruce Lee, lui, voulait devenir une star de cinéma. James Coburn et Stirling Silliphant étaient *ses* Dennis Wilson *à lui*. Steve McQueen et Roman Polanski étaient *ses* Terry Melcher *à lui*. Toutes les quatre séances d'entraînement avec Roman Polanski, Bruce remettait sur le tapis *La Flûte silencieuse*, le scénario qu'il essayait de faire produire, écrit avec Stirling Silliphant, le scénariste couronné d'un Oscar (lequel, comme Dennis Wilson avec Charlie, croyait vraiment au potentiel de Bruce), un film dans lequel joueraient James Coburn et Bruce (dans quatre rôles différents). Bruce avait même accompagné Roman et Sharon aux sports d'hiver en Suisse pour essayer de convaincre Roman de s'impliquer dans le projet.

Comme si Roman Polanski, après *Rosemary's Baby*, allait enchaîner sur un film d'action prétentieux avec James Coburn. Roman appréciait et respectait réellement Bruce. Il l'admirait, même. Mais, chaque fois que Bruce remettait sur le tapis *La Flûte silencieuse*, Roman estimait qu'il se discréditait un peu plus à ses yeux. En fait, Roman en concluait que Hollywood faisait ressortir le pire chez les gens.

Il y avait toutefois une différence entre Lee et Manson : Bruce possédait les qualités nécessaires pour être un phénomène. Pas à l'époque où il jouait dans *Le Frelon Vert*. Mais quelques années plus tard, d'abord dans ses films à Hong Kong avec Lo Wei, puis avec *Opération Dragon*, sa grosse production Warner Bros, son grand œuvre ès arts martiaux.

Mais, en 1966, à l'époque où il jouait encore Kato, l'acolyte du Frelon Vert, Bruce Lee avait une réputation auprès des cascadeurs américains qui travaillaient sur son feuilleton.

Une mauvaise réputation.

Bruce Lee n'éprouvait guère ni considération ni respect pour les cascadeurs américains. Et l'acteur faisait tout pour que ce soit bien évident. Par exemple, il les amochait de ses coups de poing et de pied au cours des scènes de combats. Il avait maintes et maintes fois été rappelé à l'ordre à ce sujet et, comme Robert Conrad, il avait toujours une excuse, c'était toujours *leur faute*. À telle enseigne que tout un tas de cascadeurs refusaient de travailler avec lui.

Cela étant dit, il faut bien reconnaître que, à partir de l'instant où il avait posé le regard sur Bruce, Cliff n'avait pas pu le saquer. Et ça, c'était avant que Rick vienne jouer la crapule dans le feuilleton. La première fois que Cliff avait pu observer la technique de combat de Lee devant la caméra, c'était aux studios de la Twentieth Century, où le cascadeur accompagnait Rick pour un essayage en vue de l'épisode de la semaine suivante. Les deux hommes étaient restés en retrait et avaient observé Bruce et l'autre vedette, Van Williams, tourner une scène de combat en extérieur. Lee avait effectué une éblouissante série de coups de pied et de bonds à la Noureev. Quand Lee avait eu fini, l'équipe avait applaudi.

Rick, tout à fait impressionné, s'était tourné vers Cliff et avait dit : « Impressionnant, ce gars, pas vrai ? »

Ce n'était pas le genre de Cliff, mais il s'était contenté d'un reniflement dubitatif : « Impressionnant-mon-cul ! C'est du Russ Tamblyn qu'il nous fait. C'est qu'un danseur à la con. Ils feraient bien de la renvoyer dans *West Side Story*, la Ballerine.

– Ce mec est super vif, protesta Rick. Ses coups de pied fusent.

– Ça en jette... sur la pellicule, expliqua Cliff. Mais y a pas de puissance dans ses coups. Alors ouais, il est vif, je te l'accorde. Mais du chiqué vif, ça reste du chiqué. Toutes ces tantouzes du karaté, elles valent pas un cachou dans un *vrai combat*. Le judo, c'est un peu différent. Au judo, tu te retrouves face à un gars qui sait pas ce qu'il fait, tu peux le ballotter un peu. Mais ces tantouzes du karaté ont pas de puissance dans leurs coups, y en a pas un capable d'encaisser une beigne. » Cliff montre Kato du doigt pour préciser son propos : « Et surtout pas ce nabot. »

Cliff se lançait rarement dans de grandes tirades, si bien que lorsqu'il prenait la parole, Rick ne l'interrompait pas.

« En combat à mains nues, mec. C'est là qu'on sait vraiment. Un putain de Béret vert lui foutrait une déculottée. Tout ce qu'il fait, c'est de la frime.

« Alors que tout ce que font Ali ou Jerry Quarry, c'est pour infliger un châtiment. Tout ce que fait un Béret vert, c'est pour tuer. J'aimerais bien voir cette tantouze dans la jungle, à se battre contre un Jap qui pèse quinze kilos de plus que lui, avec un couteau à la main et une seule idée, l'étriper. Si un truc de ce genre arrive un jour, le Frelon Vert peut se chercher un nouveau chauffeur.

– Okay, écoute, tu aurais peut-être raison dans une situation où l'alternative serait tuer-ou-se-faire-tuer...

– J'ai raison, l'interrompit Cliff.

– En tout cas, poursuivit Rick, ces coups de pied éclairs sont impressionnants.

– C'est de la souplesse, répliqua Cliff avec dédain. Tout ça, c'est de la souplesse. Je viens chez toi, je te fais faire des assouplissements trois heures par jour, du lundi au vendredi, et en trois mois, putain, tu peux faire tout ce qu'il fait. »

Rick lui adressa un regard sceptique et Cliff fit un peu marche arrière :

« D'accord, peut-être pas *tous les trucs*. Mais un bon paquet. »

Le combat entre Cliff et Bruce eut lieu alors que Cliff était sur le tournage du *Frelon Vert*, en tant que doublure de Rick. Bruce, entouré de sa cour, comme à son habitude, se vantait de ses prouesses. Quelqu'un dans l'assemblée lui avait posé *la* question que les gens lui posaient tout le temps : qui gagnerait dans un combat entre lui et Ali ? On posait constamment à Bruce cette question. Et sa réponse variait selon le moment et son humeur. Par la suite, sur le tournage d'*Opération Dragon*, quand John Saxon la lui poserait, Bruce répondrait : « Ses poings sont plus gros que ma tête. » Mais Bruce admirait le talent d'Ali et ne manquait pas d'étudier ses combats en se les projetant en 16 mm. Or, en regardant ces films, il avait fait une découverte : *Ali laissait tomber sa gauche*.

Sur un ring de boxe, il le savait, Ali ne ferait de lui qu'une bouchée.

Mais, franchement, Bruce se sentait capable de gagner contre *n'importe qui*. Il faudrait juste qu'il combatte contre un Ali sans gants, et que Bruce puisse y aller avec les pieds.

Si bien que ce jour-là, sur le tournage du *Frelon Vert*, quand on lui avait posé la question, Bruce avait répondu : « Dans une salle, si tous les coups sont permis ? Je lui mets la pâtée. »

Alors Cliff – engagé ce jour-là en tant que doublure cascade – avait pouffé.

« Qu'est-ce qu'il y a de si drôle ? » lui avait demandé Bruce.

Un bref instant, Cliff avait tenté d'éviter la confrontation : « Hé, mec, je suis uniquement là pour bosser. »

Mais Bruce ne voulait pas lâcher le morceau. « Tu rigoles de ce que j'ai dit, alors que j'ai rien dit de drôle.

– Si, c'est quand même assez rigolo, ce que tu viens de sortir », avait répondu Cliff dans un petit sourire narquois.

Irrité, Bruce avait demandé au cascadeur : « Qu'est-ce que tu trouves de si rigolo ? »

Okay, je vais pas y couper, s'était dit Cliff.

« Si tu veux savoir, je *trouve* que tu devrais avoir honte de prétendre que tu serais autre chose qu'une tache au fond du slip de Mohamed Ali. »

Tous les yeux s'étaient tournés vers Bruce.

Cliff savait que, à partir de maintenant, il pouvait renoncer à son boulot. Au point où il en était, s'était-il dit, autant en avoir pour son argent, et il avait donc poussé un peu le bouchon : « Un minus comme toi va mettre la pâtée au champion du monde poids lourds ? Un putain d'*acteur* va coller la pâtée à Ali ? Oublie Ali, Jerry Quarry te foutrait une dérouillée ! Je vais te poser une question, Kato : est-ce que *dans ta vie* tu t'es déjà pris un vrai parpaing dans la gueule ? »

En colère, Bruce avait répondu : « Non, *la Doublure*. Parce que les gens arrivent pas à m'atteindre.

– J'étais sûr que tu dirais ça », avait répondu Cliff.

Cliff avait promené son regard sur les membres de l'équipe aux yeux écarquillés qui n'avaient pas manqué une miette de l'échange. « J'arrive pas à croire que vous gobiez les conneries que ce minus essaie de vous faire avaler. »

Se tournant vers Bruce : « Reviens sur terre, mec. Tu es un *putain d'acteur* ! Tu te chopes un œil au beurre noir, on arrête le combat. Tu as une dent qui bouge, on arrête le combat. Jerry Quarry boxera cinq rounds contre Mohamed Ali, putain, avec la mâchoire cassée ! Tu sais pourquoi ? Parce qu'il a un truc auquel tu connais que dalle – un *cœur* ! »

Bruce, en tenue de chauffeur, avait pris la pose, genre détendu du string, les yeux au sol, puis il avait secoué la tête et regardé le cascadeur en souriant : « Tu as une grande gueule, *la Doublure*. Et j'aimerais vraiment te la fermer, surtout devant tous mes amis. Sauf que, tu vois, mes mains sont inscrites au registre des armes fatales. Ça signifie que si on se bat et que je te tue accidentellement, je vais en prison. »

La repartie de Cliff ne s'était pas fait attendre : « Si n'importe qui tue accidentellement quelqu'un au cours d'une bagarre, il va en taule. Ça s'appelle un homicide. Et je pense que ton baratin d'armes fatales, c'est juste un prétexte de *danseuse* pour jamais avoir à disputer un vrai combat. »

Okay, là, c'était un vrai défi lancé en présence de tout un groupe de collègues de Bruce. Alors Bruce avait proposé à Cliff un « combat amical ». Au meilleur des trois manches. On n'essaie pas de faire mal à l'autre. Le premier qui met l'autre le cul par terre.

« C'est parti, Kato », avait été la réponse de Cliff.

Sous le regard excité de l'équipe, les deux hommes se préparèrent à l'affrontement. Ce que Bruce ignorait, c'est que Cliff adorait ces défis où il s'agissait de gagner deux manches sur trois. Même s'ils avaient habituellement lieu sur des parkings de bars à une heure du matin. Chaque fois que Cliff prenait part à ce genre de combat, surtout avec quelqu'un d'habitué à se battre, il appliquait la même technique sournoise tellement rebattue qu'il était étonné qu'elle marche systématiquement.

La technique est simple.

Il accorde à son adversaire la première manche.

Il lui oppose très peu de résistance et se prépare à encaisser le coup qui lui tombe dessus. Il offre tellement peu de résistance que son adversaire, surtout s'il est habitué à se battre, se dit qu'il a face à lui un dur de comptoir tombé sur quelqu'un de bien plus costaud que lui.

Cliff sait aussi que, dans ce genre de face à face, son adversaire utilisera les coups ou la combinaison de coups avec lesquels il se sent le plus à l'aise. Et donc, après la première chute, l'adversaire de Cliff lui a habituellement montré son *super coup*.

Et si Cliff paraît sous-entraîné et que le gars est persuadé qu'il va lui coller une branlée, dix-neuf fois sur vingt, le gars va refaire exactement le même coup que la première fois. Mais, maintenant que Cliff le connaît, il l'attend, le pare, et le connard se retrouve sur le cul.

Bruce, lui, n'avait nulle intention de faire mal à ce blanc-bec à grande gueule. Il voulait juste lui rabattre son caquet et lui foutre un peu la honte devant les gars de l'équipe. Primo, Bruce serait sacrément dans la panade s'il blessait ce gars. Les cascadeurs se plaignaient déjà que Bruce leur fasse mal, et demandaient au coordinateur de la série, Randy Lloyd, de ne pas travailler avec lui. En outre, en frimant sur le plateau, Bruce avait accidentellement déboîté la mâchoire d'un décorateur à cause d'un coup de pied mal synchronisé. Si Bruce pétait une autre mâchoire sur le plateau, ça allait vraiment chauffer pour son matricule.

Et donc le Petit Dragon avait décidé que le meilleur plan d'action était d'opter pour un coup qui aurait de la gueule, mais ne blesserait pas son adversaire. Lui ferait juste perdre l'équilibre. En montrant, tout de même, à ce trou du cul à qui il avait affaire.

Un coup de pied circulaire à l'oreille sonnerait tellement cette andouille qu'il risquait par la suite d'avoir du mal à compter sur ses doigts. Un coup de pied tendu l'enverrait valser directement sur la voiture derrière lui, et Dieu sait quels dommages cela impliquerait ? Mais, comme Rudolf Noureev, Bruce Lee avait l'art de rester en suspension dans les airs comme très peu de gens en étaient capables. Noureev et Lee semblaient parvenir à flotter en l'air, accomplir leur tâche et, quand *ils* le désiraient, atterrir en douceur au sol.

Bruce avait donc décidé que le coup le plus sûr serait un saut flottant qui l'emmènerait très haut, mais sans grande propulsion vers l'avant. Il pourrait prolonger son envol, avoir l'air vachement cool, puis stopper son vol en venant taper le pied sur la poitrine de cette andouille qui partirait à la renverse et tomberait sur le cul, histoire de donner à cet enculé une bonne leçon.

Et c'est exactement ce qu'il avait fait. Il avait percuté Cliff en pleine poitrine et Cliff s'était retrouvé sur le cul, sous les applaudissements des gars de l'équipe. Le cascadeur blond, à terre, l'avait regardé et avait dit dans un sourire niais : « Joli bond, la Ballerine. » Puis, en se relevant, il avait dit : « Recommence un peu. »

Bon, d'accord, s'était dit Bruce, *il va se reprendre mon pied en pleine poitrine. Il faut juste que je m'assure que ce trouduc ne se casse pas le coccyx en touchant le sol.*

Et donc, avec moins de hauteur et davantage de propulsion vers l'avant, il avait amorcé son deuxième saut en direction du cascadeur, sauf que celui-ci avait pivoté à la toute dernière seconde. Et le grand maître ès arts martiaux lui était quasiment arrivé dans les bras. Et là, Cliff, empoignant le karatéka par sa jambe et sa ceinture, l'avait envoyé valser comme un chat, brutalement, contre une voiture garée sur le plateau.

Bruce avait entendu un craquement provenant du bas de sa colonne vertébrale au moment où il s'était écrasé contre l'automobile, et son omoplate avait accroché la poignée du côté passager. Il s'était vraiment fait mal. Étalé sur le ciment,

Bruce avait relevé la tête et vu le blanc-bec de cascadeur qui lui souriait.

Bruce ne voulait vraiment pas blesser Cliff. Il voulait juste lui montrer un peu. Cliff, en revanche, *voulait* faire mal à Bruce. Si, en propulsant Bruce contre la voiture, il lui avait niqué à vie la colonne vertébrale et la nuque, ça ne l'aurait pas chagriné outre mesure.

En se relevant, Bruce avait vu Cliff se mettre en position pour la troisième manche. Et il avait reconnu une posture militaire de combat à mains nues.

Bruce était furieux que cet enfoiré lui ait fait mal. Mais aussi, pour la première fois, il voyait qui était vraiment son adversaire. Ce n'était pas juste un bouseux de cow-boy cascadeur. Bruce était conscient que Cliff savait ce qu'il faisait. Bruce se rendait compte que Cliff avait tout fait pour qu'il le sous-estime et réitère le même coup. Bruce avait toute une palette d'attaques que le cascadeur n'aurait jamais pu contrer. Mais, en se faisant passer pour un crétin sans entraînement, Cliff avait poussé Bruce à la facilité, et c'est comme ça qu'il s'était retrouvé à la merci du cascadeur. Si Cliff n'avait pas réagi de manière si vicieuse, Bruce aurait presque pu l'admirer.

Bruce devait aussi admettre que, si Cliff n'était pas du niveau des adversaires qu'il affrontait dans les tournois d'arts martiaux, il avait un truc en plus.

C'était un *tueur*.

Bruce voyait que Cliff avait déjà tué des hommes à mains nues.

Il voyait que Cliff *ne se battait pas* contre Bruce Lee.

Cliff *se battait* contre son instinct qui le poussait à *tuer* Bruce Lee.

Le maître des arts martiaux s'était souvent demandé comment il réagirait le jour où il se trouverait dans une situation où il devrait tuer pour ne pas être tué. Eh bien, manifestement, ce jour était venu.

Fort heureusement, la troisième manche avait été interrompue par la femme du coordinateur de la série, juste au moment où elle commençait. Et, comme il s'en était douté, Cliff s'était vite fait virer du tournage. Le problème, avec tout ça, c'est que Cliff n'avait pas été engagé sur le tournage du *Frelon Vert* en tant que *ringer* pour donner à Kato une fessée en public. Il était juste censé doubler sur certaines cascades Rick, qui était la guest-star. Au départ, le coordinateur de la série, Randy Lloyd, ne voulait pas engager Cliff – car Randy était persuadé que Cliff était coupable du meurtre de sa femme. Or Randy travaillait avec *sa femme à lui*, Janet, qui, elle, était absolument persuadée que Cliff était coupable du meurtre de sa femme. Et franchement, quitte à engager quelqu'un, ils aimaient autant que ce soit un type qu'ils ne pensaient pas coupable du meurtre de sa femme. Les gens pouvaient pardonner beaucoup de transgressions, surtout dans les années soixante. Mais un cascadeur qui avait tué sa femme *et en plus* avait essayé de briser le dos de la vedette du feuilleton sous les yeux du reste de l'équipe, non merci, sans façon. Après l'« incident Bruce Lee », Cliff avait cessé d'être la doublure cascade de Rick, il était devenu son homme à tout faire.

Rick était tellement furieux à propos de tout l'« incident Bruce Lee » que Cliff avait cru qu'il allait lui aussi le congédier. Oui, mais, dans ce cas, qui prendrait le volant pour emmener Rick au boulot ? Bien sûr, il pourrait trouver *quelqu'un* pour faire ça. Mais, au bout du compte, il était plus facile de pardonner à Cliff. Rick lui versait un salaire minimal pour que Cliff le trimbale ici et là, bricole chez lui et soit disponible quand il avait besoin de lui. Un salaire *censé* être complété par des prestations en tant que cascadeur. Sauf que, après l'« incident Bruce Lee », le peu de boulot qu'il avait avant en tant que cascadeur s'était envolé, la rumeur en ville le désignant comme un assassin. La communauté des cascadeurs de Hollywood n'avait pas besoin d'une *raison de plus* pour ne pas embaucher Cliff, mais désormais ils en avaient une, et c'est Cliff qui la leur avait servie sur un plateau. La petite histoire de Rick ce matin-là à propos de l'enfoiré de premier assistant réalisateur sur *La Bataille de la mer de Corail* était, de fait, assez à propos.

Quoi qu'il en soit, Cliff savait qu'une des choses les plus intéressantes à Hollywood, finalement, c'est que c'était une putain de petite ville. Un de ces jours, dans la rue, sur un parking, dans un restaurant ou à un feu rouge, il retomberait sur ce petit connard de Bruce Lee. Et, ce jour-là, à part la police, il n'y aurait personne pour interrompre le combat !

L'antenne télé de Rick une fois remplacée, et n'ayant rien de mieux à faire jusqu'à ce soir dix-neuf heures trente, heure à laquelle il retournera chercher son patron sur le tournage, Cliff roule sur Sunset Boulevard au volant de la Cadillac de Rick, en route pour le ciné.

Arrêté à un feu rouge alors qu'il s'imagine en train de défoncer la gueule de Bruce Lee, Cliff regarde sur sa droite l'Aquarius Theater et la gigantesque fresque murale de *Hair*, le grand succès du moment à la scène. Il repère alors deux des filles hippies qu'il a vues le matin même, dont la grande brune coquine au bocal de cornichons qui l'avait regardé droit dans les yeux et lui avait fait le signe *peace & love*. Les deux filles sont devant l'Aquarius, le pouce en l'air, elles font de l'autostop. La brunette est habillée comme ce matin – short Levi's, petit haut en crochet, pieds nus et une couche de crasse bien crade.

La fille au bocal de cornichons repère Cliff au volant d'une voiture qui n'est pas la même que ce matin, de l'autre côté de la rue, allant dans la direction opposée.

Elle lui sourit, le montre du doigt et s'écrie : « Hé, toi ! »

Il lui sourit et lui adresse un petit signe de la main.

Hurlant pour couvrir le bruit de la circulation, elle lui demande : « Il lui est arrivé quoi, à ta Volkswagen ?

– Celle-ci, c'est la voiture de mon patron ! » lui répond-il.

Elle brandit son pouce. « On fait du stop, on peut monter avec toi ? » Tirant ostensiblement sur son pouce.

Cliff montre du doigt la direction opposée. « Je vais dans l'autre sens. »

Elle secoue la tête tristement et s'écrie : « Grosse erreur !

– Probablement ! répond-il.

– Tu vas penser à moi toute la journée ! le prévient-elle.

– Probablement ! » répond-il.

Le feu passe au vert sur Sunset Boulevard et la circulation se remet en branle.

Il lui fait un petit salut de la main et elle mime un au revoir théâtral de fille triste tandis que la Cadillac jaune crème s'éloigne.

En arrivant au croisement de Sunset et La Brea, il prend à gauche dans La Brea Boulevard. Sam Riddle, l'animateur radio de KHJ, lit le communiqué de la pub pour la crème ultra-bronzante Tanya. Non pas de la crème solaire, qui vous protège des rayons de soleil nocifs, mais de la crème bronzante, qui accélère la brûlure. Cliff passe devant Pink's Hot Dogs, au coin de La Brea et de Melrose. Il y a un monde fou devant le stand de hot-dogs, on croirait qu'ils distribuent de la minette gratos et non pas des hot-dogs au chili excessivement chers. Cliff avance la Cadillac dans la file de droite et tourne à droite sur Beverly Boulevard. Il roule sur une courte distance jusqu'à un petit cinéma et se gare.

Dans les années trente, le cinéma était un théâtre de variétés, le Slapsy Maxie's.

Dans les années cinquante, Martin et Lewis y ont fait leurs débuts à Los Angeles.

Plus tard, en 1978, ça deviendra le New Beverly Cinema, spécialisé dans les classiques du cinéma. Mais, en 1969, il s'appelle l'Eros Cinema et c'est l'un des cinémas érotiques de Los Angeles (il y a aussi le Vista, situé à la jonction de Hollywood Boulevard et de Sunset Boulevard).

Non pas des films pornographiques, qui seraient ultérieurement classés « Triple XXX ».

Uniquement des films sexy, habituellement en provenance d'Europe ou des pays scandinaves.

Sur l'auvent de l'Eros, on peut lire :

DOUBLE SÉANCE CARROLL BAKER
L'ADORABLE CORPS DE DEBORAH CLASSÉ R
PLUS
PARANOÏA CLASSÉ X

Cliff descend de la Cadillac et achète un ticket à la caisse. Il s'engage dans l'allée plongée dans la pénombre et trouve un siège au milieu de la quatrième rangée. Sur le grand écran de l'Eros, Carroll Baker se livre à une danse lascive au son des tam-tams, vêtue d'une combinaison-pantalon moulante émeraude. Cliff pose ses pieds chaussés de mocassins sur le fauteuil de devant. Calé dans son siège, il admire Carroll Baker qui ondule de droite à gauche ses amples hanches vertes.

Mon Dieu, se dit-il, *elle est grosse comme un cheval !* Puis il sourit. *Exactement comme je les aime.*

Chapitre quatorze

Matt Helm règle son comte

Le magnétophone huit pistes dans la Porsche noire de Sharon Tate passe *Loving*, le premier album en anglais de Françoise Hardy. La chanson qui sort des haut-parleurs de la stéréo est une reprise de *There but for Fortune* de Phil Ochs. Sharon adore cette chanson et, assise au volant de la Porsche, roulant sur Wilshire Boulevard à destination de Westwood Village, elle reprend les paroles en chœur :

Show me the prison, show me the jail
Show me the prisoner whose face is growing pale,
And I'll show you a young man with so many reasons why,
And there but for fortune, may go you or I[1].

Des larmes coulent sur ses joues tandis qu'elle chante. L'actrice est sortie faire quelques courses. Elle est passée au

1. « Montre-moi la prison, montre-moi l'homme derrière les barreaux / Montre-moi le prisonnier dont le visage pâlit / Et je te montrerai un jeune homme qui a tant de bonnes raisons / Et c'est à la chance que toi et moi devons d'y avoir échappé. »

pressing récupérer trois robes plus ou moins à la mode, dont l'ourlet s'arrête haut sur les cuisses de Sharon, et le blazer croisé bleu de Roman, suspendus à des cintres, enveloppés sous housse plastique transparente, suspendus derrière le siège passager. Elle est aussi passée prendre une paire de *platform shoes* à talons maousses chez un tout petit cordonnier situé sur Little Santa Monica Boulevard. Et, à présent, elle est en route pour sa dernière course de la journée. Elle a commandé une première édition de *Tess d'Urberville*, de Thomas Hardy, qu'elle veut offrir à Roman. Et le vieil homme sympathique qui tient la librairie l'a appelée hier pour lui dire que le livre était arrivé. Et donc, chantant en chœur avec Mademoiselle Hardy, savourant ses larmes d'émotion et non pas d'angoisse, Sharon fonce en direction de Westwood Village.

Un kilomètre et demi après avoir quitté Santa Monica Boulevard et tourné sur Wilshire, elle remarque la jeune hippie sur le bord de la route, le pouce brandi. La hippie frêle a une dégaine plaisante, or Sharon est d'humeur plaisante, aussi se dit-elle : *Pourquoi pas ?*

Un an plus tard, la réponse à cette question serait : parce que cette autostoppeuse pourrait t'assassiner. Mais, en février 1969, même les gens qui peuvent craindre de se faire voler quelque chose, comme Sharon dans sa super Porsche noire, n'ont pas ce sentiment.

Elle s'arrête sur le bord de la route devant la hippie toute mignonne, au visage couvert de taches de rousseur, appuie sur le bouton pour faire descendre la vitre côté passager et annonce à l'autostoppeuse : « Je ne vais pas plus loin que Westwood Village. »

La jeune fille se penche, le cul projeté en arrière, pour regarder la conductrice. Cette jeune fille a beau avoir un esprit libre, elle ne va pas non plus monter dans la voiture de n'importe qui. Mais, à la vue de la jolie blonde au volant, son sourire s'élargit et elle dit : « Hé, à cheval donné, on ne regarde pas la bride. »

Sharon lui sourit à son tour et lui dit de monter.

Les deux jeunes femmes discutent à bâtons rompus pendant les treize minutes qu'il faut à Sharon pour arriver à Westwood Village et garer sa voiture. La hippie dit qu'elle s'appelle Cheyenne et se rend en stop à Big Sur, où elle va retrouver une bande d'amis. Ils iront à un festival de musique en plein air où joueront Crosby, Stills and Nash (mais pas Young), ainsi que le James Gang, Buffy Sainte-Marie *et aussi* la 1910 Fruitgum Company. Sharon se dit qu'ils vont bien s'amuser. À deux jours près, une fois Roman parti pour Londres, elle aurait envisagé d'accompagner Cheyenne jusqu'à Big Sur, de se joindre à elle et à ses amis pour le concert. Elle n'y serait peut-être pas vraiment allée, mais en tout cas elle l'aurait envisagé. Sharon a toujours été impulsive. Pas comme Roman, et c'est une des rares choses qui font qu'elle est plus cool que son mari, le réalisateur à la mode. Au cours des treize minutes que dure le trajet, elles parlent de Big Sur et de Crosby, Stills and Nash, écoutent Françoise Hardy et grignotent des graines de tournesol que Cheyenne a dans sa petite bourse en cuir.

« Bon, eh bien, au revoir, amuse-toi bien à Big Sur » sont les derniers mots de Sharon à Cheyenne tandis qu'elle la serre dans ses bras pour prendre congé, dans le parking payant derrière le Westwood Village Theatre où a été placardée une affiche format 120/180 du film *Joanna*, de Michael Sarne, l'ami de Roman. Et tandis que Sharon part à pied vers l'ouest faire sa dernière course à Westwood Village, la hippie poursuit son aventure californienne vers le nord.

Alors que les *go-go boots* en cuir verni blanc de Sharon passent devant des boutiques hippies, des cafés, des pizzerias et des présentoirs à journaux où le *Los Angeles Free Press* est distribué gratuitement, elle sort de son sac à main les grosses lunettes de soleil noires qui la font ressembler à un insecte, afin de se protéger les yeux de l'éclat aveuglant du soleil de Californie. En marchant, elle remarque que *Matt Helm règle son comte*, son nouveau film d'aventures comiques, passe au cinéma Bruin, devant lequel elle se trouve. Sur le grand auvent, on peut lire :

DEAN MARTIN EST MATT HELM
DANS
MATT HELM RÈGLE SON COMTE
E. SOMMER S. TATE N. KWAN T. LOUISE

Elle traverse la rue en souriant, s'arrête devant le dessin d'elle sur l'affiche du film. Elle baisse la tête, regarde le pavé des crédits et trouve son nom, dont elle suit de l'index les courbes des lettres. Après avoir apprécié de voir son nom, la façon dont le graphiste l'a représentée, elle, se balançant sur un boulet de démolition à côté d'un Dean Martin de bande dessinée, et que le film soit projeté dans une des plus grandes salles de Westwood, elle passe en trottinant devant le cinéma et se rend à la librairie, quatre magasins plus loin. Chez Arthur, Librairie de livres anciens, on entend *Stormy* des Classics IV émaner de la radio derrière le comptoir. Dès l'instant où Sharon passe le seuil et reconnaît la voix de Dennis Yost, son corps se détend. Avec Art Garfunkel, Dennis Yost des Classics IV a la plus belle voix du rock'n'roll actuel, estime Sharon. Et elle trouve que David Clayton-Thomas de Blood, Sweat and Tears a la plus sexy.

« Que puis-je faire pour vous, ma petite dame ? » demande Arthur.

Elle enlève ses lunettes de soleil et salue le vieil homme derrière son comptoir. « Oui, bonjour, je suis venue chercher une première édition, vous m'avez appelée à ce sujet...

– Quel livre ? demande-t-il.

– *Tess d'Urberville*, de Thomas Hardy. Je l'ai commandé il y a une quinzaine de jours. » Puis elle précise : « C'est au nom de Polanski.

– Fichtre, s'exclame Arthur, ça c'est du bouquin, gamine. »

Elle s'illumine. « Je sais. Merveilleux, hein ? Je vais l'offrir à mon mari.

– Eh bien, votre mari a sacrément de la chance, dit Arthur. Primo, j'aimerais pouvoir lire *Tess d'Urberville* pour la première fois. Et, secundo, j'aimerais être assez jeune pour être marié à un beau brin de fille comme vous. »

Sharon sourit une fois de plus et tend le bras par-dessus le comptoir pour toucher la main tachetée du vieil homme. Il sourit lui aussi.

Le morceau des Classics IV continue de jouer dans la tête de Sharon quand elle sort de la librairie et retourne à sa voiture. Ses longues jambes de pouliche transportent sa minijupe blanche sur le trottoir de Westwood Boulevard, approchant du cinéma où passe son film. Sharon s'apprête à traverser la rue, mais elle n'arrive pas à temps au croisement pour avoir le feu vert, aussi doit-elle immobiliser un instant dans le bitume les talons noirs de ses *go-go boots* blanches. Elle a le dos tourné au cinéma, le livre ancien à la main, elle regarde le feu rouge, et quelque chose retient Sharon par-derrière. Quelque chose qui l'empêche de traverser la rue au moment où le feu passe au vert. Un peu comme une truite prise par un fil invisible, elle se retourne, s'avance devant le Bruin et observe les photos promotionnelles du film exposées en devanture. Sur l'une d'elles, Dean est avec Elke Sommer. Sur celle d'à côté, elle et Dean regardent par-dessus un mur, épiant quelque chose d'intrigant. Sur la photo, Sharon est vêtue d'une jolie tenue bleu clair avec l'adorable béret bleu et le petit pompon sur le dessus, qu'elle ne quitte pas pendant les trois derniers quarts d'heure du film. Sur la photo suivante, c'est encore elle et Dean, la scène où elle fait son entrée : elle est étalée de tout son long au milieu du hall d'hôtel, au Danemark, elle vient d'exécuter une chute comique, les quatre fers en l'air, et Dean se penche sur elle pour l'aider à se relever. Oh là là, pour s'en souvenir, ça, elle s'en souvient, de cette journée. Elle était tellement tendue. Elle n'avait encore jamais eu de rôle comique, et encore moins eu à donner dans le comique burlesque ! C'était une première. Or elle jouait justement le personnage d'une empotée qui se prenait les pieds dans le tapis. C'est pour cela qu'elle avait accepté le rôle. Ce qui n'avait nullement atténué sa nervosité la première fois qu'elle avait dû tomber sur les fesses en cherchant à faire rire. Non seulement ça, mais en plus il fallait qu'elle le fasse devant Dean Martin, qui avait passé vingt ans à regarder Jerry Lewis tomber sur le cul. Donc, si elle se foirait, Dean le saurait. Alors, certes, Dean et le réalisateur Phil avaient tous les deux affirmé qu'elle s'en était bien sortie dans la scène du gadin sur les fesses. Et ils étaient bien placés pour le savoir, non ? Seulement, l'un et l'autre étaient des gentlemen et, même si elle avait loupé cette scène, ils ne le lui auraient pas dit. Sharon ne doute pas de sa performance comique *en général*. Elle pense qu'elle a dans l'ensemble réussi sa prestation bouffonne. C'est juste qu'elle a des doutes sur cette première culbute. Est-elle vraiment drôle ou est-elle le « petit moi sexy » essayant d'être drôle ? Comment une fille canon peut-elle le savoir ?

Le public, andouille, songe-t-elle. *Soit le public rit au gag, soit il ne rit pas.*

La pancarte sur la cabine de vente de tickets annonce que la séance est à trois heures trente. Elle regarde l'heure sur sa fine montre en or à son poignet délicat, il est trois heures cinquante-cinq. Bon, ça va, c'est à peu près à ce moment-là qu'elle fait son entrée dans le film. *Nan mais qu'est-ce que je fabrique ?* se demande Sharon. *Est-ce que j'ai vraiment le temps de regarder* Matt Helm règle son comte *en pleine fin d'après-midi alors que je dois me préparer pour cette connerie d'émission* Playboy After Dark *de ce soir ? Attends un peu, Sharon, il y a à peine quarante minutes, tu te vantais de ta spontanéité, comparée à Roman. Il n'y aurait pas eu Roman, tu serais allée à Big Sur avec Cheyenne, tu aurais dansé pieds nus en écoutant Crosby, Stills and Nash. Mais maintenant tu vas rester plantée devant le cinéma pendant douze minutes à débattre avec toi-même pour savoir si oui ou non tu vas voir ton propre film ? Sharon,* se dit-elle, *tu es une sacrée hypocrite.*

« Un ticket, s'il vous plaît », demande-t-elle à la jolie fille aux cheveux bouclés et au visage caoutchouc, enfermée dans le cube de verre du guichet.

« Soixante-quinze cents », répond celle-ci dans l'hygiaphone.

Sharon commence à fouiller dans son porte-monnaie, à la recherche de trois pièces de vingt-cinq cents, mais s'immobilise soudain. Une pensée lui traverse l'esprit. « Euh… et qu'est-ce que… euh, ça fait si je suis dans le film ? » demande-t-elle.

Le front de la fille du guichet aux cheveux bouclés se plisse. « Que voulez-vous dire ?

– Je veux dire que je suis dans le film. Je suis Sharon Tate. Mon nom est sur l'auvent : S. Tate, c'est moi. »

La fille aux cheveux bouclés du guichet lève les yeux. « Vous êtes là-dedans ? » demande-t-elle, passablement incrédule.

Sharon sourit et hoche la tête. « Oui », puis elle ajoute : « Je suis Miss Carlson, l'empotée. »

Elle s'approche des photos promotionnelles exposées et montre celle où elle et Dean regardent par-dessus le mur. « C'est moi. »

La fille du guichet plisse les yeux pour mieux voir à travers le verre la photo affichée, puis son regard se porte à nouveau sur la blonde qui sourit. « C'est vous ? »

Sharon fait oui de la tête.

« Mais c'est l'actrice de *La Vallée des poupées* », fait remarquer la fille aux cheveux bouclés.

Sharon sourit à nouveau, hausse les épaules et dit : « Eh bien, c'est moi, la fille de *La Vallée des poupées*. »

La fille aux cheveux bouclés du guichet commence à voir le truc, mais une chose encore la chiffonne. Elle montre du doigt la photo promotionnelle et dit : « Mais vous avez les cheveux roux dans le film.

– Ils m'ont teint les cheveux, lui dit Sharon.

– Pourquoi ? demande la fille aux cheveux bouclés du guichet.

– Le réalisateur voulait que le personnage ait des cheveux roux, répond-elle.

– Ouah ! s'exclame la fille bouclée du guichet. Vous êtes plus belle en vrai. »

Au passage, notez bien, si un jour dans la rue vous croisez une actrice que vous reconnaissez et si vous trouvez qu'elle est plus jolie que dans les films ou à la télévision, résistez à la tentation de le lui dire. Parce que les actrices n'aiment pas entendre ça. Ça les fait douter d'elles. Mais Sharon se sait très belle ; donc, même si ça l'ennuie un peu, en fin de compte, ça lui est égal.

« Eh bien », dit-elle donnant une excuse à la fille du guichet : « Je sors de chez le coiffeur. »

La fille du guichet crie par la porte de derrière à l'intention du responsable, Rubin, qui se tient dans le hall du Bruin : « Hé, Rubin, viens donc voir ! »

Rubin se présente à l'entrée du cinéma, tandis que la fille bouclée du guichet montre Sharon du doigt en lui disant : « C'est l'actrice de *La Vallée des poupées*. »

Rubin s'immobilise, regarde Sharon et demande à la fille du guichet : « Patty Duke ?

– Non, répond-elle en secouant sa tête aux cheveux bouclés, l'autre.

– La fille des *Plaisirs de l'enfer* ? » demande-t-il.

Là encore, la fille du guichet secoue la tête. « Non, l'autre. »

Sharon s'immisce dans le jeu de devinettes : « Celle qui finit par faire des films cochons. »

Rubin la reconnaît. « Oh !

– Elle est dans notre film, lui dit la fille aux cheveux bouclés.

– Oh ! répète Rubin.

– C'est "S. Tate", dit la fille aux cheveux bouclés du guichet.

– Sharon Tate », rectifie l'actrice, avant de se corriger elle-même : « Sharon Polanski, en fait. »

Rubin passe soudain la surmultipliée et se met en mode gérant affable saluant une cliente célèbre. « Bienvenue au Bruin, Miss Tate. Merci de venir dans notre cinéma. Souhaiteriez-vous entrer assister à la séance ?

– Ce serait possible ? demande-t-elle avec élégance.

– Mais absolument », répond-il en esquissant un geste ample pour indiquer l'accès à la salle.

Sharon s'avance dans le couloir et ouvre la porte qui donne sur la salle obscure. Tout en faisant son numéro avec la fille aux cheveux bouclés du guichet dans sa boîte en verre, elle craignait de louper sa première apparition dans le film et sa chute comique, les quatre fers en l'air. Elle entre dans la salle, entend la rotation des bobines sur le projecteur dans la cabine au-dessus d'elle, et même le discret *tic… tic… tic…* de la pellicule 35 mm traversant le couloir de projection. Elle adore ce son.

Au Texas, quand elle allait au cinéma sur la base militaire de son père, ou à l'Azteca, le ciné local, soit avec des copines pour voir des films comme *La Fièvre dans le sang*, ou lorsqu'elle était réquisitionnée pour emmener sa petite sœur Debra voir le nouveau Disney, ou au drive-in Starlight pour le nouveau film avec Elvis ou le nouveau *Beach Party* (invariablement obligée de livrer un petit combat de catch parce qu'elle essayait de regarder le film tandis que le garçon tentait de l'embrasser), Sharon ne considérait jamais les films comme des œuvres d'art. Ni, franchement, le cinéma comme de l'« art ». Les films n'étaient pas de l'art au même titre que le livre de Thomas Hardy qu'elle avait à la main. C'était du divertissement. Mais le fait d'être avec Roman l'a convaincue que le cinéma *pouvait* être de l'art. *Rosemary's Baby* n'est pas une œuvre d'art au sens où *Tess d'Urberville* est de l'art, mais c'en est tout de même, d'une sorte différente, voilà tout. Elle a lu le livre *Un bébé pour Rosemary* et elle a vu le film de Roman, et le film de Roman est plus *artistique*. Elle ne s'était pas non plus rendu compte que certains réalisateurs faisaient leurs films avec la même intensité que les grands auteurs. Pas tous les réalisateurs. Pas la plupart des réalisateurs. Aucun de ceux avec qui elle a travaillé, à l'exception de son mari. Mais certains.

Elle se rappelle un incident qui s'est produit sur le tournage de *Rosemary's Baby*, et qui illustre sa réflexion. Le directeur de la photographie, Billy Fraker, avait préparé une scène pour le personnage de Ruth Gordon, Mme Castevet. Elle est dans l'appartement de Rosemary et demande à se servir du téléphone dans l'autre pièce. Rosemary lui dit d'aller dans la chambre pour passer son coup de fil, et donc Mme Castevet, assise sur le lit, parle un moment au téléphone. La scène était montrée du point de vue de Rosemary adressant un bref coup d'œil à la vieille dame qui passait son coup de fil de sa chambre. Billy Fraker, donc, avait installé la caméra dans le couloir de façon à filmer Ruth Gordon à travers l'encadrement de la porte. Ainsi, on voyait clairement

Ruth Gordon entre les deux montants verticaux du chambranle. Quand Roman avait regardé dans le viseur, cela ne lui avait pas plu, aussi avait-il procédé à un ajustement. Ils avaient suivi les nouvelles consignes de Roman, et le cadrage de Mme Castevet n'était plus du tout le même. Elle était à moitié cachée par le montant gauche du chambranle. En regardant dans le viseur de la caméra (elle regardait toujours les plans de Roman dans le viseur), Sharon n'avait pas compris pourquoi Roman avait tenu à cette modification. Si ce devait être un plan de Mme Castevet, il n'était clairement pas aussi bon que le précédent. Elle était coupée en deux.

Le directeur de la photographie ne comprenait pas non plus. Mais Roman était le réalisateur, donc Fraker avait fait ce qu'on lui demandait de faire. Roman était assis sur un cube en bois de machinos, à siroter son café dans un gobelet en polystyrène pendant que l'équipe caméra ajustait la mise au point, lorsque Sharon était venue lui demander pourquoi il procédait à cette modification.

Roman s'était contenté de lui adresser un fin sourire entendu en disant : « Tu verras. » Puis il s'était levé et avait filé.

Qu'est-ce que ça peut bien vouloir dire ? s'était demandé Sharon. Puis cela lui était sorti de la tête pendant six mois. Ils étaient tous les deux venus ensemble assister à la première projection test en public, à l'Alex Theatre de Glendale, en Californie. Roman et Sharon avaient pris place dans le fond de la salle, se tenant la main. Roman, qui aimait s'installer près de l'écran quand il allait voir les films des autres, préférait en revanche s'asseoir au fond de la salle quand il s'agissait de ses propres films – car il observait le public encore plus que le film.

Le cinéma était bondé. La scène avec Mme Castevet dans l'appartement de Rosemary est arrivée. Ruth Gordon demande à Mia Farrow si elle peut utiliser le téléphone dans l'autre pièce. Mia lui dit oui et lui indique la chambre.

Roman s'était approché de sa femme et lui avait chuchoté à l'oreille : « Tu te souviens, quand tu m'as demandé pourquoi j'avais modifié l'angle de la prise de vue ? »

Elle avait oublié, mais à présent cela lui revenait. « Oui.

– Regarde bien », lui avait-il dit, et il avait montré du doigt non pas l'écran, mais la mer de têtes qu'il y avait devant eux, six cents environ.

À l'écran, Mia Farrow, dans le rôle de Rosemary, jette un coup d'œil à la vieille femme dans sa chambre. Le plan suivant indique ce qu'elle voit. Ruth Gordon dans le rôle de Mme Castevet, assise sur le lit, en train de parler au téléphone, en partie masquée par le montant gauche du chambranle.

Et, soudain, Sharon avait vu les six cents têtes se pencher légèrement sur la droite, comme pour contourner le chambranle de la porte. En voyant cela, Sharon en avait eu le souffle coupé. Bien sûr, ce n'était pas en penchant la tête sur la droite que les spectateurs verraient mieux – le plan était comme ça. Ils n'étaient pas non plus conscients de pencher la tête sur la droite ; ils avaient fait cela instinctivement. Donc Roman avait manipulé six cents personnes, et bientôt ce chiffre s'élèverait à des millions dans le monde entier : faire faire à des gens quelque chose qu'ils n'auraient jamais fait s'ils avaient réfléchi. Mais ils ne réfléchissaient pas. Roman réfléchissait à leur place.

Pourquoi avait-il fait cela ?

Parce qu'il le pouvait.

Elle l'avait regardé et il lui avait adressé le même fin sourire entendu que pendant le tournage, sauf que *cette fois-ci* elle comprenait. La seule pensée qui lui était venue à l'esprit avait été : *OUAH !*

Il y a des moments où Sharon sait que l'homme dont elle est tombée amoureuse et qu'elle a épousé n'est pas seulement un bon réalisateur. L'homme dont elle est tombée amoureuse et qu'elle a épousé est un Mozart du cinéma. Et cette première projection en public était un de ces moments.

Toutefois, la copie 35 mm du film dans lequel elle joue projetée sur le grand écran du Bruin est à peu près aussi éloignée de ce niveau artistique que la Terre l'est de la Lune. *Matt Helm règle son comte* n'est pas une œuvre d'art, c'est un film. Ce n'est même pas un *bon* film. Sauf, bien sûr, si ça vous fait rire de voir Dean Martin dans le rôle de Matt Helm. Or, comme c'est le quatrième de la série où Dean Martin interprète le rôle de Matt Helm, manifestement beaucoup de gens rient de voir Dean Martin dans le rôle de Matt Helm. (Le contrat signé par Dean Martin pour les films Matt Helm lui était tellement favorable qu'il a gagné plus d'argent sur les trois premiers que Sean Connery sur les *cinq premiers* James Bond. Ce qui exaspérait ce grippe-sou écossais de Connery.)

En s'avançant dans l'obscurité à la recherche d'un siège, Sharon constate qu'elle est arrivée dans la salle pour la scène où Matt Helm atterrit au Danemark.

Oh, génial, se dit-elle, la scène suivante est celle de l'hôtel où elle fait son entrée tonitruante. Se déplaçant de côté à petits pas dans une rangée vide, elle jette un œil dans la pénombre de la salle. Il y a de trente-cinq à quarante personnes disséminées dans l'immense cinéma.

Au moment où elle prend place à peu près au milieu de la rangée, à l'écran, Dean, dans le rôle de Matt, adresse à une hôtesse de l'air sexy une remarque désobligeante qui provoque l'hilarité dans la salle.

Bien, se dit-elle, *ils rigolent, ils apprécient le film*. Sharon sort de son sac à main les énormes lunettes qu'elle met chaque fois qu'elle regarde un film avant de se caler au fond de son siège au moment où l'agent secret Matt Helm, dans sa tenue veste sport et col roulé, entre dans le hall de l'hôtel danois.

Deux espionnes ennemies, Elke Sommer et Tina Louise, le surveillent. Tandis que Helm parle à l'employé danois de la réception, « *T. Louise* », s'exprimant avec un accent qui semble vaguement hongrois, approche l'agent secret et établit le contact, fixant un rendez-vous plus tard dans la soirée.

Tandis qu'elle s'éloigne en catimini, Matt Helm se tourne vers l'employé de la réception et lui lance sur son fameux ton pince-sans-rire : « Sacré hôtel, que vous avez là. »

Sharon Tate fait alors son entrée dans son rôle de jeune femme pataude, l'agent secret « Freya Carlson »...

Se tenant hors champ, sur le plateau de tournage, au Danemark, en attendant que le réalisateur Phil Karlson lui demande de jouer sa scène, Sharon repensait à la première fois qu'elle avait lu le scénario, cinq mois plus tôt.

En apprenant qu'on lui proposait un rôle dans une nouvelle satire de film d'agent secret avec Dean Martin/Matt Helm, elle avait spontanément pensé que ce serait un rôle d'élégante femme fatale sexy. Et si on lui avait proposé le rôle d'une des trois autres actrices principales – Elke Sommer, Nancy Kwan et Tina Louise –, elle aurait eu raison. Mais son personnage, Freya Carlson, était l'acolyte godiche et balourde de Matt Helm. Sharon avait déjà joué dans deux comédies avant *Matt Helm règle son comte* : la farce olé olé avec Tony Curtis, *Comment réussir en amour sans se fatiguer*, et le film de Roman, *Le Bal des vampires*. Mais aucune des deux comédies ne lui avait donné l'occasion d'être drôle. Alors que les autres acteurs (Tony Curtis, Roman Polanski, Jack MacGowran) dans les deux films couraient frénétiquement, se cassaient la figure et grimaçaient à qui mieux mieux, Sharon avait pour consigne de prendre une expression absente et d'être séduisante (autrement dit : le « petit moi sexy »). Sa beauté sidérante en bikini dans *Comment réussir en amour sans se fatiguer* était censée avoir un effet comique. Mais, contrairement à Leigh Taylor-Young dans *Le Baiser papillon*, le film ne tirait pas une seule fois parti du potentiel comique du personnage.

Le rôle de Freya Carlson, en revanche, était différent. Dans cette comédie, elle jouait la comparse qui fait rire. Elle était censée faire rire face à Dean Martin, un des meilleurs acteurs de comédies légères dans la profession. D'autre part, comme son personnage était celui d'une empotée, construit autour d'un comique de geste (tomber sur le derrière, glisser dans la boue, renverser toutes sortes d'objets), dans le fond, on lui demandait de jouer le rôle de Jerry Lewis face à Dean Martin ! Sharon avait sauté sur l'occasion.

Bon, mais ça, c'était lors de la première lecture du scénario.

À présent, sur le plateau de tournage, au Danemark, debout dans le hall d'un hôtel danois, en attendant que le réalisateur lui dise « moteur », après quoi son personnage ferait son entrée et effectuerait sa première chute comique, les quatre fers en l'air, Sharon était terrifiée. Non pas de se blesser, même si elle redoutait que ce ne soit l'arrière de son crâne qui heurte en premier le sol dur du hall de l'hôtel. Le coordinateur cascade, Jeff, lui avait dit de rentrer le menton dans sa poitrine en tombant, et tout se passerait bien. On lui avait mis du rembourrage sous sa tenue pour protéger son postérieur et le bas de son dos. Et Jeff lui avait donné plusieurs trucs pour tenir sa tête : ramener le menton dans sa poitrine en tombant, garder la bouteille de champagne à la main, en la tenant bien haut pour qu'elle ne se brise pas au sol et ne se casse pas en mille morceaux qui lui retomberaient dessus. D'autre part, la caméra serait braquée sous sa jupe ; alors, une fois qu'elle serait par terre, si ses jambes partaient un peu n'importe comment, il faudrait qu'elle pense à les croiser. Mais la partie la plus terrifiante était d'exécuter une énorme chute sur le derrière devant l'ancien partenaire de Jerry Lewis.

En coulisse, attendant le signal pour faire son entrée, les bras chargés de babioles, la tête encombrée de tout ce qu'elle devait penser à faire, elle ne s'était jamais sentie autant dans la peau d'un personnage. Comme Freya, elle se sentait dépassée (Freya en tant qu'agent secret, Sharon en tant que comique) et intimidée par son partenaire plus expérimenté (Matt Helm, le plus grand agent secret au monde après James Bond, et Dean Martin, la moitié d'un des plus grands duos comiques à l'écran). En outre, comme Freya, elle avait hâte de passer à l'action, mais elle avait aussi un peu peur de tout foirer. Quelqu'un lui avait dit que, à un moment donné, Carol Burnett avait été envisagée pour le rôle de Freya. On comprenait clairement pourquoi cette option avait été écartée. Mais la production regretterait-elle ou pas ce choix ? Cela dépendait de la façon dont Sharon réussirait cette scène.

Phil Karlson, le réalisateur du film, un gentleman sympathique, lui avait dit que c'était ce moment qui définissait son personnage pour le public. Il avait été envisagé que son personnage ne soit qu'une jeune femme sexy à la grâce féline de plus, comme les autres personnages féminins principaux du film. Puis, une fois identifiée par le public comme la starlette des années soixante, ç'aurait été dans un deuxième temps seulement qu'elle se serait révélée une godiche comique. Mais, pour le plus grand plaisir de Sharon, Phil avait finalement écarté cette option. « Tu es le meilleur personnage de tout ce film idiot », lui avait-il dit. En fait, Karlson était revenu sur cette idée. Jusqu'à la moitié du film, le personnage de Sharon ne porterait rien de sexy. Ses longs cheveux blonds étaient teints en roux et noués dans sa nuque. Contrairement à Sommer, Kwan et Louise, qui faisaient toutes des apparitions dans des tenues tout à fait affriolantes, Sharon apparaissait pour la première fois à l'écran en uniforme du syndicat d'initiative danois. On lui avait collé de grosses lunettes comiques sur le visage et elle passait la première moitié du film coiffée de toute une série de bibis nunuches. « Pour moi, lui avait dit le réalisateur, le film ne commence véritablement que lorsque tu fais ton entrée. Donc, quand tu arrives, il faut que ça fasse boum. »

Naturellement, sur le coup, elle était tout excitée que le réalisateur ait confiance en elle ; seulement, l'heure du boum avait sonné, c'était maintenant, et elle espérait que ça allait être un *gros boum* et non pas un pitoyable floc.

Sur l'écran du Bruin, Sharon dans le rôle de Freya Carlson arrive en courant, une bouteille de champagne à la main, hurlant le nom de l'autre personnage avec qui elle partage la vedette : « *Monsieur Helm, monsieur Helm, monsieur Helm !* » Quand Dean se retourne pour la regarder, elle tombe à la renverse et atterrit en plein sur son étui à appareil photo.

Tous les spectateurs présents dans la salle se bidonnent quand Sharon se retrouve les quatre fers en l'air. *Ouah ! ça fait plaisir*, se dit-elle. Elle se retourne même sur son siège pour contempler les sourires sur les visages. Si elle pouvait, elle irait serrer la main de chacun d'entre eux en les remerciant individuellement. Elle se retourne vers l'écran, son joli minois barré d'un sourire jusqu'aux oreilles. *C'était une bonne idée*, se dit-elle. Elle fait descendre la fermeture Éclair de ses bottes blanches montantes, en sort ses pieds nus et pose ses longues jambes sur le dossier du siège devant elle, se calant confortablement pour apprécier le spectacle.

Chapitre quinze

« On jurerait que le rôle d'Edmond a été écrit pour toi »

L'acteur Rick Dalton, dans son costume de Caleb DeCoteau, et son réalisateur, Sam Wanamaker, sont assis dans leurs fauteuils de réalisateurs sur le tournage de *Lancer*. Ils discutent du personnage de Dalton.

« Je veux que tu penses à un serpent à sonnette, dit Sam. Je pense que le serpent à sonnette est ton animal totem. »

En temps normal, les réalisateurs de feuilletons sont tellement occupés à essayer de boucler la journée qu'ils n'ont pas le temps de causer animal totem. Mais Sam est de ces réalisateurs sérieux issus du théâtre britannique. Et, comme il a l'air si emballé par Rick, Rick se dit qu'il ferait bien de parler de cette manière enthousiaste lui aussi.

« Eh bien, c'est drôle que tu dises ça, ment Rick. Parce que justement je cherchais un animal totem pour Caleb.

– Eh bien, opte pour un serpent », dit Sam, puis il montre du doigt Jim Stacy, la vedette du feuilleton *Lancer*, assis à l'autre extrémité du plateau avec sur ses genoux Trudi Frazer, la toute jeune actrice qui joue le rôle de Mirabella Lancer. « Lui, vois-le comme une mangouste. C'est un duel.

On tournera cette scène plus tard aujourd'hui avec vous deux. Et je veux que tout passe par les yeux. »

Je veux que tout passe par les yeux ? Nan mais, putain, qu'est-ce que ça veut dire ? songe Rick.

Alors Rick, songeur, répète : « Tout par les yeux. »

Sam lui rappelle : « Tu te souviens quand j'ai dit "Hells Angels" avant ? »

Rick hoche la tête.

« Imagine-toi sur une grosse cylindrée. » Sam de nouveau montre du doigt Stacy avec sa chemise à jabot rouge. « Et ce type, là-bas, veut entrer dans ton gang. Tu vas lui faire subir exactement la même épreuve que si tu étais un boss des Hells Angels et qu'un gars se présentait pour intégrer ta bande.

– Je vois, dit Rick. Donc les chevaux sont quasi comme des bécanes ?

– Carrément, confirme Sam. Ce sont les motocyclettes de l'époque. »

Rick hoche la tête et dit : « D'accord.

– Et ton gang est un gang de motards », précise Sam.

Rick, hochant la tête à nouveau : « D'accord.

– Et ils ont fait main basse sur cette ville, comme un gang qui chevauche des motocyclettes fait main basse sur une ville et terrorise tout le monde », dit Sam.

Jim Stacy a beau être de l'autre côté du plateau et donc ne pas pouvoir les entendre, Rick se penche vers Sam et lui demande sur le ton de la confidence : « Et donc Stacy voulait vraiment une moustache ?

– Ah, ça, tu peux me croire, lui répond Sam en riant, je ne te dis pas comme il a fallu batailler à propos de cette satanée moustache. Il voulait tellement que Johnny Madrid ait une moustache. Pour lui, c'était ça, le personnage. Tu vois, Stacy, comme Madrid, a un côté sombre. Mais pas taciturne genre Actors Studio. Sombre plutôt du genre : peut-être qu'un jour il ira en taule. Mais il ne veut pas être comme Doug

McClure ou Michael Landon. Donc la moustache faisait de lui quelqu'un de différent. Mais, ensuite, CBS a opposé son veto à toute cette histoire de moustache. »

Rick déteste devoir se trimbaler avec cette espèce de putain de chenille poilue collée à la figure. Il n'empêche, savoir que Stacy la voulait à tout prix fait que Rick la sent de mieux en mieux, cette moustache.

Sam poursuit : « Puisqu'on parle de moustache postiche, la dernière fois que j'en ai porté une, c'est quand j'ai fait *Lear* sur scène – avec Olivier. Et chaque soir il sortait après la scène de la tempête trempé de pluie et en sueur. Ensuite il m'adressait un coup d'œil – je jouais le duc de Cornouailles… » Puis, comme soudain pris par l'inspiration : « Rick, mon cher garçon, as-tu déjà fait du Shakespeare ? »

Rick éclate de rire, puis se rend compte : *Oh merde, il déconne pas*. « Moi ? demande Rick.

– Oui, dit Sam.

Putain, mais est-ce que j'ai une tronche à faire du Shakespeare ?

– Non, répond Rick, j'ai pas fait beaucoup de théâtre.

– Ma foi, on jurerait que le rôle d'Edmond a été écrit pour toi, dit Sam.

– Euh… Ed… Edmond ?

– C'est le fils bâtard, lui rappelle Sam. C'est le fils bâtard qui a été toute sa vie plein de ressentiment. »

Tout personnage plein de ressentiment est un rôle pour Rick. « Bah, c'est pas moi qui dirai le contraire, répond Rick en toute sincérité.

– Il est plein de ressentiment parce que le roi l'a exclu, explique Sam.

– D'accord, dit Rick.

– Tu ferais un Edmond du feu de Dieu, déclare Sam.

Vraiment ? songe Rick.

– Eh ben merci, dit Rick, ça me flatte que tu penses ça. »

Rick n'arrive même pas à lire Shakespeare, alors encore moins à le parler, et encore moins à savoir de quoi ça parle.

« Et je serais honoré de te diriger en tant que comédien dans cette pièce, déclare Sam.

– Eh ben, répète Rick qui en rougit presque, une fois de plus, ça me flatte. »

Sam poursuit sur sa lancée : « Ça pourrait être un projet ensemble. Je pense que l'heure est venue, j'ai à présent assez de cheveux blancs pour incarner Lear. »

Rick avoue en toute franchise : « Bon, faudrait que je fasse un peu de lecture. Je vais être honnête, j'ai pas lu beaucoup de Shakespeare. »

J'en ai pas lu du tout, à vrai dire, songe-t-il.

« Ce n'est pas un problème, insiste Sam. Je peux travailler avec toi là-dessus.

– Faudrait que je joue avec un accent anglais ? demande Rick.

– Oh, doux Seigneur, surtout pas ! Je ne permettrais pas ça, explique Sam. Je sais qu'on a l'impression que les Britanniques ont le monopole du Barde. »

C'est qui, le Barde ? se demande Rick.

« Mais à mon avis, déclare Sam, c'est l'anglais américain qui est en réalité le plus proche de l'anglais parlé à l'époque de Will.

– Will ? Will qui ? demande Rick. Ah oui, Shakespeare !

– Oui, pas cette pompeuse prose ampoulée de cabotin de l'école Maurice Evans. »

Pompeuse prose ampoulée de quoi ? Maurice qui ?

« Les meilleurs acteurs shakespeariens sont des acteurs américains. En fait, à dire vrai, ce sont les acteurs espagnols ou mexicains – quand ils jouent en anglais – qui font les meilleurs acteurs shakespeariens. Le *Macbeth* de Ricardo Montalban : formidable ! Mais ce sont les Américains qui arrivent le mieux à faire sentir la poésie des rues, ce qu'est véritablement Shakespeare quand c'est interprété correctement – ce qui est rarement le cas. Sauf, bien sûr, si l'acteur américain essaie de jouer avec un accent anglais. Ça, c'est le pire.

– Ouais, je déteste ça, confirme Rick en flagrant délit de mensonge. Bon, comme j'ai dit, j'ai pas fait beaucoup de Shakespeare. Moi, j'ai surtout joué dans des westerns.

– Ma foi, tu serais étonné du nombre de westerns dont l'intrigue est shakespearienne », lui dit Sam. Puis il montre à nouveau du doigt James Stacy, de l'autre côté du plateau, la petite Trudi Frazer toujours assise sur ses genoux, et dit : « Tu vois, chaque fois qu'il y a lutte pour le pouvoir ou pour savoir qui sera le chef, c'est purement shakespearien. »

Rick hoche la tête et dit : « Oui, je vois.

– Et c'est le rapport qu'il y a entre vous deux – Caleb et Johnny –, une lutte pour le pouvoir. Et lorsqu'on fera votre scène finale ce soir, la scène de demande de rançon avec la petite, on pourra discuter de *Hamlet*. »

Rick demande : « Tu veux dire que Caleb est comme un Hamlet ?

– Et un Edmond.

– Hum, j'ai peur de pas connaître la différence.

– Eh bien, ce sont tous deux des jeunes hommes en colère et en conflit. Et c'est pour cela que c'est toi que j'ai choisi. Mais sous Hamlet, sous Edmond, il y a un serpent à sonnette.

– Un serpent à sonnette ?

– Sur une motocyclette. »

Chapitre seize

James Stacy

Jim Stacy avait attendu un peu plus de dix ans avant d'avoir son propre feuilleton. Et, aujourd'hui, premier jour de tournage du pilote de la nouvelle série *Lancer*, son heure était enfin venue.

Au mitan des années soixante, il avait été la vedette de deux pilotes : une sitcom d'une demi-heure où il jouait le rôle d'un jeune pédiatre, intitulée *And Baby Makes Three*, où jouaient Joan Blondell et un Gavin MacLeod d'avant la sitcom *The Mary Tyler Moore Show* pour lui donner la réplique. Et un feuilleton d'action, *Le Shérif*, l'histoire du shérif d'une station balnéaire, joué par la vedette de cinéma mexicaine Gilbert Roland, et d'un gang de surfeurs voyous dirigé par Stacy. Aucun des deux pilotes ne fut accepté par une chaîne pour devenir un feuilleton au long cours. *Lancer* en revanche, qui était produit par la Twentieth Century Fox pour CBS, était un pilote à gros budget, pour une série qui serait à coup sûr programmée à l'automne.

L'homme connu aujourd'hui sous le nom de James Stacy est né Maurice Elias à Los Angeles. Le joueur de football américain à la beauté rude jouant les durs était venu à la comédie comme nombre de jeunes hommes de cette époque. Maurice, à la fois beau gosse et couronné de succès sur le terrain de foot, était déjà une star dans son lycée. Idolâtrant James Dean (là encore, comme beaucoup d'autres jeunes hommes de cette époque), il s'était concocté une personnalité taciturne à la Dean et avait pris quelques cours de théâtre. Et, comme beaucoup d'autres jeunes hommes et jeunes femmes qui étaient les plus beaux de leur lycée, Maurice avait décidé de s'installer à Hollywood pour tenter sa chance comme acteur. Habitant à Glendale, l'apollon n'avait pas eu beaucoup de chemin à parcourir.

Maurice Elias décida de changer de nom pour devenir James Stacy. Le prénom en hommage à James Dean, le nom de famille en hommage à son oncle Stacy, son préféré. Il se mettait de la gomina dans les cheveux, portait des jeans serrés et traînait du côté du drugstore Schwab's, dans l'attente d'être découvert.

Son premier véritable rôle était un personnage récurrent : un des potes de Ricky Nelson dans *Les Aventures d'Ozzie et Harriet*. Pendant sept ans, il avait traîné à la buvette locale comme membre de la bande à Ricky, à manger des hamburgers et à boire des milk-shakes. Il avait également fait des apparitions dans des films à thématique militaire avec de futures stars de la télé : *C'est la guerre* avec Tom Laughlin (Billy Jack), Clint Eastwood (*Rawhide*), David Janssen (*Richard Diamond*) et Will Hutchins (*Sugarfoot*). Et dans *South Pacific*, également avec Tom Laughlin, Doug McClure (*Overland Trail*) et Ron Ely (*Tarzan*).

Stacy décrocha ses premiers vrais rôles dans des feuilletons télé : *Have Gun-Will Travel*, *Perry Mason*, *Cheyenne* et *Adèle*. Et son premier rôle important dans un long métrage de Disney, *L'Été magique*, dans lequel il partageait la vedette avec Hayley Mills.

Par la suite, lui et le fils du réalisateur de *C'est la guerre*, William Wellman Jr, seraient les vedettes de deux films du genre fiesta à la plage se déroulant dans un décor autre que balnéaire. *Winter A-Go-Go*, en 1964, qui se déroule dans une station de ski de Lake Tahoe, où Stacy fait des mamours à Beverly Adams, la petite chérie des années soixante (qui épouserait plus tard Vidal Sassoon). Jim chante même une chanson très chouette intitulée *Hip Square Dance*, composée par Boyce and Hart, les auteurs-compositeurs des tubes des Monkees. Un an plus tard, il rejoindrait Wellman Jr, *alias* « Wild Bill », dans *A Swingin' Summer*, qui se déroule à Lake Arrowhead. Dans ce film, les Righteous Brothers font une brillante apparition, en tant que guests, interprétant le seul morceau rock de leur répertoire, *Justine*. Mais la véritable raison pour laquelle quiconque se rappelle ce film, c'est qu'on y voit pour une des premières fois à l'écran Raquel Welch, qui ravit la vedette dans le rôle de l'intello à lunettes retirant ses lunettes à la Buddy Holly et se métamorphosant en bombe sexuelle pour chanter son titre phare, *I'm Ready to Groove*, accompagnée de Gary Lewis and the Playboys !

À cette période, Stacy épousa Connie Stevens, une des actrices les plus charmantes des années soixante ; le mariage dura quatre ans. Puis, après un certain nombre d'apparitions dans des rôles secondaires à la fin des années soixante, Stacy jouerait dans le projet qui allait faire de lui une star de la télé.

À l'époque, un des feuilletons les plus populaires de la grille CBS était *Police des plaines*. À la fin des années soixante, James Arness, la vedette de *Police des plaines*, tâchait d'être le moins présent possible dans le feuilleton. Arness avait beau se contenter de faire des apparitions sporadiques, telle une guest-star dans son propre feuilleton, la série était tellement installée auprès des téléspectateurs que le taux d'écoute n'en était pas affecté. CBS acceptait donc qu'il ne soit pas omniprésent (ce n'était pas qu'Arness envisageait de s'en aller pour se lancer dans le cinéma, il ne voulait juste pas travailler). Cela permettait par ailleurs à CBS de construire des épisodes autour d'invités vedettes excitants. Et si ces invités obtenaient de bons taux d'audience, ils avaient la quasi-certitude d'avoir leur propre feuilleton dans la grille CBS d'automne à la saison suivante.

Or l'épisode de James Stacy avait obtenu un des meilleurs taux d'audience de toute la série. Ce qui est significatif, compte tenu du fait que *Police des plaines* était un des feuilletons les plus réussis à l'époque.

L'épisode que fit James Stacy dans la treizième saison du feuilleton s'intitulait *Vengeance*. D'après un scénario de Calvin Clements, qui était à l'époque un des plus grands scénaristes de feuilletons western, avec à la réalisation Richard C. Sarafian, un réalisateur de feuilletons télé talentueux, qui passerait bientôt aux longs métrages qui deviendraient des films cultes classiques, comme *Point limite zéro* et *Le Convoi sauvage* (Barry Newman n'y est pas trop mal avec sa chemise blanche boutonnée et sa tignasse bouclée dans le rôle de Kowalski, le conducteur du Dodge Challenger dans *Point limite zéro*, mais James Stacy aurait été à la fois bien plus sexy et bien plus cool). *Vengeance* était un épisode en deux parties dont les vedettes étaient Stacy, John Ireland, Paul Fix, Morgan Woodward, Buck Taylor (juste avant qu'il intègre l'équipe en tant que Newly O'Brien, l'adjoint du marshal Dillon) et Kim Darby, un an avant *Cent dollars pour un shérif*.

Stacy joue Bob Johnson ; avec son frère aîné, Zack (Morgan Woodward), et Hiller (James Anderson) dans le rôle du père adoptif, ce sont des cow-boys errants qui parcourent la prairie. Ayant de la bouteille, ils savent que la loi tacite de la prairie veut que les veaux blessés soient achevés pour éviter d'attirer les loups, afin de ne pas mettre en péril tout le troupeau. Et donc, lorsqu'ils traversent à cheval un troupeau de bétail et repèrent un petit animal blessé, les trois hommes accomplissent leur devoir, puis s'apprêtent à dîner, avec du steak gratuit au menu. C'est là qu'arrive à cheval le vil magnat du bétail Parker (John Ireland), flanqué de ses deux fils, des hommes de son ranch et du shérif qui est à sa botte (Paul Fix). Le veau qu'ils ont achevé appartenait à Parker et avait été trouvé sur les terres de Parker. Les frères Johnson s'efforcent d'expliquer la situation. Mais Parker les considère comme des voleurs de bétail.

Ils tuent Hiller, paralysent Zack et blessent Bob, le laissant pour mort, l'affaire étant officiellement confiée au shérif à la solde de Parker (ce qui n'est pas sans rappeler la situation de *L'Étrange Incident*).

Bob survit et se rend avec son frère dans la ville voisine de Dodge City, où officie la vedette du feuilleton, le marshal Matt Dillon (James Arness). Le marshal Dillon informe les deux frères Johnson que Parker a sa propre ville, Parkertown, la municipalité jadis censée rivaliser avec Dodge City. Mais, alors que Dodge City avait pris de l'importance et était devenue une halte pour les diligences, Parkertown était restée un bourg insignifiant géré par une famille aisée de Borgia du Far West. Si le marshal Dillon croit en la véracité de l'histoire des frères Johnson et sait pertinemment que Parker est parfaitement capable de faire ce dont ils l'accusent, le fait est qu'ils se trouvaient *effectivement* sur les terres de Parker et qu'il s'agissait *effectivement* d'un veau appartenant à Parker. Et le shérif velléitaire qui a présidé à l'exécution, bien qu'étant le pantin de Parker, est l'autorité officielle de Parkertown. Et donc, si injuste que cela puisse paraître, l'exécution était légale.

Le marshal Dillon suggère à Bob de ne pas faire de vagues et de panser ses plaies, laissant au médecin (Milburn Stone) le soin de s'occuper de son frère alité.

Mais ce que tout le monde ignore, à Dodge City comme à Parkertown, c'est que Bob Johnson est une fine gâchette. Certes, Bob sait très bien qu'il ne peut pas débouler comme ça et descendre Parker et ses fils sans finir au bout d'une corde. Mais il sait également qu'il peut provoquer une fusillade avec Leonard (Buck Taylor), le salopard de fils de Parker, et le tuer en toute légalité. Et donc Bob se met à dire du mal des Parker à tous les gens qu'il croise à Dodge City, afin d'attirer Leonard en ville. Le plan de Bob fonctionne. Poussant à bout le fils idiot de Parker, il s'arrange pour que Leonard dégaine son pistolet contre lui en plein centre-ville, à l'occasion d'un bal, en présence de pratiquement tous les habitants de Dodge City.

Et le tue par balle en toute légalité.

Naturellement, Parker et ses hommes rappliquent en ville sur leurs chevaux, armés jusqu'aux dents, et demandent que justice soit faite. Mais le marshal Dillon informe le sanguinaire baron du bétail que la loi est la même pour tous. S'il ne pouvait pas officiellement intervenir pour le meurtre commis à la suite de l'incident du veau, de même il ne peut pas punir l'assassin de Leonard, car toute la ville est témoin que Bob a été attaqué par Leonard et n'a fait que se défendre.

Toutefois, Matt Dillon sait très bien que c'est Bob qui a orchestré toute l'affaire. Et il n'apprécie pas que des cow-boys errants déboulent dans sa ville, à Dodge City, et transforment sa grand-rue en terrain de massacre pour régler leur vendetta. Aussi dit-il à Bob que, dès que son frère sera en état de voyager, il exige qu'ils foutent le camp de Dodge City. Malheureusement, Zack, le frère de Bob, ne quittera jamais Dodge City. Parker envoie en effet nuitamment un tueur pour assassiner le frère alité de Bob.

Tout le monde sait que Parker a commandité ce meurtre, mais le prouver est une autre paire de manches.

Tandis que l'épisode intitulé *Vengeance, première partie* se termine, nous voyons James Stacy (seul) arriver à cheval dans le bled paumé connu sous le nom de Parkertown pour affronter le Parker campé par John Ireland et tous ses hommes.

Ouah ! Quel suspense !

Vengeance, seconde partie, à nouveau d'après un scénario de Clements, réalisé par Sarafian, reprend exactement là où la *première partie* s'achevait. Et s'ouvre sur une des fusillades les plus excitantes jamais filmées pour un feuilleton télé des années soixante. Le début de *Vengeance, seconde partie* ne donne pas le sentiment d'être un épisode de *Police des plaines*, mais plutôt l'apogée d'un excellent western des années soixante-dix sur le thème de la vengeance.

Que se passe-t-il ? À votre avis ? Bob bute tous les fils de pute, sans exception, de cette ville.

Hourra ! Ces enculés l'ont bien cherché !

Et on n'a pas à attendre, ça arrive sans tarder – *boum* – sur-le-champ. Après l'ouverture de la *seconde partie*, comme aurait pu vous le dire n'importe quel spectateur habitué à la trame d'un épisode de *Police des plaines*, ça se casse un peu la figure. Parce que, à partir de là, on sait que Matt Dillon va devoir tuer Bob Johnson et on joue la montre en attendant que ça se produise. Et, de fait, juste avant la fin, c'est exactement ce qui se passe. *Et ne manquez pas la suite dans le passionnant épisode de la semaine prochaine de* Police des plaines *!*

Tout jeune acteur ambitieux à Hollywood voulait jouer Bob Johnson. Rick Dalton aurait donné ses molaires pour décrocher le rôle. Au lieu de ça, la semaine où Jim Stacy tournait *Vengeance*, Rick faisait le couillon dans un jardin botanique, coiffé d'un casque colonial, jouant des scènes avec un Ron Ely pratiquement nu dans le rôle de Tarzan. Mais, une fois qu'on voit l'épisode, il est difficile d'imaginer qui que ce soit d'autre dans le rôle que Jim Stacy.

Une intrigue secondaire de l'épisode racontait le flirt de Bob avec une jeune fille innocente de Dodge City jouée par Kim Darby. Dans le feuilleton, Darby interprétait une gentille fille qui en pinçait pour Johnson, le vaurien dérangé. Et, pendant le tournage, la gentille Kim Darby tomba amoureuse de Jim Stacy, le vaurien dérangé. Ils se marièrent après le tournage et divorcèrent un an plus tard.

Les huiles de CBS savaient qu'ils avaient mis la main sur un acteur de grande valeur en la personne de Stacy quand ils l'avaient engagé pour lui confier le rôle très convoité de guest-star dans *Police des plaines*. À présent, en voyant le résultat, ils en sont sûrs.

CHANGEMENT DE SCÈNE. Jim Stacy, vêtu de la chemise à jabot rouge sangria de Johnny Lancer et d'une courte veste de cuir brun, est assis dans une chaise en bois devant l'hôtel Lancaster, dans la parcelle western de la Twentieth Century Fox ; c'est la première journée de tournage du pilote de sa nouvelle série. Les jambes de son pantalon clouté étendues devant lui, il boit de petites gorgées d'une minuscule bouteille verte de 7 Up.

À cet instant, il éprouve une pointe d'irritation. La raison, c'est qu'il vient d'apercevoir la moustache de Rick Dalton. En apprenant que Rick Dalton – Jake Cahill en personne – allait jouer le rôle de la crapule, Caleb DeCoteau, pour le pilote de son feuilleton, il avait été ravi.

Et ce, pour plusieurs raisons. Primo, il avait toujours apprécié Rick Dalton. Aussi bien dans *Chasseur de primes* que dans *Les Quatorze Gros Bras de McCluskey* (il l'avait aimé aussi dans le western qu'il avait fait avec Ralph Meeker, mais il ne se souvenait plus du nom).

Secundo, le fait que Fox et CBS mettent la main au porte-monnaie afin d'avoir une vraie vedette de la télé pour jouer la crapule dans le pilote prouvait qu'ils croyaient réellement au potentiel du feuilleton. Et tertio, du point de vue de l'ego, le moment était enfin venu où Jim Stacy, en tant que vedette, se trouvait face à des crapules de l'envergure de Rick Dalton. C'était aussi une façon dynamique de propulser son personnage de Johnny Lancer. À la fin, quand Johnny arrive à vaincre Caleb, non seulement il sort victorieux de l'affrontement contre le méchant de la semaine, mais le public verra que Johnny Lancer est plus fort que Jake Cahill (une icône des westerns à la télé), et Lancer en sortira triomphant. Il se souvient d'en avoir discuté avec Sam Wanamaker, le réalisateur du pilote. Pour le rôle de Caleb DeCoteau, il avait le choix entre deux gars. Le premier était Dalton, la vedette prestigieuse en guest-star. Le second était un jeune acteur prometteur, Joe Don Baker, qui avait été l'un des détenus dans *Luke la main froide* et l'un des sept dans le dernier volet de la série des *Sept Mercenaires* avec George Kennedy (Jim avait passé l'audition pour le rôle de McQueen, mais c'était Monte Markham qui avait emporté le morceau). Wanamaker aimait bien Baker. Il ressemblait à un acteur de cinéma et ça plaisait à Sam qu'il soit grand (Baker était plus grand que Stacy). Mais l'idée de prendre un cow-boy connu et de brouiller son image était trop belle pour que Wanamaker n'y succombe pas. Wanamaker ne voulait pas que ce feuilleton ressemble à *Bonanza*, à *La Grande Vallée* ni à n'importe quel feuilleton western parmi les dizaines diffusés dans les années soixante. Les westerns spaghetti venus d'Italie avaient introduit un nouveau look rêche qui commençait à contaminer leurs homologues américains. Ouais, bien sûr, il y avait encore les feuilletons fadasses réalisés par les Andrew McLaglen et autres Burt Kennedy, avec en vedette les Wayne, Stewart, Fonda, Mitchum et autres vieux croulants qui servaient encore leur rengaine empreinte de nostalgie à un public de moins en moins nombreux. Mais les westerns américains de 1969 se mettaient à avoir une saveur différente. En partie par réaction face à l'étonnant sex-appeal d'Eastwood dans les westerns de Leone, les stars étaient de plus en plus jeunes. Elles s'habillaient avec bien plus de panache que ce que pouvait autoriser la garde-robe standard de Western Costumes sur Santa Monica Boulevard. Et, de plus en plus, ils appartenaient à la catégorie des « anti-héros ». À telle enseigne que certaines vieilles vedettes de l'ère Eisenhower cherchèrent à infléchir leur image.

William Holden, dans *La Horde sauvage*, est à la tête d'une bande de salopards assassins. Sa première réplique du film, à propos des clients innocents de la banque qu'ils sont en train de braquer : « S'ils bougent, butez-les ! »

Henry Fonda commençait sa prestation dans *Il était une fois dans l'Ouest* en tirant une balle dans la tête d'un enfant de cinq ans.

Des acteurs qui avaient, toute leur carrière, joué des rôles de méchants à la fois dans des western longs métrages et dans quasiment tous les feuilletons western à la télé, comme Lee Marvin, Charles Bronson, Lee Van Cleef et James Coburn, étaient soudain les héros... et les stars de cinéma !

Et les méchants de ces nouveaux westerns n'étaient pas seulement des sales types ; c'étaient des maniaques sadiques et sanguinaires. Et tout parallèle avec les questions politiques délicates du moment était encouragé. Dans *Little Big Man* et *Soldat bleu*, c'était la guerre du Vietnam. Dans *Willie Boy*, l'Indien interprété par Robert Blake tâchant d'échapper au « Blanc » était *de facto* un Black Panther. Et quand les personnages se faisaient tuer dans ces films, ils ne se contentaient pas de se mettre la main sur le ventre, de faire la grimace en geignant, puis de tomber lentement au sol. Leurs entrailles giclaient, et le sang éclaboussait l'écran. Si Sam Peckinpah était derrière la caméra, leurs entrailles giclaient à raison de cent vingt images par seconde et les explosions de gerbes de sang rouge atteignaient à une véritable poésie visuelle, au-delà de la simple brutalité d'un Don Siegel.

Naturellement, Sam Wanamaker ne pouvait aller complètement dans ce sens pour un feuilleton CBS diffusé le dimanche soir à dix-neuf heures trente. Mais il pouvait s'efforcer de créer une ambiance semblable pour ce nouveau style de western. À cet effet, il avait l'intention de s'y prendre de deux manières. Primo, le look, surtout concernant les costumes. Et, secundo, la caractérisation de l'une des trois vedettes du feuilleton, le personnage de Jim Stacy, Johnny Lancer, *alias* Johnny Madrid. De tous les feuilletons western de cette période (et d'ailleurs *Lancer* a marqué le début de la fin de cette période), Johnny Lancer fut, et haut la main, ce qui s'approcha le plus d'un anti-héros du genre dans tout son éventail.

C'était l'aspect louche du personnage qui excitait à la fois Stacy et Wanamaker. Et, pour exploiter cet aspect du personnage, les deux hommes avaient eu l'idée d'attribuer une moustache à Johnny Lancer. Bon, si Jim Stacy voulait que Johnny Lancer ait une moustache, ce n'était pas uniquement par souci de cohérence du personnage. Un des clichés des feuilletons western des années soixante, lorsqu'il s'agissait de choisir les deux personnages principaux, était que, presque systématiquement, l'un était brun et l'autre avait les cheveux clairs. Wayne Maunder, avec qui Stacy partageait la vedette et qui jouait son demi-frère, Scott Lancer, était le blond. Et Jim était le brun. Mais Jim savait aussi que, avec une moustache, il détournerait encore plus l'attention de l'autre vedette et ferait quelque chose de relativement inédit.

La production avait répondu à la fois à Stacy et à Wanamaker : « Bien essayé. Mais pas question, putain. Si vous voulez coller une moustache à quelqu'un, que ce soit à la crapule. »

Et donc, à présent, voilà où nous en sommes, premier jour de tournage, et Rick Dalton a une super touche avec sa veste en cuir brun avec manches à franges et une stache d'enfer qu'ils n'autoriseraient jamais pour Stacy. *Ces espèces de salopards*, se dit Stacy. *Un de ces jours, ils laisseront un crétin porter la moustache dans son feuilleton ; et, après, tout le monde aura la moustache. Et ce crétin pourrait être moi !*

Mais, parmi les idées qui fusent dans la tête de Stacy, il n'y a pas que la question de la moustache de Rick. En se récitant son texte, la veille, pour préparer leur grande scène ensemble, Jim s'est rendu compte que Dalton avait toutes les meilleures répliques. Sam avait fait le mec contrit vis-à-vis de Stacy quand la prod avait dit *niet* à l'idée de la moustache. Mais le réalisateur n'avait pas pu cacher son enthousiasme à la perspective d'avoir Rick Dalton pour interpréter Caleb.

À tel point que maintenant, se dit Jim, ce qui excite le plus son réalisateur, plus que d'imposer Johnny Lancer, c'est de subvertir l'image de Rick Dalton. Et l'acteur ne peut s'empêcher de penser à ça tandis qu'il prend place sur *son* plateau tout en observant Rick Dalton et *son* réalisateur assis dans leurs fauteuils de réalisateurs, rigolant et bavardant comme si c'était leur cinquième film ensemble. *Putain, mais qu'est-ce qui se trame entre ces deux-là ?* se demande Stacy en sirotant son soda.

Précisément à cet instant, Trudi Frazer, la gamine qui joue le rôle de sa demi-sœur, Mirabella Lancer, s'approche en sautillant et se juche sur ses genoux.

« Quoi de neuf, docteur ? » demande-t-elle. Elle remarque qu'il regarde fixement en direction de l'acteur jouant Caleb et du réalisateur Sam, chacun assis dans son fauteuil de réalisateur, en train de tailler le bout de gras en toute convivialité.

« On étudie la concurrence ? » s'enquiert-elle avec insolence.

Détournant le regard, il considère la petite installée sur ses genoux et demande : « Tu disais, la mioche ?

– Eh bien, dit-elle, je te voyais bomber le torse devant Caleb, de l'autre côté du plateau. Alors je me suis dit que j'allais venir te voir et te lisser affectueusement le plumage. »

Il ne conteste pas ce que vient d'affirmer la fillette, ne tente pas de faire croire qu'il n'est pas contrarié en regardant son partenaire avec sa dégaine d'enfer. Au contraire, il lui confie : « J'y crois pas que cette satanée moustache, c'est à lui qu'ils l'aient mise. » Stacy crache : « Je voulais que Johnny Madrid ait une moustache. Ces putains d'incapables de la prod n'ont rien voulu savoir. »

Elle demande à Jim : « Tu es allé dire bonjour à l'acteur qui joue Caleb ?

– Pas encore, répond-il.

– Eh bien... – elle tend le bras en direction de l'acteur à la figure recouverte d'une belle pilosité – il est juste là. Qu'est-ce que tu attends ? C'est ton feuilleton. Il est ton invité. À toi de te présenter et de lui souhaiter la bienvenue à bord.

– Je vais le faire, trésor, promet-il. Il est en train de parler à Sam pour l'instant. »

Elle fait non de la tête, pour bien lui signifier qu'elle n'y croit pas une seconde, et lui murmure : « Des excuses, des excuses, des excuses.

– Hé, la mioche, je vais le faire, répond-il irrité. Lâche-moi la grappe. »

Trudi agite les mains en l'air. « Okay ? Okay, okay, dit-elle. C'est ton feuilleton, tu sais ce que tu fais. Prends ton temps. »

Jim Stacy souffle de colère et boit une gorgée à sa petite bouteille verte de 7 Up.

Trudi se tortille sur ses genoux et demande : « Tu connais Caleb en tant qu'acteur ?

– En tant qu'acteur ? répète-t-il. Bien sûr que je le connais… »

Elle interrompt illico : « Ne me dis pas son vrai nom, le prévient-elle. Je veux qu'il soit uniquement Caleb pour moi !

– Bon, eh bien, dans ce cas, explique-t-il, *Caleb* avait son propre feuilleton de cow-boys il y a environ six ans.

– Il était bon ? » demande-t-elle avec sincérité.

Jim jette un œil à Rick Dalton, qui a une sacrée allure, et qui n'est pas du tout pareil dans son costume de Caleb, avec la moustache que lui voulait avoir, et ils sont là, tous les deux, avec son réalisateur, à s'entendre comme larrons en foire ; alors Jim répond, plus à lui-même qu'à la petite : « Il était pas mauvais. »

Rick Dalton est assis dans son fauteuil de réalisateur, à l'ombre, en tenue de Caleb, en train de lire son livre de poche, *Les Chevaux sauvages*. Tout en lisant, pour tuer le temps avant sa première scène importante (le premier assistant réal lui a dit qu'ils s'y mettraient sans doute d'ici une heure et demie), il aborde le livre avec plus de sérieux qu'avant sa rencontre émouvante avec la petite. Elle avait raison, la gamine : en fait, c'est un vachement bon roman. Et Tom, *alias* « Easy Breezy », est un vachement bon personnage. Ça vaudrait peut-être le coup d'essayer d'obtenir les droits et d'en faire un film, avec Rick dans le rôle d'Easy Breezy. Il pourrait peut-être convaincre Paul Wendkos de le réaliser.

La première scène qu'il va tourner aujourd'hui est aussi sa première apparition dans le pilote. Et c'est une scène de présentation assez habile. Avant que nous fassions sa connaissance, les autres personnages ont beaucoup parlé de lui. Ce qui crée toujours une attente de l'instant où le personnage va enfin apparaître à l'écran. Si ç'avait été un film, il aurait demandé que cette scène ne soit pas tournée dès le putain de premier jour ! Mais bon, là c'est la télé, et à la télé on ne tourne pas un scénario, on respecte un calendrier. Et s'il est logique que la grande scène soit tournée le premier jour – voire de bon matin –, ben, c'est comme ça. Dans la scène, il a affaire à deux acteurs, James Stacy qui joue Johnny Lancer, le rôle principal du feuilleton, et Bruce Dern qui joue Bob Gilbert, *alias* « Bob le Businessman », son homme de main. Ça fait maintenant cinq ans que Rick connaît Bruce (tout le monde connaît Bruce Dern, putain). Et Bruce connaît l'autre vedette, Wayne Maunder, de l'époque où Wayne était la vedette de son feuilleton d'avant, dans lequel il jouait Custer. Rick n'y avait jamais fait d'apparition, contrairement à son pote Ralph Meeker. Et, un soir que Dalton et Meeker picolaient au Riverbottom Bar & Grill (en face des Burbank Studios), Maunder avait débarqué et s'était joint à Rick et à Ralph pour un ou deux verres. Rick et Wayne ne s'étaient pas revus depuis ce fameux soir, alors ils s'étaient dit bonjour et Wayne lui avait souhaité la bienvenue sur le feuilleton. Tout comme Andrew Duggan, qui joue le patriarche Murdock Lancer (Duggan a joué deux fois dans *Chasseur de primes*). Une fois que Dalton était sorti de la loge maquillage, lui et Duggan avaient fumé des cigarettes en se racontant ce qu'ils avaient fait dernièrement. Dalton avait félicité Duggan pour son nouveau feuilleton qui semblait bien marcher. Mais Rick Dalton n'a pas encore officiellement été présenté à celui avec qui il partage la vedette, James Stacy.

Il l'a vu à l'autre bout du plateau tout à l'heure. Mais le protocole veut que lorsqu'un acteur établi est l'invité vedette de votre feuilleton, c'est au personnage principal de la série de prendre l'initiative de venir saluer l'acteur et de le remercier de bien vouloir faire une apparition dans le feuilleton.

Comme Rick l'avait fait quand Darren McGavin était venu en guest dans *Chasseur de primes*, de même qu'Edward

G. Robinson, Howard Duff, Rory Calhoun, et Louis Hayward, et même Douglas Fairbanks Jr. C'est Rick qui avait pris l'initiative de leur souhaiter la bienvenue à bord et de les remercier pour leur contribution. Mais il est deux heures de l'après-midi, et Jim Stacy n'est toujours pas venu saluer Rick et lui souhaiter la bienvenue. Van Williams l'avait fait sur *Le Frelon Vert*. Ron Ely l'avait fait sur *Tarzan*. Gary Conway l'avait fait sur *Au pays des géants*. Efrem Zimbalist Jr l'avait fait sur *Sur la piste du crime*. Mais ce petit merdeux de Scott Brown ne l'avait pas fait sur *Bingo Martin*. Si vous êtes quelqu'un et que le personnage principal du feuilleton n'est pas venu se présenter à vous avant que vous vous retrouviez devant la caméra, c'est l'équivalent d'un *Va te faire foutre !* devant toute l'équipe.

Les deux hommes sont sur le plateau depuis suffisamment longtemps ; à l'heure qu'il est, Jim *aurait dû* venir le saluer. Mais Dalton est prêt à faire preuve d'une certaine mansuétude. C'est son premier jour sur son premier feuilleton. Il a de quoi être nerveux. Mais s'il ne vient pas vite le saluer, alors il aura un ennemi pour la vie.

De fait, Rick n'aura pas eu longtemps à attendre. Alors qu'il est en train de lire son livre de poche, il repère derrière la cime des pages le nouveau crâneur qui a le vent en poupe, dans sa chemise rouge à jabot et son jean noir constellé de clous le long de la jambe, lequel traverse le site western poussiéreux de la Twentieth Century Fox et s'approche de lui.

Putain, c'est pas trop tôt, songe Rick. L'acteur fait mine de ne pas voir Jim à l'approche et poursuit sa lecture.

Lorsque l'acteur principal de la série, d'une beauté diabolique, arrive devant Rick, il dit son nom avec un point d'interrogation à la fin.

« Rick Dalton ? »

Le regard de Rick remonte au-dessus des pages du western qu'il feignait de lire et il pose le livre sur ses genoux. « Absolument », telle est sa réponse.

Jim Stacy lui tend la main et dit : « Jim Stacy. C'est mon feuilleton ; bienvenue à bord. »

Rick sourit et serre la main du crâneur qui a le vent en poupe.

Stacy dit : « On est vraiment contents d'avoir un pro comme vous dans le rôle de la crapule sur le pilote. Je veux juste que vous sachiez que j'étais un grand fan de *Chasseur de primes*. C'était un sacrément bon feuilleton, vous avez de quoi être vraiment fier.

– Eh ben merci, Jim », telle fut la réponse de Rick à Stacy. « Oui, c'était sacrément bon, et oui, j'en suis fier.

– Faut que je vous dise, poursuit Jim Stacy. J'ai été à deux doigts de vous rejoindre dans *Les Quatorze Gros Bras de McCluskey*.

– Sérieux ?

– Ouais, lui dit Stacy. Il a été question que j'aie le rôle de Kaz Garas. Bon, j'avais aucune chance face à lui. Il avait déjà eu le rôle vedette dans un film de Henry Hathaway à cette époque, mais je le voulais vraiment. »

Bon enfant, Dalton réplique : « Bah, je vais vous dire, moi, j'ai décroché le rôle sur un pur coup de bol. Jusqu'à deux semaines avant le tournage, c'est *Fabian* qui devait avoir le rôle. Et là, il se luxe l'épaule en faisant un *Virginien* – c'est comme ça que je l'ai eu. Le réalisateur, Paul Wendkos, avait travaillé avec moi aux débuts, il avait fait quelques *Chasseur de primes*, alors il a soufflé mon nom à Columbia. »

Jim Stacy s'assoit dans le fauteuil de réalisateur vide à côté de Rick, occupé précédemment par Sam, se penche vers la star de *Chasseur de primes* et demande sur le mode de la confidence : « Rick, il faut que je vous pose une question à propos d'un truc que j'ai entendu dire. Est-ce que c'est vrai que vous avez failli avoir le rôle de McQueen dans *La Grande Évasion* ? »

Oh non, se dit Rick, *c'est reparti. Il faut toujours que le crâneur qui a le vent en poupe me pose la question à la con en mode passif-agressif.*

Rick se revoit assis sur le plateau du *Frelon Vert* quand l'acteur principal de la série, Van Williams, dans sa panoplie de Frelon Vert, l'avait interrogé à propos de cette même rumeur. Ou Ron Ely, pratiquement à poil, dans son pagne mini-mini de Tarzan. Et, dans les deux cas, aucun des deux n'était suffisamment bon acteur pour dissimuler la pitié qu'ils retenaient au coin de l'œil.

Rick sert à Jim Stacy la réponse en version courte à la question que lui a posée Marvin Schwarz pas plus tard que la veille.

« J'ai jamais passé d'audition, jamais eu un rendez-vous, jamais rencontré John Sturges. Je crois pas qu'on puisse dire que j'ai failli décrocher le rôle... »

Rick s'interrompt, mais un « mais » sous-entendu reste en suspension dans l'air, et c'est Stacy qui le prononce : « *Mais* ? »

Rick reprend à contrecœur : « Mais... à ce qui paraît... pendant un court moment, McQueen a failli refuser le rôle. Et, au cours de ce bref moment – apparemment –, j'ai été sur une liste de quatre. »

Les sourcils de Stacy se haussent et il se penche encore un peu plus : « Vous et qui ?

– Moi et les trois George : Peppard, Maharis et Chakiris. »

Stacy fait une grimace peinée et instinctivement tapote Rick sur l'épaule en disant : « Aïe, ça, ça doit foutre les boules. Face aux trois pédales, vous auriez eu le rôle à coup sûr. Bon, y aurait eu Paul Newman, je dis pas, mais putain, les trois George ? »

Las, Rick s'empresse de répondre : « Toujours est-il que j'ai pas été pris. C'est McQueen qui a eu le rôle. Et franchement… j'ai jamais eu la moindre chance. »

Stacy rit, hoche la tête et dit : « Il n'empêche… », et il fait semblant de s'enfoncer un couteau dans le cœur et de tordre la lame.

Rick observe une seconde ou deux ce connard tout sourire assis à côté de lui, puis lui demande :

« Hé, Jim, je me demandais… vous pensez quoi de ma moustache ? »

Chapitre dix-sept

La médaille du Mérite

En quittant l'armée après la Deuxième Guerre mondiale, Cliff avait en poche de l'argent et deux médailles du Mérite. Il fallait aussi qu'il décide ce qu'il voulait faire du reste de sa vie. Ce qui, franchement, ces dernières années, n'avait pas été une décision qu'il pensait avoir un jour à prendre. En combattant en Sicile, Cliff savait qu'il avait de grandes chances de ne pas s'en sortir vivant. Et puis, à partir du moment où il avait été transféré aux Philippines pour se battre aux côtés de la guérilla philippine contre l'armée d'occupation japonaise, il avait été carrément certain de ne jamais revoir son pays natal. Ensuite, une fois capturé par les Japonais et enfermé dans un de leurs camps de fortune pour prisonniers, dans la jungle philippine, Cliff Booth s'était considéré comme un mort-vivant. C'est parce qu'il avait mentalement déjà dit au revoir à la vie que Cliff avait tenté l'audacieuse évasion qui lui avait permis de prendre la tête des prisonniers philippins pour renverser leurs gardiens et tous les exécuter, s'échapper dans la jungle et rejoindre leurs camarades résistants.

Leur évasion avait été tellement audacieuse et excitante que Columbia Pictures en avait tiré un chouette petit film d'action, réalisé par Paul Wendkos, intitulé *La Bataille de la mer de Corail*. Le film de Wendkos racontait l'évasion de manière hautement divertissante, mais énormément fictionnalisée. Dans le film, ce n'était pas Cliff et un groupe de Philippins qui parvenaient à s'échapper du camp de prisonniers. C'était l'équipage d'un sous-marin américain, mené par son capitaine, joué par Cliff Robertson, qui accomplissait l'aventure héroïque. Et, singulière coïncidence, alors que Cliff Booth n'avait pas encore fait sa connaissance, Rick Dalton jouait un des hommes de Robertson.

Le film faisait néanmoins l'impasse sur moult détails de l'histoire véridique. Il n'était fait mention ni de Cliff Booth ni des Philippins, et les Japonais du film ne coupaient pas la tête de la plupart des membres de l'équipe, comme ils l'avaient fait dans la réalité. Le film ne montrait pas non plus les prisonniers survivants décapitant les Japonais du camp, une fois que le vent avait tourné. De même, le brutal commandant japonais du camp était fort éloigné de son homologue au cinéma, lequel était, lui, sophistiqué, débonnaire, lettré et honorable.

Merde, s'était dit Cliff en voyant le film, *si ce salopard sadique avait été aussi sympa, je serais resté où j'étais jusqu'à la fin de la guerre*. De fait, Cliff Booth considérait que le connard du film, c'était Cliff Robertson. Il avait plus tard avoué à Rick (qui *adorait* le film) : « Quand j'ai regardé ce putain de film, j'étais pratiquement pour les Japs. »

Il n'empêche, les détails de l'évasion proprement dite étaient relativement corrects. En tout cas, si sur le coup Cliff avait été quasi certain qu'il ne sortirait pas vivant de la jungle, maintenant qu'il s'en était tiré, sa survie se révélait un poil problématique. À présent se posait la question de savoir ce qu'il allait faire du reste de sa vie, et Cliff n'en avait pas la moindre idée, que dalle.

Pour commencer, il n'était pas pressé de retourner aux États-Unis. Et donc, une fois renvoyé à la vie civile, il se dit qu'il allait visiter Paris. Et c'est en vivant à Paris quelques mois, à manger du fromage et de la baguette, à boire du vin rouge comme si c'était du Coca-Cola, qu'il avait découvert une profession dont il ignorait tout jusqu'alors : « souteneur ».

Une profession plus communément désignée par le terme de « proxo ». Le proxénétisme était pour Cliff, comme pour beaucoup d'Américains de son époque, un concept totalement inconnu. Il comprenait la notion de tenancière de maison close. Mais, à Paris, Cliff avait rencontré des types qui se faisaient appeler *maquereaux*, ou *macs*. Ces types étaient impeccablement sapés, ils traînaient toute la journée dans des bars et mettaient des femmes sur le trottoir, où elles vendaient leurs charmes, l'argent gagné étant ensuite remis au *mac*. Pour un Américain de l'époque, l'idée était sidérante qu'une femme vende ses charmes, puis reverse l'argent à un homme. Mais ces Français avaient rôdé la combine au point d'en faire une science. Cliff était bel homme et avait su toute sa vie manipuler les femmes pour qu'elles s'orientent dans un sens allant à l'encontre de leur intérêt. Faire en sorte qu'elles lui offrent leur baba, c'était facile. Mais qu'elles *vendent* leur baba et ensuite lui *refilent* le flouze ? La vache, là c'était une manipulation d'un tout autre niveau. S'il arrivait à piger comment ces gus français s'y prenaient, voilà un métier qu'il pourrait exercer quand il rentrerait au pays. Et donc Cliff avait fait la connaissance d'un ou deux de ces types.

« La fille, qu'est-ce qu'elle tire de l'arrangement ? » avait demandé Cliff. Le Français avait livré à Cliff l'explication suivante :

« Les femmes paient pour que tu prennes soin d'elles. Et, *en effet*, tu prends soin d'elles. Tu les protèges. Des clients, des poulets, des voyous et des autres femmes. Tu les sors et tu leur fais plaisir en les exhibant. Ouais, elles te donnent de l'argent, mais tu dépenses beaucoup pour elles. Tu pourrais juste leur donner une part de ce qu'elles gagnent, mais ce ne serait pas romantique. Et puis, elles finiront par piger et, une fois qu'elles auront pigé, elles seront contrariées. Alors que si tu empoches l'argent qu'*elles* gagnent et que tu dépenses beaucoup *pour elles*, que tu leur achètes les choses qu'elles aiment, des robes, du parfum, des bijoux, des perruques, des collants, des magazines, du chocolat, et que tu les emmènes là où elles aiment aller, au restaurant, dans les bars, au cinéma, au dancing, elles oublient que c'est leur pognon. Tant qu'elles font ce que dit Papa, Papa prend soin d'elles.

– Il doit tout de même y avoir autre chose, non ? avait demandé Cliff.

– Ne sous-estime pas le désir des femmes d'avoir un Papa qui s'occupe d'elles, avait répondu le mac français. Néanmoins, tu as raison. Ça ne se résume pas à ça. Il y a une chose qui compte plus que tout le reste. D'accord, trouver le bon type de fille est important. Mais il y a une chose encore plus importante.

« Il y a un paquet de gars capables de mettre une donzelle sur le trottoir, mais pour qu'elle continue à faire le trottoir ? C'est à ça qu'on reconnaît un vrai mac. Et ensuite mettre plusieurs femmes sur le trottoir et faire en sorte qu'elles y restent ? Si tu y arrives, alors là t'es un vrai putain de mac. Et, pour accomplir ça, il y a une chose qu'il faut que tu fasses avant tout.

– C'est quoi, le secret ? avait demandé Cliff.

– Simple, avait dit le mac. Faut bien les baiser. Les baiser vraiment bien. Et les baiser vraiment bien vachement souvent. »

Cliff avait souri, mais le Français l'avait prévenu : « Hé, c'est plus dur que ça en a l'air. Tu ne peux pas les tringler comme tu tringles ta petite copine. Tu ne peux pas les tringler comme tu tringles la copine de ton meilleur pote. Tu ne peux pas les tringler comme tu tringles la maîtresse de ton père. Ça, c'est de la baise pour prendre son pied. Moi, je te parle de *travail*. Elles baisent les clients pour du fric, c'est du *travail*. Tu les baises pour du fric, c'est du *travail*. Et fais-moi confiance, *elles* sont plus difficiles à satisfaire. Si tu veux qu'elles continuent à se tenir à carreau, tu as intérêt à bien les baiser, et tu as intérêt à les baiser beaucoup. Ce qui veut dire que tu vas devoir les baiser quand tu n'as pas envie de les baiser. Mais, même quand tu n'as pas envie de les baiser, il faudra que tu les baises, et il faudra que tu les baises bien. Et plus tu as de poules, plus tu vas devoir baiser. Plus de *poules*, ça veut dire plus de *baise*. Pas question de pioncer pendant le boulot. Tu deviens feignasse ne serait-ce que quatre jours, la poule va se réveiller, putain. Le charme sera rompu. Et quand le charme est rompu, ce n'est pas *Bon, ben, salut, on va en rester là ; à la revoyure*. Quand le charme est rompu, la poule te déteste, putain. Et la poule ne se contente pas de te détester, elle veut te voir mort. Et *peut-être* qu'elle essaiera de te tuer. Et *peut-être* qu'elle essaiera de te voler des trucs. Et *peut-être* qu'elle appellera son père, *peut-être* qu'elle appellera son frère, ou *peut-être* qu'elle appellera le petit copain qu'elle avait toute jeune et lui demandera de la sauver. Et là, c'est lui qui déboule avec un schlass, ou c'est son frère qui déboule avec un flingue, ou c'est son père qui déboule avec une putain de carabine.

« Ou alors elle se sert de son baba, or c'est *toi* qui lui as appris à se servir de son baba, pour recruter un lascar qui va venir te buter.

« Autrement dit, y a pas de jours de vacances, pour un mac. Pas de jour sans baise, pour un vrai mac.

« Tu la baises et tu continues à la baiser, tu ne peux jamais arrêter de la baiser, et tu ne peux jamais arrêter de bien la baiser.

« Tu ne peux pas te permettre de t'ennuyer, tu ne peux pas rechigner à la besogne. Tu es son *homme*, putain. Il faut que tu *l'envoies au ciel* à chaque fois, putain.

« Et la clé de tout ça : varie les positions. Tu n'es pas obligé de baiser *mieux* que n'importe quel homme, il faut que tu la baises *différemment*, comme aucun autre homme.

« Tu veux savoir ce qu'elle en tire ? *C'est ça* qu'elle en tire. Et tu sais quoi, c'est une putain de bonne opération pour tout le monde. Elle s'occupe de toi, et toi, putain, t'as intérêt à t'occuper d'elle. Ouais, elle te donne l'argent, mais, *mon ami*, tu vas sacrément le mériter, putain. »

Cliff avait compris. Il avait très bien compris. Il avait aussi compris qu'il n'avait pas envie de travailler si dur. Il préférait encore conduire à cent kilomètres à l'heure une voiture et percuter un mur de briques (ce pour quoi on le paierait ultérieurement) plutôt que de tringler une poule qu'il n'avait pas envie de tringler. C'est comme le vieil adage : les seuls qui n'aiment pas monter à cheval, ce sont les cow-boys.

Donc, dès que Cliff s'était rendu compte qu'il n'était pas taillé pour être proxénète, il était retourné aux États-Unis et avait bourlingué quelques années en Amérique, pour finalement atterrir à Cleveland, dans l'Ohio. Une fois sur place, il avait cherché à retrouver la trace d'une vieille copine du lycée, Abigail Pendergast. Abigail, une beauté peroxydée, était aussi une des maîtresses d'un voyou en lien avec la Mafia, Rudolfo Genovese, *alias* « Patsyface ».

Cliff Booth et Miss Pendergast étaient assis dans une pizzeria Gay Nineties, avec de la sciure par terre, des nappes à carreaux, de la musique générée par un rouleau perforé à l'intérieur d'un piano mécanique et un film 16 mm de Charlie Chaplin projeté au mur.

En mordant dans une part de pizza, avec de la mozzarella fondante qui lui dégoulinait sur le menton, Miss Pendergast s'était retournée sur sa chaise pour demander une serviette au serveur. C'est à ce moment-là qu'elle les avait repérés : Pat Cardella et Mike Zitto, assis au bar à siroter des bières, qui firent la grimace en l'apercevant.

Oh merde, se dit la ravissante blonde platine.

Elle s'était retournée vers l'homme assis à sa table, qui, ne mangeant pas la croûte, avait englouti sa part de pizza en deux bouchées et demie.

Elle s'était penchée vers Cliff : « On n'est pas seuls. »

La bouche pleine de fromage fondu, Cliff avait demandé : « Quoi ? »

Le regard d'Abigail avait discrètement indiqué le bar. « Ces deux gars, au bar. »

Il avait commencé à pivoter pour regarder dans cette direction, mais elle avait avancé sa main et lui avait serré le poignet en chuchotant : « Ne regarde pas. »

Il avait haussé les sourcils d'un air interrogateur.

Elle avait susurré : « C'est Pat et Mike. Ils bossent pour Rudy. »

Puis, malgré les protestations de Miss Pendergast, Cliff s'était retourné pour bien regarder les deux clients patibulaires assis sur leurs tabourets, en train de siroter leur bière. Ils avaient gratifié l'ex-soldat d'un coup d'œil du genre va-te-faire-foutre.

Il avait repris sa position initiale et détaché une autre part de pizza tandis qu'elle disait : « Ils ne vont pas tarder à rappliquer et à te virer d'ici. »

Il avait relevé les yeux de sa part de pizza pour fixer la blonde décolorée à la peau pâle assise face à lui : « Ah, alors comme ça, ils vont rappliquer, hein ? »

Abigail avait pris un air coupable et lui avait présenté ses excuses. « Je suis navrée, Cliff, je ne pensais pas que Rudy réagirait comme ça. Je veux dire, c'est pas comme si j'étais sa bourgeoise attitrée, c'est pas non plus comme s'il avait pas huit autres petites copines.

– Ouais, avait dit Cliff, mais tu es certainement sa favorite. Ça m'étonnerait pas. »

Ce qui avait fait rougir Abby.

Puis il lui avait demandé d'aller faire un tour au petit coin. Elle avait fait mine de refuser, alors il avait répété son ordre : « Tu vas au petit coin. Tu fermes la porte à clé et tu ne l'ouvres pas tant que je ne t'ai pas dit que c'est okay. »

Elle ne comprenait pas.

« Fais-le », lui avait-il ordonné.

Elle avait obéi, s'était levée, était allée dans les toilettes femmes et avait fermé la porte à clé.

Une fois Miss Pendergast sortie de la salle de restaurant, les deux voyous italiens s'étaient approchés de la table de Cliff.

Mike Zitto s'était assis sur la chaise vacante d'Abigail et Pat Cardella avait pris une chaise à une table inoccupée et l'avait rapprochée.

Cliff avait détourné les yeux de Charlie Chaplin au mur pour regarder les deux types au physique de défenseurs de foot américain qui l'avaient rejoint à sa table et il avait repris une autre bouchée de sa pizza.

Pat avait posé son verre de bière sur la table et avait dit à Cliff : « Okay, tapette, voilà ce qui va se passer. Tu vas te lever de table et tu vas te tirer. » Il avait fait un geste du pouce, indiquant la porte derrière lui. « Et si lui ou moi – il avait déplacé son pouce entre Mike et lui-même –, on te revoit traîner autour de Miss Abigail, tu seras bon pour une visite longue durée à l'hosto. »

Cliff avait continué de mâcher sa pizza.

« T'as pigé, gueule-de-pizz ? » avait demandé Mike.

Cliff avait avalé sa bouchée, pris la pizza dans sa main et l'avait replacée sur son assiette. Il avait attrapé une serviette en papier et, tout en s'essuyant le gras qu'il avait sur les doigts, il avait demandé aux deux gars : « Messieurs, vous ne seriez pas par hasard *d'origine italienne*, si ? »

Les deux bruns avaient instinctivement échangé un regard, avant de revenir au blond. « Si », avait répondu Pat.

Cliff avait pointé un doigt tendu alternativement sur l'un et l'autre : « Vous deux ? »

Mike avait gonflé le torse et dit : « Ouais, on est tous les deux italiens, ça te pose un problème ? »

Un grand sourire avait éclairé le visage de Cliff, il s'était penché en avant et avait demandé : « Des *Italiens*, vous savez combien j'en ai tué ? »

Pat s'était penché en avant et avait chuchoté sur le mode interrogatif : « Pardon ? »

Cliff avait dit : « Oh, tu ne m'as pas entendu ? Laisse-moi répéter. » Et il avait reposé sa question : « *Est-ce que vous avez la moindre idée du nombre d'Italiens que j'ai tués* ? »

Cliff avait plongé la main dans sa poche de devant en disant : « Je vais vous donner une idée. »

Pat et Mike l'avaient regardé sortir de sa poche sa médaille du Mérite et la faire tomber sur la table entre eux. Elle avait atterri sèchement sur le bois de la table, dans un *bam* sonore.

« Le jour qui m'a valu ça, avait-il dit en indiquant la médaille du Mérite, j'en ai tué au moins sept. Peut-être neuf. Mais au moins sept. Et ça, putain, c'était juste une journée. Quand j'étais en Sicile, je tuais des Italiens tous les jours. »

Se recalant dans le fond de sa chaise, il avait ajouté : « Et, en Sicile, j'y suis resté longtemps. Très longtemps. »

Les visages des deux Italiens étaient devenus écarlates.

Et Cliff avait repris : « En fait, j'ai tué tellement d'Italiens qu'ils m'ont déclaré héros de guerre. En conséquence de quoi, en tant que héros de guerre, j'ai une licence pour me trimbaler avec ceci. »

Cliff avait sorti de son autre poche de veste un .38 à canon court, qu'il avait bruyamment posé sur la table, *bam*, à côté de la médaille du Mérite. Pat et Mike avaient sursauté sur leurs chaises en le voyant sortir son pistolet et le poser sur la table.

Cliff s'était penché en avant et avait murmuré à l'attention des deux flingueurs. « Vous savez quoi ? Je parie que je pourrais prendre ce pistolet et vous buter tous les deux – sur-le-champ – dans cette petite pizzeria merdique. Sous le nez du proprio, des serveurs, des clients et de Charlie Chaplin. Et vous savez quoi ?

« Je parie, je prends le pari, que je m'en tirerais. Parce que je suis un héros de guerre. Et que vous deux, vous êtes juste des macaronis dégénérés. »

Mike Zitto en avait assez, maintenant c'est lui qui allait prendre la parole. Furieux, il avait pointé le doigt sur le blond qui se croyait malin : « Tu vas m'écouter, espèce de pédé de l'armée... »

Cliff l'avait interrompu en s'emparant du .38 canon court posé sur la table et avait tiré sur Pat et Mike, en pleine tête, une balle dans le crâne de chacun. Du sang rouge avait jailli des trous qu'il venait de faire dans leurs crânes, giclant sur la nappe, sur le devant de la chemise de Cliff et sur son visage, et dans une bonne partie de la salle du restaurant.

Parmi la clientèle, les femmes poussaient des cris tandis que les hommes se couchaient au sol. Les deux gangsters étaient tombés de leurs chaises et s'étaient écroulés par terre, dans la sciure. Une fois qu'ils avaient été au sol, Cliff leur avait tiré deux balles de plus, pour faire bonne mesure.

Plus tard, quand la police de Cleveland avait interrogé Cliff à propos de l'incident, il leur avait dit : « Ils ont essayé de nous enlever, Miss Pendergast et moi. Le plus gros a dit qu'il avait l'intention de me descendre et de jeter de l'acide au visage de Miss Pendergast, pour lui donner une bonne leçon. » Ajoutant : « Je ne savais pas quoi faire. J'ai eu tellement peur. »

La théorie de Cliff s'était confirmée. Les flics de Cleveland savaient exactement qui étaient Pat Cardella et Mike Zitto. Et si un héros de la Deuxième Guerre mondiale voulait les zigouiller dans une pizzeria, alors la police réglerait la note. Il n'était même pas nécessaire que l'histoire de Cliff soit convaincante. Il suffisait qu'elle soit plausible.

Et c'est ainsi que Cliff Booth avait commis un meurtre, un double meurtre, et s'en était tiré en toute impunité… pour la première fois.

Chapitre dix-huit

Le nom, c'est pas Tête-de-Nœud

Caleb DeCoteau.

Quand Murdock Lancer avait annoncé que le nom du meneur des « pirates des terres » qui lui volait son bétail était Caleb DeCoteau, Johnny avait dû faire appel à toute son impassibilité de joueur de poker pour éviter que la moindre réaction ne s'affiche sur son visage. Ce vieux salopard fier et amer, Murdock Lancer, son père, était désespéré. Et la cause de son désespoir, c'était Caleb DeCoteau. Si Johnny et son demi-frère, Scott, avaient fait le voyage, partant d'endroits différents, pour revenir à la maison de leur enfance, c'était pour empocher les mille dollars que leur père leur offrait s'ils acceptaient d'écouter la proposition qu'il avait à leur faire. Aucun des deux hommes ne pensait être intéressé par ce que leur père, qu'ils n'avaient pas vu depuis l'enfance, avait à proposer.

Les deux hommes avaient tort.

Sur plus de trois cents kilomètres à la ronde, leur père, Murdock Lancer, était l'homme le plus riche du côté américain de la frontière entre le Mexique et la Californie. Il avait le plus grand ranch, il possédait la plus grande maison et il avait plus de têtes de bétail que n'importe quel autre homme de la vallée de Monterey. Seulement, à présent, cet homme riche et fier était désespéré, et le désespoir n'était pas une émotion à laquelle il était accoutumé. Cela ne lui donnait pas un air de faiblesse. Murdock Lancer avait la force, la dignité et la tête d'un cheval de diligence dans un relais de poste. C'était en revanche une émotion qui lui conférait un air inquiet. La situation était assurément mauvaise, mais l'inquiétude sur son visage disait combien il était conscient qu'elle pouvait devenir encore bien pire.

Depuis que Caleb DeCoteau et son gang de vauriens avaient établi leur camp de base dans la région de Royo del Oro, ils s'en étaient pris aux vaches de Murdock avec une telle détermination que Caleb semblait se livrer à une vendetta personnelle contre l'homme pour se venger de quelque offense passée. Mais, en fait, rien ne pouvait être plus éloigné de la vérité. C'était simplement que, dans un champ de coquelicots, Murdock était le grand coquelicot, et c'est le grand coquelicot qui se fait ratiboiser.

Ça avait commencé par le chapardage de quelques têtes chaque nuit. Au début, Murdock avait posté un ou deux employés du ranch pour monter la garde ; ils passaient la nuit sur place afin de décourager des amateurs de steaks trop zélés. Cela avait tout d'abord paru marcher. Mais huit des brutes de Caleb s'en étaient pris à Pedro, l'employé du ranch. Ils l'avaient tabassé sauvagement avant de l'attacher à un arbre et de le frapper à coups de cravache, le laissant pour mort. Les salopards avaient embarqué vingt bouvillons ce soir-là et en avaient tué six autres, par pure malveillance.

Le problème, quand on était le plus gros propriétaire terrien de la région, c'était que, sauf à entretenir une armée personnelle d'enfoirés coriaces armés jusqu'aux dents, il était pratiquement impossible de contenir une attaque de nature si agressive. Les forces de l'ordre les plus proches, en l'occurrence un marshal, se trouvaient à plus de deux cents kilomètres. (La vérité, là-dessus, c'est que protéger la propriété d'hommes riches attirait fort peu la sympathie des forces de l'ordre payées cinquante dollars par mois.) Non seulement Caleb embarquait un nombre significatif de bouvillons pendant la nuit, mais en plus il les vendait effrontément dans des parcs à bestiaux, à cent bornes de là (avec le marquage au fer prouvant qu'ils venaient du ranch Lancer et tout et tout).

Ensuite, Caleb et ses hommes s'étaient installés dans le bourg le plus proche du ranch Lancer, à Royo del Oro. Ils avaient commencé par réquisitionner le saloon, transformant son propriétaire, Pepe, en serviteur terrorisé dans son propre établissement.

Le maire, qui considérait comme un devoir de servir sa communauté, avait essayé de parler à Caleb. En récompense de ses efforts, il avait été fouetté au beau milieu de la grand-rue. Les pirates des terres avaient informé les commerçants de Royo del Oro que, s'ils ne voulaient pas que leur petite école rouge prenne feu et que leurs femmes soient tracassées au quotidien, s'agissant de Pepe et de son saloon comme de Murdock et de ses vaches, mieux valait qu'ils s'occupent de leurs oignons.

Puis Caleb s'était installé dans la suite présidentielle de l'hôtel Lancaster. Et peu après les pirates des terres s'étaient lancés dans la levée d'un impôt hebdomadaire auprès de tous les commerçants de la ville.

Le plan de Caleb était simple. Mettre progressivement en place une expérience implacable consistant à voir jusqu'où Murdock et les citoyens de Royo del Oro allaient pouvoir continuer à encaisser sans broncher. Et, manifestement, la communauté encaissait sans broncher.

Bon, Caleb n'était pas ivre de pouvoir au point de croire que ce type de terrorisme pourrait durer indéfiniment. À un moment donné, l'armée interviendrait. Mais elle se trouvait à trois jours de marche. Donc, le temps que les tuniques bleues rappliquent, Caleb et ses hommes auraient mis les bouts depuis longtemps. Caleb n'avait qu'un obstacle : l'argent de Murdock Lancer. Lorsqu'un homme de principes se bat contre une fripouille, la fripouille au début prend toujours le dessus. Parce qu'il y a certaines choses que l'homme de principes se refuse à faire. Alors que la fripouille ne s'interdira rien. Du moins jusqu'à ce que l'homme de principes soit poussé au-delà de son point de rupture, contraint alors de réagir d'une manière non conforme à sa nature. L'essentiel de la tragédie grecque, la moitié de tout le théâtre anglais et les trois quarts du cinéma américain opèrent selon cette mécanique.

Hormis quitter la ville, les citoyens de Royo del Oro n'avaient aucun recours. Murdock, en revanche, grâce à son argent, avait d'autres options. Il pouvait dépenser cet argent pour avoir des fripouilles à sa solde. Et le dernier forfait qu'avait commis Caleb – l'assassinat de George Gomez, le fidèle bras droit de Murdock, par un tireur embusqué – avait poussé le vieil homme au-delà de la ligne qu'il s'était jusqu'alors lui-même imposée.

La proposition de Murdock Lancer à ses fils était simple. Partager la totalité de son empire en trois avec eux. La totalité, autrement dit le bétail, le foncier, la maison du ranch, et les comptes en banque. Pour cela, ils devaient accepter deux conditions : aider Murdock à faire déguerpir Caleb et ses voleurs meurtriers. Et travailler au ranch et gérer le commerce du bétail pendant dix ans. Au bout de dix ans, s'ils voulaient partir et revendre leur part, ils seraient libres de le faire. Ces deux dernières années, les deux jeunes hommes avaient vécu d'expédients – Scott comme joueur itinérant sur des casinos flottants, ses recettes dépendant des cartes de poker qui lui étaient distribuées, et Johnny en vendant au plus offrant ses talents de fine gâchette, sa survie dépendant du cheval qu'il montait pour éviter les groupes de cow-boys à ses trousses cherchant leur vengeance. Dans les deux cas, les frangins risquaient plus qu'ils ne pouvaient espérer gagner un jour. Les deux frères détestaient cordialement leur père, mais ils se devaient d'envisager son offre, car aucun autre scénario sur cette bonne vieille terre ne leur permettrait d'empocher autant d'argent que ce que Murdock leur proposait. Légalement ou illégalement. Murdock Lancer n'était pas simplement riche. Murdock Lancer possédait des richesses. Murdock Lancer n'avait pas seulement beaucoup de terres et une affaire prospère – il était à la tête d'un empire. Un empire qu'il était prêt, disait-il, à partager en trois.

Du point de vue de Johnny, il n'y avait qu'un problème : il *détestait* cet enculé. L'enculé qui les avait jetés, sa mère et lui, dehors sous la pluie. L'enculé qui avait transformé sa mère en une traînée obsédée par la thune. L'enculé responsable en définitive de la présence de sa mère dans cette chambre d'hôtel avec cet autre enculé de rupin qui lui avait tranché la gorge. Johnny avait douze ans quand cet enculé-là était passé en jugement pour l'assassinat de sa mère et avait été déclaré non coupable. Et Johnny avait passé les dix années suivantes à tuer l'un après l'autre chaque membre de ce putain de jury qui avait acquitté cet enculé. Johnny leur avait coupé la gorge à tous, pour qu'ils sachent de quelle manière était morte sa mère. Le sang glougloutant, incapables de parler, mourant lentement, terrifiés, en levant les yeux sur leur assassin. Chaque fois, Johnny leur avait fait un grand sourire en les voyant souffrir et leur avait dit : « Tu as le *hola* de Marta Conchita Louisa Galvadon Lancer. »

Cela lui avait pris dix ans pour tuer ces treize personnes, mais Marta Galvadon Lancer avait finalement été vengée. La dernière personne qui devait encore payer le prix de l'assassinat de sa mère, c'était l'homme qui l'avait conduite sur le chemin de la déchéance. Son père. Murdock Lancer.

Sauf que… ça en faisait, du bétail, des terres, en plus du ranch et du fric. Plus que Johnny ne pourrait en gagner tout seul en dix vies. Et, pour mettre la main sur tout ça, il n'avait qu'à ne pas tuer son vieux et à ne pas se faire tuer par un gang meurtrier de voleurs de bétail. Mais Johnny avait un secret. Un secret que ni Murdock, ni Scott, ni personne d'autre au ranch Lancer ne connaissait.

Johnny Madrid et Caleb DeCoteau étaient amis.

Johnny Madrid descendait à cheval la grand-rue de Royo del Oro. Lorsqu'il était arrivé deux jours plus tôt par la diligence Wells Fargo de Butterfield, la petite ville ressemblait aux centaines d'autres petites villes qu'il avait vues. Mais ça, c'était avant d'entendre le récit que Murdock leur avait fait, à lui et à son demi-frère. Maintenant, Johnny voyait ce qui différenciait Royo del Oro des autres villes : cette ville était terrifiée. En arrivant la première fois, il avait remarqué le grand saloon, et il avait remarqué les cow-boys patibulaires agglutinés devant. Mais Johnny savait que ce n'étaient pas n'importe quels cow-boys patibulaires. C'étaient certains des hommes pour lesquels on avait fait venir Johnny ici, avec pour mission de les faire fuir ou de les buter. Ces hommes étaient responsables du malheur de Murdock. C'étaient les pirates des terres qui travaillaient pour Caleb DeCoteau.

En passant à cheval devant le Lys Doré, il avait senti leurs yeux plantés dans son dos. Du coin de son œil plissé, il avait compté quatre cow-boys patibulaires. L'un d'eux était un type noir fringué comme un bandito. Deux autres étaient des banditos fringués comme des banditos. Mais c'était le quatrième qui avait attiré l'œil de Johnny. Un Blanc costaud, plus âgé que les autres. Alors que les trois autres avaient adopté le code vestimentaire de la racaille mexicaine, lui en revanche arborait un costume noir taillé sur mesure et de luxueuses bottes de cow-boy en cuir noir. Il était coiffé d'un grand chapeau de cow-boy noir impeccable et avait une grosse stache au-dessus de la lèvre supérieure, collée à l'aide d'une copieuse dose de cire à moustache. Le type imposant était assis dans une chaise à bascule, sur le porche du Lys Doré, en train de sculpter une figurine représentant un cheval de bois à l'aide d'un couteau de poche. Des copeaux s'accumulaient en un petit tas autour de sa botte lustrée. Il différait des autres cow-boys patibulaires qui se trouvaient sur le porche autrement que par son âge et ses habits. Eux étaient des hommes de main ; lui était un cow-boy de qualité. Johnny n'arrivait pas à le situer. Mais, même s'il ne savait pas *qui* il était, il savait *ce qu'*il était. L'homme costaud en costume noir, avec les bottes noires et la grosse moustache, avait un nom et une réputation. Les autres lascars se partageaient les parts du gâteau pour les dégâts et le grabuge qu'ils provoquaient. Ce type-là, en revanche, recevait un sac d'or de Caleb en personne avant que le moindre travail soit fait.

Dans une histoire de gangsters, on aurait dit de lui que c'était un « Flingueur qu'est-pas-d'ici ». Dans un chapitre précédent de son histoire, il aurait pu être le héros, et il l'avait été. Mais, à la présente page – aujourd'hui –, il vendait son bras armé au plus offrant. Et, dans *cette* histoire, *le plus offrant* était Caleb DeCoteau.

Johnny descendit de son cheval et l'attacha au poteau devant l'hôtel Lancaster. L'homme costaud en noir replia son couteau et le remisa dans sa poche. Johnny commença à traverser la grand-rue de Royo del Oro en direction du saloon. L'homme costaud en noir plaça le petit cheval en bois qu'il avait sculpté sur un tout petit tonneau devant lui et se leva de son siège à bascule, s'avançant un peu. Johnny était à neuf pas du bas des trois marches de l'escalier qui donnait sur le porche du saloon quand il entendit l'homme costaud en noir le héler. « Tu vas t'arrêter là, Tête-de-Nœud. »

Johnny s'arrêta et rectifia : « Le nom, c'est pas Tête-de-Nœud.

– Qu'est-ce que tu fabriques par ici, mon gars ? demanda l'homme costaud.

– J'ai soif, répondit Johnny en montrant du doigt l'établissement. C'est un saloon, non ? »

L'homme costaud en noir se retourna, contempla la grande enseigne avec l'inscription SALOON suspendue au-dessus de l'entrée, puis de nouveau fit face à Johnny et dit : « Ouais, c'est un saloon. Sauf que toi, tu peux pas entrer.

– Pourquoi ? demanda Johnny. Vous êtes fermés ? »

L'homme costaud sourit et tapota la poignée de son pistolet glissé à la ceinture de son pantalon, contre son ventre. « Oh non, on est ouverts. »

Johnny, comprenant de quoi il retournait, lui rendit son sourire et demanda : « Donc, c'est juste *moi* qui peux pas entrer ? »

Le sourire de l'homme costaud s'élargit, exhibant ses dents, cette fois-ci, et il commenta : « C'est exact.

– Pourquoi ? » demanda Johnny.

L'homme costaud en noir lui expliqua : « C'est que, vois-tu, les *dames*, on les sert que *le soir réservé aux dames*. »

Les trois autres cow-boys patibulaires devant le saloon rirent de cette petite plaisanterie.

Johnny se fendit lui aussi d'un petit rire et dit : « Elle est bonne, celle-là. Faudra que je pense à m'en souvenir. »

L'homme costaud le prévint : « Si tu fais un pas de plus en direction de ce saloon, tu te souviendras plus de rien. » Plaçant les mains sur ses hanches, le professionnel de la gâchette en noir expliqua au jeune homme à la chemise à jabot rouge sangria ce qui allait se passer dans les prochaines secondes.

« Bon, écoute bien, Tête-de-Nœud, tu vas remonter sur ton canasson et tu vas foutre le camp d'ici – tu m'entends, mon gars ? »

Johnny plissa les yeux et dit : « Oh, j'entends très bien, mais apparemment c'est toi qui entends pas. Vu que je viens de te le dire, le nom… c'est pas… Tête-de-Nœud. »

C'est à ce moment-là que la main de Johnny descendit vers le pistolet dans le holster à sa hanche, et qu'il défit la petite lanière en cuir enroulée autour du chien de son pétard.

En réponse, la main de l'homme costaud descendit le long de son ventre où se trouvait la poignée de sa pétoire glissée à l'intérieur de la ceinture de son pantalon.

Puis, tandis que tout devenait silencieux devant le saloon, la rue, la ville, l'État, que les deux hommes en un tressaillement adoptaient leur posture pour tuer – SOUDAIN –, dans un grincement, les deux portes battantes du saloon s'ouvrirent d'un coup et c'est alors qu'apparut le méchant de cette histoire, Caleb DeCoteau.

Le chef du gang des hors-la-loi portait une veste en cuir marron avec une frange qui pendait le long des manches, et il mangeait un pilon de poulet frit. Johnny sentit que Caleb s'avançait sur le porche devant le saloon, mais il dardait son regard exclusivement sur le trouble-fête face à lui, aussi ne leva-t-il pas les yeux pour saluer son vieil ami.

« Monsieur Gilbert, dit Caleb en s'adressant à l'homme costaud derrière lequel il se tenait, je ne veux pas t'empêcher de gagner l'argent que je te verse – je sais que tu t'ennuies et que tu ne tiens plus en place quand tu es à court de *tamales*. » Caleb croqua un bon coup dans son pilon de poulet et, tout en mâchant la viande grasse, il dit, la bouche pleine : « Mais si j'étais toi, j'essaierais de savoir comment s'appelle cette Tête-de-Nœud. »

Gilbert demanda à son patron : « C'est qui, Caleb ? »

Caleb prit appui sur le chambranle de la porte du saloon, avala la viande qu'il avait dans la bouche et dit : « Permettez que je fasse les présentations. »

Pointant son os de poulet vers l'homme en noir, Caleb dit : « Lui, c'est Bob Gilbert. »

C'est donc le Businessman, songea Johnny.

« Le Businessman ? demanda Johnny.

– Exact, dit Bob. Business Bob Gilbert. Et toi, tu serais qui ? »

Avant que Johnny puisse répondre, Caleb arracha avec les dents un autre gros morceau de viande et de peau de l'os du poulet et dit : « Il répond au nom de Madrid. *Johnny Madrid.*

– C'est qui, *Johnny Madrid* ? » s'enquit Bob sur un ton sarcastique, répétant le nom d'une manière moqueuse ridicule. Les trois autres cow-boys patibulaires qui se trouvaient devant le saloon rigolèrent jusqu'à ce que Caleb leur décoche un regard de la catégorie fermez-votre-gueule-quand-les-adultes-causent. Ils la mirent en sourdine.

Business Bob était déconcerté, irrité, et commençait à être un poil inquiet. Il avait été engagé par Caleb pour faire fuir ou descendre les types comme cette tête-de-nœud en rouge. Et payé une somme rondelette pour s'acquitter de sa tâche. Alors pourquoi le type qui le payait faisait-il soudain sa mijaurée ?

« Sérieux, Caleb, c'est qui, putain, ce petit rigolo ? »

Caleb jeta ce qu'il restait de son os de poulet dans la rue, entre les deux hommes, et dit au cow-boy à sa solde : « Tu vas bientôt le savoir, *Businessman*. »

Sur ces belles paroles, Caleb disparut derrière les portes battantes du saloon. Johnny Madrid se tourna, et fixa Bob en se tenant de côté, la posture qu'il adoptait lorsqu'il affrontait un adversaire, montrant au Businessman que Johnny n'était pas là pour plaisanter. La gorge de Bob Gilbert s'assécha tandis que Johnny, immobile comme une statue, dit : « Je suis prêt, c'est quand tu veux, *Gil-bert.* »

La main de Bob s'approcha de son holster.

Johnny plissa les yeux.

Le corps de Bob se décala sur la gauche tandis que sa main saisissait la poignée du pistolet, puis son corps enregistra une violente secousse vers la droite au moment où la balle de Johnny s'enfonçait en plein dans son cœur battant.

Le pistolet qu'il venait juste de sortir échappa à ses doigts inertes, rebondit sur les planches devant le saloon pour atterrir sur la terre battue de la rue dans un nuage de poussière. L'homme costaud en noir oscilla un instant sur la pointe de ses bottes noires luisantes et dégringola les marches tête en avant, échouant dans la rue, renversant au passage un tonneau rempli de cornichons et de liquide condimenté dans la terre poussiéreuse.

Ainsi s'achève la carrière de Business Bob Gilbert, songea Johnny. L'homme à la chemise à jabot rouge sangria, debout dans la grand-rue, des cornichons étalés à ses pieds, pointa le canon encore fumant de son flingue en direction des trois cow-boys patibulaires devant le saloon et leur demanda en espagnol : « Y a d'autres volontaires ? »

Quand Johnny pénétra dans le saloon, sept autres pirates des terres de Caleb, qui jouaient au poker installés à des tables en fumant le cigare, ou buvaient de l'alcool fort debout au bar, levèrent les yeux pour observer le type en chemise rouge à jabot qui avait retiré Bob du business. Personne ne semblait chagriné outre mesure par ce qui venait de se passer. À croire que se faire des amis n'était pas vraiment le business de Bob. Puis Johnny Lancer entendit une voix venue d'en haut : « Johnny Madrid ! »

Il leva les yeux et aperçut son vieux compère Caleb DeCoteau, debout sur le palier du premier étage, appuyé sur l'impressionnante rampe d'escalier en bois, le regardant, le visage fendu par un sourire aussi vaste que le Texas.

« Dis donc, c'était quand, la dernière fois ? » demanda le méchant en brun au méchant en rouge.

Johnny n'eut pas à réfléchir ; il savait : « À Juarez. Y a à peu près trois ans. »

Caleb souffla de la fumée du petit cigare qu'il avait dans la bouche et dit : « Eh bien, entre donc, buvons un verre. »

Traversant le saloon vers le bas de l'escalier, Johnny demanda : « Donc je suis pas obligé d'attendre *le soir réservé aux dames* ? »

Les deux durs à cuire échangeaient leurs plaisanteries de durs à cuire. « Hé, les règles sont faites pour être enfreintes. »

Ha, ha, pensa Johnny. « Bon, eh bien, dans ce cas, je t'offre un verre, Caleb ?

– Avec plaisir, Johnny, dit Caleb en descendant lentement l'escalier. Du *mez-cow*, ça te dirait ? Comme la dernière fois, à Juarez. »

Johnny émit un petit gloussement, secouant la tête à l'évocation de ce souvenir. « Y a eu un paquet de morts, ce jour-là.

– C'est vrai, dit Caleb en arrivant en bas de l'escalier. Mais on s'est bien amusés, non ?

– Ouais », répondit Johnny dans un sourire conspirateur en repensant à ce souvenir macabre mais vivace. Puis, indiquant le long comptoir de bois brun qui occupait une bonne partie de la salle, Madrid dit : « Après toi, DeCoteau. »

Tandis que les deux hommes s'avançaient d'un même pas vers le bar, Caleb lança à la misérable loque à qui appartenait l'établissement : « Pépé, fous tes miches derrière ce comptoir – j'ai de la visite ! »

En traversant la salle, Johnny observa l'intérieur du Lys Doré. C'était, de fait, un saloon impressionnant, digne d'une ville bâtie avec l'argent du bétail. Il réfléchit également au plan qu'il allait à présent mettre à exécution. Ou, en tout cas, il y aurait réfléchi s'il avait eu un plan. À partir du moment où il avait appris qu'il recevrait un tiers de la fortune paternelle pour tuer un vieil ami, il lui avait semblé tout naturel de revenir saluer Caleb. Mais dans quel but exactement ? Bon, *exactement*, il ne le savait pas encore. Puisqu'il connaissait Caleb, s'il acceptait la proposition de Murdock, cela paraissait logique d'offrir à DeCoteau ses services. Après quoi il pourrait opérer de l'intérieur. Bon, si c'était *encore* le plan, c'était un bon plan, à condition que Caleb ne sache pas que Johnny était le fils de Murdock. S'il venait à l'apprendre, ce serait le cercueil direct pour Johnny. Donc, si le plan était de neutraliser Caleb et de récupérer le bétail de son pater, pour l'instant, il était sur la bonne voie. Sauf que depuis l'âge de douze ans, du jour où il avait creusé la tombe de sa mère, Johnny avait un autre plan en tête : faire payer Lancer Murdock pour ce qu'il leur avait infligé, à lui et à sa maman. Et franchement, dans ce registre, Caleb était plus efficace que Johnny ne le serait jamais. Le vieil homme était en fin de parcours. Il était prêt à tout. Donc la véritable question était : qu'est-ce que Johnny voulait le plus ? Le fric ou le sang ? Le ranch de son père ou venger sa mère ? Assurer ses arrières ou accomplir ce qu'il s'était promis de faire ?

Pépé passa derrière le bar et prit la commande des deux hommes. « *Dos mescal* », dit Johnny. Puis le cow-boy demanda en espagnol : « On peut manger ? » Pépé répondit : « Des haricots et des tortillas, c'est tout. »

Johnny se tourna vers Caleb : « Les haricots, ils sont comment ?

– J'ai vu pire », fut sa réponse.

Johnny s'adressa à Pépé en espagnol : « Donne-moi une assiette de haricots.

– Un dollar », fut la réponse hostile de Pépé, en anglais.

Johnny se tourna vers Caleb et fit remarquer : « Un dollar pour une assiette de haricots, ça fait chérot, ou c'est moi qui déconne ? »

Écrasant du poing quelques coques de cacahuètes sur le comptoir, Caleb prit la défense de Pépé : « Hé, Pépé a le droit de gagner sa vie, lui aussi. » Il récupéra ensuite les cacahuètes au milieu des pelures de coques écrasées et les fourra dans sa bouche.

Johnny fit remarquer dans un grognement : « Quoi, tes gars sont pas très dépensiers ? » Monsieur Madrid fit claquer une grosse pièce sur le comptoir. Pépé la fit bruyamment glisser jusqu'à lui et la prit dans sa main, adressa une grimace à Johnny et alla chercher la bouteille de mescal. Il remplit deux godets en argile.

« Trinquons ! » proposa Caleb en levant son godet. Johnny fit de même. « À la santé de ma femme et de toutes mes chéries – que jamais elles ne se rencontrent. » Johnny et Caleb trinquèrent, puis burent d'un trait la boisson forte. Caleb indiqua une table de bois brun, isolée, vers le fond du saloon. « Señor Madrid, veux-tu prendre place à la table où je reçois mes hôtes ? » Johnny s'inclina légèrement et répondit : « Avec grande joie, monsieur DeCoteau. » Caleb se dirigea vers ladite table, aboyant par-dessus son épaule : « Prends la bouteille. » Johnny pivota sur ses talons et s'empara de la bouteille de mescal posée sur le comptoir.

Le chef des pirates des terres tira une chaise en bois de sous la table en faisant bruyamment racler les pieds et posa son cul dessus. « Alors, Johnny, qu'est-ce qui t'amène à Royo del Oro ?

– Oh, tu me connais, Caleb, dit-il en remplissant à nouveau de mescal les deux godets. Le flouse. »

Caleb siffla cul sec le sien et demanda : « Qui est-ce qui te paie, par ici ? »

Johnny but une gorgée et répondit : « Toi, j'espère. »

Accordant à son hôte toute son attention, Caleb posa la question à un million de pesos : « Et qu'est-ce que tu as entendu dire à mon sujet ?

– J'ai entendu parler du ranch Lancer, lui dit Johnny sans mentir. J'ai entendu parler de tout le bétail que tu t'étais approprié. Beaucoup de terres, beaucoup de têtes, beaucoup de flouse, pas vraiment de maréchaussée dans les parages. Et juste un vieillard et une poignée d'employés mexicains pour te chasser. »

Pépé arriva avec une grosse assiette de haricots baignant dans leur jus et une grande cuiller en bois qu'il plaça devant Johnny.

Caleb lui resservit de l'alcool et demanda : « Et ton business, de quoi s'agit-il, on peut savoir ?

– Même business que Business Bob. Je cherche du boulot », annonça Johnny sans tourner autour du pot. Puis il ajouta : « Et comme je vois que tu as depuis peu un poste à pourvoir, je me dis que ça pourrait être pour moi.

– Pour faire quoi ? » demanda le hors-la-loi.

Johnny but une autre gorgée d'alcool, puis, après une brève pause théâtrale, déclara : « Tuer Murdock Lancer. »

Ce qui provoqua un haussement des sourcils broussailleux de la part de son vieux compère.

Johnny s'empara du morceau de citron vert qui accompagnait le mescal et le pressa au-dessus de son assiette de haricots. « Tu rends la vie dure au vieux Lancer. Mais il a de l'argent, le vieux. Et le fric de Lancer, te concernant, Caleb, est synonyme d'embrouilles avec un E majuscule, mon gars. Parce que, aussi sûr que deux et deux font quatre, tôt ou tard, il engagera des flingueurs et *ripostera*. Et ce sera pas ses gars contre tes gars, et que le meilleur gagne. Ce petit jeu aura un nom, ce sera : *Descendez Caleb DeCoteau*. »

Cette affirmation fit grimacer Caleb.

Johnny prit le petit récipient rempli de sauce piquante, commença à en asperger ses haricots, et poursuivit : « Une fois que tu seras mort ? Tous ces cow-boys qui sont à ton service iront voir ailleurs. Une fois que tu seras mort ? La vie redeviendra comme elle était avant. Et quand tu t'appelles Murdock Lancer, putain, la vie est sacrément douce. Ouais, dit Johnny en prenant les haricots qu'il venait de se préparer dans la grande cuiller en bois, Murdock Lancer versera un bon pactole pour ça. » Johnny enfourna la grande cuiller en bois et se mit à mâcher.

Le hors-la-loi le fixa en plissant les yeux et dit : « Il l'a peut-être déjà versé, ce pactole.

– Peut-être », dit Johnny, la bouche pleine, puis il avala et dit : « Mais peut-être bien que j'aime pas Lancer, et peut-être bien que j'aime pas ses bottes.

– Qu'est-ce qui te plaît pas, dans les bottes de Murdock Lancer ? demanda Caleb.

– La manière dont il s'en sert, répliqua Johnny.

– Et il s'en sert comment ? demanda Caleb.

– Pour écraser les gens », répondit Johnny.

Puis, montrant du doigt son hôte assis face à lui, Johnny ajouta : « Mais toi, Caleb, je t'aime bien. Je préférerais travailler *pour toi* à foutre des bâtons dans les roues de ce vieillard plutôt que me battre *contre toi* pour défendre le bétail de Murdock Lancer. » Johnny fit une pause théâtrale avant de conclure : « À condition, bien sûr, que tu sois en mesure de payer mon prix. » Après avoir prononcé ces mots à voix haute, Johnny se dit : *On n'est pas trop loin de la vérité.*

Caleb sourit et demanda : « C'est quoi, ton prix, ces temps-ci, Johnny ? »

Johnny fourra la cuiller en bois remplie de *frijoles* dans sa bouche, mastiqua un peu en réfléchissant, puis répondit, la bouche pleine : « Ma foi, je pense qu'*actuellement* je vaux plus que ce que tu filais à Business Bob », avant d'avaler et de sourire à Caleb.

Caleb lui sourit à son tour et lui ordonna : « Va chercher ton cheval. Mets-le dans notre écurie. » Il montra du doigt une des portes en haut de l'escalier. « Tu dormiras là ce soir. On attaque le ranch Lancer demain matin. Je paie les hommes de qualité en pièces d'or quatorze carats.

– Combien ? » demanda Johnny.

Caleb fit un geste pour suggérer un sac d'or de taille moyenne : « Oh, à peu près comme ça. »

Pendant tout ce temps où Johnny avait envisagé de tuer Murdock, jamais il n'avait imaginé en tirer bénéfice. Mais, à présent, l'imaginant tout à fait concrètement, il dit : « Si je tue Murdock Lancer – il suggéra d'un geste un sac plus gros –, je veux un sac comme ça. »

Caleb brandit son godet en terre et trinqua avec Johnny. Les deux hommes portèrent le liquide de feu à leurs lèvres et burent.

Mais à quoi Johnny trinquait-il *exactement* ? À l'exécution d'une opération réussie d'infiltration au sein des ennemis de son père ? Ou à une nouvelle collaboration avec un vieil ami contre un ennemi aigri ? Qu'est-ce qui importait le plus à ses yeux : son futur ou son passé ? Était-il Johnny Lancer ou Johnny Madrid ? Manifestement, Johnny avait jusqu'au lendemain matin pour se décider.

Chapitre dix-neuf

« Mes amis m'appellent Pussycat »

Quand Cliff avait remarqué que le film avec Carroll Baker qui passait à l'Eros, sur Beverly Boulevard, était classé X, il s'était dit qu'il avait une bonne chance de voir Carroll Baker baiser en vrai. Eh bien non. Contrairement à *Je suis curieuse (édition jaune)*, où Lena Nyman donne l'impression de vraiment baiser à l'écran, dans le film italien avec Carroll Baker, c'était de la baise de cinoche.

La baise de cinoche européenne était plus crue et plus violente, mais ça ne baisait pas véritablement sur le plateau.

Dommage.

L'intrigue était néanmoins assez palpitante et il y avait un beau coup de théâtre à la fin. L'un dans l'autre, pas la pire façon de passer un après-midi. Il n'empêche, s'il avait su que Carroll ne baisait pas vraiment dans le film, il serait probablement allé voir *Destination Zebra, station polaire* au Cinerama Dome.

Sur 93 KHJ, le Real Don Steele présente *Bring a Little Lovin'*, la nouvelle chanson des Los Bravos (les gars de « Black is Black »), tandis que Cliff fonce sur Forrest Lawn

Drive et se déporte sur la file de gauche en vue de tourner à gauche. Il attend que le feu passe au vert et, là, il s'engagera sur Riverside Drive.

Électrisé par la chanson haute énergie des Los Bravos, Cliff tapote en rythme sur le volant.

Puis il la remarque, au croisement de Riverside Drive et de Hollywood Way, debout à un arrêt de bus, devant une publicité pour George Putnam, le présentateur télé de Channel 9. Comme lorsqu'il l'avait vue devant l'Aquarius Theater, elle fait de l'autostop.

Si ce n'est que, cette fois-ci, elle est toute seule.

Bon sang, se dit Cliff, *quelle est la probabilité de voir la même autostoppeuse trois fois le même jour à trois endroits différents dans Los Angeles ? Même si, qui sait, avec tous les mômes qui font du stop ces temps-ci, il n'y a peut-être là rien d'extraordinaire.* Il a pourtant le sentiment que c'est assez extraordinaire. Sauf que, cette fois-ci, la féline petite bombe sexuelle va dans la même direction que Cliff. De fait, dès que la flèche passera au vert, il va tourner et passer juste devant elle. Un petit coup de voiture pourrait facilement se transformer en taillage de pipe sous le volant (le genre que Cliff préfère). Ou tout du moins en une séance de roulage de pelle de vingt minutes. Il se redresse un peu sur le siège conducteur, curieux de savoir ce qui va se passer.

Cliff en est là de ses réflexions quand la hippie brune le repère, arrêté au feu rouge, dans sa Cadillac couleur crème.

Dès qu'elle l'aperçoit, elle saute en l'air et lui fait frénétiquement coucou. Cliff lui adresse un salut vigoureux. Elle brandit le petit poing à l'extrémité de son long bras et tend ostensiblement le pouce, signifiant clairement : *Je peux monter dans ta voiture ?* Il lui rend son salut en pointant l'index dans sa direction, signifiant : *Monte, je te dépose.*

En réaction au salut vigoureux de Cliff, elle pousse un cri strident et exécute une petite danse spasmodique au croisement. La danse qu'elle fait pourrait être décrite comme une combinaison de pirouettes et de sauts sur place avec les bras en l'air.

Regarde-moi cette petite sauterelle au croisement, se dit Cliff. « Sauterelle », c'est le nom que donne Cliff aux filles aguichantes, longilignes, sexy, tout en coudes et rotules. Il les appelle comme ça parce que, quand elles vous enveloppent de leurs longues jambes et de leurs longs bras, c'est comme si vous baisiez une sauterelle.

Or Cliff trouve l'idée de baiser une sauterelle plutôt sexy. Donc, pour lui, c'est un terme affectueux.

Tandis que Cliff, dans le coupé DeVille de Rick, attend que le feu passe au vert, il remarque une Buick Skylark bleue qui arrive en face, sur Hollywood Way, prend à droite sur Riverside Drive, et s'arrête juste devant la hippie brune aux cornichons.

Cliff se penche au-dessus de son volant et lâche à voix haute : « Nan mais, putain ! » De l'autre côté du flot des voitures, il voit la hippie baisser la tête pour discuter avec le conducteur par la fenêtre ouverte de la portière, côté passager.

Après quelques échanges entre le conducteur et l'autostoppeuse, elle fait oui de la tête.

Elle se relève un instant, regarde au-delà du flot de voitures le blond dans la Cadillac jaune crème, lui adresse un grand haussement d'épaules et monte dans la Skylark.

Tandis que la voiture de la fille aux cornichons s'éloigne, la flèche de Cliff passe au vert, l'autorisant à tourner à gauche sur Riverside Drive, et il suit la Buick Skylark. Le Real Don Steele reprend l'antenne et rappelle aux auditeurs : « Tina Delgado est en vie ! »

À travers la vitre arrière de la Skylark, Cliff aperçoit très clairement les deux silhouettes du conducteur et de l'autostoppeuse. Le conducteur a l'air d'être lui aussi du genre hippie, avec de longs cheveux roux bouclés et frisés. C'est peut-être le mec marrant qui joue le rôle de Bernie dans *Room 222*. Cliff observe les deux silhouettes qui discutent ensemble avec animation. Le rouquin hirsute de la Skylark dit quelque chose et la fille aux cornichons rigole, réagit en se tapant sur les genoux.

Cliff se dit : « Okay, elle se fout de ma gueule, là. »

Il donne un coup de volant et la Cadillac quitte Riverside Drive pour s'engager sur la gauche, dans Forman, et se garer le long du trottoir, devant la façade beige du grand magasin de tapis. Cliff coupe le moteur et le Real Don Steele, puis sort de la Cadillac et traverse à pied Riverside Drive, où la circulation est assez dense. Il passe devant le Money Tree Bar & Grill, et marche sur le trottoir jusqu'à Hot Waxx, le magasin de disques du quartier de Toluca Lake.

The Last Train to Clarksville, le tube accrocheur des Monkees, lui percute les oreilles dès qu'il pousse la porte de la boutique de disques. On y trouve ce même parfum que dans tous les lieux qui accueillent des jeunes gens à cette époque. Un mélange d'encens et d'odeur corporelle. Quatre autres clients, tous âgés de moins de vingt-cinq ans, passent en revue les disques dans les bacs.

Un Noir en tunique ample de couleur vive étudie l'album éponyme de Richie Havens.

Une fille qui ressemble à Melanie, la chanteuse hippie potelée pour qui Cliff en pince, tient dans ses mains l'album *Bookends* de Simon et Garfunkel.

Un jeune gars, qui pourrait être le fils d'un type avec qui Cliff était à l'armée, fouille prestement dans la section musique de films.

Le quatrième client, comme le conducteur de la Buick Skylark, est un autre gars aux cheveux frisottés, qui ressemble à un croisement entre Jésus-Christ et Arlo Guthrie. Il est avec un maigrichon de vingt-deux ans à tête de pelle, qui travaille au magasin, en train de discuter de l'avenir de la carrière post-Beatles de Ringo Starr.

Il y a cette chanson de Tom Jones, là, *Delilah*, qui hante Cliff depuis qu'il l'a entendue pour la première fois à la radio, trois semaine plus tôt. Il veut écouter attentivement ce que raconte l'histoire, mais il ne se souvient que du refrain. Et le fait de tendre l'oreille quand la chanson passe à la radio ne suffit pas. Naturellement, Cliff a un faible pour les chansons racontant des histoires de mecs qui tuent leur femme.

Il s'approche de la caisse et demande à Face de Pelle où sont leurs cartouches audio.

« C'est Susan qui a la clé, répond Face de Pelle. Il faut vous adresser à Susan pour qu'elle vous ouvre la vitrine. » Manifestement, le magasin considérait que les cartouches audio étaient tellement précieuses qu'il fallait absolument les garder sous clé, en lieu sûr. On ne pouvait pas les manipuler, choisir celle qu'on voulait et l'apporter à la caisse. Il fallait qu'un employé vous déverrouille la vitrine, puis reste planté à vous surveiller pendant que vous passiez les bandes en revue et faisiez votre sélection. Ensuite, l'employé ne vous quittait pas des yeux tandis que vous alliez payer à la caisse. Bon, c'est vrai qu'il était plus facile de fourrer une cartouche audio qu'un 33 tours de *Rubber Soul* dans la poche intérieure de votre veste. N'empêche, on aurait cru qu'ils vendaient des diamants. Et aussi, c'est un peu étrange de considérer *a priori* que tous vos clients sont des voleurs.

Avant que Cliff puisse demander : « Où est Susan ? », Face de Pelle montre une blonde dorée comme les blés, du genre beauté des plages, en veste Levi's boutonnée, jean blanc moulant avec un écusson KEEP ON TRUCKIN' sur la poche arrière. Elle est en train de mettre à jour le panneau d'affichage quand Cliff s'approche d'elle et demande : « Susan, c'est vous ? »

Susan se retourne et lui décoche instantanément le sourire que Face de Pelle attend depuis six mois. Ils ont tous les deux des cheveux si blonds que, lorsque leurs têtes se rapprochent, Cliff et Susan se ressemblent, deux soleils de deux galaxies différentes en orbite l'un autour de l'autre. Elle confirme à l'autre personne blonde qu'effectivement elle est bien Susan.

« Est-ce que vous pourriez m'ouvrir la vitrine des cartouches audio ? »

Une grimace lui échappe, suggérant qu'elle considère que les bandes audio sont vraiment chiantes, et pourtant Cliff doute que le proprio du magasin de disques la paie pour tenir à jour le tableau d'affichage.

D'une voix blanche, qui semble aller de pair avec ce genre de Californienne athlétique habituée des plages, Susan lui répond : « Euh... ouais, bien sûr. Je vais chercher la clé. » Elle montre du doigt la vitrine et lui dit : « Attendez-moi devant la vitrine. »

Cliff regarde son cul moulé dans le jean blanc disparaître derrière un rideau de perles pour aller récupérer la clé, laquelle clé, puisqu'il n'y en a qu'une et que c'est elle qui en est responsable, devrait être dans sa poche et non pas dans quelque tiroir d'une vague arrière-salle derrière un rideau de perles.

En s'approchant de la vitrine en question, il sent que Face de Pelle lui en veut. Si on lui posait la question, Cliff dirait à Face de Pelle qu'il avait probablement eu sa chance avec Susan quatre mois plus tôt, voire cinq. Mais s'il n'a rien tenté à l'heure qu'il est, elle l'a probablement classé dans la catégorie petite-bite, peu importent les quantités de pizza et de bière qu'ils ingurgitent ensemble après le boulot. Si Cliff devait lui donner un conseil, ce serait de se concentrer plutôt sur les jolies clientes.

Cliff passe en revue la sélection de cartouches audio à travers la vitrine ; il cherche, parmi tous les noms, *Delilah* de Tom Jones. Steppenwolf. The Fifth Dimension. Ian Whitcomb. Crosby, Stills and Nash. La bande-son originale de la version Broadway de *Hair*. La bande-son de *Zorba le Grec*. *Alice's Restaurant* d'Arlo Guthrie. L'album solo de Mama Cass. Deux disques de Bill Cosby. Un duo comique baptisé Hudson & Landry dont Cliff n'a jamais entendu parler.

La beauté des plages revient en quelques bonds légers et déverrouille la porte en verre qu'elle ouvre en la faisant glisser par petites saccades grinçantes. Cliff se penche en avant pour examiner les titres plus à son aise. Il sent que Susan l'observe, déhanchée, une main sur la hanche. Cliff trouve ce qu'il cherchait, il s'empare de *Tom Jones Greatest Hits*. Susan s'esclaffe discrètement, mais néanmoins de manière audible, et ramène sa main devant sa bouche pour dissimuler son sourire.

Il hausse les sourcils. « Quoi ? C'est drôle que je choisisse Tom Jones ? »

Elle hoche sa tête à la chevelure dorée comme les blés, comme pour dire : *Ouais, un peu*.

Cliff sort du magasin de disques (encore un peu froissé par la réaction de Susan) et se retrouve sur le trottoir, tenant à la main un petit sac bordeaux frappé du logo Hot Waxx. Il se dirige vers le croisement de Riverside Drive et de Forman pour traverser la rue et remonter dans son véhicule. Et là, de l'autre côté du flot de voitures, il l'aperçoit à nouveau. La brunette aux cornichons, aux cheveux broussailleux, au short en jean, aux pieds nus et au petit haut en crochet, attendant apparemment qu'il revienne, près de sa Cadillac jaune crème. Quand elle le voit apparaître au coin, sur le point de traverser la rue pour retourner à sa voiture, elle sautille sur place et lui fait de grands gestes frénétiques. Le feu passe au vert pour Cliff et, en traversant la rue animée en direction à la fois de sa voiture et de la brunette aux cheveux broussailleux, la hippie pieds nus aux cornichons, il remarque quelque chose. Cette fille est plus jeune qu'elle n'en avait l'air à travers son pare-brise crasseux. Quel âge exactement, il ne sait pas. Mais, en discutant avec elle, il a bien l'intention de l'apprendre.

Appuyée contre sa Cadillac, la brunette aux cheveux broussailleux, la hippie pieds nus aux cornichons, dit : « La troisième fois, c'est la bonne, on dirait.

– Il me semble que notre *troisième* fois, c'était au croisement de Riverside Drive et de Hollywood Way, fait remarquer le beau blond en chemise hawaïenne. Et on ne peut *pas vraiment dire* que ça ait été la bonne.

– Monsieur est pointilleux », le taquine la brunette aux cheveux broussailleux, la hippie pieds nus aux cornichons. « D'accord, môssieu le Tatillon, comme tu voudras. » Puis elle articule de manière exagérée : « La quatrième fois, c'est la bonne. »

Quel âge a-t-elle, putain ? se demande Cliff.

« Et ces cornichons, ils étaient bons ? demande Cliff.

– Vachement bons, répond la brunette aux cheveux broussailleux, la hippie pieds nus aux cornichons. Top qualité. »

Cliff hausse les sourcils, comme pour dire : *Tant mieux pour toi.*

« Je peux monter dans ta voiture ? demande-t-elle d'une voix implorante, avant de se mordre la lèvre inférieure pour émouvoir son interlocuteur.

– Il lui est arrivé quoi, à Bernie ? lui demande-t-il.

– À qui ?

– Au mec à la Buick Skylark », dit-il.

Elle soupire. « En fait, il allait pas dans ma direction.

– C'est quoi, *ta direction* ? » s'enquiert Cliff.

C'est sûr qu'elle n'est pas majeure, telle est la déduction de Cliff, mais à quel point n'est-elle pas majeure ? Elle n'a pas quatorze ni quinze ans. Donc la question est la suivante :

a-t-elle seize ou dix-sept ans ? Ou peut-être, qui sait, dix-huit ans ? Dans ce cas, elle ne serait pas *officiellement* mineure, du moins au regard de la réglementation en vigueur dans le comté de Los Angeles.

« Je vais à Chatsworth », lui dit-elle.

Ce qui provoque chez Cliff un gloussement involontaire. « Chatsworth ? »

Dans son langage corporel de chiot, elle opine du chef pour dire oui.

Avec un sourire sournois, Cliff lui demande : « Donc tu fais du stop sur Riverside Drive en attendant que quelqu'un ayant beaucoup de temps libre et beaucoup d'essence accepte de t'emmener tout là-bas, jusqu'à Chatsworth ? »

Elle chasse d'un geste la réaction incrédule de Cliff. « Eh bien, détrompe-toi. Les touristes adorent me prendre en stop. Je suis le clou de leurs vacances à L.A… »

Alors qu'elle parle en agitant les mains, il se rend compte qu'elles sont très grandes. *Mon Dieu, elle a de si longs doigts*, se dit-il. *Ce serait bien agréable qu'ils s'enroulent autour de ma bite en serrant, avec ce pouce géant pour me malaxer le gland.*

« …Ils auront pour le restant de leur vie des histoires à raconter sur la hippie de Hollywood… »

Pendant qu'elle continue à déblatérer, il regarde les pieds de la nana. *Oh merde, ils sont énormes aussi.*

« …qu'ils ont prise en stop et accompagnée jusqu'au ranch de cinéma. »

Une seconde.

Deux secondes.

Trois secondes.

Quatre secondes.

« Le ranch de cinéma Spahn ? » finit par demander Cliff.

Le visage de Debra Jo s'éclaire. « Ouais ! »

Cliff transfère son poids du pied droit au pied gauche et, sans y prêter attention, fait passer son petit sac bordeaux Hot

Waxx avec la cartouche audio de sa main gauche à sa main droite avant de préciser sa question : « Donc c'est là que tu vas, au ranch de cinéma Spahn ? »

De nouveau, la fille aux cheveux broussailleux hoche la tête à la manière d'un chiot pour dire oui, en s'accompagnant d'un « hon-hon ».

Cliff demande, authentiquement curieux : « Pourquoi tu vas là-bas ?

– C'est là que j'habite, répond-elle.

– Seule ?

– Non. Avec mes amis. »

Quoi ? se dit-il. Quand elle a parlé du ranch de cinéma Spahn, Cliff s'est tout d'abord dit qu'elle devait être la petite-fille hippie de George Spahn, ou la jeune fille hippie qui s'occupe de lui. Mais quand les hippies disent « amis », ils veulent dire « d'autres hippies ».

« Attends, j'essaie de comprendre – *toi* et un tas d'amis *comme toi*, vous vivez tous au ranch de cinéma Spahn ?

– Ouaip. »

Le cascadeur s'efforce de traiter mentalement l'information, puis lui ouvre la portière passager. « Monte, je t'y emmène.

– Super ! » s'écrie-t-elle en s'installant sur le siège avant.

Cliff referme la portière derrière elle. Tout en faisant le tour de la Cadillac pour prendre place au volant, il tâche de saisir ce que signifie le renseignement que vient de lui communiquer la brunette aux cheveux broussailleux, la hippie pieds nus aux cornichons. Si ce qu'elle dit est vrai, ça laisse entendre qu'il se passe des trucs bizarres au ranch Spahn. Il est persuadé qu'en définitive ce n'est sans doute rien. Toutefois, George Spahn est un vieil homme, et ça ne peut pas faire de mal d'aller sur place prendre de ses nouvelles. Tout ce que ça lui coûtera, c'est le trajet jusqu'à Chatsworth. Il n'a rien de mieux à faire en cette fin d'après-midi. Autant en profiter pour rendre visite à un vieil ami. Entre-temps, il a l'intention de continuer à flirter avec Coudes & Rotules, et peut-être d'en apprendre un peu plus sur ces « amis », de savoir d'où ils viennent.

Bientôt, ils roulent à vive allure sur Riverside Drive. À la radio, le Real Don Steele déclame sur le ton de la plaisanterie une annonce publicitaire pour la crème ultra-bronzante Tanya. Debra Jo, qui est une pro de l'autostop, se met immédiatement à lui donner les indications pour se rendre au ranch Spahn. « Donc il faut prendre la voie rapide… »

Cliff l'interrompt : « Je sais où c'est. »

Elle pose sa chevelure broussailleuse contre le dossier et jette un regard curieux sur le blond en chemise hawaïenne.

« Est-ce que tu es une espèce de vieux cow-boy cool qui faisait des films à la grande époque au ranch ?

– Ouaouh, dit Cliff avec un tel enthousiasme que Debra Jo s'en étonne.

– Quoi ? » demande-t-elle.

Tout en manœuvrant la Cadillac au milieu de la circulation, il lui répond : « Je suis juste étonné de la précision de la description que tu as donnée de moi. Un vieux cow-boy cool qui faisait des films à la grande époque au ranch Spahn. »

Debra Jo éclate de rire : « Alors tu as tourné dans des westerns au ranch ? »

Il fait oui de la tête.

« À la grande époque ? insiste-t-elle.

– Eh bien, si par "à la grande époque" tu veux dire la télévision d'il y a huit ans, alors ouais », dit-il.

Debra Jo pose ses énormes pieds sales sur le tableau de bord de la Cadillac, avance ses plantes crasseuses contre le verre lisse et frais du pare-brise et demande : « Tu étais acteur ?

– Non, lui dit-il. Je suis cascadeur.

– Cascadeur ? répète-t-elle avec excitation. C'est vachement mieux !

– Ah oui ? Pourquoi c'est “vachement mieux” ?

– Les acteurs sont bidon, dit-elle avec autorité. Ils se contentent de recracher du texte écrit par d'autres. Ils font semblant de tuer des gens dans leurs feuilletons idiots, alors que des vrais gens se font tuer chaque jour au Vietnam. »

Ma foi, c'est une façon de voir les choses, se dit Cliff.

Elle poursuit : « Alors que les cascadeurs ? Vous, vous êtes pas pareils. Vous sautez des bâtiments, putain. Vous vous mettez le feu. Vous regardez la peur en face. » Puis, enchaînant sur la philosophie qu'elle a apprise de Charlie : « Il n'y a qu'en regardant la peur droit dans les yeux que l'on se conquiert soi-même. Conquérir la peur, c'est se rendre invincible », décrète-t-elle avec un sourire satisfait sur sa jolie frimousse.

Qu'est-ce que c'est que ce baratin ? songe Cliff, mais il ne dit rien et s'engage sur la bretelle pour prendre la voie rapide de Hollywood en direction du nord.

Sur 93 KHJ, *Sweet Cream Ladies, Forward March*, la nouvelle chanson des Box Tops, sort des enceintes.

Après avoir réussi à se fondre dans la circulation, Cliff se décide à demander : « Tu t'appelles comment ?

– Mes amis m'appellent Pussycat.

– Ton vrai nom, c'est quoi ?

– Tu veux pas être mon ami ?

– Bien sûr que si, je veux être ton ami.

– Alors je t'ai dit, mes amis m'appellent Pussycat.

– Bon, d'accord. Ravi de faire ta connaissance, Pussycat.

– *Aloha*. Tu savais que *aloha* voulait dire à la fois bonjour *et* au revoir ?

– Eh bien, oui, je savais ça. »

En touchant l'épaule de sa chemise jaune : « Tu es hawaïen ?

– Non.

– Alors tu t'appelles comment, m'sieu LeBlond ?

– Cliff.
– Cliff ?
– Ouais.
– Clifford ou juste Cliff ?
– Juste Cliff.
– Clifton ?
– Juste Cliff.
– T'aimes pas Clifton ?
– C'est pas mon nom. »

Elle retire ses jambes du tableau de bord et attrape le petit sac bordeaux Hot Waxx posé sur le siège avant. « Qu'est-ce que tu as acheté ? »

Cliff proteste : « Hé, attends un peu, mamzelle Sans-Gêne. On demande avant de se servir. »

Elle fourre sa grande main dans le sac, en sort la cartouche audio de *Tom Jones Greatest Hits* et éclate de rire.

Contrairement à la manière dont il a réagi face au sourire narquois de Susan, cette fois-ci Cliff sourit aux moqueries de Pussycat. « Écoute, va te faire foutre, espèce de sale hippie prétentieuse. J'aime la chanson *Delilah*. Ça te pose un problème ? »

Tenant la cartouche audio sur laquelle se trouve la photo de Tom Jones, elle demande sur un ton sarcastique : « Qu'est-ce qui se passe ? Ils étaient en rupture d'Engelbert Humperdinck ? »

Il se penche vers elle : « Je l'aime bien, lui aussi, grosse maligne. »

Elle agite ses grandes mains au bout de ses longs bras pour signifier : *Pas de problème*. « Hé, Mark Twain a dit : "Si les gens n'avaient pas des opinions différentes, les courses de chevaux n'existeraient pas."

– Il a dit ça, Mark Twain ? »

Elle hausse les épaules. « Un truc dans le genre. »

De ses longs doigts, elle gratte la cellophane qui enveloppe la cartouche jusqu'à la déchirer. Elle retire la bordure en carton dans laquelle est calée l'épaisse cassette en plastique, puis elle tend la main et règle l'autoradio en mode magnéto.

Les Box Tops s'interrompent.

Alors que Cliff garde un œil sur Pussycat et l'autre sur la voie rapide de Hollywood, elle introduit la cartouche audio dans l'autoradio. Il y a un claquement sonore, puis, pendant quelques instants, ils entendent juste une sorte de chuintement sortant des enceintes avant que n'explose enfin en stéréo le grandiloquent *What's New Pussycat ?* de Tom Jones.

« Bon, d'accord, reconnaît Pussycat. Cette chanson-là, je l'aime bien. »

Elle tend la main, monte le volume et se met à bouger les épaules en rythme, exécutant une petite danse sexy pour le plaisir de Cliff sur le siège passager de la Cadillac de Rick. Elle décolle ses jambes du plancher et les glisse sous ses fesses. Puis elle se redresse sur les genoux et défait le bouton en métal de son short Levi's.

Cliff, qui n'a toujours pas prononcé un mot, hausse les sourcils.

D'accord, peut-être que tout ça vaut l'essence jusqu'à Chatsworth, se dit-il.

En réponse à sa réaction, la brunette hausse ses deux sourcils châtains comme deux chenilles, tout en faisant descendre la fermeture Éclair de son short. Elle le fait ensuite glisser le long de son cul, puis le long de ses jambes, jusqu'à le tenir à la main, révélant une petite culotte sale, rose avec un motif imprimé de petites cerises. Elle fait tourner le short Levi's en synchro avec le piano aux sonorités d'orgue à vapeur de *What's New Pussycat ?* jusqu'à le faire tomber sur le plancher. Se contorsionnant, balançant son cul de gauche et de droite en rythme avec le chant de Tom Jones, Pussycat passe un pouce sous sa culotte rose et fait lentement glisser le sous-vêtement sale au motif imprimé de cerises le long de ses jambes, jusqu'à s'en défaire totalement. Puis elle s'appuie sur la portière côté passager et écarte les jambes, révélant au conducteur la formidable et sombre toison pubienne entre ses jambes. Les poils entre ses jambes sont aussi épais et broussailleux que la chevelure sur sa tête.

« Ça te plaît, ce que tu vois, Cliff ? demande-t-elle.

– Absolument », lui répond Cliff en toute sincérité.

Elle s'allonge sur le dos, sur le siège passager de la Cadillac coupé DeVille de Rick, son épaisse chevelure broussailleuse châtain appuyée contre la portière. Elle lève sa jambe gauche et pose le talon sur l'appui-tête du conducteur, puis lève sa jambe droite et cale son autre pied entre le tableau de bord et le pare-brise, face à Cliff, se présentant ainsi jambes écartées au conducteur amusé.

Puis, en synchro avec la chanson de Tom Jones qui parle d'un *pussycat*, d'un minou, elle se lèche deux doigts et commence à les faire glisser sur son clito.

Cliff continue de rouler sur la voie rapide de Hollywood, gardant un œil sur la route et l'autre sur le minou broussailleux châtain de Pussycat.

Pussycat ferme les paupières et dit d'une voix affectée par son excitation : « Enfonce-moi tes doigts.

– T'as quel âge ? » demande Cliff.

Les paupières de Pussycat s'ouvrent d'un coup.

Ça fait belle lurette que quiconque ne s'est pas soucié de ça, elle n'est même pas certaine d'avoir bien entendu. « Quoi ?

– T'as quel âge ? » répète Cliff.

Elle rigole, n'en croyant pas ses oreilles, et s'exclame : « Ouah, mec, c'est la première fois depuis longtemps qu'on me demande ça.

– La réponse, c'est quoi ? » insiste-t-il.

Elle se redresse sur un coude, mais garde les jambes écartées en lui répondant sur un ton sarcastique : « D'accord, alors on joue à ce petit jeu ? J'ai dix-huit ans. On se sent mieux, m'sieu ? »

Cliff lui demande : « Tu aurais une pièce d'identité ? Tu sais, un permis de conduire ou autre ?

– Tu plaisantes ? laisse-t-elle échapper, le visage incrédule.

– Non, lui assure-t-il. J'ai besoin de voir un document officiel me prouvant que tu as dix-huit ans. Document que tu n'as pas, vu que tu n'as pas dix-huit ans. »

Sur ce, Pussycat ramène ses jambes à elle et se remet en position assise, secouant sa chevelure broussailleuse, médusée. « Alors là, je te dis pas la douche froide. »

Toujours cul nu, elle étend ses longues jambes devant elle et pose ses énormes pieds sur le tableau de bord, plaçant ses deux mains sur sa nuque, en position total relax.

« En tout cas, je suis pas trop jeune pour baiser avec toi ; mais *toi*, manifestement, tu es *trop vieux* pour baiser avec moi. »

Cliff a un tout autre point de vue sur la question et fait part à Pussycat de ce point de vue.

« S'il y a un truc pour lequel je suis trop vieux, c'est aller en taule pour une partie de jambes en l'air. La prison m'a guetté toute ma vie. Mais elle a encore jamais réussi à m'avoir. Et le jour où elle m'aura, ce sera pas à cause de toi. Ne le prends pas mal, hein. »

Comme la partie de doigts dans la chatte n'est plus d'actualité, la jeune nana qui se fait appeler Pussycat remet sa petite culotte, son short, et ils discutent tous les deux en roulant vers Chatsworth, sans que Cliff révèle à sa passagère qu'il connaît personnellement George Spahn ni quelle était sa véritable intention quand il a accepté de la prendre en stop.

Il part à la pêche aux infos à propos de ses « amis » qui habitent sur le ranch de George.

Et elle n'est que trop heureuse de lui parler d'eux jusqu'à lui en rebattre les oreilles. En particulier de ce type, un certain Charlie, dont elle est sûre qu'il va adorer Cliff.

« Je serais pas étonnée que Charlie t'adore carrément », sont ses mots exacts.

Au début, Cliff s'intéresse surtout au troupeau de nanas ayant la vingtaine qui croient en l'amour libre et le pratiquent. Mais plus elle parle de ce Charlie, plus elle évoque son « enseignement », moins il semble être un gourou-de-paix-et-d'amour et plus il fait penser à un proxénète.

Oui, on dirait que ce Charlie s'est emparé du manuel de base du souteneur et l'a ingénieusement réécrit à l'intention d'une génération de gamines en colère contre leurs familles. En écoutant Pussycat lui ressortir les conneries de ce gugusse, Cliff essaie d'imaginer le chemin parcouru. Si, dans les années cinquante, il avait concrétisé son projet de se lancer dans le proxénétisme, il n'aurait jamais pu approcher une jolie minette comme celle-ci, ayant de toute évidence un bon niveau d'instruction. Mais toutes ces *conneries hippies* détraquent le monde entier. Là, elle offre sa chagatte pour se faire accompagner jusqu'à Chatsworth.

Des gonzesses qui, jadis, à la limite, te branlaient au drive-in, aujourd'hui baiseront avec toi *et* avec ton pote.

Alors que les proxos français fournissaient à leurs filles du champagne, du rouge à lèvres, des collants et du Max Factor, ce gonze-là, Charlie, approvisionne les siennes en acide, en « amour libre », agrémentés d'une philosophie clé en main pour ficeler tout ça.

C'est assez génial, se dit Cliff. *En fait, j'ai plutôt hâte de faire la connaissance de ce gonze, Charlie.*

« Et comment tu l'as rencontré, ce gars ? demande Cliff.

– Charlie ?

– Ouais, Charlie.

– La première fois que j'ai rencontré Charlie, j'avais quatorze ans, lui dit Pussycat. J'habitais à Los Gatos, en Californie, il faisait du stop et mon père s'est arrêté pour le prendre avec nous.

– Attends un peu, intervient Cliff qui n'en revient pas. Tu as fait la connaissance de Charlie par l'intermédiaire de ton père ?

– Ouais, répond Pussycat. Il était sur le bord de la route, mon père l'a fait monter dans la voiture et ensuite il l'a ramené dîner à la maison. »

Elle poursuit : « Donc on a dîné. Et on était carrément attirés l'un par l'autre, alors on est sortis en douce de la maison, ce soir-là, une fois tout le monde endormi. Et on a baisé sur la banquette arrière de la voiture de mon père, et après on a fichu le camp. »

Ouah, se dit Cliff, *il manque pas de culot, l'enculé. Il embarque la bagnole du gars et sa gamine de quatorze piges ? Il ne se contente pas de la tringler le soir même. Ce qui aurait déjà été assez scabreux. Il chourave la caisse du type et emmène la gamine ?*

Y a des types qui se font tirer dessus à la chevrotine par les paternels pour bien moins que ça. C'est le putain de meurtre sans risque de se faire épingler, ça, mon gars. Aucun flic ne t'arrêtera, et aucun jury ne te condamnera.

« Et que s'est-il passé ? demande Cliff.

– Bah, on s'est bien éclatés pendant deux jours sur la route. Mais ensuite Charlie m'a demandé de rentrer à la maison. Charlie a dit que mes parents avaient sans doute lancé un avis de recherche auprès des flics. Que si on continuait, on allait franchir la limite de l'État, et il ne pouvait pas le faire dans une voiture volée. »

La vache, ce zigoto connaît son affaire, se dit Cliff.

La fille de Los Gatos continue à expliquer au cascadeur de Hollywood : « Charlie a dit que si je voulais être avec lui, ce qu'il fallait que je fasse, c'était rentrer à la maison. Retourner en cours. Retourner dans ma chambre. Retourner regarder la télé avec ma famille. Et, ensuite, épouser le premier connard venu. Parce que, une fois que j'aurais épousé un connard, je serais *de facto* émancipée de mes parents.

« Donc j'épouse un naze, et ensuite j'écris à Charlie pour lui annoncer que je suis émancipée. Il m'envoie un mot pour me dire où je peux le retrouver. Je me sépare de mon trouduc de mari et je retrouve Charlie. »

Cliff n'a jamais éprouvé beaucoup de sympathie pour les gars qui laissent les nanas les mener par le bout du nez, et pourtant il a pitié du loustic qui a épousé ce phénomène.

« Et ensuite ? demande Cliff.

– *Ensuite*, explique Debra Jo, une vie qui consistait jusqu'alors à tout juste exister s'est transformée en une vie chargée de sens. »

Et c'est à ce moment-là qu'elle se met à regarder dans le vide, comme le font toutes les filles de Charlie quand on les laisse blablater suffisamment longtemps.

« Donc tout ça a eu lieu parce que ton père a pris un type en autostop », fait remarquer Cliff.

Elle éclate de son grand rire convulsif. « Si on veut, oui ! J'avais jamais vu ça sous cet angle, mais ouais, si on veut.

– Et ton père, il dit quoi de la tournure des événements ? s'enquiert Cliff, curieux.

– Bah, c'est une histoire plutôt drôle. Ma mère a largué mon père à cause de ça. »

Elle trouve ça drôle ? s'étonne intérieurement Cliff.

« Et mon père a essayé de dégommer à la carabine la tronche de Charlie. »

Ah, quand même, il était temps, putain, se dit Cliff.

« J'imagine qu'il n'a pas réussi son coup ? » suggère Cliff.

La petite ricaneuse fait non de la tête.

« Qu'est-ce qui s'est passé ? demande Cliff.

– Ce qui s'est passé, explique Pussycat, c'est que Charlie *est amour*. Et on ne tue pas *l'amour* avec une carabine.

– Et qu'est-ce que ça veut dire, dans la langue du commun des mortels ? veut savoir Cliff.

– Ça veut dire que Charlie a transformé la haine de mon père en amour. Charlie a dit à mon père qu'il était prêt à mourir et que, si ce jour était venu, alors il ne s'y opposerait pas. Mon père s'est calmé. Charlie a fini par tripper avec mon père ce soir-là. Puis il a demandé à une des filles qui était avec lui – Sadie ou Katie, je sais plus laquelle, j'étais pas là – de lui sucer la bite. Et quand ils se sont séparés le lendemain matin, ils se sont séparés bons amis.

– Tripper, demande Cliff. Qu'est-ce que ça veut dire ?

– Ils ont pris de l'acide ensemble.

– Ton père a pris de l'acide avec le mec qui a foutu sa vie en l'air ?

– Mon père a pris de l'acide avec le mec qui lui a montré à quel point la vie pouvait être sensass, dit-elle. Plus tard, mon père a demandé à Charlie s'il pouvait intégrer la Famille.

– Oh la vache, nan mais putain, tu plaisantes, là ? » s'exclame Cliff.

Pussycat secoue la tête, non, elle ne plaisante pas. Elle précise : « Mais Charlie a trouvé ça trop bizarre. Il a dit : "Nom de Dieu, on peut pas faire ça, c'est le daron de Pussycat." Donc mon père n'est pas membre de la Famille, mais c'est un ami de la Famille. »

Après avoir entendu l'histoire dingue que Pussycat vient de lui raconter, Cliff ne peut s'empêcher d'avoir un certain niveau de respect pour ce Charlie. C'est vrai, quoi, manipuler un groupe de hippies fugitives, c'est une chose. Cliff y arriverait sans doute. Mais Cliff n'a jamais vraiment pu tenir tête à des paternels furibards armés de fusils.

Cliff tâche de récapituler : « Bon, j'essaie de piger : un type laisse monter dans sa voiture un hippie qui fait de l'autostop ?

Il ramène le hippie chez lui, l'invite à dîner avec sa femme et sa fille de quatorze ans ? Le hippie tringle la gamine de quatorze ans et se carapate avec elle dans la bagnole du type ? La voiture qui s'était arrêtée pour le prendre en stop ? Pour le hippie, la fille se marie à quinze ans, puis le rejoint ? La femme du type le largue à cause de tout le bordel qui a suivi après qu'il a pris en stop le hippie ? Le type poursuit le hippie avec un fusil, mais, au lieu de lui faire sauter le caisson, il gobe de l'acide et bamboche avec le hippie ? Et ensuite il demande à être un des disciples du hippie ? »

Pussycat opine. « Je te dis, Cliff, Charlie est un gars vachement cool. Tu vas l'adorer et, putain, je sais que lui, il va t'adorer aussi. »

En reportant toute son attention sur la route, Cliff se sent obligé d'admettre : « Bon, je dois avouer que je suis plutôt curieux de le rencontrer, ton Charlie. »

Chapitre vingt

Un Hamlet maléfique et sexy

Pendant que Rick, avec l'aide de son magnétophone, apprend son texte pour la prochaine scène, il entend qu'on frappe à la porte de la loge. Il appuie sur le bouton pause et le magnéto interrompt la rotation des bobines.

« Oui ? lance-t-il en direction de la porte.

– Dites, monsieur Dalton, fait le deuxième assistant réalisateur, si vous voulez bien, Sam souhaiterait discuter un peu avec vous sur le plateau.

– J'arrive tout de suite », lui répond Rick.

Rick regarde l'intérieur de sa loge. *Oh merde, va falloir que je fasse un peu de ménage avant de partir*, se dit-il. *Et va falloir que je trouve une bonne excuse pour la fenêtre cassée.* La cause véritable de la fenêtre cassée, c'est que, quand il est retourné dans sa loge après le tournage de la dernière scène, il s'en voulait tellement qu'il avait balancé son chapeau de cow-boy à travers la pièce – il l'avait balancé si fort qu'il avait pété la vitre. La raison pour laquelle il s'en voulait tant était le moment gênant qu'il avait passé sur le plateau à force de buter sur le texte qu'il était censé savoir. Bon, les acteurs qui se plantent dans leur texte, ça arrive tout le temps. Mais l'angoisse que Rick avait éprouvée était liée au fait qu'il avait passé pour un mariole sur le plateau. La veille, pendant trois heures, Rick avait travaillé dur pour mémoriser ses répliques du lendemain. Rick savait qu'il avait beaucoup de texte à apprendre pour les scènes d'aujourd'hui. Les professionnels savent leur texte, et Rick est un professionnel.

Mais, habituellement, les professionnels ne se sifflent pas huit whisky sour jusqu'à perdre connaissance, sans se souvenir de la façon dont ils sont allés se coucher. Bon, *certains* acteurs professionnels font ça. Mais, au fil des ans, ils ont appris à gérer. Et ces acteurs-là (Richard Burton et Richard Harris) sont des ivrognes professionnels. Rick, lui, n'est encore qu'un amateur.

À la génération précédente, avant que la drogue et l'herbe ne deviennent pratique courante parmi les membres du syndicat des acteurs de cinéma et de télévision, l'alcool était le fléau principal. Nombreux sont ceux qui se jetèrent à corps perdu dans l'alcool comme la génération de leurs enfants le ferait avec la drogue. C'était d'abord une échappatoire, jusqu'à ce que la situation devienne incontrôlable. Mais certains en étaient arrivés à l'alcoolisme le plus honnêtement du monde.

Il ne faut pas oublier que beaucoup de premiers rôles des années cinquante avaient fait la Deuxième Guerre mondiale. Et beaucoup d'hommes devenus acteurs à la fin des années cinquante et au début des années soixante s'étaient battus en Corée. Et beaucoup de ces hommes avaient vu des choses pendant la guerre qu'ils ne pourraient jamais effacer de leur esprit. Et, comme leur génération comprenait cela, leur alcoolisme était, dans une large mesure, toléré.

Tous deux héros de la Deuxième Guerre mondiale, Neville Brand et Lee Marvin, le troufion par excellence, avaient le droit d'être ivres sur le plateau sans pour autant que la société d'assurance arrête définitivement la production. Avec l'âge, Marvin parut de plus en plus hanté par les fantômes des soldats qu'il avait tués sur le champ de bataille. Au moment fort de son western de 1974, *Du sang dans la poussière*, quand le personnage de Marvin est censé tirer sur Gary Grimes, le jeune acteur avec qui il partage la vedette (le jeune gars d'*Un été 42*), le physique de Grimes, ou son âge, ou les deux, ont manifestement fait remonter chez Marvin le souvenir d'un jeune soldat qu'il avait tué pendant la guerre. Le dur à cuire couronné d'un Oscar s'était enfermé dans sa loge et avait bu jusqu'à être ivre mort pour trouver le courage d'affronter ce qu'il avait fait et ce qu'il devait à présent prétendre faire. Et le résultat est absolument bluffant. *Du sang dans la poussière* est un western potable des années soixante-dix. Un film qu'on peut regarder, mais qui ne laisse pas non plus un souvenir impérissable. À l'exception de la grande intensité de cette fusillade violente et de l'expression vicieuse sur le visage de Marvin, comme sculptée dans un mât totémique.

Dans le contrat du premier rôle, George C. Scott, il était stipulé que trois jours de production seraient perdus en raison de l'alcoolisme de l'acteur.

Avant qu'Aldo Ray finisse quasiment à la rue dans les années soixante-dix, ses abus d'alcool étaient pour ainsi dire tolérés par les sociétés de production cinématographique.

Rick Dalton, lui, n'a pas de telles excuses. S'il boit, c'est à cause de la combinaison de trois facteurs : dégoût de lui-même, auto-apitoiement et ennui.

Rick prend le chapeau de Caleb, enfile la veste en cuir brun à franges de Caleb et sort de sa loge, tout en s'assurant que le deuxième assistant réalisateur ne voie pas le bazar qu'il y a fichu. L'équipe s'active de toutes parts, les chevaux font claquer leurs sabots sur la terre battue, et Rick se fait conduire dans la grand-rue de Royo del Oro, la ville de western où a lieu le tournage, jusqu'au saloon du Lys Doré transformé en quartier général de Caleb DeCoteau. En passant les portes battantes du saloon, il voit des techniciens installer la caméra sur un des côtés du plateau. Face à la caméra 35 mm se tient Sam Wanamaker, tout seul dans son coin, à côté d'un superbe siège en acajou à haut dossier. Le réalisateur, d'un geste de la main, lui fait signe d'approcher. « Hé, Rick, viens voir un peu, je voudrais te montrer un truc.

– Bien sûr, Sam », dit Rick en accourant auprès de M. Wanamaker.

Sam se tient derrière le robuste siège en bois, les mains posées sur le dossier, et dit : « Rick, c'est de ce fauteuil que tu feras ta demande de rançon pour Mirabella.

– Bon, ben, super, fait Rick d'une voix traînante. Ce siège m'a l'air tout à fait épatant.

– Mais je ne veux pas que tu le considères comme une chaise, précise Sam.

– Tu veux pas que je le considère comme une chaise ? répète Rick, perplexe.

– Non, je ne veux pas, dit Sam.

– Tu veux que je le considère comment ? demande Rick.

– Je veux que tu le considères comme un trône. Le trône du Danemark ! » ajoute-t-il.

N'ayant pas lu *Hamlet*, Rick ne sait pas du tout que Hamlet était danois, aussi ne saisit-il pas la référence au « trône du Danemark ».

Il répète au réalisateur, quelque peu incrédule : « Le trône du Danemark ?

– Et tu es un Hamlet maléfique et sexy », déclare Sam dans un geste ample de la main.

Oh, putain, c'est reparti avec ces conneries de Hamlet, se dit Rick.

Mais, au lieu de dire ça, il se contente de répéter ce que vient de dire Sam : « Un Hamlet maléfique et sexy. »

Sam pointe sur lui un index solide et dit : « Ex-ac-tement ! », comme s'il disait : « Eurêka ! » Puis Sam continue sa propre performance shakespearienne : « Et la petite Mirabella est ton Ophélie haute comme trois pommes. »

Rick ne sait pas trop qui est Ophélie, mais il se dit que ce doit être un personnage dans *Hamlet*, alors il se contente de hocher la tête tandis que Sam continue son baratin sur *Hamlet*. « Caleb, Hamlet. Les deux aux commandes. Les deux au pouvoir.

– Les deux au pouvoir, répète Rick.

– Les deux fous, dit Sam.

– Les deux sont fous ? » demande Rick.

Sam fait oui de la tête. « Dans le cas de Hamlet, à cause du meurtre de son père des mains de son oncle. » Puis, comme en aparté, il ajoute : « Qui baise aussi sa mère.

– À vrai dire, ça, j'ignorais, marmonne Rick dans sa barbe.

– Et dans le cas de Caleb – la syphilis, dit Sam.

– La *syphilis* ? répète Rick étonné. J'ai la syphilis ? Je suis fou ? »

Sam hoche la tête, répondant par l'affirmative aux deux questions.

« Écoute, Sam, je t'ai dit, j'en ai pas lu des masses, du Shakespeare », lui rappelle Rick.

D'un geste de la main, Sam rassure Rick : « Ce n'est pas important. Tu n'as qu'une chose à faire, t'*emparer* du trône.

– M'emparer du trône ? répète Rick.

– Il faut que tu *gouvernes* le Danemark », déclare Sam.

J'imagine que Hamlet est danois, se dit Rick.

Et Sam conclut son analogie avec le prince de Danemark : « Et tu vas le gouverner *violent*, le gouverner *cruel*, tu vas le gouverner comme un marquis de Sade version cow-boy, mais tu vas *gouverner* ! »

Sade, c'est qui, ça ? se demande Rick. *Un autre personnage de* Hamlet *?*

Sam continue son numéro de réalisateur galvanisant ses troupes : « Mirabella, pour ces hommes de la famille Lancer, est la créature la plus précieuse au monde.

– C'est une fille magnifique, intervient Rick.

– C'est la pureté incarnée, enchérit Sam. Et ces hommes durs, qui ont vécu des vies dures, vénèrent cette fillette. Et, à présent, la pire chose qui pouvait arriver est en train de se produire. Toi, une fripouille sans scrupule, tu t'es emparé du joyau brillant le plus précieux de leurs vies ! Et, maintenant, tu dois leur faire sentir sans l'ombre d'un doute que tu la tueras *comme ça* – Sam claque des doigts, et Rick, en réponse, claque des doigts lui aussi – s'ils ne font pas ce que tu exiges. Pigé ? » demande le réalisateur à son acteur.

« Pigé ! » répond l'acteur.

Puis, dans un ultime geste théâtral, Sam montre le siège en bois. « Caleb, monte sur le trône du Danemark. »

Rick passe devant le réalisateur et prend place sur le siège, puis, une fois assis, empoigne les accoudoirs, redresse son dos et fait de son mieux pour imiter la posture d'un roi sur un trône.

Le visage de Sam s'éclaire. Il déclare au plateau et à toute l'équipe : « Et voici... le prince Hamlet ! »

Rick ne comprend pas les trois quarts de ce que Sam vient de raconter, mais il apprécie son enthousiasme. Et, apparemment, Sam a oublié les cafouillages de Rick, plus tôt dans la journée. Le directeur se détourne de Rick pour aller voir l'équipe de tournage et Rick reste sur son trône, à réviser mentalement son texte tout en essayant de se mettre dans la peau du prince de Danemark.

L'actrice de huit ans qui joue Mirabella entre dans le saloon en mangeant un bagel à l'oignon et au fromage frais mousseux qui s'étale sur son visage à chaque fois qu'elle croque une bouchée.

« Je croyais que tu avais dit que tu ne mangeais jamais sur un tournage ? s'étonne Rick.

– *J'ai dit* que je ne déjeunais jamais lorsque j'avais une scène *après* déjeuner, parce que ça me ramollissait, rectifie-t-elle ; mais, sur le coup de trois ou quatre heures, il faut que je mange quelque chose, sinon je n'ai plus de jus.

– Bon, en tout cas, tu t'assois pas sur mes genoux tant que t'as pas fini de manger cette monstruosité et que tu te seras pas essuyé les doigts, lui dit-il. J'ai pas envie que tu me colles de la crème sur mon postiche.

– Tu es juste jaloux de ne pas pouvoir en croquer une bouchée, le taquine-t-elle.

– Tu m'étonnes, dit-il. J'ai pas pu bouffer de la journée avec ces poils du Lion Peureux partout sur ma tronche. Tous les morceaux de poulet que j'ai mangés dans la scène d'avant sont restés collés dans ma moustache. »

Voilà qui fait glousser la fillette.

« Mais j'avoue – ton idée de ne pas manger au déjeuner, surtout quand on a une scène après au cours de laquelle on est censé manger, ça s'est révélé un excellent choix.

– Tu vois, je t'avais dit. »

Le premier assistant réalisateur, Norman, s'approche des deux comédiens et demande à Mirabella de s'asseoir sur les genoux de Rick. Elle abandonne son bagel et se juche sur lui. Immédiatement, la coiffeuse et la costumière arrivent et se mettent à papillonner autour des deux acteurs, à les pomponner, les préparant pour la prise. Une fois que les orfèvres de la vanité ont terminé leur intervention et décampé, les deux acteurs attendent que Sam ait fini de discuter avec l'équipe et leur donne le top départ. Toutefois, il y a un problème avec la lumière trop crue qui entre par la grande fenêtre panoramique du saloon. Alors le réalisateur demande à tout le monde de patienter, le temps qu'un des techniciens colle à la vitre, à l'aide de ruban adhésif, une feuille de gélatine beige pour atténuer la crudité du soleil de l'après-midi.

Assise sur les genoux de Rick en attendant de jouer leur première scène ensemble, la fillette demande à son partenaire : « Caleb… je peux te poser une question ?

– Envoie, lui dit-il.

– Si Murdock Lancer ne paie pas la rançon ou s'il arrive quelque chose à l'argent, demande-t-elle, tu me tueras vraiment ?

– Mais, de toute façon, il verse la rançon, répond Rick du tac au tac.

– Rhô, je sais bien, dit-elle en levant les yeux au ciel, exaspérée. Je ne m'adresse pas à Rick qui a lu le scénario, je parle à Caleb qui ne sait pas ce qui va se passer tant que ça ne se sera pas passé. Donc je te repose la question : *Caleb*, si Murdock Lancer ne paie pas la rançon, est-ce que tu me tueras ?

– Absolument », répond-il immédiatement.

Elle est un peu étonnée qu'il n'ait pas hésité un seul instant. « Vraiment ? Absolument ? Sans hésiter du tout ?

– Pas la moindre hésitation, répond-il. C'est mon truc quand je joue les crapules. Je tortille pas. J'en fais des sales types, des vrais méchants. Tiens, par exemple, quand j'ai fait ce *Tarzan* à la con avec Ron Ely. Bon, c'est un feuilleton à la con, mais le personnage que j'ai joué était un vrai salopard. Je jouais un braconnier – tu sais ce que c'est qu'un braconnier ? » demande-t-il à l'enfant.

Elle fait non de la tête.

« C'est un gars qui tue des animaux sauvages qu'il devrait pas tuer, explique-t-il. Donc je déboule dans le feuilleton avec un lance-flammes, je fous le feu à la jungle pour provoquer la fuite des animaux, les obliger à aller là où je veux qu'ils aillent, là où je pourrai les tuer. Comme j'ai dit, ce feuilleton vaut pas un clou, mais ça m'a plu de jouer ce putain de salopard. Eh ben, pareil ici. J'assume la cruauté de Caleb. Je pense que c'est un choix fort. »

Elle hoche la tête en écoutant son explication, puis, une fois qu'il a terminé, elle lui propose son explication à elle :

« Certes, naturellement, je comprends ce que tu racontes. C'est entendu, tu es la crapule, donc ton personnage doit répondre à certains impératifs de cohérence de la narration, ce qui n'est pas le cas pour mon personnage. Mais, en mettant de côté l'étiquette "crapule" – elle fait un petit signe avec les doigts en l'air pour indiquer les guillemets –, tu es tout de même un personnage, et les personnages peuvent être affectés par une vaste palette de choses qui peuvent les faire réagir d'une manière *ne correspondant pas* à ce que l'on pourrait logiquement attendre d'eux. »

Intéressante, cette réflexion, se dit Rick, et il fait pivoter la partie supérieure de son corps, s'approchant un peu plus d'elle, pour signifier qu'il est tout ouïe.

Elle lui donne un exemple pour lui faire comprendre d'où vient son raisonnement : « Tu vois, vu ta façon de parler dans notre grande scène de demain, on dirait que tu m'aimes plutôt bien. Pas dans cette scène, hein, s'empresse-t-elle de préciser. Dans cette scène, tu ne me connais pas encore. Je ne suis que la fillette de Murdock Lancer. Mais, dans notre dernière grande scène, on dirait qu'on se connaît mieux.

– Euh, ouais, on a passé deux jours et deux nuits à cheval à filer au Mexique.

– C'est exactement là que je voulais en venir, insiste la fillette. Et… apparemment… tu m'aimes bien ?

– Apparemment », concède-t-il.

Elle le regarde droit dans les yeux et, à l'instant où Trudi fait cela, un *déclic* audible retentit dans l'air. C'est peut-être juste un des figurants jouant un pirate des terres qui a tripoté le chien de son pistolet, mais la synchronisation a été parfaite.

« Qu'est-ce que tu aimes bien chez moi ? » lui demande-t-elle.

Ça exaspère Rick de devoir se creuser les méninges à ce point-là, alors il dit : « Oh, je sais pas, Tru… »

Elle l'interrompt avant qu'il puisse prononcer son prénom en entier. « Mirabella ! » le coupe-t-elle.

Il se corrige et répète avec contrition : « Oh, je sais pas, Mirabella.

– Non, là, tu te défiles, mec. Tu sais parfaitement. Si Caleb m'aime bien, il sait pourquoi. » Puis elle ajoute avec autorité : « Et tu *devrais* savoir pourquoi. »

Rick commence : « Il aime bien… »

Mirabella l'interrompt : « Pas il, *toi*. »

Il lève les yeux au ciel, mais accepte les règles du jeu telles qu'elle les a édictées. « Excuse-moi, se corrige-t-il. *J'apprécie* le fait de ne pas avoir à te traiter comme une enfant.

– Oh, excellent argument. » Elle ramène ses mains l'une contre l'autre en un mini-applaudissement. « Cette réponse me plaît. »

Il fait un sourire narquois. « J'en doute pas. »

Pointant le doigt sur lui pour insister sur les mots qu'elle prononce, elle dit : « Donc, pour revenir à ma question originale : Tu me *tueras*… mais tu *ne veux pas* ?

– Non, lui accorde-t-il.

– Non *quoi* ? » veut-elle savoir.

Il cède et lui livre ce qu'elle désire entendre en disant lentement : « Non, je ne veux pas te tuer… »

Alors elle réagit promptement : « Mais tu le feras ?

– Oui, je le ferai », dit-il avec conviction.

Elle marque un temps de silence et lui demande en haussant les sourcils : « Tu es sûr ? »

La question de la petite lui fait plisser les yeux.

« Ouais… je suis *quasi* sûr. »

Le visage de Mirabella s'éclaire. « Ah, donc maintenant tu n'es plus que *quasi* sûr, donc peut-être que tu ne me tueras pas ?

– Peut-être », reconnaît-il.

Alors, d'une voix calme, comme si elle s'apprêtait à dévoiler un secret, elle dit : « Tu veux savoir ce qu'il se passe, selon moi ? »

Avec une légère pointe comique, il lui répond : « Bah, je sais que tu veux me le dire, alors vas-y, dis-le-moi. »

Elle continue à parler à voix basse, comme pour chuchoter un secret, mais on voit bien qu'elle est totalement absorbée par le raisonnement qu'elle a en tête. « Eh bien, je pense que *tu penses* que tu pourrais me tuer. Et tu dis aux autres pirates des terres que tu pourrais me tuer. Mais si la situation s'envenimait et que tu devais mettre à exécution ce que tu as dit que tu ferais, me tuer – tu ne pourrais pas.

– D'accord, mademoiselle Je-sais-tout, et pourquoi donc ?

– Parce que, lui dit-elle, tu te rends compte que tu es tombé amoureux de moi. Et tu me prends dans tes bras et tu me portes jusqu'à ton cheval. Et on s'en va carrément à cheval – genre Pony Express – trouver le premier pasteur. Et, le menaçant avec ton flingue, tu l'obliges à nous prononcer mari et femme. »

Cela fait sourire Rick, mais avec une bonne dose de moquerie. « Ah bon ? dit-il, sceptique.

– Oui, lui répond-elle, sûre d'elle.

– Je t'épouserai pas, dit-il, dédaigneux.

– *Toi*, tu ne m'épouseras pas, ou alors *Caleb* ne m'épousera pas ? veut-elle savoir.

– Aucun de nous deux t'épousera, lui dit-il.

– Pourquoi ? demande-t-elle.

– Tu sais pourquoi, tu es trop jeune, dit-il.

– Bon, pour l'époque actuelle – ouais, je suis trop jeune. Mais là, on est au temps des westerns. En ce temps-là, les gens épousaient tout le temps des enfants », lui explique-t-elle, et elle n'a pas tort. « Je veux dire, à l'époque, ce n'était rien d'épouser une fille de treize ans.

– T'as pas treize ans, tu en as huit, lui rappelle-t-il.

– Parce que ça change quelque chose pour Caleb DeCoteau ? demande-t-elle, incrédule. Il y a cinq minutes, lui rappelle-t-elle, tu affirmais que tu me tuerais *comme ça.* » Elle fait claquer ses doigts pour mettre en valeur le mot *ça*. « Tu as dit à Scott que tu me balancerais au fond d'un putain de puits. Donc tuer une fille de huit ans, ça va, mais m'épouser – alors là, non, c'est une limite que Caleb DeCoteau ne franchirait pas ? »

Rick est un peu à court de repartie. Elle s'en rend compte, lui décoche un sourire narquois et lui dit : « Je ne pense pas que tu aies vraiment réfléchi à fond à la question.

– Bien sûr que j'ai pas réfléchi à fond à la question, dit-il, sur la défensive. C'est toi qui as eu cette idée tordue.

– Ce n'est pas une idée tordue. Elle est peut-être un peu *provocante*, reconnaît-elle, mais ce n'est pas une idée tordue. »

Rick commence à être exaspéré et lui dit que toute cette conversation le met mal à l'aise. « Trudi, ça me met mal à l'aise, ce... »

Mais elle l'interrompt avant qu'il puisse terminer : « Rhô, je sais bien qu'on ne va pas le faire ! C'est juste un exercice mental pour approfondir un personnage. Ils font tout le temps ça à l'Actors Studio. Le scénario, c'est le scénario. Et on suit le scénario. Dans le scénario, Lancer paie la rançon. Donc tu n'auras pas à faire ce choix. Dans le scénario, Johnny te tue, donc rien de tout cela ne se réalisera. Mais, à l'Actors Studio, ils posent la question suivante : Et si le scénario ne disait pas cela ? Que ferait ton personnage ? Que choisirait de faire ton personnage ? C'est juste histoire de comprendre qui est ton personnage lorsqu'il n'obéit pas au texte.

– Bah, peut-être, je dis bien peut-être, que j'ai pas envie de me marier, rétorque-t-il.

– Bien, tu vois, alors ça, dit-elle en s'accompagnant d'un geste de la main, c'est un choix. » Elle pousse un cran plus loin : « Donc, il ne s'agit pas de mon âge. Et ce n'est pas que tu ne m'aimes pas… »

Il l'interrompt : « J'ai jamais dit que je t'aimais. »

Cette affirmation ne la convainc pas un seul instant. « Ne sois pas ridicule, c'est évident que tu m'aimes. Donc ce n'est pas mon âge et ce n'est pas que tu ne m'aimes pas, c'est juste que Caleb est le genre de type qui ne croit pas au mariage, c'est ça ? »

Il hausse les épaules. « Ouais, peut-être bien.

– Donc on crèche ensemble et c'est tout ?

– C'est pas ce que j'ai dit.

– Ma foi, ça tombe sous le sens, fait-elle remarquer en toute logique. On est ensemble, on est amoureux, on n'est pas mariés, donc on crèche ensemble. » Puis elle précise : « Cela n'aura qu'un temps. À un moment donné, je t'*obligerai* à m'épouser. »

Sceptique, il répète : « Tu m'*obligeras* ?

– Ouais, explique-t-elle. Ce serait une part énorme de la dynamique entre nous.

– Qu'est-ce qui serait une part énorme ? » demande-t-il.

Elle lui explique : « Le fait que tu sois le patron, c'est toi le chef du gang. Ils t'obéissent au doigt et à l'œil. Mais tu sais quoi, quand il n'y a personne alentour ? *C'est moi la patronne !* Et tu m'obéis *au doigt et à l'œil.* »

Cette naine, là, nan mais j'y crois pas, se dit Rick.

« Ah, ah bon ? Tiens donc.

– Oui, c'est comme ça.

– Et *pourquoi* est-ce que je t'obéis au doigt et à l'œil ?

– En raison du pouvoir que j'ai sur toi. Si je n'avais pas ce pouvoir, tu m'aurais jetée au fond du puits, comme tu as dit que tu le ferais. Mais ce n'est pas grave, tu *apprécies* le pouvoir que j'ai sur toi. Je veux dire, c'est moi la *patronne*, mais je suis une *bonne patronne*, et je n'utiliserai jamais mon pouvoir de manière négative contre toi. Parce que je t'aime. Pas autant que tu m'aimes. Mais, tout de même, je t'aime.

– D'accord, dit-il, et si c'est non ?

– Si c'est non quoi ? »

Contestant la théorie de la fillette : « Si je fais pas ce que tu me dis de faire ?

– Souviens-toi, lui rappelle-t-elle, que jamais je ne révélerai le pouvoir que j'ai sur toi aux gars de ton gang, ni à qui que ce soit d'autre, d'ailleurs. Aux yeux du monde, c'est toi qui diriges.

– D'accord, ça, je pige, lui dit-il. Mais tu as dit que je t'obéissais au doigt et à l'œil, pas vrai ?

– Oui, dit-elle. Comme un chien. Un ordre. Et tu dois obéir.

– Vraiment ? dit-il dans un sourire narquois. Et si j'obéis pas ? »

Elle insiste : « Mais tu obéis.

– Bon, mais alors là, qui est-ce qui est esclave du texte ? rétorque-t-il. Tu veux jouer à "*Et si*" ? Okay : *et si* j'obéis pas ?

– Eh bien... » Elle réfléchit un moment. « Il va sans dire qu'il y aura quelques fois – au début – où effectivement tu n'obéiras pas. Je serai donc obligée de te punir.

– Tu me punis ? » demande-t-il.

Elle fait oui de la tête, puis conclut : « Et, une fois que j'aurai fini de te punir, tu m'obéiras au doigt et à l'œil. »

Et c'est à cet instant, alors que Rick est en train de réfléchir à ce qu'il va bien pouvoir répondre à ça, que Sam Wanamaker lance à l'intention de ses acteurs : « Moteur ! »

Et Caleb et Mirabella jouent la scène.

Chapitre vingt et un

La maîtresse des lieux

Squeaky, parmi toutes les filles du ranch Spahn, jouit d'un statut enviable. Les femmes du ranch sont des citoyens de deuxième classe au sein de la « Famille » ; elles sont sans conteste considérées comme inférieures aux hommes. Mais Charlie insiste pour qu'elles soient aussi inférieures aux chiens qui vivent au ranch. Chaque fois qu'une femme du ranch veut manger un bol de nourriture, elle doit d'abord le proposer au chien. Presque aucune femme n'occupe une position d'autorité (et certainement pas Mary Brunner, membre historique et mère de Pooh Bear, l'enfant de Charlie).

Je dis « presque », parce que deux femmes ont un statut particulier dans la hiérarchie de la Famille. La première, c'est « Gypsy » qui, à trente-quatre ans, est de loin la plus âgée des femmes de la Famille. Gypsy a pour ainsi dire un rôle d'officier recruteur. Chaque fois qu'une jeune fille ou un jeune homme est attiré au ranch, la première étape est de les présenter à Gypsy.

Mais c'est cette fée espiègle de Squeaky qui détient ce qui s'approche le plus d'une position d'autorité dans la structure sociale de la Famille. Si la Famille est autorisée à rester au ranch Spahn, c'est grâce à l'accord que Charlie a passé avec le propriétaire des lieux, George Spahn. Et c'est à Squeaky qu'incombe la responsabilité de s'occuper de George.

George Spahn est un homme de quatre-vingts ans qui, pendant des décennies, a loué son ranch à Hollywood, avec tout un décor de ville du Far West, pour des tournages de films et de feuilletons. À la grande époque, le Lone Ranger, Zorro et Jake Cahill ont arpenté à cheval la grand-rue du ranch Spahn. Mais, dernièrement, Hollywood s'est déplacé ailleurs et le terrain où avaient lieu les tournages s'est petit à petit délabré. L'endroit est encore utilisé de temps à autre pour une séance photo de magazines et des pochettes d'albums. (La photo d'une pochette d'album de James Gang a été prise ici.) Le ranch possède encore des chevaux et l'on peut y faire des promenades familiales accompagnées dans les Santa Susana Canyons.

Mais, désormais, les seuls films qui se tournent au ranch sont des films cochons avec une thématique western ou des films de série Z réalisés par Al Adamson. Il faut dire aussi que George Spahn est devenu presque complètement aveugle. Le vieil homme, oublié de l'industrie cinématographique, s'est trouvé de la compagnie avec la « Famille » de Charlie Manson. Pour l'essentiel, il reste dans sa petite maison perchée sur une colline, qui domine les décors de ville du Far West. La maison déborde de vieux souvenirs de westerns, que George ne peut plus voir, représentant l'âge d'or du ranch : des affiches encadrées de vieux westerns tournés au ranch, des photos d'acteurs d'antan qui ont tourné au ranch, décolorées à force d'avoir été exposées à la lumière du soleil. Une collection de selles de cow-boys et même une ou deux authentiques sculptures de cow-boys et d'Indiens réalisées par George Montgomery.

Et qui règne sur George et toute la maisonnée ? Squeaky. Or, s'agissant de s'occuper de George, Squeaky se révèle infiniment précieuse et d'une efficacité redoutable.

Ce qui lui vaut une autonomie particulière dans la dynamique de la Famille à laquelle aucune autre femme du ranch ne peut prétendre. D'abord, elle reste à la maison. Et elle s'est positionnée comme la « maîtresse des lieux ». Un titre que même George ne lui conteste pas. Si le ranch est à George, à un moment donné, Squeaky s'est imposée comme la maîtresse des lieux. Les autres filles sont obligées d'accomplir les corvées au ranch, de fouiller dans les poubelles et les bennes à ordures. Squeaky, elle, doit faire la cuisine pour George, habiller George, s'occuper de sa maison et lui tenir compagnie. Les autres filles mangent des aliments rances trouvés dans les poubelles, du pain rassis, des légumes flétris, des fruits gâtés ou blets, et doivent parfois pomper des employés de supermarchés ou se laisser sauter pour avoir le privilège de piocher dans leurs ordures. Squeaky, elle, cuisine et mange de la vraie nourriture achetée par George. Bon, d'accord, il faut qu'elle passe de temps en temps à la casserole ou le branle de temps à autre. Mais cela ne l'embête pas plus que ça. En fait, elle préfère nettement baisouiller avec George que se faire trombiner par ces connards de motards sordides qui traînent au ranch. Et puis aussi, comme George écoute toute la journée la station country, Squeaky est en fait la seule de la Famille à être en contact avec le monde extérieur. Outre le privilège de manger des aliments qui sortent d'un réfrigérateur et non pas des poubelles, le plus enviable dans le statut de Squeaky, installée dans la maison avec George, ce sont ses privilèges en matière de télévision.

Charlie interdit à ses enfants de regarder la télévision. Quand ils étaient petits et que leurs parents leur interdisaient de regarder la télé, ou limitaient le temps devant la télé, ils disaient qu'elle allait leur pourrir le cerveau. Charlie, lui, dit que la télé leur volera leur âme.

La vérité dans tout ça, c'est que le seul véritable moyen pour Charlie de maintenir le contrôle sur ces gamins, c'est de contrôler leur environnement et leur réalité. Charlie se fiche qu'ils regardent des feuilletons. Les attraits des *Beverly Hillbillies*, de *Gomer Pyle*, de *Max la Menace* et de *L'Île aux naufragés* ne saperont pas son autorité. Ce sont les publicités (le véritable opium du peuple) qui inquiètent Charlie. L'évocation si tentante du fruit défendu, qu'ils ont jadis goûté mais auquel ils ont désormais renoncé. Il n'a pas besoin que ces films brefs, conçus par les génies de Madison Avenue, produits dans l'unique but d'allécher, rappellent à ses enfants la vie qu'ils ont laissée derrière eux. Mis en balance avec les parents dont ils se défiaient et contre qui ils protestaient, Charlie l'emportait. Mis en balance avec l'establishment qu'ils méprisaient, Charlie l'emportait. Mis en balance avec une philosophie contraire à celle de Charlie, Charlie l'emportait. Mais mis en balance avec les plaisirs inscrits dans la mémoire, les bonbons *Tootsie Rolls*, les céréales *Froot Loops*, les barres chocolatées *Clark Bars*, les sodas *Hires*, le *Kentucky Fried Chicken*, le rouge à lèvres *Revlon*, le maquillage *CoverGirl* et les *vitamines à mâcher Pierrafeu*, à un moment donné, Charlie perdrait.

Squeaky, elle, a le droit de regarder la télévision autant qu'elle veut.

Si ce fut sans doute la perspective de pouvoir coucher avec Squeaky qui a initialement permis de sceller l'accord avec George Spahn, en pratique ce sont les soins que Squeaky lui prodigue qui leur garantissent de pouvoir rester au ranch. Le fait que Squeaky tienne compagnie au vieil homme. Qu'elle l'habille, l'emmène en promenade, cuisine pour lui, regarde la télé avec lui, lui raconte ce que font les Cartwright quand elle et George regardent ensemble *Bonanza*.

Mais, aujourd'hui, Charlie et une bonne partie des « enfants » sont partis à Santa Barbara. Et donc, comme on dit, quand le chat n'est pas là, les souris dansent.

Squeaky a invité tout un groupe à venir regarder la télé. Comme on est samedi, ils regardent le programme rock de l'après-midi présenté par Dick Clark sur ABC. D'abord *American Bandstand*, présenté par Dick lui-même, puis l'émission *It's Happening*, produite par Dick Clark, présentée par Paul Revere and the Raiders. L'invité du jour est Canned Heat.

Comme il se doit, compte tenu de son statut éminent dans la maison, Squeaky, dont le visage est constellé de taches de rousseur, est installée dans le confortable fauteuil inclinable de George, en position total relax ; ses jambes blanches de fantôme sortant de son short Levi's sont étendues devant elle, elle regarde la télé entre ses pieds nus crasseux. Les cinq autres membres de la Famille, vautrés sur le canapé et par terre, font circuler un joint.

À la télé, l'indicatif de *It's Happening* joué par Paul Revere and the Raiders sort des petites enceintes de la télé tandis que défile le générique de début d'émission : en noir et blanc, Mark Lindsay, le chanteur de Paul Revere, en buggy dans les dunes, se faisant secouer et bringueballer dans le sable, roulant assez imprudemment (si imprudemment que Mark Lindsay a failli mourir pendant le tournage de ces images du générique).

Alors que tous tapent des pieds et hochent la tête au rythme de la chanson entraînante, Squeaky entend, au loin, une voiture s'arrêter à l'entrée du ranch. Immédiatement, elle se redresse sur son fauteuil et ses pieds nus reprennent contact avec le sol.

« C'est une voiture », dit-elle à voix haute. Elle s'empare de la volumineuse télécommande, appuie deux fois sur le bouton du volume et tend l'oreille. Elle distingue au loin un son de moteur et de pneus sur la terre battue. « C'est une voiture inconnue », en conclut-elle.

La jeune femme passe en mode chef de bataillon. « Snake, va voir qui c'est, dehors. »

« Snake », la plus jeune des filles de la Famille, se décolle non sans effort du canapé, sort de la salle de séjour et va dans la cuisine regarder ce qui se passe dehors à travers la porte moustiquaire crasseuse, cherchant à localiser l'automobile. La maison de George se trouve au sommet d'une colline, à une extrémité du ranch. De ce poste d'observation en hauteur, Snake a un point de vue sur toute la propriété. Elle contemple ce qui reste des vieux décors de western et l'entrée de la grand-rue où les gens garent leurs voitures. C'est là qu'elle aperçoit la grosse Cadillac vintage couleur jaune crème.

« Tu vois quelque chose ? braille Squeaky depuis la salle de séjour.

– Ouais, répond Snake, un coupé DeVille jaune vraiment chouette. Y a un vieux en chemise hawaïenne qui a raccompagné Pussycat à la maison », rapporte Snake à Squeaky.

Depuis l'autre pièce : « Il l'a déposée et il est reparti ?

– Nan, elle l'amène au ranch, elle le présente à tout le monde, annonce Snake. Gypsy vient de sortir pour leur dire bonjour. »

Squeaky se rallonge sur son siège inclinable et rappuie sur le bouton de volume de la télécommande grosse comme une boîte. « Reste près de la porte et préviens-moi s'il commence à venir par ici. »

Snake observe Pussycat et le Hawaïen parler à Gypsy tandis que, petit à petit, d'autres filles du groupe rejoignent le cercle. Du poste d'observation de Snake, il semble que ça se passe de manière sympa là-bas, elle entend même de temps à autre des rires et des gloussements. Même « Tex » Watson arrive à cheval avec Lulu, parle un peu au Hawaïen, puis repart.

« Y se passe quoi ? demande Squeaky.

– Le Hawaïen a l'air okay, signale Snake. Tout le monde discute, c'est amical. Tex est même venu voir et il est reparti à cheval avec Lulu.

– Continue à regarder, lui ordonne Squeaky. S'il rapplique par ici, tu me préviens. »

Une dizaine de minutes après que Tex et Lulu sont repartis à cheval, Snake observe un changement de dynamique entre les filles de la Famille et le vieux bizarre en chemise hawaïenne. Les rires et les gloussements semblent avoir cessé. De même que le langage corporel relax-décontracté-cool des filles de la Famille. Elles deviennent silencieuses, se raidissent, sont maintenant sur la défensive. Puis Snake remarque que le Hawaïen lève la tête en direction de la maison de George et la montre même du doigt.

« Il se passe un truc, annonce Snake. Les filles réagissent étrangement et le Hawaïen montre la maison du doigt.

– Enculé de sa mère, je m'en doutais », dit Squeaky.

Clem, le gars de la Famille à la dent ébréchée, demande à Squeaky : « Tu veux que je m'occupe de lui ? »

Squeaky adresse à Clem un sourire maternel et lui dit : « Pas tout de suite, trésor. Ça va aller.

– Oh merde », dit Snake.

Squeaky a beau déjà connaître la réponse, elle pose quand même la question : « Quoi ?

– Le vieil Hawaïen arrive par ici », dit Snake paniquée.

Squeaky se raidit sur son siège inclinable, s'extirpe de son trône et va dans la cuisine voir de ses yeux ce que Snake observe à travers la moustiquaire. Et elle aperçoit le type en chemise hawaïenne qui s'avance seul en direction des marches conduisant à la porte à travers laquelle elles regardent.

Squeaky se mord la lèvre et se demande : *Putain, c'est qui, ce mec ?*

Puis, s'adressant aux autres : « Bon, vous tous, foutez-moi le camp d'ici. Je vais m'occuper de cet enculé. »

Squeaky reste près de la porte moustiquaire tandis que les autres mômes sortent en file indienne de la maison et descendent l'escalier, croisant l'inconnu en chemise hawaïenne qui s'approche.

Ils lui lancent tous un regard noir. Une fois que le dernier gamin de la Famille a quitté la maison, Squeaky remet le crochet métallique de la moustiquaire dans l'œillet en métal.

Le Hawaïen monte les marches jusqu'à se trouver juste de l'autre côté de la moustiquaire crasseuse, face à Squeaky.

« Donc c'est toi, la maman ourse ? » demande-t-il sur un ton débonnaire.

Squeaky envisage de lui lancer un *aloha* sarcastique, mais se ravise : ce serait trop encourageant. Au lieu de cela, elle lâche sur un ton sec et cassant : « Je peux t'aider ? »

Le Hawaïen enfonce ses mains dans ses poches arrière et répond sur le ton du gars qui essaie de se montrer courtois : « J'espère. Je suis un vieil ami de George. Je me suis dit que j'allais venir lui passer un petit bonjour. »

Elle braque sur l'intrus hawaïen les deux phares qu'elle a en guise d'yeux, de gros yeux globuleux, un regard qui ne cille pas.

« Eh bien, c'est très gentil de ta part. Malheureusement, ce n'est pas le bon moment. George est en train de faire une sieste, pour l'instant. »

Le Hawaïen enlève ses lunettes de soleil et dit : « Effectivement, c'est *malheureux*.

– Tu t'appelles comment ?

– Cliff Booth.

– Comment tu connais George ?
– Je suis cascadeur. J'ai tourné *Chasseur de primes* ici.
– C'est quoi, ça ? »
Cela fait un peu rire le cascadeur.
« C'est un feuilleton western qu'on tournait ici, dit-il.
– Sans blague, fait Squeaky.
– Je blague pas. » Indiquant d'un geste du pouce par-dessus son épaule le décor de ville du Far West, il ajoute : « Je crois qu'il y a pas un centimètre de cette grand-rue où je me sois pas fait tirer dessus alors que j'étais à cheval. Je crois que je suis tombé sur des bottes de foin du haut du toit de tous les bâtiments sans exception. Et j'ai traversé tête la première la fenêtre du Rock City Café, sans doute une fois de trop.
– Vraiment ? C'est fascinant. » Ses yeux défient l'intrus sans ciller, d'une manière qu'envierait Ralph Meeker, connu pour le regard impassible qu'il affichait devant la caméra.
« Je ne me vante pas, note bien, l'informe le Hawaïen, c'est juste histoire de te dire que je connais les lieux. »
Avec l'attitude autoritaire et froide d'un agent de police chargé de la circulation, Squeaky demande au Hawaïen : « Quand est-ce que tu as vu George pour la dernière fois ? »
Alors là, c'est une colle, l'intrus doit réfléchir quelques instants. « Ah, voyons, euh… je dirais… que ça remonte à peu près à huit ans. »
Un sourire apparaît enfin à la commissure des lèvres de Squeaky. « Oh, je suis désolée. J'avais pas réalisé que vous étiez si proches. »
Grand amateur du sarcasme frontal, le Hawaïen ricane.
« Bon, eh bien, quand il se réveillera, l'informe-t-elle, je lui dirai que tu es passé. »
Le Hawaïen contemple le sol, remet ses lunettes de soleil, conscient de son petit effet, puis relève la tête et fixe le visage aux taches de rousseur à travers la moustiquaire. « C'est que

j'aimerais vraiment lui dire bonjour vite fait – maintenant – tant que je suis là. J'ai fait un long trajet et je ne sais pas trop quand je reviendrai dans les parages. »

Feignant la compassion, Squeaky dit : « Ah, je comprends bien. Mais j'ai peur que ce soit impossible.

– *Impossible*, répète Cliff incrédule. Pourquoi est-ce *impossible* ? »

Squeaky lâche dans un souffle : « Parce que moi et George on aime regarder la télé le samedi soir – le *Jackie Gleason Show*, le *Lawrence Welk Show* et *Johnny Cash*. Mais George a du mal à veiller si tard. Alors je lui fais faire une sieste à peu près maintenant, pour profiter à fond de mon temps avec George devant la télé. »

Le Hawaïen sourit, enlève à nouveau ses lunettes de soleil et dit à travers la moustiquaire. « Écoute, la rouquine, je vais entrer, là. Et je vais voir George de mes propres yeux. Et ce n'est pas ce truc – il tapote sur la moustiquaire juste sous le nez de Squeaky – qui va m'arrêter. »

Squeaky et le Hawaïen se défient du regard pendant un moment, jusqu'à ce que Squeaky finisse par cligner de l'œil. « Comme tu voudras », dit-elle.

Alors, dans un bruit sec, elle détache le crochet de la porte moustiquaire, tourne le dos au Hawaïen, s'avance dans la salle de séjour et s'affale de nouveau sur le siège inclinable. Elle s'empare de la télécommande et monte le volume.

Elle se concentre sur le petit téléviseur noir et blanc de George posé sur le dessus de son meuble cassé de type Zenith. Sur le petit écran, à présent, Paul Revere and the Raiders font des bonds en interprétant leur chanson *Mr. Sun/Mr. Moon*.

Lorsqu'il s'agit de convaincre George de faire des choses, Squeaky est habituellement assez efficace. Mais pour ce qui est de convaincre ce vieux radin aveugle de mettre la main au porte-monnaie pour acheter une télé couleur, alors là, il semblerait que les capacités de persuasion de Squeaky aient leurs limites.

Elle entend grincer la charnière rouillée de la porte moustiquaire, le Hawaïen l'ouvre et entre dans la maison. Elle ne se retourne pas, mais elle l'entend pénétrer dans la salle de séjour.

« Où est sa chambre ? » demande-t-il.

De son pied nu, elle indique le couloir. « La porte au fond du couloir, aboie-t-elle. Va peut-être falloir que tu le secoues pour le réveiller. Je l'ai chevauché comme une dingue ce matin. » Elle se tourne enfin vers l'intrus hawaïen et dit dans un sourire narquois : « Il sera peut-être fatigué. »

Le Hawaïen ne fait pas l'expression outrée à laquelle elle s'attendait ; d'ailleurs, il ne laisse transparaître aucune réaction. Il se contente de passer devant elle, s'engage dans le couloir. Juste avant qu'il disparaisse de la vue de Squeaky, elle lui lance : « Ohé, monsieur Y-a-huit-ans ? George est aveugle. Il va certainement falloir que tu lui dises qui tu es. »

Cela stoppe le Hawaïen dans son élan, il s'arrête un instant, puis poursuit son avancée dans le couloir et disparaît du champ de vision de Squeaky.

À la télé, les Raiders terminent leur chanson et Mark Lindsay demande aux gens du Pays-de-la-télé de rester à l'antenne pour « ces messages *Happening* », suivis d'une annonce pour le feuilleton *Sur la piste du crime* sur ABC. Squeaky entend le cascadeur hawaïen frapper doucement à la porte de la chambre de George et demander : « George, tu es réveillé ? »

Squeaky hurle depuis son siège inclinable : « Bien sûr que non, il est pas réveillé, putain, je viens de te le dire. Si t'as l'intention de le réveiller, ouvre la porte, entre et secoue-le jusqu'à ce qu'il émerge ! »

Elle entend la porte de la chambre du vieil homme s'ouvrir. Elle s'empare de la volumineuse télécommande et appuie deux fois dessus, baissant le volume au moment où Efrem Zimbalist Jr présente le prochain épisode de *Sur la piste du crime*.

Elle entend le Hawaïen secouer George et prononcer son nom, puis le vieil homme désorienté se réveiller en sursaut. « Attendez un peu ! Qu'est-ce qui se passe ? Vous êtes qui ? Vous voulez quoi ? »

Elle entend le Hawaïen expliquer : « C'est bon, George. C'est bon. Désolé de te déranger. C'est Cliff Booth. Je viens juste te dire bonjour et voir si tu vas bien. »

Déconcerté, George demande : « Qui ça ? »

Le Hawaïen poursuit son explication : « J'ai tourné des *Chasseur de primes* ici. J'étais la doublure cascade de Rick Dalton.

– Qui ? grogne George.

– Rick Dalton », répète le Hawaïen.

George marmonne quelque chose que Squeaky n'arrive pas à entendre depuis la salle de séjour. Après quoi elle entend le Hawaïen répéter plus fort : « Rick – Dalton.

– C'est qui ? demande George.

– C'était la vedette de *Chasseur de primes* », lui dit le Hawaïen.

Toujours déconcerté, George redemande : « Toi, t'es qui ? »

Le Hawaïen répond : « J'étais la doublure cascade de Rick. »

Squeaky rigole en entendant George dire : « Rick qui ?

– Peu importe, George, entend-elle le Hawaïen dans l'autre pièce répondre à George. Je suis un ancien collègue du passé, je voulais juste m'assurer que tu allais bien.

– Si tu veux savoir, je ne vais pas bien, l'informe George.

– Qu'est-ce qui t'arrive ? demande le Hawaïen.

– Je vois que dalle ! » telle est la réponse de George, laquelle provoque à nouveau l'hilarité de Squeaky.

Le Hawaïen dit quelque chose qu'elle n'entend pas, puis George dit quelque chose d'autre qu'elle n'entend pas, puis le Hawaïen dit quelque chose qu'elle n'arrive pas tout à fait à entendre, mais elle distingue les mots « petite rouquine ».

Squeaky n'a aucune difficulté à entendre la réponse de George : « Je t'ai dit, je vois que dalle ! Comment veux-tu que je sache la couleur des cheveux de la fille qui est tout le temps avec moi ? »

Puis elle entend le Hawaïen marmonner et George lui dire : « Écoute, je me souviens pas de toi, mais merci d'être venu me rendre visite… », puis le reste de ce que dit le vieil aveugle au Hawaïen est inintelligible pour Squeaky. Les échanges qui suivent ne sont que des murmures avec différentes intonations jusqu'à ce qu'elle entende le Hawaïen hausser la voix pour être sûr de bien se faire entendre de George : « Donc tu as autorisé tous ces hippies à s'installer ici ? »

À cette question, George, en colère, rétorque : « Mais putain, tu es qui ? »

Elle entend le Hawaïen tenter une fois de plus d'expliquer pourquoi il est là : « Je suis Cliff Booth. Je suis cascadeur. On a travaillé ensemble, George. Et je veux juste m'assurer que tu vas bien et que tous ces hippies ne profitent pas de toi.

– Squeaky ? » demande George. Puis il répond : « Elle m'aime, monsieur. »

Ce qui fait sourire la petite rouquine. Elle attrape la télécommande, appuie dessus trois fois et regarde Canned Heat interpréter *Going Up the Country* dans l'émission *It's Happening*.

Environ six minutes plus tard, le Hawaïen sort de la chambre, revient dans la salle de séjour et se plante au-dessus de Squeaky, toujours installée dans son siège inclinable. Sans relever la tête, elle demande : « Satisfait ? »

Il fourre ses mains dans ses poches et répond : « Ce ne serait pas le mot que j'emploierais. »

Elle tourne la tête vers lui et dit avec un éclat dans la prunelle et un sourire sur le visage : « Je pense que c'est le mot que George aurait employé ce matin. »

Cliff se fend d'un sourire en coin en entendant sa repartie grivoise et s'assoit dans la causeuse face au siège inclinable de la rouquine.

« Donc tu couches régulièrement avec ce vieil homme, hein ?

– Ouaip, dit-elle. George est super. Et je parie qu'il bande plus dur et plus longtemps que toi, dompteur de chevaux.

– Écoute, dit le Hawaïen, George est un vieil ami... »

Elle l'interrompt : « Il sait même pas qui tu es, putain !

– Quoi qu'il en soit, enchaîne-t-il, je veux juste qu'il soit heureux et *conscient* de la situation.

– Il est tout à fait *conscient* qu'on fait l'amour cinq fois par semaine et ça le rend *heureux*. » Squeaky montre du doigt la chambre de George et dit : « Si tu veux le mettre mal à l'aise, tu peux lui poser la question directement. »

Le Hawaïen retire ses lunettes de soleil, se penche en avant et demande : « Et tu couches cinq fois par semaine avec George parce que tu l'aimes, c'est bien ça ? »

Squeaky adresse à cet enculé de Hawaïen un de ses regards sans ciller et lui dit : « Absolument. De tout mon cœur, de tout ce que j'ai et de tout ce que je suis, j'aime George. Et que tu croies ou pas en ma capacité à aimer George, dit-elle en baissant la voix jusqu'à ce qu'elle ne soit plus qu'un murmure, je m'en tape complètement. »

L'enculé de Hawaïen accueille ce regard impassible en posant une question sarcastique : « Donc tu ne lui causes pas *modification de testament* ni rien de juridique de ce genre ? »

Cette question provoque chez Squeaky un clignement d'œil, un seul. Mais ce clignement n'entame pas l'impassibilité de son visage ni ne compromet son indignation vertueuse.

« Non, je ne lui parle pas *modification de testament*. Je lui parle mariage. »

Ça t'en bouche un coin, hein, ducon ?

Squeaky récapitule : « Donc, que les choses soient claires – la dernière fois que tu as vu George, c'était les années *cinquante*, putain, et là, d'un coup, tu déboules et tu vas le sauver… du mariage ? Tu vas lui épargner le sexe cinq fois par semaine ? Tu es sûr que, à l'époque où tu connaissais George, tu étais son ami ? Tu fais ça avec *tout le monde*, tu sauves les gens du mariage, ou est-ce qu'il y a un truc particulier avec *George* ? »

Le Hawaïen, assis dans la causeuse, écoute attentivement avant de finir par dire : « Tu sais quoi… tu as raison. » Il se relève alors, traverse la salle de séjour, ouvre la porte moustiquaire, franchit le seuil et descend l'escalier. Squeaky croise les jambes à hauteur des chevilles, satisfaite, et reporte toute son attention sur l'émission musicale produite par Dick Clark.

Chapitre vingt-deux

Aldo Ray

Almérie, Espagne
Juin 1969

Assis à l'extrémité du matelas sale de sa chambre suffocante, dans cet hôtel espagnol, la transpiration coulant le long de ses épaules et de son dos poilus, Aldo Ray, la star de cinéma des années cinquante, ne ressassait pas certains mauvais choix dans sa carrière qui lui avaient valu de se retrouver échoué dans cette chambre étouffante. Il ne se torturait pas non plus en repensant à la grande époque, *il était une fois... à Hollywood*, où il avait travaillé avec des réalisateurs comme George Cukor, Michael Curtiz, Raoul Walsh, Jacques Tourneur et Anthony Mann. Il ne regrettait pas particulièrement son appartement chic au El Royale, ou sa Porsche mini, qui était certes rapide, mais dont l'habitacle était bien trop exigu pour son gabarit d'armoire à glace. Non, assis dans cette chambre d'hôtel en Espagne, où régnait une chaleur d'enfer, pour sa première nuit sur le lieu de tournage d'un nouveau film, Aldo ne pensait qu'à une chose, il était obnubilé par ce qui l'obnubilait tous les soirs à peu près à cette heure-là. Une bouteille d'alcool.

Chaque fois qu'Aldo Ray tournait un film en dehors des studios, l'équipe de tournage, les autres acteurs, les employés de l'hôtel, et à vrai dire tous ceux que l'on pouvait réquisitionner, étaient placés en « alerte Aldo ». Quand Aldo était hébergé dans un hôtel ou dans un motel pour un tournage, il était pour ainsi dire assigné à résidence. Il n'avait pas le droit de quitter l'hôtel, tant la production craignait qu'il ne mette la main sur une bouteille. Il était tricard au bar de l'hôtel. On lui interdisait d'avoir de l'argent sur lui. Et soit lui directement, soit les entrées et les sorties du bâtiment étaient surveillés de près. Chaque membre de la production recevait des consignes très strictes : même s'il insistait, suppliait ou tentait de vous amadouer, il ne fallait en aucun cas fournir d'alcool à Aldo. Dans son autobiographie, *Endless Highway*, David Carradine se remémore le tournage d'un film à petit budget réalisé par Fernando Lamas, *The Violent Ones*, avec Aldo. M. Carradine a écrit que tout jeune acteur qui tournait un film avec lui, qui connaissait et respectait M. Ray pour ce qu'il avait accompli en début de carrière, écopait en gros de la mission consistant à « surveiller Aldo ».

À l'été 1969, Aldo était tombé bien bas, comparé aux sommets atteints dans les années cinquante, lui qui avait donné la réplique à Bogart, Tracy et Hepburn, Rita Hayworth, Anne Bancroft et Judy Holliday. Ce que l'on ignorait à l'époque, c'est qu'il dégringolerait encore bien plus bas. En 1975, il serait incapable de tenir un rôle durant plus de deux jours (la durée record sur laquelle on pouvait compter pour qu'il tienne sans boire).

À la fin des années soixante-dix, puis dans les années quatre-vingts, l'homme qui avait été découvert par George Cukor – lors d'un bout d'essai au cours duquel Aldo jetait des cartes à jouer dans un chapeau – ne trouvait désormais des rôles que chez des réalisateurs de second plan comme Al Adamson et Fred Olen Ray (pas de lien de parenté).

Il fut même la première ex-star de Hollywood à apparaître dans un film porno des années soixante-dix, devenant (à l'époque) la seule ex-star de Hollywood à remporter une distinction au Festival du Film érotique pour *Sweet Savage*, en 1979, avec Carol Connors (*Gorge Profonde*). Par la suite, dans les années quatre-vingts, Cameron Mitchell apparaîtrait également dans un film porno.

Aldo Ray fut la première ex-star de Hollywood à être attaquée en justice par le syndicat des acteurs de cinéma et de télévision pour participation à des films petits budgets ne respectant pas les directives syndicales.

Depuis ses débuts, Hollywood avait connu son lot d'anciens cadors tombés dans la débine ; il suffisait pour s'en convaincre de voir dans quels films ils tournaient, par opposition à ceux qu'ils avaient faits jadis (Ramon Novarro, Faith Domergue, Tab Hunter, et même le pauvre Ralph Meeker). Nonobstant, aucun n'arrivait à la cheville d'Aldo Ray en matière d'auto-apitoiement public du type usé jusqu'à la corde. Et donc, il avait beau être désespéré ce soir de l'été 1969, en Espagne, vingt ans plus tard, il s'en souviendrait comme du « bon vieux temps ».

Pour M. Ray, une chose était sûre : ce soir-là, il n'avait vraiment pas l'impression de vivre le bon vieux temps. Chaque putain de soir où ce grand gaillard se trouvait privé de bouteille, il avait l'impression de revivre le même putain de soir.

Or ce soir-là, dans le même hôtel, dans le même pays, dans une autre chambre elle aussi dépourvue de climatisation, Cliff Booth se servait deux doigts de gin chambré dans un gobelet en plastique de l'hôtel. La profonde entaille qu'il avait au-dessus de l'arcade sourcilière droite, due à un coup de crosse de Winchester reçu le jour même, recommençait à saigner, dégoulinant sur son visage et sur son débardeur. Mais ce n'était pas tout : l'arcade enflée ne semblait pas vouloir dégonfler. Si elle ne commençait pas à désenfler au moins un peu, il ne serait d'aucune utilité demain sur le plateau. Cliff se regarda dans la glace de la salle de bains. Il tâta l'arcade bulbeuse pour voir si ça faisait encore mal. Oui, ça faisait encore mal. Ce qu'il fallait faire, c'était mettre de la glace dessus, et il fallait faire assez vite.

Et, tant qu'il y était, quelques glaçons pour le gin tiède, ce ne serait pas du luxe. Non pas qu'il préférât le goût du gin frappé à celui du gin chambré. Pour Cliff, le gin avait toujours un goût d'essence à briquet, et le gin avec glaçons avait un goût d'essence à briquet refroidi. Mais l'ajout d'un ou deux glaçons lui donnerait l'impression de siroter un cocktail, ce qui changerait de l'expérience déprimante du gin tiède bu dans un gobelet en plastique fourni par un hôtel miteux à des milliers de kilomètres de chez lui. S'approchant de la petite table où était posé le petit seau à glace en plastique fourni par l'hôtel, il jeta un coup d'œil au petit téléviseur enchaîné à la canalisation du chauffage. À l'écran passait un mélo mexicain en noir et blanc du début des années cinquante, avec en vedette Arturo de Córdova et María Félix, en proie à de grands sentiments mélodramatiques en espagnol. Cliff ignorait totalement qui ils étaient.

Cliff avait fait le voyage en Europe avec son patron, Rick Dalton, et, pour la première fois depuis bien longtemps, Cliff était redevenu la doublure cascade de Rick. C'était le quatrième film européen qu'ils enchaînaient en peu de temps. Les deux premiers (*Nebraska Jim* et *Tue-moi vite, Ringo, dit le Gringo*) étaient des westerns qui avaient été tournés en Italie. Le troisième, une tentative de simili-James Bond intitulée *Opération Dyn-O-Mite*, avait été tourné en Grèce, à Athènes. Et celui-ci, *Sang rouge, Peau-Rouge*, dont les deux vedettes principales étaient Telly Savalas et Carroll Baker, était tourné en Espagne. Une fois ce film terminé, Cliff et Rick retourneraient à la maison, à Los Angeles.

Les deux hommes avaient énormément apprécié leur séjour européen de cinq mois. Rick adorait l'attention que lui vouaient les paparazzis et Cliff adorait être redevenu cascadeur. Ils partageaient un appartement chic à Rome, avec une vue imprenable sur le Colisée. Rick allait systématiquement manger dans les restaurants italiens, sifflait cocktail sur cocktail dans les boîtes de nuit et, de manière générale, menait la grande vie d'une star américaine à Rome, avec Cliff dans le rôle du fidèle copilote. Durant leur séjour, Cliff se tapa un max de gonzesses italiennes. Bien plus que Rick. Mais Rick était plus difficile. Pour Cliff, une chatte était une chatte, mais il avait une véritable affection pour la chatte italienne. Et s'il préférait une Italienne à poil dans son pieu pour lui sucer la bite plutôt que dormir seul sans nana dans son pieu, il préférait nettement que ces Italiennes à poil ne soient pas toujours la même. Cliff n'était jamais obnubilé par le physique des nanas. Du moment qu'elles le laissaient planter ses dents dans leur cul et aimaient sucer de la bite, aux yeux de Cliff, elles étaient splendides.

Le vol du retour allait toutefois être bien différent du vol qui les avait amenés en Europe.

Pendant le tournage du film d'agent secret en Grèce, Rick avait rencontré Francesca Capucci, une grande starlette italienne aux cheveux bruns. Puis, comme avait raconté Cliff à ses copains, une fois rentré : « Et là, comme un putain de coup de tonnerre dans un ciel bleu, putain, il a épousé la salope. » À l'instant où Cliff avait compris ce qui allait se passer, il avait su que l'accord qui le liait à Rick était cramé. Rick n'aurait plus besoin de l'avoir dans les pattes, Francesca ne voudrait plus l'avoir dans les pattes, et Rick n'aurait plus les moyens de continuer à le payer pour qu'il reste dans leurs pattes.

Bon, Cliff n'était pas égoïste. S'il avait le sentiment que Rick et Francesca étaient faits l'un pour l'autre, il se retirerait sur la pointe des pieds, *no problemo*. Et il ne considérait pas non plus que Francesca était une femme fatale diabolique qui mettait le grappin sur son ami innocent. Ce qu'il *pensait*, c'est qu'à eux deux ils faisaient une belle paire d'idiots qui se lançaient dans un changement de vie radical sans y avoir véritablement réfléchi. Cliff leur donnait deux ans. Pour elle, l'affaire était acceptable ; mais, pour Rick, ça allait lui coûter bonbon en pension alimentaire d'ici quelques années. À tel point que Rick serait sans doute contraint de vendre sa villa sur les hauteurs de Hollywood. Et Cliff savait l'importance qu'elle avait pour Rick. Rick était déjà bien assez mélancolique dans *cette* villa. Mais Rick Dalton vivant en appartement dans un immeuble de Toluca Lake, ce serait bien pire.

Cliff s'empara du petit seau à glaçons fourni par l'hôtel, posé sur la petite table, ainsi que d'un essuie-main sur le porte-serviettes de la salle de bains. Il ouvrit ensuite la porte de sa chambre d'hôtel et s'engagea, en provoquant moult grincements et couinements, dans le couloir en direction de la machine à glaçons. La moquette crasseuse sous ses pieds avait une consistance de pâte à modeler gluante. Au Splendido Hotel – le motel le plus proche des formations rocheuses évocatrices du Far West qui parviennent à faire passer Almérie, en Espagne, pour l'Arizona –, toutes les portes de chambres étaient ouvertes. Comme l'établissement n'était pas climatisé, chaque client dans chaque chambre avait un gros ventilateur bruyant fourni par les Espagnols.

En passant devant la chambre 104, Cliff lança un bref coup d'œil à l'intérieur et aperçut un vieil homme bâti comme une armoire qui avait l'air très déprimé, une chemise de lin blanc collée comme une toile de tente à son dos couvert de sueur, assis à l'extrémité de son lit, à côté du ventilateur, regardant fixement la moquette crasseuse sous ses pieds.

C'est Aldo Ray, songea Cliff en passant devant la porte entrebâillée. *Et ça, c'est la machine à glaçons*, crut apercevoir Cliff au bout du couloir. Il écopa un stock de glaçons dans son seau en plastique qui ressemblait plus à une corbeille à papier qu'à autre chose. Puis il plongea la main dans la glace, saisit quatre glaçons qu'il déposa dans l'essuie-main blanc qu'il avait apporté. Appliquant la compresse froide contre son arcade enflée, il retourna en trottinant vers sa chambre.

En passant pour la deuxième fois devant la chambre d'Aldo Ray, il jeta de nouveau un coup d'œil à l'intérieur pour s'assurer que cette armoire en nage était effectivement *Aldo Ray*. Sauf que cette fois-ci, au lieu de contempler la moquette, la vedette de *Cote 465* le regarda droit dans les yeux. Une fois que Cliff eut passé son chemin, il entendit la voix de la star, si caractéristique, douce et râpeuse comme du papier de verre, l'interpeller : « Hé ? »

Le cascadeur recula jusqu'à l'encadrement de la porte de l'acteur.

« T'es américain ? s'enquit-il de sa célèbre voix rauque.

– Oui », répondit Cliff, tout en maintenant l'essuie-main avec les glaçons contre sa tempe.

« Tu travailles sur ce western ? demanda Aldo.

– Oui, monsieur Ray », répondit Cliff.

Cela fit sourire M. Ray, qui tendit cinq doigts gros comme des saucisses et dit : « Appelle-moi Aldo. Moi aussi, je suis dans ce film. »

Cliff entra dans la chambre de l'acteur, parcourut les quelques pas qui séparaient le seuil du lit et serra la main de la vedette Warner Bros des années cinquante.

« Cliff Booth, dit Cliff Booth. Je suis la doublure cascade de Rick Dalton.

– Dalton est dans ce film ? Je savais que Telly y était, Carroll Baker aussi, mais Dalton, j'ignorais. Il joue qui ? demanda Aldo.

– Il joue le frère de Telly », répondit le cascadeur.

Aldo s'esclaffa. « Ouais, il y a vraiment un air de famille. Un peu comme si Mantan Moreland et moi, on essayait de se faire passer pour des frangins. »

Ce qui fit rire les deux hommes.

Les deux hommes avaient été sous les drapeaux pendant la Deuxième Guerre mondiale (Aldo en tant qu'homme-grenouille dans la Navy). Ray avait à peu près le même âge que Booth. Mais en les regardant côte à côte, ce soir-là, il était difficile de le deviner. Cliff avait un physique de boxeur poids moyen alors qu'Aldo Ray, qui avait jadis eu des épaules maousses, avait à présent surtout une panse maousse. Cette robuste carrure qu'il avait face à Rita Hayworth dans *La Belle du Pacifique* s'était épaissie, ses larges épaules s'étaient amollies, lui conférant une posture de singe. Cliff faisait facile dix ans de moins que son âge, alors qu'Aldo faisait facile vingt ans de plus. L'Aldo simiesque releva la tête pour regarder le visage de Cliff, remarquant enfin l'arcade hyper enflée.

« Doux Jésus, gamin, blasphéma Aldo. Qu'est-ce qui t'est arrivé à la tronche ?

– Je me suis pris un coup de crosse dans l'œil aujourd'hui, dit Booth.

– Qu'est-ce qui s'est passé ?

– Eh bien, on tournait sur les rochers, dans les falaises, et le plan en question, c'est un des banditos qui me frappe au visage avec sa Winchester.

« Mais l'Italien qui joue le rôle du Mexicain avait encore jamais fait de scène d'action comme ça, poursuivit Cliff, alors il hésitait constamment, il arrêtait pas de me louper d'un kilomètre à chaque fois. Cinq prises, pas une de bonne. Sauf que moi, à chaque fois, je tombe à plat dos sur cette saloperie de rocher. Donc je finis par aller voir le premier assistant réal – qui est le seul de l'équipe espagnole à baragouiner à peu près anglais – et je lui fais : "Faut dire à ce mec de me frapper à la gueule, putain, parce que je vais pas continuer éternellement à enquiller ces putains de chutes sur les rochers" », expliqua Cliff.

« Il t'a cartonné la gueule, hein ? » fit Aldo, et c'était plus une affirmation qu'une question.

Cliff haussa les épaules. « C'est le boulot. Je suis le *punching-ball* à la place de Rick.

– Tu bosses avec lui depuis longtemps ?

– Avec Rick ?

– Ouais, Dalton.

– Ça va faire pas loin de dix ans.

– Vous devez être potes, tous les deux, alors ?

– Ouais, on est potes », répondit Cliff en souriant.

Aldo lui rendit son sourire. « C'est sympa. C'est bon d'avoir un pote sur le plateau. » Aldo demanda à la doublure de Rick : « Tu le connaissais déjà à l'époque où il a fait le film avec George Cukor ?

– Ouais, dit Cliff, mais j'ai pas bossé dessus. C'est LE film qu'il a fait sans doublure cascade.

– Ouais, un film inspiré d'un bouquin qui avait bien marché à l'époque. Warner y a balancé tous ses acteurs sous contrat. Certains étaient pas mal, il y avait Jane Fonda – t'as déjà rencontré Hank Fonda ? demanda Aldo.

– Non, répondit Cliff.

– Enfin bref, poursuivit Aldo, Dalton faisait partie de la distribution d'ensemble. Bon, c'est George Cukor qui m'a vraiment lancé grâce à *Je retourne chez maman* avec Judy Holliday. Puis il m'a fait jouer dans *Mademoiselle Gagne-Tout* avec Hepburn et Tracy. »

Passant soudain à la vitesse supérieure : « Tu sais qui avait un petit rôle dans les deux films ? »

Cliff fit non de la tête.

« Charlie Bronson, putain, dit Ray. Et il était encore plus laid à l'époque que maintenant, si une telle chose est possible. »

Aldo resta absorbé un moment dans ses pensées, comme s'il se remémorait ce que ça avait été de travailler aux côtés de Bronson, à l'époque où c'était Aldo la star et où Bronson n'avait que de tout petits rôles.

Après un moment de silence, Ray dit de sa voix râpeuse : « J'ai entendu dire que Charlie avait le vent en poupe, ces temps-ci. Tant mieux pour Charlie. »

Puis Ray releva la tête d'un geste sec pour regarder Booth. « Qu'est-ce que je disais ?

– Rick et George Cukor, lui rappela Cliff.

– Ouais, ouais, ouais, bien sûr – tu as déjà rencontré George Cukor ? demanda Ray au cascadeur. Un type au poil, déclara Ray. Je lui dois tout.

– J'ai entendu dire que c'était la plus grosse pédale de Hollywood, dit Cliff.

– Ma foi, George était homosexuel, en effet, dit Ray. Mais je ne crois pas qu'il soit beaucoup passé à l'acte. Il était assez gras. »

Puis, sans quitter Cliff des yeux, Aldo se lança dans de profondes considérations philosophiques. D'après l'autobiographie de David Carradine, le gros costaud avait cette tendance.

« Tu sais, avant, les gens me demandaient tout le temps, comme Cukor m'avait mis le pied à l'étrier, s'il avait déjà tenté sa chance avec moi. Et la triste réponse à cette question est non. Mais je regrette qu'il n'ait rien tenté.

« Il émanait de George une tristesse affective, enchaîna Aldo. Si j'avais pu la guérir, je l'aurais fait.

« Mais, soupira Aldo, à l'époque où je l'ai rencontré, je crains qu'il n'ait été incurable. Pour ce que j'en sais, tout le temps qu'il a passé à Hollywood, il a été célibataire. Je crois que je me suis enfilé plus de bites dans la Navy que lui en quarante années à Hollywood. »

Aldo marqua un temps de silence, puis reprit : « Un putain de gâchis, si tu veux mon avis. »

Le gros costaud se tut à nouveau avant de redemander : « Qu'est-ce que je disais ?

– Rick et George Cukor, lui re-remémora Cliff.

– Ah ouais. Donc Rick Dalton bosse pour Cukor sur un navet. Et Dalton est en train de tourner une scène, okay ? Et, tout d'un coup, Dalton interrompt la scène : *Coupez coupez coupez coupez coupez*. Crois-moi, tout le monde sur le plateau retient son souffle. Quand Cukor tourne une scène, il n'y a que lui qui dit *Coupez*. Même Kate Hepburn n'oserait pas, putain. Mais Rick Dalton, lui, interrompt tout, putain, et demande qu'on coupe la scène.

« Donc Cukor, de sa chaise de réalisateur, relève la tête et demande : "Il y a un problème, monsieur Dalton ?" Et Dalton répond : "Vous savez, George, je me disais qu'à ce moment-là, ce serait bien de marquer un temps d'arrêt, une pause dramatique. Vous en dites quoi ?" Et Cukor, qui peut être cinglant comme pas deux, lui répond – Aldo, de sa voix râpeuse, essaie d'imiter l'élocution de Cukor quand il minaude : "Monsieur Dalton… je suis absolument convaincu que toute votre carrière jusqu'à ce jour est une longue pause dramatique." »

Les deux hommes en nage se bidonnèrent dans la chambre suffocante de l'hôtel espagnol. Rick était le meilleur pote de Cliff, mais Cliff était bien placé pour savoir que Rick avait l'art de passer pour un con – surtout à l'époque.

Avant que le rire de Cliff ne s'estompe, Aldo leva la tête, le regarda, soudain sérieux et sincère : « Hé, l'ami, je suis mal en point. Tu pourrais me trouver une bouteille ?

– Oh, ouah, dit Cliff. Je suis désolé, Aldo, vous êtes pas censé boire. La production a envoyé un mémo à tout le monde pour qu'on vous donne pas d'alcool, sous aucun prétexte. Peu importe ce que vous direz, on a pour consigne de pas vous donner à boire. »

Aldo soupira et secoua la tête, désespéré, avant de dire : « Ils refusent que j'aie de l'argent sur moi. Ils ont ordonné à l'hôtel de ne pas me servir à boire. Ils ont posté un gus pour surveiller la porte. Je suis assigné à résidence ici. »

Aldo fixa du regard Cliff et ses yeux prirent en otage ceux de Cliff, implorants. « S'il te plaît… s'il te plaît, gamin. Je vais pas bien. Allez, sois sympa. S'il te plaît… s'il te plaît… m'oblige pas à te supplier… mais je le ferai. »

Cliff alla dans sa chambre, prit la bouteille de gin, retourna dans le couloir, sur la moquette crasseuse qui avait une texture de pâte à modeler gluante, et la tendit à l'homme de la chambre 104. Aldo Ray prit la bouteille de gin des mains de son bienfaiteur, l'empoigna dans sa paluche grosse comme un gant de baseball et l'observa intensément.

Il a une bouteille.

Ça ira pour lui ce soir.

Il va tout boire.

Et tout ça va commencer d'un instant à l'autre.

Aldo leva les yeux de la bouteille pour regarder Cliff. Puis son regard redescendit sur la bouteille de gin. Puis remonta sur Cliff. Il plissa les yeux et demanda : « Tu portes une perruque ? »

Cliff se souvint alors qu'il avait encore sur la tête sa perruque de Rick. « Ah ouais, j'ai oublié que j'avais encore ce machin sur la tête. » Il enleva sa perruque, révélant à Aldo pour la première fois sa chevelure blonde. Cliff Booth fit un signe de main à l'intention du gros costaud et dit avant de partir : « Passez une bonne nuit, Aldo. »

Aldo Ray observa à nouveau la bouteille qu'il tenait dans sa main et dit au *Beefeater*, le gardien de la tour de Londres, sur l'étiquette : « La nuit sera bonne. »

Ayant séché la bouteille de gin de Cliff, Aldo ne fut pas en mesure de travailler le lendemain et fut renvoyé chez lui par le premier avion. Les producteurs espagnols essayèrent par tous les moyens de savoir qui avait fourni l'alcool à Ray, mais, heureusement pour Cliff, ils ne le surent jamais. Cliff était tellement dans ses petits souliers qu'il n'en parla même pas à Rick. Enfin, il laissa passer deux ans avant de lui en parler.

« T'as fait quoi ? Cliff, lui rappela Rick, quand on te délivre ta carte du syndicat des acteurs de cinéma et de télévision, putain, on te rappelle qu'il y a trois règles : primo, on doit te garantir un temps minimum de récupération entre deux prises. Secundo, tu refuses les tournages qui n'appliquent pas les règles négociées par le syndicat. Et tertio, si jamais tu fais un film avec Aldo Ray, quelles que soient les circonstances, tu ne lui donnes jamais, jamais une bouteille. »

Si c'était à refaire… Cliff n'hésiterait pas, bon sang, il referait pareil.

Chapitre vingt-trois

Le Panthéon du Buveur

Se regardant dans le miroir de maquillage de sa loge, sur le tournage de *Lancer*, Rick tamponne un coton imbibé de dissolvant le long de sa fausse moustache, à la lisière de sa lèvre supérieure. Il a déjà retiré sa perruque de cheveux longs et ses cheveux naturels chocolat-châtain apparaissent sur le dessus de sa caboche, tout ébouriffés à cause de la transpiration. Après s'être abondamment humecté la peau au-dessus de la lèvre et avoir empli ses narines de vapeur d'alcool, de ses deux doigts, lentement, il décolle – ce qui est assez douloureux – le postiche qu'il avait sur le visage puis le pose délicatement sur sa table de maquillage.

À la télé de la loge, un petit téléviseur noir et blanc, la star du football américain Rosey Grier, dans son émission de variétés *The Rosey Grier*, chante *Yesterday* de Paul McCartney. Tout en écoutant d'une oreille la chanson, Rick attrape un bocal de crème apaisante Noxzema, en prend une grosse noix avec deux doigts et commence à s'en enduire le visage. Entendant un discret *toc-toc* à la porte, il se penche sur sa chaise, actionne la poignée, ouvre la porte en la poussant, et voit apparaître Trudi Frazer, haute comme trois pommes, qui lève la tête et le regarde. C'est la première fois que Rick la voit dans ses habits de ville. Lesquels, en l'occurrence, consistent en une chemise blanche habillée avec un col blanc impeccable sous une salopette en velours côtelé beige. Sa tenue lui donne un air de petite fille de huit ans, ce qu'elle est, et non pas de douze ans, comme elle tâche de le faire croire.

« Bon, je m'en vais maintenant, l'informe-t-elle, mais je voulais juste que tu saches que je t'ai trouvé excellent dans ta scène aujourd'hui.

– Oh, dis donc, merci, ma puce, dit-il pudiquement.

– Je ne dis pas ça juste par politesse, insiste-t-elle. C'est une des plus belles performances d'acteur que j'ai vue de toute ma vie. »

Ouah, se dit Rick, ça le touche plus qu'il ne l'aurait imaginé. Cette fois-ci, sa pudeur n'est pas feinte. « Eh ben... merci, Mirabella.

– La journée de travail est terminée, lui rappelle-t-elle. Tu peux m'appeler Trudi.

– Eh ben, merci beaucoup, Trudi, dit Rick au visage luisant de crème de beauté. Et toi, tu es une des meilleures actrices...

– Acteurs, le reprend-elle.

– Excuse-moi, un des meilleurs *acteurs*, tous âges confondus, avec qui j'aie jamais travaillé, lui dit-il en toute sincérité.

– Ouah, merci, Rick, lui dit-elle sans malice.

– D'ailleurs (Rick étaie son compliment), je n'ai aucun doute sur le fait qu'un jour je pourrai crâner en disant que j'ai eu la chance de travailler avec toi.

– Quand j'aurai remporté mon premier Oscar, c'est certain, tu crâneras en disant que tu as travaillé avec moi alors que je n'avais que huit ans, dit Trudi avec assurance. Et tu leur diras que j'étais aussi professionnelle à l'époque que *maintenant*. » Puis elle ajoute à voix basse, afin de clarifier les choses : « “Maintenant” signifiant dans le futur, quand j’aurai remporté un Oscar. »

Rick ne peut réprimer un sourire face au culot qu’affiche cette puce. « Je suis sûr que tes deux prédictions se réaliseront, que je crânerai et que tu auras un Oscar. Seulement, ne tarde pas trop, essaie de le décrocher tant que je suis encore en vie pour voir ça. »

Elle lui retourne son sourire. « Je ferai de mon mieux.

– Comme toujours », dit-il.

Elle fait oui de la tête. Puis la voix de sa mère l’appelle depuis la voiture qui attend. « Trudi, viens, maintenant, arrête d’embêter M. Dalton. Tu le reverras demain ! »

Trudi, à contrecœur, se retourne vers sa mère et lui crie : « Je ne l’embête pas, *maman.* » Accompagnant ses propos d’un geste théâtral du bras : « Je le félicite pour sa *prestation* !

– Bon, eh bien, dépêche-toi ! » lui ordonne sa mère.

Trudi lève les yeux au ciel et se tourne à nouveau vers Rick. « Navrée pour l’interruption. Où en étais-je ? Ah, je me souviens... Bravo à vous, cher monsieur. Tu as fait exactement ce que je t’ai demandé. Tu m’as fait peur, dans cette scène.

– Oh, zut, je suis désolé, je voulais pas, laisse échapper Rick.

– Non, ne t’excuse pas, c’est ça qui était si excitant dans ton jeu, souligne-t-elle, et, en conséquence, ce qui a fait que *mon jeu* était si bon. Tu ne m’as pas fait *jouer* la peur, tu as provoqué chez moi une *réaction* de peur. Et c’est exactement ce que je t’avais demandé de faire, lui rappelle-t-elle. Tu ne m’as pas traitée comme n’importe quelle actrice de huit ans. Tu m’as traitée comme un confrère, un confrère acteur. Tu ne m’as pas considérée comme un bébé. Tu as tenté d’*emporter* la scène, dit-elle avec admiration.

– Eh ben, je te remercie, Trudi », dit Rick, à présent de nouveau faussement pudique. « Mais je ne crois pas avoir *emporté* la scène.

– Bien sûr que si, rétorque-t-elle, réfutant les protestations de Rick. Tu avais tout le dialogue. Mais, le prévient-elle, pour notre grande scène demain, c'est une autre paire de manches. Alors, attention à toi !

– C'est toi qui as intérêt à faire attention à toi », réplique-t-il.

Un énorme sourire éclaire le visage de la petite : « C'est exactement l'esprit ! Salut, Rick, à demain. » Elle lui fait un signe de la main.

Il lui adresse un petit salut et répond : « Bonne soirée, ma grande. »

Rick est en train de se retourner face au miroir, elle commence à refermer la porte, mais, avant qu'elle soit complètement close, Trudi lui souffle : « Et, demain, tâche de savoir ton texte. »

Rick se retourne sur sa chaise, n'en croyant pas ses oreilles. « Qu'est-ce que tu viens de dire ? »

Trudi le regarde par le petit interstice que laisse la porte presque entièrement fermée. « J'ai dit : Tâche de savoir ton texte, demain. Tu sais, je suis très étonnée de constater que tant d'adultes ne savent pas leur texte, alors qu'ils sont payés pour ça. » Puis, un brin faraude, elle conclut son observation : « Moi, je connais *toujours* mon texte.

– Toujours, hein ? répond Rick.

– *Ab-so-lu-ment tou-jours* », rétorque-t-elle en insistant sur chaque syllabe. Puis elle s'empresse d'ajouter : « Si tu ne sais pas ton texte, je te colle la honte devant toute l'équipe. »

Bon sang, quelle garce, se dit-il.

Il lui demande : « Tu me menaces, là, espèce de sale môme ?

– Non, je te fais marcher. Dustin Hoffman fait tout le temps ça. Quoi qu'il en soit, ce n'est pas une menace, c'est une promesse. Salut. » Elle referme la porte avant qu'il puisse lui répondre.

Trudi Frazer ne *remporta* jamais l'Oscar.

Mais elle fut nominée trois fois. La première fois en 1980, elle avait alors dix-neuf ans, dans la catégorie meilleur second rôle féminin ; elle était plus-ou-moins-la-petite-copine de Timothy Hutton dans *Des gens comme les autres* de Robert Redford. Elle perdit face à Mary Steenburgen pour son rôle dans *Melvin and Howard*.

Sa deuxième nomination dans la catégorie meilleur second rôle féminin fut en 1985, elle avait alors vingt-quatre ans ; elle interprétait sœur Agnès, dans *Agnès de Dieu* de Norman Jewison. L'Oscar lui échappa, et c'est Anjelica Huston qui fut la lauréate pour son rôle dans *L'Honneur des Prizzi*, mais elle remporta le Golden Globe dans la catégorie meilleur second rôle féminin. La nomination de Frazer aux Oscars dans la catégorie meilleure actrice fut pour le remake du film de gangsters grand spectacle, *La Dame en rouge*, de Quentin Tarantino, en 1999, d'après un scénario de John Sayles. Frazer jouait Polly Franklyn, une prostituée de bordel des années trente devenue cheffe d'un gang de braqueurs de banques, face à l'ennemi public numéro un, John Dillinger, interprété par Michael Madsen. Le titre lui fut cette fois-là ravi par Hilary Swank dans *Boys Don't Cry*.

Rick avait chaque fois espéré que Trudi gagnerait.

Quarante minutes plus tard, Rick a enlevé la crème apaisante de son visage, s'est recoiffé en une version à demi foireuse de sa banane habituelle, a remis ses vêtements de ville et de l'ordre dans le bazar qu'était sa loge, à la suite de la colère qu'il y avait piquée un peu plus tôt. Il s'allume une cigarette Red Apple et s'apprête à retrouver Norman, le premier assistant réalisateur, pour lui faire avaler un bobard, comme quoi il a accidentellement brisé la vitre, lorsque à nouveau on frappe à sa porte. Il se dit que ce doit être le deuxième assistant réalisateur lui apportant son programme du lendemain, avec son heure d'arrivée sur le plateau. Aussi est-il un peu étonné quand, après avoir actionné la poignée, il se trouve nez à nez avec Jim Stacy.

« Ohé, mec, dit Rick.

– Hé, Rick, super, cette dernière scène, mec, dit Jim Stacy.

– Tu me flattes, là. Toi aussi, Jim, répond Rick, et félicitations pour cette première journée de ton nouveau feuilleton.

– Première journée du pilote », rectifie Jim.

Rick écarte d'un geste la rectification de Stacy. « Oh, foutaises, tu sais que CBS va le prendre. Ils ne dépenseraient pas autant de thune s'ils envisageaient de ne pas donner suite.

– Pourvu qu'ils t'entendent, dit Stacy.

– *Et en plus*... c'est un bon feuilleton, ajoute Rick.

– Une chose est sûre : il est carrément meilleur, maintenant que tu as fait tes deux scènes, dit Stacy. Hé, Rick, je me demandais, ça te dirait d'aller quelque part boire un coup ?

– Un peu, mon neveu ! s'exclame Rick. Un peu, que ça me dirait. »

Stacy sourit.

« Tu pensais aller où ? questionne Rick.

– Y a un petit rade près de chez moi, à San Gabriel, explique Stacy. Je leur ai plus ou moins annoncé que je m'y arrêterais pour fêter mon premier jour. J'espère que ça te fait pas trop loin ?

– Je m'en tape, lui dit Rick. Ma voiture est en réparation, alors c'est ma doublure cascade qui me trimbale.

– Ça va pas l'embêter ? demande Jim.

– Pas du tout, mec, lui assure Rick. Il est carrément cool, faut que je te le présente.

– Bon, ben, le temps que je me change, que j'enlève la couche de pâte à pancake que j'ai sur la figure, que les gens aillent pas croire que je suis une espèce de pédale de Kansas City. Je suis à moto, suivez-moi jusqu'au bar ! »

Rick est à la place passager et Cliff au volant, ils suivent Jim Stacy, qui, lui, est à moto, jusqu'au parking d'un bar peint en rouge foncé, répondant au nom pittoresque de « Panthéon du Buveur ». Des caricatures d'ivrognes notoires de Hollywood sont peintes sur les murs rouges. W. C. Fields, Humphrey Bogart, Buster Keaton et un dessin de Lee Marvin dans *Cat Ballou*.

Jim Stacy s'avance à moto dans l'allée de gravier, puis coupe le moteur. Cliff gare la Cadillac de Rick à côté de lui. C'est manifestement un des rades de prédilection de James Stacy.

Les trois machos entrent dans l'établissement. À huit heures du soir, le bar plongé dans la pénombre n'est pas bondé, mais les habitués sont tous au rendez-vous. Le Panthéon du Buveur est un troquet cosy jouant la carte nostalgique pour les gens de San Gabriel, acteurs et musiciens. Des souvenirs de citoyens célèbres de Hollywood ayant ruiné leur vie à cause de l'alcool couvrent les murs. Les quatre plus grandes affiches encadrées au mur, à la place d'honneur la plus élevée, sont réservées aux quatre saints patrons du bar.

W. C. Fields avec son chapeau haut de forme gris, contemplant les cartes de poker qu'il tient dans la main. Humphrey Bogart, sexy en diable avec son chapeau mou à bord étroit et son trench-coat. John Barrymore durant la période bénie, pour lui, des films muets, exhibant crânement son profil célèbre. Et le grand Buster Keaton au visage de pierre avec son feutre rond et sa veste noire de la grande époque où il était une star du cinéma muet.

D'autres buveurs illustres sont alignés dans la partie supérieure du bar, au-dessus des étagères chargées de bouteilles, des portraits noir et blanc encadrés au format 20/25, qui ont, avec le temps, viré au jaune ou au brun. Ce sont parfois des photos officielles, parfois des photos tirées de films précis, et certaines sont dédicacées et personnellement adressées au bar. Lee Marvin dans sa chemise blanche et sa veste noire de

Liberty Valance, livrant à la caméra son rictus lubrique (avec autographe de Lee sous la mention « Pour le Panthéon du Buveur »). Sam Peckinpah, bandana rouge sur la tête, debout à côté d'une caméra, montrant quelque chose du doigt (avec autographe de Sam et dédicace au bar). Aldo Ray, l'armoire à glace, en marcel trempé de sueur, une photo de plateau du *Petit Arpent du bon Dieu* (avec autographe d'Aldo, dédicacé à Maynard, le barman). Une photo relativement récente d'un Lon Chaney Jr empâté, aux joues flasques (autographe de Lon et dédicace au bar). Richard Harris dans le film *Major Dundee* (sans autographe). Martha Raye, dite « la Grande Bouche », regardant droit l'objectif, les yeux écarquillés, bouche grande ouverte, une photo de plateau publicitaire des années trente (sans autographe). Et Richard Burton, une photo de plateau de *La Nuit de l'iguane* (sans autographe).

Au coin gauche, posées sur le bar, regroupées autour d'une vieille machine à écrire à l'ancienne, quatre photos d'auteurs alcooliques célèbres : F. Scott Fitzgerald, Ernest Hemingway, William Faulkner et Dorothy Parker (toutes sans autographe).

Tout un bric-à-brac sur le même thème se niche sur les étagères derrière le bar, dont une lampe W. C. Fields consistant en une caricature de Fields ivre appuyé contre un réverbère.

Une figurine Aurora représentant Lon Chaney Jr dans le rôle du loup-garou est posée sur le comptoir, près d'un bocal à pourboires.

Sur la porte des toilettes hommes est accrochée l'affiche psychédélique représentant John Barrymore réalisée par Elaine Havelock. Sur la porte des toilettes femmes se trouve l'affiche psychédélique représentant Jean Harlow réalisée par Elaine Havelock.

Dans la section piano du bar, au mur derrière le piano, on peut voir une grande affiche d'un mètre sur deux de *La Horde sauvage*, le nouveau film de Sam Peckinpah, un habitué du Panthéon du Buveur (avec autographe, dédicacé au Panthéon par Sam, William Holden et Ernest Borgnine).

Au mur, dans le secteur où se trouve le billard, sont accrochés l'affiche psychédélique d'Elaine Havelock représentant W. C. Fields et Mae West, un poster de soixante-dix centimètres sur un mètre d'un film de Lee Marvin intitulé *L'Odyssée d'un sergent* et l'affiche d'un vieux film avec Bogart, *Échec à la Gestapo*, réimprimée pour les boutiques hippies.

Hormis les quatre grandes affiches de Fields, Bogart, Barrymore et Keaton, aucune autre n'est encadrée. Elles sont juste punaisées au mur.

En entrant dans le bar, les trois hommes entendent le pianiste interpréter *Little Green Apples* de O. C. Smith.

God didn't make Little Green Apples
And it don't rain in Indianapolis in the summertime
There's no such thing as Dr. Seuss, no Disneyland,
no Mother Goose, no nursery rhymes[1].

Jim Stacy fait un signe de main au pianiste, qui lui répond d'un hochement de tête. Stacy conduit Rick et Cliff à la section bar, où il salue le barman d'une chaleureuse poignée de main au-dessus du comptoir.

« Comment va, Maynard ? »

Le barman, amical, répond : « Comment s'est passée cette première journée ? »

Les deux mains sont encore jointes quand Jim répond : « Ma foi, ils veulent que je revienne demain, donc j'imagine

---

1. « Dieu n'a pas créé les petites pommes vertes / Et il ne pleut pas l'été à Indianapolis / Dr. Seuss n'existe pas, ni Disneyland, / ni Ma Mère l'Oie, nulle comptine. »

que ça aurait pu être pire. » Se tournant vers ses deux nouveaux amis, Jim les présente à l'homme qu'il faut connaître au Panthéon du Buveur.

« Les garçons, voici Maynard. Maynard, je te présente les gars, Rick Dalton et sa doublure cascade Cliff. »

Maynard leur serre la main à tous les deux, en commençant par Cliff. « Cliff. »

Cliff répète le nom du barman. « Maynard. »

Puis Maynard serre la main de Rick et son visage s'illumine : « Diantre, *Jake Cahill* en personne. Ravi de vous rencontrer, Chasseur de primes. »

Mettant un terme à la poignée de main, Rick dit : « Ravi moi aussi, Maynard. Est-ce que le docteur est disponible ? »

Maynard s'esclaffe. « Le docteur est tout à fait disponible. Qu'est-ce que je vous sers ?

– Whisky sour, pour moi, répond Rick.

– Et le cascadeur ? s'enquiert le barman.

– Vous avez quoi, comme bières ?

– En canette : Pabst, Schlitz, Hamm's, Coors. En bouteille : Bud, Carlsberg, Miller High Life. En pression : Busch, Falstaff, Old Chattanooga et Country Club.

– Old Chattanooga », répond Cliff.

Maynard pointe le doigt sur Jim, l'habitué, et énonce sa commande : « Et un Brandy Alexander pour *Lancer* ici présent. » Sur ce, le docteur prépare à boire pour ses patients.

Jim lui lance : « Pour toi, je m'appelle *Johnny Madrid*, ducon ! »

Les trois hommes ricanent.

Un autre acteur de San Gabriel s'approche des trois hommes d'un pas nonchalant – un type au visage taillé à la serpe, tellement laid qu'il en est sexy, avec des cheveux blond-roux hirsutes coiffés en dégradé et un blouson en cuir noir. Une Pabst Blue Ribbon à la main, c'est l'acteur Warren Vanders qui se joint à eux.

Jim et Warren se saluent chaleureusement, puis Jim regarde Rick et indique Warren d'un geste du pouce. « Rick, tu connais ce gars ? »

Rick esquisse un sourire entendu : « Merde, un peu, que je le connais. »

Rick et Warren se serrent la main avec connivence, et Rick explique : « Vanders a dû faire trois *Chasseur de primes*.

– Quatre, espèce de salopard d'ingrat. Une fois par saison, je déboulais au ranch Spahn pour me faire casser la gueule par Rick Dalton, déclare Warren. Pendant quatre ans, c'est grâce à *Chasseur de primes* que j'ai pu croûter mes cornflakes. »

Le pianiste se lance dans une version instrumentale de *Alley Cat*.

Maynard pose les boissons des clients sur le comptoir et les quatre hommes se juchent sur des tabourets. Le barman reste avec eux jusqu'à être appelé par un autre client assoiffé.

Cliff et Warren sont encore à siroter leur bière que Rick a déjà assez vite asséché son whisky sour à la paille et que Jim a torché son Brandy Alexander.

Le barman revient et demande à Jim et à Rick : « La même chose ?

– Ouaip, dit Jim.

– Whisky sour », confirme Rick.

Le pianiste, Curt Zastoupil, termine *Alley Cat* au moment où Jim et ses trois amis, boisson à la main, arrivent d'un pas tranquille à son piano.

« Hé, Curt, ça va comment ? »

Curt boit une gorgée de son Harvey Wallbanger et répond : « Ça biche, Jim, et toi, comment va ?

– Moi, impec, lui dit Jim. Je viens de boucler le premier jour de mon pilote aujourd'hui.

– Putain, mec, c'est super. » Curt se met à jouer au piano *Happy Days Are Here Again*.

« Du calme, Liberace, le prévient Jim. On va d'abord terminer le pilote. On va voir s'il est bon. On va voir si CBS le programme à sa rentrée d'automne. Et alors là on pourra écouter *Happy Days Are Here Again*. Du moins pendant quelques semaines. »

Jim présente le musicien du piano-bar à ses deux nouveaux amis. Warren connaît déjà Curt. En fait, Warren a donné au fils de Curt son premier chien, appelé Baron. L'acteur et le cascadeur serrent la main du pianiste. Jim vante les mérites de son pote musicien : « Curt peut jouer n'importe quelle chanson contemporaine à la fois au piano *et* à la guitare. Et il s'en sort vachement bien, en particulier avec *Me and Bobby McGee*. Il la joue façon country...

– C'est une chanson country, explique Curt.

– Je sais, mais tout le monde ne la joue pas country, dit Jim.

– C'est parce qu'ils reprennent juste les arrangements de Janis Joplin. Mais si tu écoutes la chanson, c'est à la guitare acoustique qu'elle rend le mieux, en version country. » Curt précise cependant : « Pas la country d'Ernest Tubb. Mais la country moderne. »

Jim continue de vanter à Rick et à Cliff les mérites de son ami musicien : « Je vous dis, avec sa version de *Me and Bobby McGee*, Curt aurait pu décrocher un hit. *Idem* avec du bon Creedence Clearwater. Surtout la chanson "Doo Doo Doo". »

Curt ne semble pas voir de quoi il s'agit. « C'est quoi, la chanson "Doo Doo Doo" ? »

Jim lui rafraîchit la mémoire : « Tu sais, celle qui fait "Doo doo doo, lookin' out my back door". »

Curt se met à jouer au piano l'ouverture de la chanson et chante :

Just got home from Illinois
Lock the front door, oh boy
Look at all the happy creatures
Dancing on the lawn
Dinosaur Victrola, listenin' to Buck Owens
Singin' doo doo doo, lookin' out my back door[1].

Les quatre hommes l'applaudissent. « Génial, dit Rick.

– Bon, pas *génial*, disons pas trop mal », rectifie Curt avec modestie, puis il ajoute : « Mon fils aime cette chanson. Alors, quand je répète à la maison, je lui joue toujours ce morceau.

– Il a quel âge, ton fils ? demande Cliff.

– Il aura six ans le mois prochain », répond Curt.

Jim encourage le musicien : « Lève-toi donc de ton tabouret et montre-leur ce que tu sais faire avec une guitare.

– D'accord », dit Curt, qui prend sa guitare et la pose sur ses genoux. Tout en l'accordant, il s'adresse à Rick : « Il faut que je vous dise, Rick, je suis un de vos grands fans. J'ai adoré *Chasseur de primes*. *Chasseur de primes* et *L'Homme à la carabine*, ce sont mes deux feuilletons préférés de cette époque. Je les regarde encore à la télé. Et il y a aussi un de vos westerns que j'adore.

– Lequel ? demande Rick. *Tanner* ? C'est celui qu'aiment la plupart des gens. »

Tout en continuant à accorder sa guitare, Curt demande : « Y a qui d'autre dedans ?

– Dans *Tanner*, c'est moi et Ralph Meeker, dit Rick.

1. « Tout juste revenu de l'Illinois / Je ferme à clé la porte d'entrée, oh là là / Je regarde toutes les joyeuses créatures / Qui dansent sur la pelouse / Un Victrola antédiluvien, à écouter Buck Owens / En chantant doo doo doo, en regardant par ma porte de derrière. »

– Nan, c'était pas Meeker. J'aime bien Meeker, mais c'était pas lui. » Curt réfléchit un moment jusqu'à ce que ça lui revienne : « Glenn Ford !

– Ah, Glenn Ford, dit Rick. Ça, c'est *Feu d'enfer au Texas*. Ouais, il est pas mal, celui-là. Glenn et moi, on s'est pas trop bien entendus. Il était moins impliqué que moi dans le film. Je veux dire, tu sais, il arrive qu'un type fasse *trop de films*, et c'était le problème de Glenn. Mais, l'un dans l'autre, c'est pas un mauvais film. »

Jim dit à Curt, qui a presque fini d'accorder sa guitare : « Joue un truc qui en jette un peu. »

Curt répond : « Ah, alors comme ça, il faut que je me vende ? J'avais pas compris. Merci de l'avoir précisé.

– Bah, c'est normal, le taquine Rick. Tu as dit que tu aimais ce que je faisais. C'est normal que je puisse te juger, pour voir si moi j'aime ce que tu fais. »

Curt attaque par le riff d'intro fameux entre tous de *The Secret Agent Man* de Johnny Rivers. Les autres hommes sourient en reconnaissant l'air. Puis Curt se met à chanter le premier couplet :

There's a man who leads a life of danger
To everyone he meets he stays a stranger
Be careful what you say, you'll give yourself away
Odds are you won't live to see tomorrow
Secret Agent Man
Secret Agent Man
They've given you a number and taken away your name[1].

1. « Voilà un homme qui mène une vie de danger / Pour tous ceux qu'il rencontre, il reste un étranger / Attention à ce que tu dis, tu vas te trahir / Il y a des chances que tu ne vives pas jusqu'à demain / Agent secret / Agent secret / Ils t'ont donné un numéro et t'ont pris ton nom. »

Curt s'arrête et attend les acclamations, qui viennent immédiatement : « Encore un des morceaux préférés de mon fils. » Puis, regardant Rick dans les yeux, il demande : « Alors, est-ce qu'on est sur un plan d'égalité et de respect mutuel ?

– Ah, mais carrément. » Rick lève son verre de whisky sour. « À la santé du troubadour. » Ils lèvent tous verres et bouteilles, et trinquent en l'honneur de Curt.

« Et aussi, puisqu'on parle de mon fils et de toi, on est tous les deux de grands fans des *Quatorze Gros Bras de McCluskey*, confie Curt à Rick.

– Bah, il fait partie des bons, dit Rick.

– Tu sais, quand tu regardes un film comme ça, explique Curt, l'histoire d'une équipe de gars qui font un coup, tu choisis plus ou moins un type à qui tu t'identifies et tu le suis tout au long du film, en espérant qu'il restera en vie. »

Les hommes confirment d'un hochement involontaire de la tête.

« Eh bien, pour mon fils, son préféré, c'était toi.

– Oh, ça fait plaisir à entendre, dit Rick.

– En fait, on a regardé ensemble un *Chasseur de primes* à la télé l'autre jour, explique Curt. Le feuilleton passait et je t'ai montré et j'ai dit : "Hé, Quint" – il s'appelle Quentin –, "hé, Quint, tu sais qui c'est, lui ?" Il a dit non, alors j'ai dit : "Tu te souviens du gars des *Quatorze Gros Bras de McCluskey* avec le bandeau sur l'œil et le lance-flammes qui faisait cramer les nazis ?" Il a dit ouais et je lui ai dit : "C'est le même gars." Vous savez ce qu'il m'a répliqué ? demande Curt sur le mode rhétorique. "Alors, c'est quand il avait encore ses deux yeux ?" »

Ils éclatent tous de rire.

« Est-ce que je pourrais te demander de lui signer un autographe ? dit Curt.

– Bien sûr, répond Rick. Tu as un stylo ? » Curt n'en a pas, mais Warren Vanders en a un.

Alors Rick signe un autographe pour Quentin, le fils de Curt, sur une serviette à cocktail, adressé au « soldat Quentin », après s'être assuré de l'orthographe correcte, puis il écrit : « Le maj McCluskey et le sgt Lewis te saluent. » Il signe de son nom, « Rick Dalton », au-dessus de la mention « Sergent Mike Lewis ». Il y ajoute un petit dessin du sergent Mike Lewis avec un bandeau sur l'œil, arborant un tee-shirt sur lequel on peut lire : *Quentin est cool*, et puis, encore en dessous, un P.S. : « Cramez, les nazis, cramez. »

Jim Stacy grogne : « Pouah !… *Les Quatorze Putains de gros bras de McCluskey*. Pitié. Kaz Garas, putain. Qu'il aille *se faire foutre* – désolé, c'est sûrement un de tes amis, dit-il à Rick. Mais qu'il aille quand même *se faire foutre*. »

Il explique à Curt, Cliff et Warren Vanders qu'il a failli décrocher le rôle de Kaz Garas dans *McCluskey*. « On n'était plus que trois. Garas, Clint Ritchie et moi. Mais Garas avait déjà été la vedette dans un film de Henry Hathaway. Alors Hathaway appelle les huiles chez Columbia pour vendre son poulain et voilà, fin de l'histoire pour Ritchie et moi », dit Stacy dans un soupir.

Warren Vanders demande : « C'était quoi, le film de Hathaway que Garas a fait ?

– Une espèce de merde africaine avec Stewart Granger. »

Rick dit : « J'ai fait une merde africaine avec Stewart Granger. » Puis il ajoute : « Le pire connard avec qui j'aie jamais bossé.

– À propos de sale connard, intervient Stacy. Henry Hathaway, en voilà un vrai connard ! » Puis il s'empresse d'ajouter : « Attention, c'est un bon réalisateur, je dis pas, il fait de bons films. Mais il n'arrête pas de *gueuler* ! Et quand il se met à gueuler et à balancer des bordées d'injures, la marche à la mer de Sherman en 1864, à côté, c'est promenons-nous-dans-les-bois.

« Ma femme a joué dans son dernier film. Une gamine gentille comme tout, douce comme un oiseau. Il lui a crié dessus à longueur de journée, tous les jours. Le tournage se termine, la pauvrette rentre à la maison traumatisée, on dirait qu'elle revient du front. Ce connard a pas intérêt à ce que je le croise un de ces quatre dans un bar, dit Stacy en terminant son verre.

– C'est qui, ta femme ? demande Rick.

– Kim Darby, répond Stacy.

– Oh la vache, s'exclame Rick. Tu es le mari de Kim Darby ? La Kim Darby de *Cent dollars pour un shérif* ?

– Ouais, je l'ai rencontrée sur le *Police des plaines* que j'ai fait l'année dernière, explique Stacy. On était mariés depuis à peine deux mois qu'elle a décroché le premier rôle dans *Cent dollars pour un shérif*.

– Pu-tain, nom d'un petit bonhomme, tu as épousé une star, fait Rick tout excité.

– Est-ce que tu as passé une audition pour le rôle de Glen Campbell dans *Cent dollars pour un shérif* ? demande Curt à Jim.

– Nooooon, répond Jim sur un ton théâtral. À partir du moment où Hathaway a su que Kim était mariée, et pas juste mariée mais mariée à un jeune et bel homme ayant le vent en poupe, j'ai même pas eu le droit de lui rendre visite sur le plateau. Il ne voulait pas m'avoir dans les pattes. »

Ils rigolent tous.

« Je ne crois pas que qui que ce soit ait passé une audition, remarque Jim. Ils ont filé le rôle à Glen Campbell et voilà tout. »

Marquant sa frustration, Rick donne une tape sur le piano. « Putain, c'est quoi, son problème, au Duke ? Il a des super rôles de cow-boys pour des jeunes gars et il n'arrête pas d'engager ces pédés de chanteurs qui sont mauvais acteurs. Ricky Nelson. Frankie Avalon. Glen Campbell. Putain de Fabian. Dean Martin. »

Jim intervient : « Bon, Dean Martin, c'est quand même autre chose que tous ces gars.

– C'est un putain de chanteur à la con comme les autres, insiste Rick.

– Ouais, reconnaît Jim. Mais c'est un *bon acteur*.

– Tu parles, dit Rick, il joue comme un putain de Rital, quoi ! »

Ils rigolent tous. Rick continue : « Ne me lance pas, putain, sur la mort de Frankie Avalon au putain de fort Alamo. »

Ça rit de plus belle. Warren Vanders ajoute, en regardant Rick, mais en pointant le doigt sur Jim : « Vous savez à qui il était marié, hein ? »

Rick et Cliff font non de la tête.

« Connie Stevens », leur dit Warren.

Rick ne peut s'empêcher de bondir sur place. « Putain, tu étais marié à Connie Stevens ?

– J'ai épousé *et* je baisais Connie Stevens. »

Rick secoue tristement la tête. « Eh ben, mon salaud. J'étais tellement amoureux d'elle.

– Toi et toute l'Amérique, l'ami, ajoute Jim.

– J'ai pas arrêté d'insister pour qu'ils la prennent dans *Chasseur de primes*, mais ABC voulait pas qu'elle soit dans un feuilleton NBC, donc ça s'est jamais fait. Mais si ça s'était fait, ajoute Rick, c'est peut-être moi qui aurais convolé. »

Stacy en doute, mais il s'abstient de tout commentaire. Il est habitué à ce que l'on soit jaloux de son succès auprès des femmes. Alors il ramène la conversation sur ses regrets concernant McCluskey : « Ouais, bon, toi tu as eu *McCluskey* et moi j'ai eu Stevens. Mais je n'ai plus Stevens, alors que toi tu auras toujours *McCluskey*. » Stacy se morfond : « J'aurais pu faire partie d'une super équipe dans un film qui dépote carrément, à cramer des nazis. Au lieu de quoi, je finis par me faire casser la gueule par cette andouille de Michael Anderson Jr dans *Les Monroe*. »

Les trois hommes rigolent à la remarque sur Michael Anderson Jr.

« N'empêche, c'est pas moi le plus à plaindre ici, dit Stacy. D'accord, j'aurais pu être le quatrième gars en partant de la gauche dans *Les Quatorze Gros Bras de McCluskey*, mais toi – il tend son Brandy Alexander vers Rick –, tu aurais pu être *le Roi du Frigo*. »

Oh nan, putain, on va pas repartir sur ces conneries du rôle de McQueen, se dit Rick.

Cliff grimace, sachant combien Rick déteste cette histoire. Rick essaie d'évacuer l'histoire d'un geste de la main en disant à Stacy : « Oh non, attends, on a déjà parlé de ce truc. »

Warren Vanders demande à Stacy de quoi il s'agit.

Jim prend son Brandy Alexander, le tend vers Rick et décide de mettre les gars au parfum. « Figurez-vous que ce salopard… était à ça – il place le pouce et l'index de son autre main à deux centimètres et demi l'un de l'autre – d'avoir le rôle de McQueen dans *La Grande Évasion*. »

La réaction de Curt et de Warren Vanders en entendant cette révélation ne se fait pas attendre.

Rick place lui-même son pouce et son index à deux centimètres et demi l'un de l'autre et rectifie : « J'étais *pas* à ça. » Rick écarte alors le plus possible ses deux bras et dit : « J'étais à *ça*. »

Les autres hommes rient, mais contestent ce qu'ils prennent à tort pour de la fausse modestie. « Passer si près, c'est énorme, pour moi », dit Warren Vanders.

Curt Zastoupil hausse les épaules. « Oh, il a juste *failli* avoir le rôle qui a rendu McQueen célèbre. Pas de quoi fouetter un chat. »

Stacy pointe un doigt sur Curt. « *EX-AC-TE-MENT*. » Puis il se tourne vers Rick et, d'un mouvement d'index, englobe le groupe d'hommes devant eux. « Raconte-leur. »

Eh merde, se dit Rick. *Je ne vais pas raconter cette histoire à la con deux fois dans la même journée, surtout au même mec, putain.*

« Sérieux, dit Rick au groupe, y a rien à dire. Ce ne sont que des ragots du Sportsmen's Lodge. »

Comme Rick ne semble pas vouloir raconter, Jim Stacy se jette à l'eau : « Apparemment, McQueen a failli ne pas faire le film. Donc le réalisateur dresse une liste. Quatre noms. En haut de la liste ? » Jim montre du doigt Rick : « *Ce gaillard-là, putain !*

– Le coup du "haut de la liste", c'est lui qui invente », rectifie Rick.

Warren Vanders demande : « C'était qui, les trois autres ? »

Jim répond pour Rick : « Les trois autres – tenez-vous bien – les trois George.

– Quels trois George ? demande Curt.

– Peppard, Maharis et Chakiris », leur dit Jim.

Curt et Warren font tous deux la grimace, et Curt ajoute : « Merde, avec ces trois pédales, c'est sûr que tu aurais décroché le rôle !

– Qu'est-ce que je t'avais dit ? » fait Jim à Rick, puis, s'adressant à Curt : « C'est ce que j'ai dit. »

Maynard s'écrie alors de derrière le bar : « Curt, j'espère que tu as bien profité de ta petite pause. Et maintenant, si tu jouais pour les trente autres clients ici présents ! »

Jim, Rick, Cliff et Warren s'éloignent du coin piano et Curt se rassoit sur son tabouret et se remet au boulot.

These eyes cry every night for you
These arms long to hold you again[1].

1. « Ces yeux pleurent chaque nuit pour toi / Ces bras voudraient tant te tenir à nouveau. »

Les autres hommes retournent au comptoir, où Maynard leur sert une nouvelle tournée (c'est la numéro trois pour Rick et Jim, et la bière pression numéro deux pour Cliff). Cliff paie la tournée. Warren Vanders règle ce qu'il doit, dit au revoir aux gars et part tant qu'il est encore en état de conduire.

Les soirs comme celui-ci, Cliff ne dit généralement pas grand-chose. Ce n'est pas qu'il se mord la langue, il intervient de temps à autre, mais il sait qu'il n'est pas le sujet de ces soirées. Il sait que c'est une affaire entre deux acteurs, des collègues mâles, qui se reniflent en vue d'établir une relation à la fois artistique et professionnelle. C'est *leur* soirée.

Les deux acteurs télé qui restent continuent à parler, à boire et à faire ce que les acteurs de cette époque font habituellement : comparer leurs avis sur les uns et les autres. Le plus souvent, les réalisateurs et les acteurs avec qui ils ont tous deux travaillé. Il se trouve que Stacy connaît Tommy Laughlin, lui aussi, car il a joué dans *Tel père, tel fils*, le premier film que Tommy a réalisé. Stacy a travaillé avec le réalisateur de *Tanner*, Jerry Hopper, sur *Have Gun – Will Travel*. Et les deux hommes ont travaillé avec Vic Morrow. Vic a fait un *Chasseur de primes* et Jim a fait un épisode de *Combat !*, le feuilleton de Morrow. Ils parlent aussi des réalisateurs qu'ils apprécient, ce qui signifie habituellement des réalisateurs qui *les* apprécient, *eux*, et *les* ont embauchés. Rick chante les louanges de Paul Wendkos et de William Witney, tandis que Stacy ne jure que par Robert Butler.

« Et comment tu t'es retrouvé maqué comme ça avec CBS ? demande Dalton à Stacy.

– Bon, tu sais comment ça se passe. Tu travailles ici avec tel réalisateur télé, là avec tel autre. Jusqu'à tomber sur un réal qui t'apprécie vraiment. Alors tu deviens un de *ses gars*. S'il fait quatre épisodes par an de différents feuilletons, il te branchera peut-être sur un ou deux, s'il le peut.

– Ouais, je me suis retrouvé dans cette situation avec Paul Wendkos et Bill Witney, ajoute Rick.

– Et donc *mon gars*, qui considérait que j'étais *son gars*, dit Stacy, c'était Robert Butler. Il m'a branché sur plusieurs de ses feuilletons et, même avec les rôles que j'ai pas eus parce que la prod voulait un nom plus connu – un Andy Prine ou un John Saxon –, j'ai fait ma petite impression sur les directeurs de casting et les producteurs. » Stacy continue : « Donc mon nom a commencé à circuler chez CBS, jusqu'à ce que se présente le projet *Police des plaines* en deux parties. Et je ne l'ai pas non plus eu dans une pochette surprise, il a fallu que je bataille. Il a fallu que j'impressionne les producteurs de la chaîne et le réalisateur de l'épisode, Dick Sarafian.

– Dick Sarafian a écrit le scénario de mon premier grand rôle au cinéma, l'interrompt Rick.

– Ah ouais ? dit Stacy. C'était quoi ?

– Un film de bagnoles pour Republic qui s'appelait *Bolides sens unique*. C'est Bill Witney qui était à la réal. Il y avait une bonne distribution, Gene Evans, John Ashley, Dick Bakalyan. J'ai coiffé au poteau Bob Conrad pour le rôle vedette. » Rick ajoute en riant : « Witney avait pas envie de creuser chaque jour un trou dans lequel les autres acteurs se planteraient pour que Bob puisse les regarder dans les yeux. »

Ils rigolent tous à la blague sur la petite taille de Robert Conrad.

Rick interroge ensuite Stacy à propos de l'épisode de *Police des plaines*. « Donc les cadres de la chaîne sont intervenus dans le casting d'un feuilleton ?

– Ben, c'est ça, le truc, explique Stacy. Ils auraient pu juste suivre la voie classique et prendre un grand nom, et Chris George aurait eu le rôle. Sauf qu'ils ne voulaient pas un grand nom. CBS voulait trouver un jeune acteur et se servir de cet épisode de *Police des plaines* pour l'imposer auprès d'un public amateur de westerns et ensuite le lancer avec son feuilleton western à lui dès la saison suivante.

– Bah, fait Rick en saluant Jim de son verre de whisky sour vide. Tu as un bol monstre, le cul bordé de nouilles, et j'espère que tu apprécies. »

Jim tressaille un peu. « Je ne dirais pas que j'ai *du bol.* Que la chance m'a souri, peut-être. Ce que je veux dire, c'est que je me suis pas non plus pointé en ville la gueule enfarinée, tombé de mon camion de navets. Putain, je me suis tapé sept ans dans *Les Aventures d'Ozzie et Harriet*, à dire : "Hé, Ricky, tu veux un hamburger ?" »

Rick rectifie le tir : « Holà, holà, holà, j'ai jamais dit que tu le méritais pas. Je l'ai pas non plus sous-entendu. Je t'ai regardé aujourd'hui, tu le mérites carrément. Je dis juste : j'ai connu ça. C'est quand je suis apparu en guest sur *Tales of Wells Fargo* que tout le monde en ville s'est emballé pour ma pomme. Et ça a directement abouti à *Chasseur de primes.* En tout cas, ce que je veux dire – c'est que les choses se goupillent bien, pour toi, maintenant. Et j'espère que tu sais apprécier ça, plus que moi quand ça m'est arrivé à l'époque.

– Tu n'as pas apprécié, à l'époque ? demande Jim.

– Si », fait Rick. Puis il presse son verre à cocktail vide contre son épaule et dit : « Mais pas autant que je l'apprécie maintenant. »

Maynard sert une nouvelle tournée, un quatrième whisky sour pour Rick, un quatrième Brandy Alexander pour Jim et une troisième bière pour Cliff, et ils se mettent à aborder le sujet préféré des acteurs sexy : la baise.

Jim veut savoir si Rick s'est tapé Virna Lisi, et Rick veut savoir si Jim s'est tapé Hayley Mills.

Jim ne se l'est pas tapée ou, s'il se l'est tapée, il la joue motus. Rick ne se l'est pas tapée, mais il a tenté. Rick raconte à Jim qu'il s'est tapé Yvonne De Carlo et Faith Domergue quand elles ont joué dans un épisode de *Chasseur de primes.*

Il s'était tapé De Carlo en gros parce que, depuis l'âge de douze ans, il avait toujours voulu se taper Elizabeth Taylor. Et il s'était dit qu'Yvonne De Carlo était celle qui lui ressemblait le plus.

« Ça a été dur d'entamer une aventure avec Yvonne De Carlo ? » demande Jim.

Rick lève son verre à cocktail vide et dit : « À peu près aussi dur que de commander un autre whisky sour. » Ils rigolent tous les trois au bon mot de Rick et à la façon dont il l'a dit. Jim commande une autre tournée, mais Cliff décline une quatrième bière. Les deux acteurs attendent que Maynard leur apporte leur dernière tournée de cocktails.

Rick sait qu'il lui faut encore rentrer chez lui et apprendre son texte pour demain. Il a intérêt à savoir son texte sur le bout des doigts pour jouer la scène avec cette petite garce.

Elle saura probablement ses répliques à elle *plus* celles de Rick.

Ce qui veut tout simplement dire que c'est son dernier verre. Il ira se coucher ce soir, et demain il se souviendra *d'être allé se coucher*.

Mais, avant de dire *adiós* à la vedette avec qui il partage l'affiche, Rick dit : « Jim ?

– Ouais ?

– Tu sais, les questions que tu m'as posées, à propos de *La Grande Évasion* ?

– Ouais.

– Cette histoire me plaît pas autant qu'elle semble plaire à tout le monde, reconnaît Rick. Je veux dire, je serais Cesare Danova – là, je dis pas. Mais ma situation n'est pas non plus la sienne.

– Attends un peu, dit Stacy dérouté, quel rapport avec Cesare Danova, et puis c'est quoi, sa *situation* ?

– Eh ben, explique Rick, il était une fois un certain William Wyler qui – pendant deux minutes – a sérieusement envisagé de confier à Cesare Danova le rôle de Ben-Hur.

– Ah bon ? Merde, je n'étais pas au courant.

– T'étais pas au courant parce que, deux minutes plus tard, Wyler reprenait ses esprits et confiait le rôle à Charlton Heston, explique encore Rick. Mais tu peux dire que Cesare Danova a *failli* être Ben-Hur parce que, de fait, il a *failli* l'être. Sauf que *sa* situation n'était pas *la mienne.* »

Jim dévisage Rick, se demandant où il veut en venir.

L'acteur poursuit : « Écoute, j'ai bossé dur sur *Chasseur de primes*. Et si c'est à ce feuilleton que je dois ma notoriété, ça me va très bien. Mais ce qui semble le plus intéresser tout le monde, c'est pas le feuilleton que j'ai fait. C'est un putain de rôle que j'ai jamais eu. Un rôle que j'ai jamais eu l'amorce de l'esquisse de l'ombre d'une chance de décrocher.

– Tu étais sur la liste, fait remarquer Jim.

– La liste, la putain de liste ! » dit Rick en haussant le ton sous le coup de la frustration. Maynard et quelques autres clients se tournent vers eux. Jim tend le bras, tapote la main de Rick posée sur le comptoir et dit tout doucement : « C'est pas grave, calme-toi. Bois un coup. »

Rick avale un peu de whisky à la paille sous les yeux écarquillés de Jim.

« Cette *liste*, répète Rick dans un chuchotement sarcastique, que tout le monde trouve si impressionnante, est putain de discutable. C'est vrai, quoi, je l'ai jamais vue, moi. Mais supposons qu'il y ait une liste et que je sois dessus et que les trois George figurent dessus. Tu te rends compte, le nombre de trucs impossibles dingues qui doivent se produire pour que je décroche ce rôle ?

– Je ne te suis pas, avoue Jim.

– Commençons par le commencement, dit Rick. Il faut d'abord que McQueen fasse le truc le plus con de sa vie

– refuser *La Grande Évasion* et accepter *Les Vainqueurs*. Tu sais, ce truc qu'il a *pas fait* parce que c'est pas un couillon. »

Rick s'interrompt alors, puis dit : « Mais supposons, pure hypothèse, que McQueen soit *un couillon* et qu'il refuse le rôle en or, dans une super production, écrit pour lui par son mentor John Sturges. Est-ce que ça signifie pour autant que je deviens illico Hilts, le Roi du Frigo ? » demande Rick à Jim.

Avant que Jim puisse répondre, Rick fait : « Bien sûr que non.

« S'il y a eu une liste, à l'époque, George Peppard aurait été tout en haut, insiste Rick. Je veux dire, la question se pose même pas. Et si McQueen leur avait dit *niet*, ils auraient illico proposé le rôle à Peppard. Et comme Peppard a pris le rôle dans *Les Vainqueurs* que McQueen avait refusé, si on lui avait proposé *La Grande Évasion*, Peppard n'aurait pas été couillon, il aurait immédiatement accepté. Et donc, monsieur Stacy, l'affaire aurait été entendue », conclut Rick.

Ça se tient, se dit Jim, souriant de voir le raisonnement de Rick mené tambour battant. Cependant, James Stacy n'est pas au bout de ses surprises, car Rick n'en a pas encore terminé.

« Mais..., reprend Rick, *supposons, pure hypothèse*, qu'avant de pouvoir jouer le rôle, Peppard, au volant de son Aston Martin, fasse une sortie de route sur Mulholland Drive – non, attends, c'est trop cliché. Que Peppard se fasse boulotter par un requin, en surfant à Malibu. Et, du coup, il n'est plus disponible. »

Rick récapitule à nouveau la situation pour Stacy, afin de s'assurer qu'il suit bien son raisonnement. « Donc McQueen fait le truc le plus con de sa vie et Peppard se fait boulotter par un requin.

« Bon, alors là, est-ce que c'est moi qui ai le rôle ? » demande l'acteur à l'autre acteur.

Jim hoche ostensiblement la tête de haut en bas.

Mais Rick secoue plusieurs fois la tête de droite à gauche. Puis il explique à James Stacy, comme s'il s'adressait à un enfant de cinq ans : « Non, c'est pas moi qui ai le rôle. C'est George Maharis. »

Jim fait mine de protester, mais Rick brandit la main pour lui intimer de se taire avant même qu'il commence à parler. « Bon, pourquoi je dis ça ? Je vais t'expliquer. »

Rick se lance dans sa démonstration : « Voilà, grâce à son feuilleton, en 1962, il était assez populaire. Il n'y a pas que ça. Deux ans plus tôt, Sturges avait choisi Maharis comme vedette d'un thriller intitulé *Station 3 : Ultra Secret* – ce qui suggère qu'il a Maharis à la bonne. C'est vrai, quoi, c'est pas moi qu'il a pris pour cette putain de *Station 3*.

« Donc, continue Rick, si Steve McQueen fait la pire connerie de sa vie, et que George Peppard se fait boulotter par un requin, alors… c'est George Maharis qui devient Hilts, le Roi du Frigo. »

Rick lève son verre à cocktail et avale à la paille un peu de sa boisson, faisant mine de trinquer à la santé de Maharis. « Mais *supposons, pure hypothèse*, que Maharis, juste avant le début du tournage, se fasse choper en flagrant délit de relation sexuelle avec un homme dans des toilettes publiques. »

Jim Stacy éclate de rire.

Rick enchaîne : « Donc, Maharis est écarté, et Sturges se reporte à la liste. Alors, est-ce que là je vais avoir le rôle ?

– Face à George Chakiris, y a pas photo ! » insiste Stacy.

Rick fait non de la tête et dit à Jim : « Non non non non non, Jim, *c'est évident* qu'ils proposent le rôle à George Chakiris. »

Jim fait une grimace, indiquant qu'il n'est pas d'accord, et Rick se lance dans son explication, il brandit la main en énumérant sur ses doigts les diverses raisons.

Doigt numéro un : « Primo, il y a cet inexplicable Oscar qu'il a eu. »

Stacy hoche la tête : *Oui, effectivement.*

Doigt numéro deux : « Secundo, *La Grande Évasion* était produite par les frères Mirisch pour la Mirisch Company. »

Doigt numéro trois : « George Chakiris est *sous contrat* avec la Mirisch Company. Il a fait *Mission 633* avec eux. Il a fait *Le Seigneur de Hawaï* avec eux. Il a fait ce film aztèque crétin avec eux. Donc, non seulement ils *l'aiment bien* – mais, putain, il est sous contrat avec eux ! »

Jim Stacy opine du chef, il reconnaît la logique imparable de l'hypothèse de Rick.

Dalton résume : « Donc George Chakiris a le rôle, point barre. »

Stacy hoche la tête pour signifier son accord et s'apprête à dire quelque chose, mais Rick l'arrête en brandissant l'index en l'air. « Mais... imaginons – *pure hypothèse*... – que McQueen fait la pire connerie de sa vie, que Peppard se fait boulotter par un requin à Malibu, que Maharis se fait choper en pleine relation sexuelle avec un homme dans des toilettes publiques... et que cet homme avec qui baisait Maharis... c'est *Chakiris* ! »

Stacy est tellement surpris qu'il en recrache sa dernière gorgée de cocktail.

« *Ciao amigo* », dit Rick en s'accompagnant d'un grand geste de la main. Puis il se penche en avant et demande à Jim Stacy : « Alors là, est-ce que j'ai le rôle ? »

Jim pose son cocktail sur le comptoir. « Évidemment que tu as le rôle, il n'y a plus que toi sur la putain de liste !

– C'est exactement là que je veux en venir, Jim, explique Rick. Depuis quand engagent-ils le *dernier gars* de la putain de liste ? Quand tu en arrives au dernier gars de la putain de liste, tu jettes à la corbeille la putain de liste et tu recommences à zéro une *nouvelle putain de liste* ! »

Merde, se dit Stacy, *c'est vrai qu'ils font ça.*

« Donc, maintenant, c'est plus trois putains de George, c'est les deux putains de Bob. Redford et Culp. Et ils décident que le type sera un British, et d'un coup c'est Michael Caine qui rafle le rôle. Ou alors, conclut Rick, ils se disent : “Et puis merde, après tout”, et ils acceptent de payer le cachet que réclame Paul Newman. Ou alors l'agent de Tony Curtis appelle et leur laisse Tony pour un tarif pas trop dingo. *Quel que soit le cas de figure*, j'ai jamais eu la moindre putain de chance de décrocher ce rôle. »

Rick croise alors le regard de Cliff et lui signale qu'il est l'heure de mettre les bouts en reposant son verre vide d'un geste théâtral qui indique que c'était le dernier pour ce soir.

« Sur ces belles paroles, monsieur Lancer, je vous salue bien bas. J'ai encore un max de texte à apprendre ce soir, et je ferais mieux de m'y coller si je ne veux pas me faire remonter les bretelles demain par l'arrogante petite pile électrique. »

Chapitre vingt-quatre

Nebraska Jim

Après avoir salué bien bas Jim Stacy et les habitués du Panthéon du Buveur, Cliff dépose Rick chez lui sur le coup de dix heures trente ce soir-là. Ce qui laisse à Rick suffisamment de temps pour apprendre son texte du lendemain et aller au pieu sur le coup de minuit, minuit et demi. À peine Rick a-t-il franchi le seuil que, comme le font tous les acteurs au monde, il contacte son service de répondeur téléphonique pour voir s'il a reçu des messages importants. Et, effectivement, il en a un de l'agent Marvin Schwarz.

Ouah, ça a été rapide, se dit Rick.

Il compose donc vite le numéro que l'agent a laissé et Marvin décroche à la troisième sonnerie.

Marvin Schwarz annonce dans le combiné : « Marvin Schwarz.

– Bonsoir, monsieur Schwarz, dit Rick, c'est Rick Dalton.

– Rick, mon garçon, répond l'agent sur un ton affable, je suis tellement content que vous ayez rappelé. Mon message tient en deux mots : *Nebraska Jim – Sergio Corbucci*.

– *Nebraska* quoi ? *Sergio* qui ? demande Rick.

– Sergio Corbucci, répète Marvin.

– C'est qui ?

– Le deuxième meilleur réalisateur de westerns spaghetti au monde, l'informe Marvin. Il fait un nouveau western. Intitulé *Nebraska Jim*. Et, grâce à *moi*, il envisage de *vous* confier le rôle.

– Nebraska Jim ? Je suis Nebraska Jim ?

– Oui.

– Alors il me propose le rôle ?

– Non, il ne vous propose pas le rôle.

– Alors j'ai pas le rôle ?

– Ce que vous *avez*, c'est un dîner. Il vient juste de rencontrer trois jeunes acteurs. Grâce à moi, il en rencontre un quatrième. Vous, jeudi, pas cette semaine, celle d'après, Sergio et sa femme Nori, dans son restaurant japonais préféré à Los Angeles.

– C'est qui, les trois autres ? » s'enquiert Rick.

Marvin débite à toute allure : « Robert Fuller, Gary Lockwood, Ricky Nelson et Ty Hardin.

– Ça fait quatre, fait remarquer Rick.

– Oh, exact, se rend compte Marvin. Désolé, vous êtes cinq.

– Ricky Nelson ? répète Rick incrédule. Putain, il pense à Ricky Nelson pour le rôle ?

– Euh, mon garçon, Ricky Nelson était une des vedettes de *Rio Bravo*, lui rappelle Marvin. C'est un bien meilleur film que tous ceux dans lesquels vous avez pu jouer.

– Écoutez, monsieur Sch-Sch-Schwarz, bégaie Rick, c'est super. Mais je peux vous parler franchement ?

– Toujours, dit Marvin.

– Tout ce qui est *western spaghetti*…, commence Rick.

– Ouais ?

– …ça me plaît pas.

– Ça ne vous plaît pas ?

– Non. En fait, je les trouve horribles.

– Horribles ?
– Ouais.
– Combien en avez-vous vu ?
– Un ou deux.
– Et donc vous avez un avis d'*expert* sur la question ?
– Écoutez, monsieur Schwarz, gamin, je regardais Hopalong Cassidy et Hoot Gibson. Ces conneries de westerns italiens, c'est vraiment pas ma came.
– Parce qu'ils sont *horribles* ?
– Ouais.
– Par opposition aux chefs-d'œuvre à marquer d'une pierre blanche que sont les aventures de Hopalong Cassidy et Hoot Gibson ?
– Rhô, vous voyez bien ce que je veux dire.
– Écoutez, Rick, dit l'agent. Je ne veux pas être indélicat, mais vos états de service en matière de longs métrages, que je sache, ne sont pas éblouissants au point que vous puissiez faire la fine bouche lorsqu'on envisage de vous confier le premier rôle d'un film.
– J'en suis bien conscient, monsieur Schwarz, reconnaît Rick. Mais peut-être, plutôt que de me précipiter à Rome, serait-il plus sage que je reste en ville et me donne toutes les chances à la prochaine saison des pilotes. Je veux dire, il va bien falloir que quelqu'un ait du pot ; ça pourrait très bien être moi.
– Écoutez, gamin, dit Marvin, je vais vous raconter une histoire qui est arrivée à l'un de mes clients. Avant qu'on envoie des cow-boys monter à cheval sur les plateaux de Cinecittà, on les envoyait à Berlin. Avant que les Ritals aient l'idée brillante de faire des westerns, les Allemands s'y étaient collés, explique Marvin. Un romancier allemand, figurez-vous, un certain Karl May, avait écrit une série de livres dont l'action se déroulait dans le Grand Ouest américain à l'époque des pionniers. Et le fait que Karl May n'ait jamais

mis les pieds en Amérique n'a pas empêché ses romans de devenir très populaires auprès du public allemand.

« Les livres racontent les hauts faits de deux hommes. L'un est un chef apache qui s'appelle Winnetou. L'autre, un homme des montagnes blanc, son frère de sang, Old Shatterhand. Et donc, dans les années cinquante, une société de production cinématographique allemande a commencé à faire des films inspirés de ces romans. Ils ont pris un acteur français, Pierre Brice. Mais, pour Old Shatterhand, j'ai réussi à caser Lex Barker, mon client américain viril de chez viril. Bien, avant que Lex s'embarque pour l'Allemagne, il avait fait quelques films américains. Il avait même joué Tarzan – c'était un Tarzan plutôt vachement bien, si vous voulez mon avis. Mais il était le mari de Lana Turner. Donc, quoi qu'il fasse, il restait toujours *Monsieur Lana Turner*.

« Et donc je lui trouve le film allemand. Et il ne veut pas y aller. Un western allemand ? Putain, c'est quoi, ça ? Un western allemand avec un putain d'Indien français ?

« Il me dit : “Marvin, qu'est-ce que tu m'embrouilles, là ? Il y a des limites, un acteur ne peut pas faire n'importe quoi pour l'argent.” Et je lui dis, comme je vous le dis : “Putain, c'est quoi, le problème ?”

« “Primo, ça ne se bouscule pas non plus vraiment au portillon en Amérique pour te proposer des premiers rôles dans des longs métrages.

« “Secundo, tu ne pars pas non plus à l'armée, bordel. Tu vas en Allemagne, tu fais un film – cinq semaines, peut-être six –, tu empoches la pépète, tu reviens. Tranquille. Tu vas là-bas et tu rentres chez toi.”

« Donc je finis par le convaincre d'y aller. Et la suite, comme on dit, fait partie de *l'histoire du cinéma allemand*.

« Le film est un putain de carton ! Et pas seulement en Allemagne, mais dans toute l'Europe. Lex se retrouve à jouer Old Shatterhand six fois ! Il devient un des acteurs les plus populaires de l'histoire du cinéma allemand. Et ses films passent dans toute l'Europe. Il est tellement populaire en Italie que Fellini le fait jouer dans *La Dolce Vita*. Et tu sais quel personnage il joue ?... *Lex Barker* ! Pour te dire à quel point c'est une vedette.

« Au bout de six films, il se retire du rôle. On le remplace par de grandes stars américaines comme Stewart Granger et Rod Cameron. Mais ils ne les appellent pas Old Shatterhand. Ils leur filent des blazes du genre Old Skatterhand, Old Surehand et Old Firehand. Pourquoi ? Parce que tout le monde en Allemagne sait qu'Old Shatterhand, c'est Lex Barker – et *uniquement* Lex Barker ! »

L'agent en vient maintenant au vif du sujet : « Écoutez, mon grand, vous m'avez demandé si vous pouviez me parler franchement. Eh bien, maintenant, c'est moi qui vais être franc avec vous. Vous avez tenté la transition télé-cinéma et ça n'a pas marché. Il faut dire que ça marche rarement, donc bienvenue au putain de club. » Prenant des exemples n'impliquant pas Rick, Marvin dit : « D'accord, ça a marché pour McQueen et ça a marché pour Jim Garner et, le plus incroyable d'entre tous, pour Clint Eastwood. Mais des gars comme vous, Edd Byrnes, Vince Edwards, George Maharis, qui avez passé votre carrière à vous coiffer la banane au peigne de poche, vous êtes tous dans le même bateau maintenant.

« La culture a changé et vous n'avez pas vu le vent tourner.

« Il faut être le fils hippie de quelqu'un de connu pour être une vedette de ciné, de nos jours. Peter Fonda, Michael Douglas, le môme de Don Siegel, Kristoffer Tabori, Arlo Guthrie, putain ! Des types androgynes aux cheveux hirsutes, ce sont eux, les chefs de file aujourd'hui. »

Marvin marque un silence pour que Rick s'imprègne bien de ce qu'il vient de dire, puis ajoute : « Vous avez encore la coiffure banane. Même Elvis, putain, n'a plus la banane !

Même Ricky Nelson, putain, ne se coiffe plus en banane ! Edd Byrnes dit Kookie Byrnes fait de la pub à la télé pour la laque, en disant : “Le gel c’est fini, vive la laque”, putain. Kookie, putain ! Mais vous, Rick, non – vous vous cramponnez à votre putain de banane ! »

Rick lui répond vivement : « Ho, vous savez quoi, ce truc que j’ai tourné aujourd’hui, j’avais pas la banane.

– Eh bien, putain, il était temps ! s’exclame Marvin. Si vous voulez mon avis, ça fait des années que vous auriez dû passer à la laque et au fer à lisser. »

Marvin enclenche ensuite la vitesse supérieure : « Mais là n’est pas la question. La question, c’est qu’en Italie vous faites ce que vous voulez. Vous voulez soudain la jouer flamboyant à la Tony Curtis, lâchez-vous. Vous voulez rester coiffé comme les vingt dernières années, très bien, putain. Les Italiens s’en tapent le coquillard. Vous voyez cette vague hippie partout en ville, en Amérique ? Il s’est passé la même chose à Rome. La différence, c’est que les Italiens ont viré ces guignols. Conséquence : la culture jeune n’a pas dominé la culture populaire comme ces pédales de hippies la dominent ici.

– *Pédales de hippies* », se répète Rick à voix très basse avec amertume.

Puis le grand Marvin Schwarz porte l’estocade : « Donc, Rick, voici la question à soixante-quatre mille dollars. Où voulez-vous être l’an prochain à cette période ? À Burbank, à vous faire dérouiller par ce *schvartze* dans *La Nouvelle Équipe* ? Ou à Rome… à être la vedette dans des westerns ? »

Chapitre vingt-cinq

Le dernier chapitre

Roman et Sharon Polanski sont dans leur roadster anglais décapotable, ils roulent à vive allure sur Sunset Strip. Sharon déteste cette voiture.

Elle déteste que ce soit une vieille voiture.

Elle déteste le boucan qu'elle fait quand Roman passe les vitesses.

Elle déteste la mauvaise réception radio.

Mais, plus que tout, elle déteste qu'elle soit décapotable et que Roman insiste pour systématiquement rouler capote baissée.

Roman et Warren Beatty aiment bien plaisanter ensemble à ce sujet : « La vie est trop courte pour *ne pas* rouler décapoté. »

Facile à dire pour lui, avec sa coupe au carré. Alors que la coiffure de Sharon nécessite beaucoup de travail. Et, après s'être fait coiffer et alors qu'elle est splendide, il faut qu'elle se mette un foulard sur la tête ?

C'est un crime contre la beauté.

Le couple de Hollywood vient de terminer son apparition dans l'émission *Playboy After Dark* de Hugh Hefner. Il est dix heures du soir, ils sont sortis du bâtiment au 9000 Sunset

Strip, où l'émission est enregistrée, et foncent à présent devant le café Ben Frank's et le cinéma Tiffany sur la devanture duquel on peut lire *Andy Warhol's Lonesome Cowboys*.

Roman sait qu'il n'aurait pas dû accepter de sortir à nouveau le lendemain de la fête au Playboy Mansion, et il sent le silence hostile de Sharon. Il sait très bien qu'elle avait prévu de passer la soirée à la maison, à lire tranquillement au lit. Et il sait qu'une apparition à la télé suppose beaucoup plus de travail pour elle que pour lui.

Et pourtant, elle a accepté de se mettre sur son trente et un, elle a accepté de quitter la maison et de faire tout ça pour lui.

Mais, à présent, c'est l'heure d'un ressentiment de guerre froide. Sharon est tellement solaire que, lorsqu'elle bloque le soleil, l'effet est glaçant.

Sur 93 KHJ, l'animateur Humble Harve ne cesse de disparaître des enceintes merdiques du roadster, de même qu'une chanson ridicule de Diana Ross and the Supremes, *No Matter What Sign You Are, You're Gonna Be Mine You Are*. L'heure est venue pour Roman de faire preuve de contrition, d'exprimer sa gratitude et d'affronter l'ourse blonde.

« Écoute, chérie, commence-t-il. Je sais que tu n'avais pas envie de faire cette émission de télé, ce soir. »

Le toit rouge du Wienerschnitzel, sur Larrabee Street, est visible à travers le pare-brise du roadster au moment où Sharon se tourne vers lui et confirme d'un hochement de tête.

Il poursuit : « Et je sais que tu n'es pas contente que je ne t'aie pas consultée à ce sujet, ce qui était un manque d'égards de ma part. »

De nouveau, elle acquiesce d'un hochement de tête.

« Je sais aussi, enchaîne-t-il, que tu t'es montrée très accommodante. »

En réalité, elle a pesté tout l'après-midi avec Jay, mais cela, Roman l'ignore.

Finalement, le sphinx blond prend la parole : « Oui, tout ce que tu viens de dire est vrai.

– Tu es un ange, d'avoir accepté tout ça, lui dit-il, et c'est pour ça que je t'aime. »

Tiens donc, alors c'est pour ça que tu m'aimes ? se dit-elle, et elle lève les yeux au ciel.

En la voyant lever les yeux au ciel, il se rend compte que cet argument n'était sans doute pas le plus pertinent.

Alors qu'ils passent devant le London Fog, d'un côté du Strip, avec le Whisky a Go Go sur le trottoir d'en face, Roman essaie d'entrer en pourparlers avec elle : « En tout cas, sache que je sais que je te suis redevable. »

Tout de suite, elle réagit par une question : « *Redevable*, comment ça ?

– Je veux dire que je te *revaudrai* ça.

– Je sais. Je suis d'accord. Et alors, qu'as-tu l'intention de faire à titre de compensation ? »

Franchement, Roman n'avait pas pensé que Sharon prendrait ses paroles au pied de la lettre, aussi est-il un peu désarçonné.

« Eh bien, je dirais, euh – il réfléchit vite –, que tu peux compter sur moi pour participer à quelque chose que je n'aurais pas envie de faire. »

Ouais, c'est ça, se dit-il. Œil pour œil.

Pour lui donner un exemple de ce que cela pourrait être, il précise : « Je veux dire, s'il y a une organisation caritative qui te tient vraiment à c… »

Elle l'interrompt en prononçant deux mots : « Soirée. Piscine.

– Quoi ?

– Soirée piscine.

– Une soirée piscine ? D'accord. Quand ?

– Ce soir.

– Ce soir ?

– Oui, *ce soir*.

– Oh, *baby*. Je suis tellement fatigué. Je pars à Londres demain. J'ai juste envie de rentrer à la maison et… »

– Ouin ouin ouin ! C'est ce que j'ai dit hier soir quand tu t'es engagé pour qu'on aille à cette connerie d'émission télé. Et moi, je suis où ? Je suis là, toute pomponnée, à faire mon numéro de "petit moi sexy" pour Hugh Hefner, devant les caméras et un tas d'andouilles de Hollywood. »

Puis elle ajoute, comme une accusation : « Tu sais que je suis en train de lire un livre, ces temps-ci ? »

Il fait oui d'un hochement de tête.

« Tu sais que, à l'heure qu'il est, j'aimerais être dans mon lit à lire ? »

Il fait oui d'un hochement de tête.

« Tu sais que je n'aime pas me mettre sur mon trente et un deux soirs de suite quand ce n'est pas absolument obligé ? »

Il fait oui d'un hochement de tête.

« Mais pourtant je l'ai fait, pas vrai ? »

Roman commence à râler.

« Ne commence pas à râler, hein », le réprimande-t-elle.

Roman essaie de minimiser les choses : « Tu es juste allée chez le coiffeur. »

Bien essayé, bonhomme, pense Sharon. « Y a-t-il une raison, que j'ignorerais encore pour l'instant, qui m'imposerait d'aller demain me faire coiffer comme un jour de *Playboy After Dark* ?

– Non, répond-il, vaincu.

– Pas d'engagement dont je n'aurais pas été informée ? Pas d'apparition en chair et en os prévue quelque part ?

– Non.

– Donc je pourrai lire mon livre ?

– Oui, répond-il dans un soupir.

– Alors soirée piscine ce soir, et tu te seras acquitté de ta dette. » Puis, histoire de bien enfoncer le clou, elle ajoute : « Si tant est que cela ait la moindre importance à tes yeux.

– D'accord, dit Roman en poussant un soupir vaincu.

– D'accord. Maintenant, dis-le avec un sourire. »

Il sourit et dit : « On peut faire une soirée piscine. »

Elle exige ensuite : « Maintenant, propose-le-moi. »

En entendant ça, il lève les yeux au ciel. « Vraiment ? Tu as besoin de pousser le bouchon si loin ?

– Propose-le-moi », insiste-t-elle.

Roman ravale son agacement, se compose un visage accommodant et donne à Sharon ce qu'elle veut : « Sharon, ça te dirait qu'on organise une soirée au bord de la piscine ce soir ? »

Sharon pousse un cri perçant, joint les mains et s'exclame : « Roman, c'est une idée fantastique ! » Elle se penche sur le côté pour l'embrasser et dit : « Rentrons à la maison. J'ai des coups de fil à passer. »

Rick remarque une file ininterrompue de voitures qui arrivent à la résidence des Polanski. *Il doit y avoir une fête*, se dit-il. Rick Dalton se tient dans l'allée devant chez lui, vêtu d'un kimono rouge en soie qu'il a acheté lors d'un de ses voyages au Japon. Un tuyau d'arrosage à la main, il est en train d'arroser les roses de son jardin tout en révisant son texte du lendemain à l'aide du magnétophone. Un jardinier japonais lui a dit une fois qu'il valait mieux arroser ses roses de nuit afin qu'elles s'hydratent pleinement, évitant ainsi que le soleil ne provoque une trop grande évaporation. Il s'entraîne à dire le texte de sa scène avec la fillette, demain. Pas question qu'il laisse ce petit monstre prendre le dessus.

Après le bar à San Gabriel, Cliff l'a déposé chez lui vers vingt-deux heures trente.

Il a discuté avec Marvin Schwarz pendant une vingtaine de minutes. Il s'est préparé une pleine chope à bière allemande de whisky sour et a commencé à réciter son texte. Ça fait à peu près une heure qu'il le répète – il est minuit moins cinq, et il considère qu'il maîtrise plutôt bien les dialogues. Avant d'être tenté de se refaire une chope entière de whisky sour, Rick va aller se coucher.

Il entend les échos de la soirée chez les Polanski se répercuter dans son allée, la musique, les gloussements, l'insouciance et, de temps à autre, les ploufs dans la piscine. L'acteur n'a toujours pas fait connaissance ni avec le réalisateur ni avec sa femme. Il ne les a épiés tous deux pour la première fois qu'hier après-midi. Lui a l'air d'un petit con. Mais elle a l'air adorable. Peut-être qu'un beau jour il la croisera en allant chercher le courrier.

Une Porsche décapotable remonte Cielo Drive à toute blinde et s'arrête devant le portail des Polanski. Rick jette un coup d'œil irrité et soudain s'immobilise en reconnaissant le conducteur. *Nom d'un petit bonhomme, c'est Steve McQueen !*

Rick lance : « Steve ! »

Le type au volant de la Porsche se tourne dans la direction d'où vient la voix qui l'a appelé et aperçoit un gus en kimono japonais de soie rouge, tenant dans ses mains une chope, un magnétophone et un tuyau d'arrosage. Il plisse les yeux, et reconnaît l'homme en kimono rouge. Il répond d'une voix hésitante : « Rick ? »

Dalton s'approche de la voiture. « Hé, *amigo*, ça fait un bail. »

McQueen répond : « Ouais, carrément. Comment tu vas ? »

Dalton s'avance et les deux hommes se serrent la main. « Oh, j'ai pas à me plaindre. »

En réalité, Rick se plaint de tout, de sa carrière, de sa vie et du monde, mais il ne va pas se plaindre devant Steve.

La vedette de cinéma regarde la villa derrière Rick. « C'est ta maison ?

– Ouaip, sourit Rick. C'est grâce à *Chasseur de primes* que je l'ai construite. »

McQueen fronce les sourcils : « C'est toi qui l'as construite ?

– Non, répond Dalton, c'est juste une expression. » *Espèce d'abruti.*

Steve lui décoche un de ses petits sourires dont il a le secret, un discret plissement de bouche. « Eh bien, tant mieux pour toi. Tu as placé ton argent comme il faut. J'ai entendu dire que Will Hutchins et Ty Hardin étaient complètement rincés. »

Autrement dit, songe Rick, *tu t'en sors mieux que les autres* has-been. *Tu as une baraque. Ainsi parlait Bullitt.*

« Bon, je suis pas non plus la vedette de *La Canonnière du Yang-Tsé*, fait Rick en citant l'unique nomination de McQueen aux Oscars, mais je gagne ma vie.

– Ce qui te place devant quatre-vingts pour cent d'entre eux », assène McQueen en souriant et en braquant un doigt sur lui.

La star de ciné la mieux payée au monde me félicite parce que je gagne ma vie en tant qu'acteur. Merci bien, m'sieu.

« À propos, dit Dalton, j'espérais vraiment que tu l'aurais, quand tu as été nominé », faisant de nouveau allusion à *La Canonnière du Yang-Tsé.*

McQueen ne commente pas ; il se contente de sourire.

Rick sait ce que cela signifie : c'est la fin de cette petite conversation.

Mais avant que le portail ne s'ouvre et que McQueen et sa Porsche ne disparaissent de sa vie sur les chapeaux de roues, Rick voudrait revenir sur le lien qu'il y a entre eux. Non pas en rapprochant les deux réalités séparées dans lesquelles chacun vit désormais, mais en évoquant l'époque où les deux hommes vivaient dans le même monde. Il y avait un incident qu'ils avaient tous deux vécu, et Rick devait pouvoir l'évoquer sans paraître trop désespéré.

« Hé, Steve, je me demandais, dit Rick, tu te rappelles la fois – c'était à l'époque de la première saison de mon feuilleton et de la deuxième saison de ton feuilleton – où on avait fait un billard à Barney's Beanery ? »

De fait, McQueen s'en souvient. « Ouais, dit-il. Je m'en souviens. On a fait trois parties, c'est ça ?

– Ouais, dit Rick, content que Steve s'en souvienne. Ça a été pour ainsi dire toute une affaire, à l'époque. Tu sais, la partie de billard de *Josh et Jake*. »

Steve le lui accorde : « Ça a carrément été toute une affaire, oui. La partie de billard de *Josh et Jake* ? On aurait carrément pu vendre des tickets pour le show. »

Rick rit à la plaisanterie de Steve.

En y repensant, McQueen dit : « En fait, si je me souviens bien, tout le bar nous a regardés disputer la première partie. » McQueen montre Rick du doigt et dit : « C'est toi qui as gagné. Et seulement la moitié du bar a regardé la deuxième partie – il pointe le pouce sur sa poitrine –, que j'ai gagnée. » Puis il éclate de rire en se souvenant de la suite : « Et plus personne ne s'est intéressé à la troisième partie. »

Rick, très ému, hoche la tête. *Il se souvient.*

« Mais je ne me rappelle plus qui a remporté la troisième manche ? dit McQueen sur le mode interrogatif.

– Personne, répond Rick. On l'a jamais terminée. Tu devais t'en aller. »

McQueen sait que cela signifie certainement qu'il était en train de la perdre.

Une autre voiture arrive alors pour se rendre à la soirée de Sharon et s'arrête derrière la Porsche de McQueen, mettant un terme à ces retrouvailles. Les deux hommes regardent l'autre voiture derrière, puis se regardent à nouveau.

« Donc tu habites là ? fait McQueen en montrant la maison de Rick.

– Ouaip, dit Rick.

– Eh bien, peut-être qu'un jour je viendrai frapper à ta porte et on ira à Barney's terminer cette partie. »

Rick sait que cela n'arrivera jamais, mais c'est gentil de sa part de dire ça. « Ce serait super. » En toute honnêteté, Rick ajoute : « Ça m'a fait plaisir de te revoir, Steve.

– Moi aussi. Prends soin de toi. » Puis Steve se tourne vers l'interphone de la maison Polanski et appuie sur le bouton.

La voix de Sharon répond : « Oui ? »

Steve annonce à l'interphone : « C'est moi, *baby*, ouvre ! »

Le portail des Polanski s'ouvre. La voiture de Steve et celle derrière lui s'engagent dans l'allée et disparaissent du champ de vision de Rick.

Rick reste planté là, tenant sa chope à bière, le magnéto et le tuyau d'arrosage, à regarder le portail de la résidence des Polanski se refermer. Il boit une lampée de whisky sour. Puis il entend le téléphone sonner chez lui.

Putain, qui est-ce qui appelle à minuit ?

Il file à l'intérieur et décroche le combiné fixé au mur de la cuisine.

« Allô ? » dit-il.

Une voix féminine à l'autre bout dit : « Rick ?

– Oui, répond-il.

– Tu es en train d'apprendre ton texte ? » demande la voix.

Putain, c'est quoi, ce plan ?

Il demande : « Qui est à l'appareil ?

– C'est Trudi. Tu sais, Mirabella, du boulot. »

Franchement étonné, Rick dit : « Trudi ? Trudi, tu sais l'heure qu'il est ? »

Elle grogne au bout du fil. « C'est une question idiote. Bien sûr que je sais l'heure qu'il est. Je ne vais jamais me coucher tant que je ne connais pas mon texte sur le bout des doigts. Je n'y crois pas, à ces foutaises d'apprendre son texte le jour même. Surtout pas pour la télévision. Dis donc, tu n'as pas la voix de quelqu'un que j'aurais réveillé, dit-elle. Je t'ai réveillé ?

– Non, avoue-t-il.

– Donc, le provoque-t-elle, quel est le problème ?

– Tu sais très bien où est le problème, dit-il avec une pointe d'irritation dans la voix. Est-ce que ta mère sait que tu appelles ? »

Trudi s'esclaffe et dit à Rick : « À partir de onze heures moins le quart, ma mère s'est déjà enfilé trois ou quatre verres de chardonnay et habituellement elle dort la bouche ouverte devant la télé, en attendant que la mire de fin des programmes la réveille et l'envoie se coucher.

– Trudi, tu peux pas m'appeler à cette heure, insiste Rick.

– Suggères-tu que c'est inapproprié ?

– Oui, c'est *effectivement* inapproprié.

– Arrête de changer de sujet et réponds à la question.

– Quelle question ?

– Es-tu en train d'apprendre ton texte ?

– Ah. Ben justement, ma petite Miss Je-sais-tout, il se trouve que oui.

– Ouais ouais, c'est ça, dit-elle sur un ton sarcastique.

– Ben si ! insiste-t-il.

– Tu es en train de regarder *Johnny Carson*, dit-elle avec dédain.

– Non. Je suis en train d'apprendre mon putain de texte, espèce de petite garce ! »

Après avoir perdu son sang-froid et l'avoir traitée de garce, il entend la petite voix glousser à l'autre bout du fil. Ces ricanements le font ricaner à son tour.

Entre deux gloussements, elle demande : « Tu apprends notre scène ?

– Oui, lui répond-il.

– Moi aussi », dit-elle, puis elle demande : « Tu veux qu'on répète le texte ensemble ? »

Okay, se dit-il, *là, ça va trop loin*. Il faut qu'il lui ferme son clapet, à cette petite emmerdeuse.

« Écoute, Trudi, je pense vraiment que c'est pas bien qu'on se parle au téléphone à minuit alors que ta mère n'est pas au courant », dit-il honnêtement.

Avec une infinie patience, Trudi répond à Rick : « Tu te comportes comme si j'allais me réveiller demain matin pour aller dans une petite école en briques rouges. Je vais *travailler* avec *toi*. Et on va faire *cette* scène. Tu es réveillé, je suis réveillée. Tu travailles sur la scène, je travaille sur la scène. Alors, suggère-t-elle, travaillons-la ensemble. Comme ça, demain, au boulot, on les scotche ! » Puis, sur un mode presque désobligeant, elle ajoute : « Tu sais, Rick, on nous paie pas juste pour le faire. On nous paie pour le faire hyper bien. »

Cette petite chipie n'a pas tort. C'est vrai, c'est juste une collègue du boulot. Et vu la façon dont Sam a réagi à la dernière scène qu'on a faite ensemble, si elle et moi on déboule demain parés pour la chasse à l'ours, on va les scotcher.

« Tu connais ton texte par cœur ? demande-t-il à la petite.

– Je crois, oui, est sa réponse.

– Ouais, moi aussi. Okay, gamine, tu commences. »

À l'autre bout du fil, Trudi change soudain de voix pour reproduire l'intensité mélodramatique d'une Mirabella, victime traumatisée d'un enlèvement. « Qu'est-ce que vous avez l'intention de faire de moi ? »

Faisant les cent pas dans sa cuisine, dans son kimono de soie rouge, Rick prend une gorgée de whisky sour de sa chope à bière et adopte le ton cow-boy de Caleb DeCoteau.

« Tu sais, ma petite dame, j'y ai pas encore trop réfléchi. Je pourrais faire un paquet de choses de toi. Je pourrais te faire un paquet de choses. Mais je pourrais aussi te libérer, si ton pater prend les bonnes décisions. »

Trudi, en tant que Mirabella, demande : « Que faut-il qu'il fasse pour que vous me laissiez partir ? »

Rick, en tant que Caleb, crache comme un dément : « Il peut faire de moi un homme riche, voilà ce qu'il peut faire ! Il peut me donner un panier rempli de fric et ensuite m'oublier. Ou alors je lui donnerai, moi, un panier rempli de sa fille morte, et jamais il ne m'oubliera. »

L'innocente enfant demande au criminel dépravé : « Alors vous m'assassineriez ? Non pas parce que vous m'en voulez, ni parce que vous en voulez à mon père... » Trudi observe un temps de silence, avant d'ajouter : « ...mais uniquement par cupidité. »

Caleb répond avec désinvolture : « La cupidité, c'est ce qui fait tourner le monde, ma petite dame. »

La petite dame prononce son propre nom à voix haute : « Mirabella.

– Quoi ? » demande Caleb.

L'enfant de huit ans répète son nom à l'intention du chef des voyous : « Je m'appelle Mirabella. Si vous devez me tuer de sang-froid, je ne veux pas que vous voyiez en moi juste la petite fille de Murdock Lancer. »

Il y a quelque chose dans la façon dont elle a dit ça qui interpelle le voyou. Et, soudain, il devient important pour Caleb de lui faire comprendre qu'il n'est pas injuste.

« Écoute, tu n'as pas à t'inquiéter. Ton père me donnera mon argent, c'est sûr. Tu le vaux et il a les moyens. Et dès qu'il me donne mon argent, je te relâche saine et sauve. »

Il y a un silence d'une seconde et demie à l'autre bout du fil. Puis la voix de la petite revient, sauf que cette fois-ci, au lieu d'être mélodramatique, elle fait une observation étonnamment analytique.

« Intéressant choix de mots.

– Quoi ? » demande Caleb dérouté.

C'est alors que Mirabella Lancer, dont les intonations ressemblent fort à celles de Trudi Frazer, explique son observation au chef des pirates des terres : « Vous avez dit "mon argent". Mais c'est l'argent *de mon père*. De l'argent qu'il a *gagné*, non pas *volé*, en élevant du bétail, en le vendant au marché. Sauf que vous avez dit "mon argent". Vous pensez donc que mon père vous doit cet argent ? »

En prononçant de cette manière sa tirade, la petite Mirabella et la petite Trudi provoquent une série de déclics dans la psyché à la fois du hors-la-loi et de l'acteur, et au milieu de sa cuisine, vêtu de son kimono rouge, Rick Dalton en tant que Caleb DeCoteau se métamorphose à nouveau, redevient le bandit meurtrier féroce et mégalomaniaque qu'il a toujours été et lui répond dans un souffle qui tonne comme une explosion :

« C'est exact, Mirabella ! Je pense que tout ce que je peux *prendre* me revient de droit ! Et, une fois que je l'ai pris, tout ce que je peux garder me revient de droit ! Ton pater veut m'empêcher de t'exploser la tronche ? Alors il a intérêt à payer mon prix ! »

Autrement dit : *un serpent à sonnette sur une motocyclette*.

L'enfant pose une question simple : « Et mon prix, c'est dix mille dollars ? »

Essoufflé, le hors-la-loi et acteur répond : « Ouaip. »

La petite otage fait remarquer, faussement timide : « Ça paraît assez élevé pour ma petite personne. »

Caleb répond en toute sincérité : « C'est là que tu te trompes, Mirabella. » Puis, sous le coup de l'émotion, Rick improvise : « Si j'étais ton pater… » Il s'interrompt.

« Quoi ? » lui demande la petite voix.

Rick ouvre la bouche, mais les mots ne sortent pas.

L'enfant à l'autre bout du fil insiste : « “Si j'étais ton pater”... quoi ?

– Je me couperais un bras pour te récupérer ! » lâche Rick.

Un silence emplit la pièce et la scène, mais Rick entend le sourire suffisant au bout du fil.

Trudi en tant que Mirabella laisse passer un silence dans lequel pourraient s'engouffrer trois camions avant de dire : « C'était un compliment, ça, Caleb ? »

Trudi sort alors de son personnage et prononce à voix haute la didascalie : « Johnny s'approche alors de la porte. *Toc-toc.*

– C'est qui ? » demande Caleb.

Trudi prend une voix grave de cow-boy et répond : « Madrid.

– Entre », lui ordonne Caleb.

Trudi dit à Rick : « La suite du texte, c'est toi et Johnny. Donc je vais dire le texte de Johnny. » De sa voix rauque de Johnny Madrid, Trudi demande : « C'est quoi, le plan ? »

Caleb lui répond : « Le plan, c'est que Lancer nous retrouve à Mexico dans cinq jours avec dix mille dollars. »

Elle dit d'une voix traînante du Sud : « Ça fait beaucoup d'argent à se trimbaler sur un long trajet. »

Caleb dit avec dédain : « Ça, c'est le problème de Lancer. »

Trudi, en tant que Johnny, fait remarquer : « Ouais, mais s'il arrive quelque chose à cet argent et qu'on le récupère pas, c'est *notre* problème. »

Caleb se tourne vers Johnny et déclare violemment : « S'il arrive quelque chose à cet argent, c'est son problème *à elle*. » Les yeux en feu, il dit à Johnny Lancer : « Que les choses soient claires, mon gars ! Dans cinq jours, Murdock me paiera mes dix mille dollars ! S'il arrive quoi que ce soit à mes dix mille dollars avant qu'ils soient dans nos poches, on va pas être compréhensifs. On joue pas à “J’ai-essayé-mais-j’ai-pas-réussi”.

« Murdock Lancer dépose dix mille dollars au creux de ma pogne – sinon, j’écrase la tête de la môme à coups de pierre ! »

Rick et Caleb inspirent et expirent bruyamment après cette tirade explosive. Puis, après avoir marqué la pause dramatique bien méritée que George Cukor lui avait refusée, Rick demande : « Bon, ça te pose un problème… Madrid ? »

Trudi, incarnant Johnny, répond alors : « Mon seul problème, Caleb, c’est que tu continues à m’appeler “Madrid”. »

Caleb grogne : « C’est comme ça que tu t’appelles, non ? »

Elle répond : « Plus maintenant. Maintenant… le nom, c’est *Lancer. Johnny Lancer*. »

Rick fait mine de s’emparer du pistolet imaginaire à sa hanche tandis que Trudi, à l’autre bout du fil, hurle : « Pan pan pan ! »

Rick lâche un cri atroce en tombant sur le sol en linoléum de sa cuisine, se tenant le visage, comme si Johnny lui avait tiré en pleine face.

À l’autre bout du fil, Trudi demande : « Qu’est-ce qui s’est passé ? »

Du sol de sa cuisine, Rick lui dit : « J’ai fait comme si je m’étais pris une balle en pleine figure.

– Oooh, bonne idée, gazouille-t-elle, tout excitée. Hé, mec, c’était une sacrée bonne scène ! »

Rick se met sur son séant et s’appuie le dos contre son réfrigérateur. « Ouais, carrément », confirme-t-il.

Sa partenaire de scène dit : « Demain, on va tout *déchirer* avec cette scène ! »

Elle a raison.

« Ouais, dit-il, je pense qu’on va tout déchirer. »

Un moment de silence passe entre les deux comédiens.

Puis la plus jeune dit à l'autre : « Ouah, Rick, il n'est pas génial, notre métier ? On a vraiment de la chance, non ? »

Et, pour la première fois depuis dix ans, Rick prend conscience de la chance qu'il a eue et qu'il a. Tous les acteurs formidables avec lesquels il a travaillé au fil des ans – Meeker, Bronson, Coburn, Morrow, McGavin, Robert Blake, Glenn Ford, Edward G. Robinson. Toutes les actrices qu'il a pu embrasser. Toutes les aventures qu'il a connues. Tous les gens intéressants avec qui il a eu la chance de travailler. Tous les endroits qu'il a pu visiter. Toutes les fois où il a vu son nom et sa photo dans les journaux et les magazines. Toutes les chouettes chambres d'hôtel. Tous les gens qui ont été aux petits soins avec lui. Tout le courrier des fans qu'il n'a jamais lu. Toutes les fois où le citoyen estimé qu'il est a traversé Hollywood en voiture. Il regarde autour de lui la maison fabuleuse qu'il possède. Payée en faisant ce qu'il faisait gratis quand il était petit : *faire semblant d'être un cow-boy*.

Il dit alors à Trudi : « Oui, Trudi. On a vraiment de la chance. »

Sa petite partenaire de scène lui souhaite bonne nuit. « Bonne nuit, Caleb, à demain. »

Et un Rick Dalton très reconnaissant répond : « Bonne nuit, Mirabella, à demain. »

Et, le lendemain, sur la parcelle western de la Twentieth Century Fox, sur le plateau de *Lancer*, les deux acteurs scotchèrent tout le monde.

Le traducteur tient à remercier Daniel Levin-Becker
pour son aide bénévolente.

Cet ouvrage a été imprimé en France par
CPI Brodard & Taupin
Avenue Rhin et Danube
72200 La Flèche (France)

pour le compte des Éditions Fayard
en août 2021

Photocomposition Nord Compo à Villeneuve-d'Ascq

PAPIER À BASE DE FIBRES CERTIFIÉES

Fayard s'engage pour l'environnement en réduisant l'empreinte carbone de ses livres. Celle de cet exemplaire est de :
1,800 kg éq. CO_2
Rendez-vous sur www.fayard-durable.fr

N° d'édition : 69-0807-9/01 - N° d'impression : 3044378